Copyright© 2025 Thunder Dellú
Todos os direitos dessa edição reservados à editora AVEC.

Nenhuma parte desta publicação poderá ser reproduzida, seja por meios mecânicos, eletrônicos ou em cópia reprográfica, sem a autorização prévia da editora.

Editor: Artur Vecchi
Ilustração de capa: Marcos Schmidt
Revisão: Camila Villalba
Revisão: Leitura Critica - Newton Rocha
Ilustrações internas: Marcos Schmidt
Diagramação: Luiz Gustavo Souza

1ª edição, 2025

Impresso no Brasil/ Printed in Brazil

Dados Internacionais de catalogação na Publicação (CIP)

D 358

Dellú, Thunder
  Lobisópolis / Thunder Dellú. – Porto Alegre : Avec, 2025.

  ISBN 978-85-5447-254-2

  1. Literatura infantojuvenil   I. Título
CDD 028.5

Índice para catálogo sistemático:
1. Literatura infantojuvenil 028.5

Ficha catalográfica elaborada por Ana Lúcia Merege — 4667/CRB7

Caixa Postal 7501
CEP 90430-970 — Porto Alegre — RS
contato@aveceditora.com.br
www.aveceditora.com.br
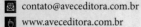
@aveceditora

LOBISÓPOLIS

THUNDER DELLÚ

*Para minha esposa Juliana, que me inspira todos os dias com as notas mágicas do seu piano e a suavidade de suas melodias.
E para o professor Juscelino. Eternasempre.*

01	UMA MARGARIDA DIFERENTE NO JARDIM	9
02	VOCÊ PRECISA VER OS VAGA-LUMES DE NOVO, PROFESSOR!	21
03	PODE CAÇAR TATU EM NOITE DE LUA CHEIA?	31
04	O BAILE DO LOBISOMEM NAZISTA	43
05	SE NÃO EXISTIR, A GENTE INVENTA QUE ELE EXISTE!	51
06	QUERO SER EU MESMO, SÓ QUE GRANDE!	61
07	UMA DE CADA COR DO ARCO-ÍRIS	69
08	TÃO ROXAS QUANTO AS CHAGAS DE CRISTO	77
09	O PODER INEBRIANTE DA JUVENTUDE	85
10	MISTÉRIOS INSONDÁVEIS DO INFINITO E ALÉM	95
11	MAIS UM CASO A SER RESOLVIDO	103
12	MEDROSO! COVARDE!	111
13	FOI A PAMONHA, CARALO!	119
14	O FASCÍNIO FANÁTICO NOS OLHOS DOS MAIS FRACOS	129
15	PREGO FOGO, CHEFE?	139
16	UM DEVOROU UM, OUTRO DEVOROU OUTRO E VICE-VERSA	149
17	TEM BALA DE PRATA TAMBÉM?	157
18	O MAUSOLÉU DOS QUATRO ANJOS	167
19	O LOBISOMEM DA FAZENDA SANTA LUZIA DE CACHOEIRA	175
20	O LOBISOMEM DA FAZENDA SANTA LUZIA DA CACHOEIRA – PARTE 2	183
21	A PROCISSÃO DO ROXO ETERNO	195
22	VIAJANDO AO MUNDO DOS FILMES PARA SUPORTAR A VIDA REAL	207
23	SÓ A LUA POR TESTEMUNHA	215

24	LUZ SE FEZ, MAS NÃO ERA LÚCIFER	223
25	O REDEMOINHO DE LUZ	233
26	MEXEU NO MEIO DO MATO, LEVA BALA!	243
27	A BOCA QUE VOMITA SANGUE	251
28	SEGREDO BOM É SEGREDO COMPARTILHADO	261
29	AS VIAGENS DE LINDOMAR	271
30	IGUAIS AOS DA KU KLUX KLAN, SÓ QUE PRETOS	283
31	O CIRCO E AS MÁGICAS LEMBRANÇAS QUE ELE TRAZ	295
32	LUA, CÂMERA, AÇÃO!	305
33	PAVOR ENTRE OS TRAILERS	315
34	PAU-DE-SEBO E SANGUE	323
35	AGONIA ENTRE A CRUZ DE FERRO E A LUA DE PRATA	333
36	ISSO QUE DÁ NÃO ACREDITAR EM LOBISOMEM	343
37	E EIS QUE ROSÁLIA RESSURGE DO MUNDO DOS MORTOS...	355
38	QUEM TEM CORAGEM DE ENTRAR LÁ?	363
39	O PUNHAL DE PRATA	373
40	ENTRA PELA BOCA, SAI JUNTO COM AS VÍSCERAS...	381
41	MAIS LINDA DO QUE A MAIS BELA DAS MELODIAS	389
42	A OUSADIA E A PETULÂNCIA DE EXISTIR SOBRE A FACE DA TERRA	401
43	UM LUGAR QUE NÃO DEVORA A SI MESMO	413
44	TÃO PODEROSO E MORTAL QUANTO DEZENAS DE BOMBAS NUCLEARES	427
45	QUANDO A LUZ SE APAGA, MAS AS CORES, NÃO	437
46	O CICLONE PSICODÉLICO E SUAS REVIRAVOLTAS	447
47	DESCANSE EM PAZ, ROSÁLIA	455
48	ENTRE A REALIDADE E A FICÇÃO, A CONTINUIDADE DA VIDA E DA MORTE	463

Juscelino, um escritor frustrado de histórias de horror e professor graduado em História, acordou tão atrasado e sobressaltado que nem teve tempo de se despedir da esposa morta no porão. Também não conseguiu fazer carinhos no seu cãozinho pinscher, Rambo, como fazia todos os dias e, muito menos, admirar o famoso "gigante deitado", que há milênios repousa sobre as montanhas que se espalham feito imensos cobertores verdes por trás do casarão carcomido de tempo e memórias onde morava.

Aos cinquenta e cinco anos de idade, solitário, tímido, sem filhos e, como ele próprio julgava, "colecionando mais decepções do que alegrias na vida", contava nos dedos gordos de X-bacon, sorvetes de pistache, torresmos e litros de Coca-Cola os poucos dias em que havia chegado atrasado às aulas. Faltado, nunca. O grandalhão calvo na parte de cima da cabeça, conhecido pelos alunos como "Juscelino das antigas" por manter hábitos dos anos 1980 vivos em suas roupas, gírias e trejeitos desengonçados, praguejou contra o mundo e desligou o alarme do celular num tapa só. A falta de habilidade e intimidade e o embate com as "tecnologias do Armagedon", como chamava tudo o que apitava, vibrava e tinha telinhas acesas, era uma constante em sua vida. Sem tempo para tomar seu habitual banho, vestiu apressado sua camisa polo amarela de jacarezinho bordado e sua calça social cinza, apertou a fivela dourada do cinto sobre a pança proeminente e calçou seus sapatos Vulcabrás meticulosamente engraxados. Escovou a prótese dentária paga em vinte prestações e, para não se comprometer com a diretora Adélia, resolveu tomar seu café não na padaria de sempre, mas nas dependências da escola onde lecionava "desde a época dos dinossauros", como brincavam seus alunos.

O professor bonachão, adorado pelas crianças sem que ele mesmo se desse conta do porquê — por se achar um grandalhão "sem sal" de mão cheia —, morava em Joanópolis, um pequeno município encravado num dos encalços da serra da Mantiqueira Paulista, conhecido nacionalmente como a "Capital do Lobisomem". Tal denominação surgira das histórias e lendas contadas há gerações pelos moradores mais antigos, principalmente os das profundezas quase intocadas pelo tempo da zona rural. De acordo com o boca a boca milenar curtido à base de muita conversa, cachaça e fumo de rolo à beira das fogueiras nas noites de lua cheia, as criaturas mitológicas metade homem, metade lobo costumavam aparecer de tempos em tempos na escuridão das matas e esquinas da região, para se alimentarem de todo e qualquer bicho ou gente que estivesse de bobeira ao seu alcance.

No que tange às características físicas das tais criaturas, o falatório variava muito. Era lobisomem de tanto jeito e forma que nenhum escritor com fama mundial conseguiria imaginar em seus mais mirabolantes livros de ficção. Havia os de mais de três metros de altura que andavam com as costas arcadas para a frente e os mais baixos e atarracados de unhas enormes que mais lembravam bichos-preguiça. Existiam também os de pelos marrons e longos que caíam pelas pernas e se arrastavam no chão, além

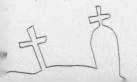

dos de pelagem curta e preta que lembrava a dos macacos. Isso sem falar nos burros e mudos que só grunhiam e devoravam gente, nos inteligentes que falavam um "português" corretíssimo e, claro, nos que caminhavam sobre quatro patas dividindo espaço com os que se equilibravam sobre duas feito seres humanos comuns. Quanto à personalidade, a variedade era dos mais agressivos e solitários, que se escondiam nas copas das árvores das matas, até os mais "cordiais", que andavam em bandos e pareciam apenas querer se ocultar debaixo das camas das crianças ou dentro de qualquer porão ou túmulo abandonado da cidade.

Outra história famosa entre os habitantes locais era a de que, nos tempos mais remotos que, como diziam, "antecederam a chegada de Deus e do diabo à Terra", o local onde Joanópolis fora erguida à base de muito trabalho duro não passava de uma grande floresta virgem habitada somente por hordas de lobisomens. Segundo as lendas que enchiam de sonhos e pesadelos as cabeças das crianças, era uma comunidade organizada sabe-se lá como e cuja maldição fora — como não poderia deixar de ser — a chegada dos primeiros seres humanos sedentos por destruição, poder e glória.

Como se toda essa criatividade popular descontrolada não fosse suficiente, tinha quem jurasse — colocando a vida da própria mãe em jogo, inclusive — sobre a existência de um livro feito de capa de couro, pelos de animais e lascas de ossos humanos, cuja autoria e paradeiro seriam desconhecidos. Tal artefato, que teria sido algum tipo de "produto final" dos combates brutais entre homens e lobisomens ocorridos nas serras da região em anos esquecidos, continuava perdido nas profundezas mais abissais entre o tempo e o espaço. Havia também quem jurasse de pés juntos que fora o tal "gigante deitado" quem escrevera o livro, com o intuito de registrar a história das lutas travadas pelo território, mas ninguém tinha provas. Outra história dizia que, vez por outra, quando os lobisomens apareciam na cidade para virar do avesso a tranquilidade do

povo, o ser monumental despertava do alto das montanhas e se levantava, pronto para afugentá-los com sua energia acumulada em séculos e séculos de sono profundo.

Apesar de todas essas histórias fantásticas que encantavam e hipnotizavam as crianças e faziam a alegria dos comerciantes locais — que vendiam todo e qualquer tipo de bugigangas relacionadas aos lobisomens —, não havia sequer uma única prova cabal da existência dessas criaturas mitológicas e, muito menos, do "livro de couro, pelos e ossos". O suposto autor da obra, que seria o tal do "gigante", este, sim, existia e não fazia questão nenhuma de esconder sua imponência e exuberância, em especial quando os raios de sol dourados dos finais de tarde dos dias mais bonitos do inverno iluminavam seus contornos e os enchiam de glória. Ele só não havia ainda se levantado do seu sono eterno e se aventurado com lobisomens, a não ser na cabeça das crianças mais criativas, cujos pequenos corações pareciam aguardar ansiosamente por isso.

Juscelino saiu tropeçando na própria sombra do velho casarão repleto de cômodos vazios onde morava, localizado bem próximo à igreja matriz da cidade. Ouvindo o CD do Phil Collins em seu Discman que ainda funcionava — "mas comia uma pilha desgraçada", como costumava praguejar —, andava como se tocasse uma manada de vacas num pasto qualquer de sua infância passada na zona rural, botando a névoa fina do inverno para dentro dos pulmões e a expelindo através das narinas dilatadas. De repente, quando passou por uma velha residência com uma placa de "Aluga-se" presa ao portão, estranhou ao ver uma margarida completamente roxa se destacando entre as brancas, no meio de um jardim tomado pelas samambaias, aranhas e pelo mato. Sem tempo para sequer pensar a respeito da estranheza da visão que lhe gelou os ossos por lembrar-lhe o luto pela esposa contra o qual lutava, continuou seu caminho obstinado até o cartão de ponto. Depois de várias topadas nos paralelepípedos soltos nas ruas, chegou todo esbaforido à Escola Estadual Marcondes Ferreira Filho, onde lecionava. Antes de qualquer coisa, foi surpreendido pelos atropelos vocais do seu Valdemar Bolinha, o porteiro mais querido entre os alunos, cujos olhos esbugalhados pareciam ter visto uma assombração de verdade:

— Bom dia, professor Juscelino! Parece que o bicho apareceu na cidade ontem de novo, o senhor ficou sabendo?

— Apareceu, é? — respondeu o docente, com a voz sonolenta que parecia fazer pouco caso das lendas locais.

— Parece que sim! E ontem foi lua cheia, né?

— Verdade, seu Bolinha... quase cheia, eu acho, sei lá... tem muita coisa estranha acontecendo nesse mundão... — respondeu Juscelino, para depois olhar para o seu relógio digital Casio de pulso e dizer: — E, por falar em coisa estranha, eu acabei de ver uma margarida roxa! O senhor já viu uma margarida inteirinha roxa, seu Bolinha? Sabe a cor daquelas faixas que o povo coloca nas coroas de flores dos defuntos? Então...

— Eu nunca vi, não, professor... mas tão falando por aí que a dona Sílvia do seu Maximiliano do cartório encontrou uma rosa roxa no jardim dela... e que ela quer arrancar essa rosa da terra e levar pro padre Adolfo benzer o quanto antes...

Percebendo que não tinha mais nenhum segundo a perder com coisas místicas, religiosas ou mistérios relacionados à botânica, o professor respondeu apenas com uma cara de "ué". Com a barriga urrando de fome, se despediu do porteiro. Bateu seu cartão de ponto e entrou correndo na sala dos professores, onde sempre havia uma televisão ligada, uma garrafa de café tão fraco que mais parecia chá, além uma bandeja de rosquinhas de coco que odiava, mas comia — "para manter a glicose do sangue no nível correto", dizia. Assim que pegou um copinho plástico e o encheu com o que chamou de "chafé" — uma piadinha mais que manjada que ele repetia todos os dias sem se dar conta disso e que nenhum de seus amigos professores aguentava mais —, perdeu totalmente a fome ao ver na tela da TV uma turba ensandecida de manifestantes vestidos de verde e amarelo berrando na Avenida Paulista, na cidade de São Paulo. Nela, homens e mulheres, jovens e idosos, gritavam como loucos e babavam de ódio, enquanto exibiam alguns cartazes com dizeres que pediam a volta da ditadura militar e outros que apoiavam um ex-presidente, como Juscelino mesmo dizia, "chegado a autoritarismos, preconceitos e negacionismos inacreditáveis". Além de perder de vez as rédeas da fome e apagar de vez a fagulha do seu bom humor duvidoso, sentiu algo como uma sucuri se enrolando dentro do seu estômago quando ouviu Clélia, logo a professora de Filosofia, dizendo com uma raiva incontrolável impressa na voz de taquara rachada:

— É isso aí mesmo! Esse povo tá certo! Comunismo, nunca mais! Que Deus, Nosso Senhor e Nossa Senhora nos salvem desses terroristas!

— Credo, que vergonha, professora Clélia! Coitada da Filosofia... — murmurou Juscelino, quase sem abrir a boca, cheio de decepção no peito por ter ouvido tais palavras de uma mulher que julgava inteligente e, no mínimo, menos rasa.

— O senhor é comunista por acaso, seu Juscelino? — retrucou a professora, como se tivesse superpoderes auditivos e cujos olhos impregnados de ódio e de pequenas veias vermelhas lhe saltavam da cara rebocada com camadas e camadas de cosméticos da Jequitibó.

O calejado professor só balançou a careca sebosa como as pessoas com cabelo fazem depois de mergulharem em piscinas e deu as costas à sua companheira de trabalho, com a expressão facial típica de quem queria mandá-la para os quintos dos infernos ou de volta ao útero de quem a pariu. Sem paciência para lhe dar aulas grátis de História, de Ciências Humanas ou do que quer que fosse, saiu do cubículo apertado reservado

apenas às tristezas e reclamações dos professores e caminhou cabisbaixo até a sala que chamava de "antessala do fim do mundo", onde os alunos sonolentos do quarto ano o aguardavam. Assim que abriu a porta, Clebinho Kid, um garoto negro de dez anos famoso pela ousadia e pela coragem de debater "até com a diretora Adélia", como alardeava sempre de peito cheio, gritou lá do fundo:

— Você viu, fessor? Parece que o lobisomem apareceu pro Ditinho da Doninha e até tentou comer a porquinha de estimação dele!

— Ouvi falar... mas eu acho que a lua cheia é hoje, não é não? — retrucou Juscelino, mais assustado com o avanço da extrema-direita no Brasil naqueles meados do ano de 2025 do que com qualquer lenda local que envolvesse assombrações e afins.

— O senhor acredita nessas histórias, fessor? — prosseguiu o garoto.

— Mais ou menos! Já acreditei mais... hoje os monstros que me apavoram são outros... — respondeu o mestre, com uma carga ainda maior de tristeza o pegando de jeito. Pensou por alguns instantes e continuou, quase sem forças na voz: — E se por acaso existirem mesmo esses lobisomens, espero que tenham uma atração especial pela carne de qualquer pessoa que aplauda esse lixo que é a extrema-direita... — concluiu, fazendo com que murmúrios e risadinhas dos alunos se espalhassem aos quatro ventos da sala.

— Existe lobisomem, sim, professor! — gritou Juliana Serelepe, uma menina de pai japonês e mãe brasileira que, fizesse chuva ou sol, sempre estava trajada com um vestido florido e um par de tênis All Star azul de cano longo e cujo apelido lhe caíra como uma luva por causa do jeito curioso e hiperativo de ser. Com a idade tenra de nove anos não lhe dando condições suficientes para que entendesse as preocupações antifascistas do seu professor, ela arregalou seus olhos verde-esmeralda e continuou, com a voz apressada que lhe era peculiar: — A tia Celinha que

mora lá perto da Cachoeira dos Pretos me disse que, muito antigamente, tinha um dono de bar vizinho dela que virava lobisomem quando a lua cheia aparecia no céu! Ela vai na igreja e tudo o mais, professor! Não é de mentir, não!

"Nem todos que frequentam igrejas são santos! Adolph Hitler que o diga...", pensou em retrucar o docente, mas desistiu, sorrindo e murmurando de volta apenas um "Amém!" irônico para a menina. Ao se lembrar do nome do ditador alemão, ele arregalou os olhos e teve uma ideia brilhante. Saiu da sala correndo e voltou minutos depois empurrando um carrinho com um projetor de vídeos e fotos. Depois de mais de vinte minutos tentando ligar os cabos com a ajuda de Diogo Pelego e Marquinhos Satã, ambos com onze anos de idade e considerados os alunos mais puxa-sacos da sala, respirou fundo e resolveu correr de vez o risco de ser demitido. Saiu do cronograma escolar das tais "conquistas espanholas na América do Sul" — que preferia chamar de "genocídio indígena" — e deu uma longa aula sobre um assunto que ainda não era para ser lecionado para alunos tão novos: o nazismo. Mesmo sabendo dos riscos que corria ao mexer com um tema tão delicado, mas não se contendo em virtude da demonstração de ódio que havia visto na TV minutos antes, mostrou vídeos, fotos e depoimentos antigos que deixaram as crianças boquiabertas. "O que tá acontecendo no Brasil de agora não difere muito do que começou a acontecer na Alemanha a partir dos anos 1920...", pensava ele, observando os semblantes atônitos dos pequenos à sua frente.

— Nossa! Isso tudo aconteceu mesmo, professor? — inquiriu Silvinho Bolacha, de dez anos, filho de uma das famílias mais tradicionais e religiosas de Joanópolis. — Não é montagem, não? É que hoje em dia tem tanta...

— Claro que não, Bolacha! Não tá vendo que são imagens reais? — retrucou Juliana Serelepe, cortando a fala do amigo, tomando para si as responsabilidades do professor.

— Essas não são as fake news que o seu pai espalha no Zap-zap, não, Bolacha! Pode ficar sossegado! — interveio Clebinho Kid, fazendo surgir o primeiro riso de satisfação do dia na cara do docente desanimado que ouvia tudo em silêncio. Orgulhoso da tacada certeira, o garoto respirou fundo e bombardeou ainda mais os ares já pesados da sala com mais uma pergunta: — E isso tudo pode voltar a acontecer nos dias de hoje, não pode não, fessor?

— Claro que pode! — respondeu o educador, sentindo que sua demissão, caso realmente se concretizasse em virtude das reclamações de pais de alunos ou de quem quer que fosse, não seria em vão. Pensando numa metáfora improvisada, continuou, fazendo com que todos os seus alunos se agarrassem a um tipo de silêncio respeitoso: — Eu até vi uma margarida inteirinha roxa hoje, vocês acreditam? Já viram uma margarida tão roxa quanto uma berinjela? Pétalas roxas, folhas roxas, caule roxo e tudo o mais? — Como ninguém respondeu, ele concluiu: — Eu juro pela minha esposa morta que eu vi! E parece que outras pessoas da cidade viram também… e, se viram, tenho certeza de que algo muito estranho está se espalhando por essas terras e isso, sinceramente, não me parece um bom sinal… — As crianças nem piscavam. — Talvez sejam os agrotóxicos que a extrema-direita aplaude e espalha pelas plantações sem dó… ou talvez seja a podridão do mundo aflorando de novo, assim como aconteceu na Alemanha de Adolph Hitler no passado…

Poucos minutos antes do término das aulas, lá por volta das onze e meia da manhã, o professor Juscelino pediu para que todos fizessem uma redação sobre os horrores do nazismo e os seus ecos nos tempos atuais. Enquanto aguardava ouvindo o CD da banda A-Ha nos fones do Discman e olhava para a nuvem pesada carregada de interrogações que pairava feito um grande morcego acima das cabeças das crianças, se deu conta de que, na correria daquela manhã, havia se esquecido de acender uma vela para a esposa morta e que a que acendera na noite anterior já deveria ter se consumido totalmente. Antes de Rosália — o grande amor da sua vida — falecer de câncer no pâncreas dois anos antes, ele havia lhe prometido que manteria ao menos uma vela acesa todos os dias em sua homenagem e que nunca falharia nessa missão que julgava vital para sua sobrevivência psicológica.

Com cara de poucos amigos, Juscelino fechou seu livro, juntou suas coisas o mais rápido que pôde e saiu da sala correndo, não sem antes gritar aos alunos que já estavam liberados. Passou pelo corredor sob os olhares perplexos dos professores que fofocavam sobre vidas alheias, correu pelo pátio onde algumas crianças brincavam de bola e gritou um "Até amanhã!" para o porteiro Bolinha sem nem mesmo lhe dirigir o olhar. No caminho até sua residência, entrou num mercadinho que havia perto da praça da igreja matriz e comprou um pacote com dez velas brancas.

Chegou em casa botando os pulmões pela boca e, antes mesmo de o seu cãozinho Rambo ter tempo de pular em seus braços como fazia todos os dias, correu até o porão e escancarou suas portas de metal e vidro numa joelhada só. Era ali, naquele ambiente mofado repleto de bugigangas — que variavam desde discos antigos de vinil, velhas máquinas de escrever e equipamentos de pesca inutilizados até uma coleção completa de livros de capa dura do escritor Júlio Verne e aparelhos de rádio empoeirados —, que ele mantinha um pequeno altar dedicado à esposa Rosália.

Pregado na parede, em frente a uma mesinha cheia de velas derretidas de várias cores, corujinhas de porcelana de todos os tamanhos, bijuterias de plástico, CDs e vinis da banda RPM, que Rosália amava, havia um painel de madeira recheado de fotos que estampavam momentos de felicidade do casal, da juventude em que se conheceram até os dias de agonia que a levaram. Numa dessas fotos, os pombinhos posavam de dentes arreganhados e auras brilhantes em frente à Pedra do Baú, na cidade de São Bento do Sapucaí, onde os pais de Rosália moravam. Na imagem ao lado, riam como se o fotógrafo os surpreendesse, ao lado do cartaz do filme *Dirty Dancing – ritmo quente* colado na frente do Cine Palácio, em São José dos Campos, município onde Juscelino havia lecionado por um curto período. Na fotografia mais amarelada de todas, eles apareciam bem novinhos, magrinhos e plenos de amor sincero, tomando banho quase pelados na famosa Cachoeira dos Pretos, situada a poucos quilômetros do centro de Joanópolis.

"Me desculpe se fui relapso, meu amor!", pensou o professor que queria ser escritor, ao se ajoelhar perante o altar reservado à memória da esposa. Quando percebeu que a vela da noite anterior ainda não havia

chegado ao seu final, seu rosto se iluminou como se sua amada tivesse lhe enviado explosões de fogos de artifício do além. Depois de acender mais outras três velas com as mãos trêmulas, Juscelino se levantou e foi até um dos cantos do porão onde havia um "três em um" antigo da marca Gradiente. Com a primeira lágrima furtiva lhe escorrendo pelos cantos do olho esquerdo, pegou o disco da trilha sonora do filme *Top Gun – ases indomáveis* e colocou a música "Take my breath away" para tocar. "Essa é a melodia da minha vida!", era o que Rosália sempre lhe dizia, para depois de lhe presentear com o sorriso mais bonito, pleno e sincero do mundo. À medida que a música começava a se destacar em meio aos chiados do velho vinil, o professor voltava ao altar dedicado à esposa. Chegando lá, se ajoelhou perante ele novamente e, em vez de se lembrar dos jatos supersônicos norte-americanos com a música, se imaginava sentindo — nem que fosse por apenas mais uma vez na vida — a respiração da amada lhe revirando os poucos cabelos que sobraram em sua nuca, como acontecia quando dormiam de conchinha nos invernos sempre gelados da serra da Mantiqueira.

Depois de dar seu "oi" habitual à falecida e já sentindo a fraqueza lhe consumindo os músculos da pança por não ter comido quase nada, foi até a cozinha e abriu a geladeira para ver o que tinha para o almoço. Um resto de arroz, uma sardinha pela metade boiando no óleo de uma lata aberta e uma cebola cortada ao meio não lhe apeteceram o estômago. Bateu a porta da geladeira irritado com a própria displicência alimentar, colocou ração para o Rambo e, como fazia quase todos os dias, foi almoçar um "X-bacon-egg-salada" no trailer do Rodolfo Marvadeza, que ficava próximo à sua casa, numa das quinas da praça da matriz.

O professor devorou o lanche sentindo que enchera o estômago, mas o vazio no coração continuava. Pagou a conta e, para tentar se animar um pouco, resolveu se dar de presente um sorvete de massa da sorveteria do seu Zico Mola, também próxima à praça. Era em frente a esse antigo estabelecimento da cidade que um boneco de lobisomem do tamanho de um homem adulto — todo vestido com um terno remendado com pedaços quadrados coloridos de chita e calçado com botinas Zebu furadas — ficava sentado num banco, com seus olhos grandes de botão, sua boca arreganhada e seus dentes enormes expostos, sempre à espera de turistas com celulares nas mãos e dinheiro nos bolsos.

Sentindo-se mais melancólico e solitário do que um cachorro deixado numa autoestrada para morrer, o professor pegou seu cone de sorvete de pistache de sempre, o pagou e sentou-se no banco, bem ao lado do homem-lobo com cabeça de papel machê, girassol de papel crepom na lapela e olhos vermelhos feitos com botões de calça. Assim que deu a primeira lambida no doce, ouviu a voz doce da esposa morta lhe entrando aos sussurros no ouvido: "Você tem que frequentar uma academia, Juscelindo! Olha o seu colesterol como tá alto!" Era assim que ela o chamava. "*Juscelindo*, vê se pode? Essa Rosália...", pensou, enquanto algumas lágrimas se desprendiam dos seus olhos e pingavam sobre o sorvete, conferindo a ele um gosto agridoce.

De repente, Juscelino parou de comer e ficou olhando para o boneco do lobisomem ao seu lado, se perdendo feito um náufrago na imensidão dos seus olhos vermelhos de botão. Com o semblante ainda mais capenga do que quando acordara naquela manhã, lembrou-se da infância pobre, das bonecas de pano que a mãe fazia para as irmãs na roça, dos banhos de rio que tomava pelado, dos bonequinhos de batata e bambu que construía quando sentia inveja dos de plástico ganhados pelos primos mais ricos e, principalmente, das histórias de assombrações e "cuzarruins" contadas pela avó. Sonhava — como todo pretendente a escritor sonha — em um dia colocar sua vida inteira no papel, mas com o cuidado de revesti-la com camadas e mais camadas de tintas de fantasia.

E foi assim, queimando na lava incandescente e devoradora das inevitáveis lembranças da vida, que o educador se lembrou também de quando leu o livro *Viagem ao centro da Terra* pela primeira vez. Ainda menino e mesmo depois de adulto, sonhava — assim como Júlio Verne certamente sonhara um dia — em se aventurar numa caverna qualquer para encontrar reinos e mares misteriosos, onde criaturas voadoras, subaquáticas e terrestres das mais horrendas, gigantes e seres fascinantes de todos os tipos habitavam sem a indigesta convivência com os seres humanos destruidores. "Talvez Rosália já tenha encontrado seu paraíso! Talvez ela esteja me esperando na beira do mar, com a nossa jangada já prontinha! Ou talvez esteja dentro de um balão solto à revelia numa tempestade... ou dentro de um submarino movido a energia elétrica como o *Nautilus*, observando os tubarões, as arraias, os polvos, as lagostas, as águas-vivas...", pensou, com o coração quase parando e os olhos ainda mergulhados nas profundezas de papel, plástico e pano do boneco do lobisomem ao seu lado.

— Professor?

Uma voz feminina infantil ecoou distante, mas a alma de Juscelino parecia não querer sair nunca mais de dentro dos oceanos e cavernas profundas dos livros de Júlio Verne e nem dos olhos vermelhos do lobisomem que pareciam lhe hipnotizar.

— Professor? — insistiu a voz aguda. — Seu sorvete vai entornar na calça!

Foi só quando sentiu o geladinho do sorvete enlameando a coxa direita é que Juscelino foi exorcizado dos pensamentos fantasiosos que lhe atrapalharam completamente os sentidos. Ele respirou fundo, balançou a cabeça como se acabasse de sair de uma piscina e viu sua aluna Juliana Serelepe parada à sua frente, com seus lindos olhos verdes arregalados:

— O senhor está triste, né, professor?

O docente negou apenas com um movimento de cabeça.

— Tá, sim! Dá pra ver nos seus olhos de gente morta! Mas eu sei do que o senhor precisa, pode ficar sossegado!

— Ah, é, Juliana? E do que eu preciso?

— Você precisa ver os vaga-lumes de novo! E é urgente! Espera aqui só um pouquinho que eu já volto!

Antes que seu mestre tivesse tempo de respirar mais ar puro para que o cérebro voltasse a funcionar normalmente, a menina correu até sua casa — que não ficava longe — e retornou pouco tempo depois segurando um pequeno embornal branco feito de estopa e bordado com o desenho de um arco-íris. Ela então se aproximou, se agachou na frente do professor e lhe disse, toda séria:

— Olha, professor! Vou fazer só uma vez! Vê se presta atenção!

Sem mais delongas, Juliana meteu a mão dentro do embornal, fechou os olhos e começou a remexer os dedos no que tinha lá dentro. Sons de bolinhas de gude se chocando ecoaram e deixaram o professor ainda mais curioso, apesar da expressão abobalhada. "Deve ser um desses truques de mágica que as crianças fazem! Maldito Instituto Universal Brasileiro! Nossa… eu acho que esse instituto nem existe mais…", pensou, visivelmente desinteressado em qualquer tipo de brincadeira infantil. A garota então tirou uma bolinha azul de dentro do embornal e começou a esfregá-la entre as palmas das mãos, como as crianças fazem com as massinhas de modelar. Arregalou os olhos o máximo que conseguiu e falou:

— Olha bem dentro dos meus olhos, professor! Não pode desviar o olhar!

Juscelino riu da proposta, mas baixou a guarda e resolveu "brincar" também do que quer que fosse aquilo, pois sentia que uma boa dose de ludicidade poderia lhe fazer bem naqueles dias tumultuados e tristes pelos quais passava. De repente, ele derramou ainda mais sorvete nas calças, quando viu o primeiro vaga-lume sair voando em alta velocidade de dentro da pupila direita já dilatada de Juliana. Depois, foi a vez do olho

esquerdo da menina parir mais outro inseto luminoso e assim por diante. Um verdadeiro enxame de luzes verdes piscantes se formou e começou a rodopiar na frente dos olhos esbugalhados da pequena aluna à sua frente, o que fez com que a boca do professor se abrisse ainda mais e suas papadas abaixo do queixo quase encostassem no chão sujo de sorvete, embalagens de balas e bitas de cigarro.

Preocupada com os olhos petrificados e atônitos do seu mestre, Juliana jogou a bolinha de volta no embornal. Comandados por uma entidade superior, as centenas de vaga-lumes voltaram em alta velocidade para dentro das suas pupilas. Ela então fechou os olhos e levou as mãos ao rosto. Respirou fundo, abriu os olhos, balançou a cabeça e propôs, com a voz calma, como se nada daquilo tivesse acontecido:

— Viu como é que faz, professor? Agora é a sua vez! Parece que dói, mas não dói, não! Só coça um pouco...

Juscelino, precavido como sempre, virou a cabeça para todos os lados para ver se não tinha ninguém olhando. Como já era bem conhecido na cidade pelas suas excentricidades, não queria mais uma em seu currículo. Ao notar que a praça estava praticamente vazia, tomou coragem e encarou sua aluna. Depois de mais uma orientação rápida de Juliana, ele fechou os olhos e meteu a mão no saquinho, mas com medo, como se, em vez de bolinhas de vidro, tivesse escorpiões lá dentro. Agarrou uma bolinha verde e, depois de esfregá-la com as mãos trêmulas por alguns segundos, a menina gritou:

— Tá bom, já! Não precisa esfregar mais! Agora abre os olhos e olha pro lobisomem!

O professor obedeceu. Ao abrir os olhos devagar, sentiu centenas de vaga-lumes piscantes lhe fugindo através das pupilas dilatadas e voando em direção ao céu azul, como fazem as fagulhas das fogueiras das festas juninas. E foi então que Juscelino finalmente se rendeu e mandou às favas a realidade que ainda lhe prendia ao chão, quando olhou mais uma

vez para o lobisomem sentado ao seu lado. A criatura, antes feita de papel, barbantes, botões e panos velhos e sem vida, agora estava tão viva quanto ele e também o encarava, bufando e babando feito um cachorro louco. De olhos tão acesos quanto tições de brasa, respiração acelerada e soltando um bafo tão mau cheiroso quanto carniça esquecida sob sol quente, o bicho salivava um líquido grosso que escorria e pingava através dos grandes dentes caninos arreganhados da frente. A julgar pelo seu olhar paralisado e intimidador típico dos predadores mais eficazes, parecia ansiar pelo sangue engrossado de colesterol e triglicérides que corria dentro das veias do professor cinquentão, que só teve tempo de gritar e sair correndo, derrubando o resto do seu sorvete de pistache no chão.

A noite pariu uma lua muito cheia entre os ventres montanhosos da serra da Mantiqueira, horas depois de o professor Juscelino ter derrubado seu sorvete de pistache no chão, saído correndo e se trancado em casa pelo resto do dia por causa do boneco do lobisomem que o assustara na sorveteria do seu Zico Mola.

Enquanto isso, na zona rural de Joanópolis, os trabalhadores rurais João Magrelo, de trinta e dois anos, e Zizinho, de vinte e quatro, conversavam sobre mulheres, política, futebol, à medida que bebiam cachaça e devoravam torresmos na Venda do Vená, uma cabana mal iluminada de beira de estrada — mais precisamente, um desses estabelecimentos típicos que sobrevivem há décadas no interior do Brasil; verdadeiras taperas com balcão de madeira que comercializam, dentre utilidades e inutilidades, comestíveis ou não, suspiros e ovos coloridos, fumo de rolo, botinas Zebu, velas, calendários de santinhos, salgadinhos encharcados de óleo que só servem para amansar a fome dos mais bêbados, pedras para isqueiros, marias-moles salpicadas com coco ralado, salsichas enlatadas que nem os cachorros comem, goiabadas de copinho com bonequinhos de plástico e bexigas fincadas, além de, é claro, bebidas alcoólicas das mais diversas e duvidosas qualidades para os momentos de diversão e tristeza do povo.

E foi assim, entre mariposas e besouros, doses de cachaça 51 e milhares de calorias de porco a mais nos buchos, que os dois amigos ouviram o som estridente de alto-falantes, parecidos com os desses carros que vendem pamonhas e ovos no interior. Se entreolharam como se aquilo lhes espantasse o tédio e saíram até a porta da venda para ver se identificavam a origem do barulho. Ao longe, na estrada de terra, viram dois faróis aproximando e quebrando ao meio a escuridão que assombrava os matagais empoeirados ao redor. Era uma Brasília verde caindo aos pedaços, com portas remendadas com arame e todo tipo de improvisação possível. Dentro dela, um homem de meia-idade forte, careca e de camiseta branca sem mangas berrava, impostando a voz como um locutor de músicas bregas das FMs especializadas em músicas sertanejas modernas:

"Prezados cidadãos joanopolenses! É com muito orgulho que convido vocês para…"

— É joanopolitano! — berrou João Magrelo para o carro que passava bem devagar na frente do estabelecimento Cantinho da Cachaça, como estava escrito com tinta a óleo por cima de uma placa vermelha da Coca-Cola.

"Prezados cidadãos joanopolitanos!", consertou o motorista, respondendo ao trabalhador rural com o dedão calejado da mão esquerda em riste, que foi logo substituído pelo dedo médio. "É com muito orgulho que convido vocês para a estreia do circo Internacional Art's Brasil aqui na cidade de Joanópolis! Tragam as crianças e venham rir com os palhaços 'Cala a boca' e 'Já morreu'! Venham se encantar com a beleza das dançarinas da época do Velho Oeste! Chamem a parentada para se divertirem com a luta-livre dos bichos, com o Tarzan Brasileiro e com Satanás, o homem de aço que engole fogo e entorta vigas de aço na dentada! Não percam! É amanhã, às oito da noite, ao lado do córrego da rua de bai-

xo, bem no caminho do morro que vai pro cemitério! Não se esqueçam! Chamem toda a família! A entrada custa só dez reais! Só dez reais pra qualquer idade! Não percam! Diretamente de Las Vegas para Joanópolis: o circo Internacional Art's Brasil!"

Assim que o veículo passou pelos amigos levantando a poeira da estrada e o motorista colocou a música "Pare de tomar a pílula", do Odair José, para tocar no toca-fitas da Brasília, Zizinho deu uma cotovelada no braço de João Magrelo e perguntou, todo animado:

— Vamo no circo, João?

— Ah, sei lá! Amanhã a gente vê, tá bom? Esses cirquinhos de hoje em dia não tão com nada. Não tem nem bicho de verdade mais! É muito mimimi. Antigamente é que era bão. Tinha leão, elefante, macaco amestrado. Hoje só tem porcaria... só palhaçada sem graça...

— Tá bom, João! Pela sua cara avuada, ocê continua com aquela ideia de caçar tatu hoje ainda, né?

— Pior que tô, viu, Zizinho! Meu dedo tá coçando pra meter bala num tatuzão-canastra servido! O pessoal mais antigo fala que noite de lua cheia não é boa pra caçar, não, mas eu acho que é o contrário, porque com lua dá pra ver direitinho os bicho correndo e saindo dos buraco! — O rapaz tomou o último gole de cachaça do seu copo, encarou o amigo com os olhos apertados e vermelhos de poeira e álcool e propôs: — Vamo comigo? A gente leva outra garrafa de pinga e outra porção de torresmo e fica até de madrugada no meio do mato!

— Vamo, então, uai! Ocê me convenceu facinho! Por que será, né? — respondeu o mais jovem deles às gargalhadas, enchendo os copos de pinga mais uma vez e brindando à aventura que se seguiria.

— Véio Venâ! Embrulha uma porção servida de torresmo e uma garrafa de Véio Barreiro pra viagem e pendura pra gente, por favor! Amanhã memo eu pago o senhor com um tatuzão do tamanho de uma capivara! — gritou João Magrelo, rindo e desferindo um tapa tão forte no balcão

34

que fez com que o baleiro de vidro que havia por ali quase caísse e se despedaçasse no chão de cimento queimado.

— Num vai, não, fio, pelo amor de Deus! Ocê bebeu demais hoje já! É perigoso e tá frio demais! Isso sem falá que caçá tatu dá cadeia nos dia de hoje... — insistiu dona Emilinha, a mãe de João Magrelo, sem tirar os olhos moles da TV ligada num telejornal sensacionalista noturno qualquer. Viúva havia mais de vinte anos, vivia com o filho único numa casa simples com teto de Eternit da roça, cercada por araucárias, bananeiras, galinhas e um pequeno riacho, numa região próxima à Cachoeira dos Pretos.

— Ah, eu vô sim, mãe! Eu tô bem! A gordura do torresmo que comi já tá ajudano a baixá a beudice e a guentá o frio! E se eu pegá cadeia, eu pago a fiança pro delegado e tá tudo certo! — Depois de uma gargalhada, João Magrelo continuou: — E tem outra coisa, mãe! Eu sei muito bem que a senhora gosta de uma carne de tatu fritinha na banha de porco, não gosta, não? Não mente, não, mãe! Mentir é pecado! Lembra quando o papai caçou três tatuzão graúdos lá pros lados de Monte Verde e trouxe pra gente? Delícia, né? Com uma pinguinha, então, benzadeus! — concluiu, cantarolando em seguida a frase: "comer tatu é bom! Que pena que dá dor nas costas...", da música da banda Mamonas Assassinas.

Dona Emilinha fechou a cara com o que chamou depois de "desrespeito" daquele filho que já era um homem feito e que fora criado às custas de tanto trabalho duro e sofrimento. Pensou um pouco, o encarou de sobrancelhas brancas arcadas e deu sua última cartada, com a voz ainda mais séria:

— Óia, fio! O povo tá falando desde ontem que o lobisomem tá aparecendo por esses cantos... — Como o jovem não estava prestando

atenção no que dizia, ela parou de falar por alguns instantes. Depois de pensar um pouco, continuou: — Isso sem falar nas paina roxa que aparecero naquela paineira grande do seu Bento Saldanha anteontem! Ocê ficou sabeno? — Seu filho só balançou a cabeça negativamente e deu um sorriso cínico, duvidando de tudo o que a mãe dissera. Dona Emilinha insistiu: — Não é bom arriscar, não, João! Brincar com essas coisas é perigoso demais, ainda mais em noite de lua cheia! Lembra daquelas histórias de assombração que sua avó contava pra você quando era criança? Era tudo verdade! Em nome de Nossa Senhora Aparecida, me ouve, João! Não vai, não!

— Mas é por isso memo que eu posso arriscar, mãe! Porque tenho Nossa Senhora Aparecida e Jesus Cristo Nosso Senhor no meu coração! — retrucou João Magrelo, agarrando seu terço de plástico azul de um dos bolsos das calças jeans surradas e beijando o crucifixo pendurado na ponta.

— Tá bom, meu fio! Vai com Deus, então! Mas veste brusa que tá um frio de geada lá fora! O pasto já tá branquinho, branquinho... — respondeu dona Emilinha, desistindo das tentativas e suspirando, nitidamente incomodada com o bafo de cana do filho que empesteava a sala.

Poucos minutos antes das dez da noite, lá estavam os dois trabalhadores rurais subindo a serra gelada, tendo como companhia um cachorro labrador de nome Aristeu — ou Ari, para os mais íntimos. Munidos de uma velha espingarda cartucheira e equilibrando mochilas e gaiolas de arame nos lombos, serpenteavam movidos a álcool entre trilhas cheias de espinheiros e cupinzeiros, tendo apenas a luz do luar para guiar os passos tortos das suas botinas de couro desgastadas pela labuta diária nos mangueiros da vida. Depois de atravessarem um pedaço de mata densa repleta

de araucárias, quaresmeiras, ipês, pinheiros-bravos e buritis, se depararam com um platô salpicado de cupinzeiros e bambuzais, através dos quais o cachorro Ari começou a correr solto à procura dos buracos de tatus. Sem muita demora, o animal parou de focinho grudado no chão e começou a latir tão alto que silenciou o canto das corujas, urutaus e cigarras que acompanhavam os caçadores desde os sopés do morro.

— Para de andar, Zizinho! — ordenou João Magrelo, colocando a mão esquerda sobre o peito do amigo.

— Nossa, tamo com sorte hoje, pelo jeito! — respondeu o amigo, obedecendo à ordem com um sorriso aberto no rosto encovado.

Atraído pelos latidos cada vez mais altos e insistentes do cachorro, João tomou a frente, pisando devagar e se desviando dos pés de picão, carqueja, carrapichos e espinheiros que o cercavam. Quando Ari latiu ainda mais alto, ele se agachou atrás de um cupinzeiro baixo, respirou fundo e engatilhou a espingarda com as mãos trêmulas. Levantou a cabeça devagar e ficou observando por cima da massa dura de terra, até que seus olhos conseguissem identificar o local exato apontado pelo cachorro. Assim que a lua saiu de trás das nuvens e iluminou o provável buraco do tatu, João Magrelo posicionou o dedo no gatilho, aguardou e se benzeu com um sinal da cruz. Foi então que um farfalhar num bambuzal próximo chamou a atenção de Ari, o fazendo empinar as orelhas, latir ainda mais alto e caminhar a passos lentos até o local.

— Cachorro filha da puta! — murmurou João Magrelo, com a voz vazando por entre os dentes amarelados de fumo de rolo e já agarrando sua lanterna de quatro pilhas grandes da mochila. — Segura a lanterna! Deixa esse cachorro sarnento ir meter o focinho pra lá! Alumia direitinho o buraco do tatu que eu meto bala! Esse não escapa!

Zizinho, de olhos arregalados, pegou a lanterna de suas mãos e iluminou o buraco apontado pelo cachorro. João Magrelo, por sua vez, se aproximou dele e colocou o cano da arma na boca do orifício, preparado

37

para meter bala no que quer que saísse correndo de dentro. Aguardou, aguardou e nada aconteceu. À medida que pensava se apertava o gatilho de vez e gastava um dos poucos cartuchos de bala que tinha, percebeu de rabo de olho que o seu cachorro havia desaparecido no meio do bambuzal. Sem tempo de ir atrás dele, João perdeu de vez a paciência e meteu bala no buraco. No exato momento em que o estampido do tiro quebrou a tranquilidade da zona rural, engasgos e rosnados altos que lembravam os de um lobo-guará sofrendo ecoaram dentro do bambuzal, sendo imediatamente seguido por latidos e gemidos do cachorro Ari.

— O que que foi isso, minha Nossa Senhora da Aparecida? Acho que argum bicho tá matando o Ari, João! — murmurou Zizinho, com a voz tensa, apontando o foco da lanterna para o bambuzal, na direção de onde imaginava ter vindo o barulho.

— Parece baruio de lobo-guará! E acho que é grandão! Vai iluminando na frente que eu meto uma bala na testa do desgraçado e a gente come ele com pinga! — respondeu João Magrelo, já recarregando a espingarda com seu último cartucho.

Enquanto os dois amigos caminhavam em direção ao bambuzal com as pernas bambas quase se recusando a dobrar, os uivos da criatura desconhecida cresciam em volume, ao contrário dos latidos e gemidos do cachorro, que diminuíam gradativamente, até cessarem por completo.

— O cachorro não tá latindo mais, João! Morreu! Tadinho do Ari! — resmungou Zizinho, com a voz embargada e a mão direita agarrada à barra da camisa do amigo que caminhava à sua frente.

— Se o meu cachorro morreu, esse bicho dos infernos que matou ele vai empacotar também! — respondeu João Magrelo, agora em voz alta, afrontando o que quer que fosse que se ocultava na escuridão do bambuzal. Num gesto ligeiro digno de um ninja, ele agarrou a lanterna da mão do amigo e correu de peito aberto entre os bambus.

— Não faz isso, não, João! É perigoso! Volta!

Antes que tivesse tempo de insistir, Zizinho viu o bambuzal se agitando, como se uma briga de bichos grandes acontecesse dentro dele. De coração acelerado e ainda sem acreditar no que acontecia, ouviu o grito de João Magrelo explodir entre os bambus e ecoar nos morros ao redor. Não parecia ser o grito de quem viu uma cascavel pronta para dar o bote ou algo assim, como sempre acontece nas roças. Lembrava mais o derradeiro urro de quem se vê, de uma hora a outra, frente a frente com uma onça-pintada prenha ou faminta. Colado ao grito do amigo, veio outro uivo animalesco ensurdecedor que o jovem julgou ser realmente parecido com o de um lobo-guará. Sem saber como ajudar João Magrelo, ele se virou e começou a correr na direção contrária do bambuzal. Ofegante feito uma presa acuada, se agachou atrás de um cupinzeiro alto e ficou se benzendo por várias vezes, sem controle das mãos e, muito menos, da própria fé. Então, no exato momento em que a lua se escondia por trás de uma nuvem negra, ele ouviu um tiro. Depois de um silêncio que nenhum animal da mata se atrevia a interromper, se arrepiou inteirinho quando seus tímpanos captaram os gemidos, tossidos e pedidos de socorro de João Magrelo, cuja voz pastosa lembrava o desespero de alguém que morre engasgado com garapa grossa:

— Zizinho, me ajuda...

— Calma que eu tô indo, João! Ocê acertô ele? O bicho tá morto?

Só tendo o barulho do vento gelado como resposta, do tipo que intimida inclusive os animais noturnos, Zizinho se lembrou de um grande facão enferrujado que levava dentro da mochila. O agarrou, se benzeu mais algumas vezes e se levantou. Caminhou em direção ao bambuzal decidido a ajudar o amigo, fosse do jeito que fosse.

— João! — chamou ele. Nada de resposta. — João, ocê tá aí?

De repente, uma rajada de vento ainda mais forte surgiu e começou a balançar o bambuzal de um lado a outro. Os bambus mais altos dançavam devagar no ar, feito tentáculos de um grande polvo à espera de

suas vítimas nas profundezas de um oceano. Hipnotizado pelo monstro que sua cabeça o fazia ver, Zizinho nem percebeu quando a lua ressurgiu por trás das nuvens pesadas. Só foi se dar conta do perigo que corria quando a sombra longilínea de uma criatura com orelhas e focinho enormes se projetou num cupinzeiro à sua frente e cresceu abaixo de suas botinas. Sob a ameaça iminente da morte, o jovem trabalhador rural só teve tempo de arregalar ainda mais os olhos, se virar e tentar golpear com o facão a criatura que corria em alta velocidade em sua direção.

Trancada em casa e ajoelhada perante uma velha imagem de Nossa Senhora Aparecida, dona Emilinha rezava um terço seguido do outro. Implorava à sua Mãe Celestial, como chamava a santa, para que intercedesse pelas almas dos dois teimosos caçadores de tatus. Entre uma ave-maria e outra, murmurava repetidas vezes "Eu avisei! Eu avisei!" ao mesmo tempo que lágrimas escorriam pelos vincos do seu rosto ao som de uivos de lobos-guará e de gritos humanos desesperados que ecoavam ao longe, insistindo em assombrar a sempre tão pacífica roça onde morava desde que nascera.

O BAILE DO LOBISOMEM NAZISTA

"E vamos ao primeiro lugar das paradas de sucesso de hoje! Madonna, com 'Like a virgin'! Aumenta o som dessa loirinha que tá arrebentando a boca do balão neste ano de 1986!", gritava todo empolgado o locutor da rádio Festa FM de Joanópolis. Enquanto ouvia a música, o professor Juscelino — à época mais forte do que gordo, cabeludo, com colesterol e triglicérides mais baixos e cheio de sonhos mirabolantes na cabeça — estacionava seu Fusca azul-calcinha ano 1977 no pátio do clube social da cidade, popularmente conhecido como Canecão, onde aconteceria o "baile do azul e branco", com a banda RPM fazendo as vezes de anfitriã. Mesmo sendo noite, usava um par de óculos escuros dignos do personagem principal do filme *Stallone Cobra*, um dos filmes de ação mais aguardados daquele ano. De olho no retrovisor, depois de pentear pela milésima vez seu mullet e seu bigode espesso inspirado no Magnum do famoso seriado, viu Rosália chegando acompanhada da irmã mais nova, Martinha. Achou sua paquera de longa data linda como sempre, com um permanente nos cabelos aos moldes da cantora Tina Turner, que ele amava e tinha inclusive todos os discos de vinil. Nervoso com a "visão de um anjo caído na Terra", como resmungou a si mesmo, desligou o rádio antes do final da música da Madonna e puxou num só tranco seu toca-fitas Roadstar de gaveta. Deixou o aparelho na portaria e entrou no clube já parcialmente lotado, não sem antes ajeitar seu paletó azul-marinho de ombreiras altas e sua gravata de crochê bordô presenteada pela sua tia Terezinha do tio Noca. Nem bem pisou com seus sapatos Dockside no salão e já ouviu o que queria:

— Com vocês, o grande sucesso do momento! Diretamente de São Paulo, a banda Erreee Peee Emeeeeeee! — Era o velho prefeito Silas do Posto, de Joanópolis, que berrava ao microfone, após, claro, divulgar suas "obras sociais importantes" perante uma plateia de jovens que só queriam saber de se divertir e de beber até vomitar. Depois que o vocalista Paulo Ricardo entrou correndo no palco e foi ovacionado pelas garotas, os outros músicos da banda começaram a tocar os primeiros acordes da música "Loiras geladas". Juscelino, sem conter a empolgação, tirou seu paletó e sua gravata de crochê e jogou tudo no encosto de uma cadeira que havia por perto. Depois, foi até o bar e pediu uma Cuba-libre, não sem antes desferir um tapa forte no balcão de madeira como um verdadeiro cowboy de filme norte-americano. O máximo de álcool que havia ingerido na vida fora uma garrafinha de Keep Cooler sabor uva na festa da prima Margarida, de Piracaia, mas a ansiedade em chamar Rosália para dançar quando a música "London, London" fosse executada lhe fizera cometer tal ousadia.

E foi assim que o "Baile do RPM" — como ficou conhecido na cidade por anos — foi acontecendo e marcando uma época. Quanto mais a banda desfilava seus sucessos mais acelerados, mais o álcool subia à cabeça do jovem Juscelino e o fazia suar de ansiedade, à espera do momento certo de abordar sua paquera de longa data. Olhava Rosália de longe, com olhos de predador por trás dos seus óculos, pensando se aguentaria o baque de mais um copo de Cuba-libre ou de um "não" da moça. Quando decidiu comprar mais bebida, ouviu o vocalista Paulo Ricardo ao micro-

fone, quase sussurrando como um locutor de FM de motel: "A próxima é para os namoradinhos!"

Juscelino imediatamente desistiu da ideia do álcool e correu para o centro do salão, meio que se escondendo de sua pretendente por trás de uma pilastra ornamentada com flores de plástico e papel alumínio. Assim que dezenas de raios lasers verdes chapiscaram o teto do clube de estrelas, cometas e luas e uma quantidade inacreditável de fumaça de gelo seco engoliu o palco, o jovem apaixonado sentiu todos os pelos do seu corpo ficando em posição de alerta. Quando os acordes iniciais executados ao piano de "London, London" finalmente explodiram e arrancaram gritos histéricos da plateia, Juscelino, munido do poder de decisão que só o álcool proporciona aos tímidos, tomou seu último gole de Cuba-libre, amassou o copo e o atirou no chão, todo decidido. Como se soubesse exatamente o que fazer para conquistar definitivamente sua amada para o resto da eternidade, andou pisando firme e de cabeça erguida, se desviando às cotoveladas das patricinhas e mauricinhos que se aglomeravam. Ao se aproximar dela, segurou em seu braço com uma certeza que não imaginou que fosse possível em sua vida sempre titubeante e lhe disse, com as palavras lhe saindo pausadas e travadas, como se proferidas por crianças em um jogral:

— Oi, Rosália! Você quer dançar comigo?

A moça se virou e, ao vê-lo de óculos escuros, o encarou com um olhar irônico demais para ser romântico, mas romântico demais para ser desprezado. Pensou por tempo suficiente para que Juscelino imaginasse que tivesse feito alguma besteira e sentisse vontade de sair correndo, até lhe dar uma piscadinha e responder:

— Claro que eu quero!

Ele então chegou todo desajeitado bem perto do corpo dela, já sentindo o álcool e a emoção dividindo espaço dentro das artérias do seu coração. Enfiou a cara nos tufos dos cabelos fedendo a perfume Avon e a laquê barato de Rosália e passou a mão por trás da sua cintura fina, por onde um laço verde pendia. Seguindo o compasso da música e sob olhares enviesados dos casais ao redor — que pareciam mais tirar sarro do que propriamente admirar —, o casal começou a pisar duro de um lado a outro feito dois robôs, de tão sincronizados. Assim que os olhos semiembriagados de Juscelino se perderam nos bosques esverdeados dos de Rosália, veio o primeiro beijo — na verdade, um selinho tímido, onde os lábios mal se tocaram. Depois de um abraço forte que aproximou ainda mais os corpos, veio um beijo de boca um pouco mais ousado, mas não muito.

Ao presenciar a cena romântica de cima do palco, o vocalista Paulo Ricardo riu e fez um sinal para o iluminador, que imediatamente dirigiu o foco de um holofote potente ao casal. Juscelino e Rosália nem notaram, de tão imersos que estavam nas próprias fantasias amorosas. Ouvindo apenas os fogos de artifícios explodindo dentro do coração, continuaram a dançar agarradinhos, de olhos fechados e rostinhos suados e colados. Assim que a música lenta acabou e antes de apresentar a próxima canção, o vocalista apontou para os dois no meio da plateia e gritou ao microfone:

— Ei, vocês aí!

Juscelino e Rosália abriram os olhos e se entreolharam, incrédulos. Paulo Ricardo continuou:

— O casal bacana aí! Você aí, de mullet, bigodão estiloso e Ray-Ban! E a gatinha de cabelo bonito também! Subam aqui pra cantar a próxima música com a gente!

Sem aviso, um silêncio de noite sem energia elétrica se abateu sobre o clube, como se até Deus aguardasse pela resposta do casal recém-formado de pombinhos.

— Vamos? — perguntou Juscelino a Rosália, trêmulo de amor, álcool e, principalmente, de medo de cantar em público.

— Ah, não, Juscelino! Não tenho coragem, não! Vai você! — A timidez travou as palavras de Rosália.

O rapaz então respirou fundo o ar fedendo a suor, fumaça de gelo seco e arroto de cerveja do clube, deu mais um beijo na boca da amada, ajeitou sua camisa e seus óculos escuros e correu em direção ao palco, abrindo espaço na marra entre o público que agora o aplaudia. Subiu pelas escadas laterais de madeira aos tropeços, se posicionou em frente ao microfone apontado pelo guitarrista Fernando Deluqui e gritou, como se a timidez de uma vida toda fosse coisa de um passado muito remoto:

— Boa noite, povão de Joanópoliiiiiiis!

Foi tão ovacionado que o vocalista Paulo Ricardo, por não conseguir esconder os ciúmes que sentira, acabou deixando o palco. Inclusive o prefeito Silas do Posto, que até aquele momento não havia saído do lado da bateria, à espera de outra brecha para divulgar seus "feitos", o aplaudiu com as mãos pesadas e oportunistas de sempre. Assim que a banda começou a tocar a canção "Olhar 43", Juscelino tirou o microfone do pedestal e entrou cantando todo empolgado, mas completamente fora do tempo. Enquanto aguardava o tempo correto para encaixar a letra na métrica da música, gritava "Rosália, eu te amo!" para que todos os presentes pudessem ouvir e saber que o tão aguardado, o que achava que seria o primeiro e único amor da sua vida, finalmente havia chegado.

No meio da canção, Juscelino percebeu um alvoroço diferente entre o público. Antes que pudesse identificar o motivo, as luzes do clube se apagaram e todos os amplificadores da banda silenciaram, como se mãos superiores e imprevisíveis tirassem tudo da tomada. Sob a luz fraca da lua cheia que invadia as vidraças do local, o rapaz viu algo grande e de orelhas pontudas abrindo espaço aos safanões entre as pessoas. Gritos desesperados que claramente não se dirigiam mais aos membros do RPM explodiram por todos os cantos do clube. De repente, o que quer que fosse aquela criatura chegou na frente do palco e ficou parada, encarando os músicos com seus olhos estatelados e vermelhos. Vestida dos pés à cabeça com um uniforme nazista de dar inveja ao capeta, ela então se agachou, pegou impulso e saltou sobre o vocalista Paulo Ricardo, que, no mesmo instante em que retornava ao palco, tentava inutilmente se proteger das agressões com a ajuda de um pedestal de metal de microfone.

Com as mãos apertando a própria cabeça de tanto medo, Juscelino procurou em vão por Rosália no meio do público alvoroçado. Quando viu o rosto do vocalista do RPM sendo golpeado e seu corpo desabando desacordado bem perto dos seus pés, tentou descer correndo pela escada lateral do palco. E foi então que uma mão grande, peluda e munida de unhas pontiagudas agarrou em seu pescoço e começou a chacoalhá-lo com tanta força que seus óculos escuros saíram voando salão afora. Depois de sentir um bafo de carniça e de ouvir um uivo esganiçado vindo por trás que, de tão alto, alvoroçou seu mullet, Juscelino gritou, já quase completamente sem ar nos pulmões:

— Não! Não pode ser! Hoje é o dia mais feliz da minha vida! Não!

Ainda aos gritos, o professor Juscelino ergueu seu corpo empapado de suor da cama e inspirou o ar parado do quarto com força, como se tivesse acabado de sair do fundo lodoso de um rio. Acordou do pesadelo — o qual, anos depois, acabaria por inspirar seu primeiro romance nunca lançado, intitulado *O baile do lobisomem nazista* —, com o coração lhe dando coices, dentadas e unhadas entre as costelas. Enquanto se recuperava do susto, olhava para o pôster do filme *Rocky, um lutador* colado na parede e tentava se lembrar o quanto do que sonhara havia acontecido de verdade em sua vida. Num primeiro instante, se lembrou de que a banda RPM nunca havia se apresentado ao vivo na cidade de Joanópolis. Quando o fatídico baile em que beijou Rosália pela primeira vez aconteceu, o som ficou a cargo de uma fita cassete gravada com um disco ao vivo da banda, coisa bem comum nas cidades pequenas na época. Engolido pelo sonho de épocas passadas onde realidades agradáveis e fantasias de horror se confundiam, o professor se assustou ao ver através das frestas da janela que o sol já estava brilhando lá fora. Sem pensar muito, mandou tudo à "puta que pariu" e resolveu que faltaria às aulas naquele dia. Não estava com paciência. Tentaria a qualquer custo se distrair e se recuperar do sentimento de angústia que devorava seu coração solitário naqueles tempos em que a turbulência parecia ser regra em sua vida. Se levantou com suas olheiras profundas e as papadas do rosto quase se arrastando no chão e se vestiu com as mesmas roupas de sempre. Fez um café forte e o bebeu devagarinho, acompanhando a movimentação dos cachorros sem dono na rua através da janela e ouvindo a canção "Dreamer", da banda Supertramp, rolando em seu "três em um". Depois de refletir sobre o sentido da letra da música — cujo trecho "Você não passa de um sonhador" o apunhalou por resumir o que achava de si mesmo —, deu ração ao seu cãozinho Rambo e desceu até o porão para contar os detalhes do sonho do baile à sua falecida Rosália. Chegando lá, ajoelhou-se perante o altar dedicado a ela, acendeu uma vela novinha em folha, alisou com as pontas dos dedos as fotografias coladas na parede e falou, com a voz pigarrenta:

— Bom dia, meu amor! Dormiu bem? Sonhei com a gente hoje de madrugada, sabia? — Depois de aguardar por alguns segundos em silêncio, o professor ouviu uma voz feminina ecoando no além, sorriu de leve e continuou: — Lembra daquele baile de fita do RPM que a gente se beijou pela primeira vez? Lá no clube Canecão, lembra? — Fechou a cara como se uma resposta rápida e negativa o pegasse de surpresa e insistiu: — O baile, Rosália, pelo amor de Deus! Aquele em que eu tomei Cuba-libre pela primeira vez e fiquei de ressaca e vomitei o dia seguinte inteirinho, lembra? Então! Sonhei com aquela noite! Tinha todos os detalhes, tudinho! Sonhei até com o meu saudoso toca-fitas Roadstar, aquele que eu fiz rolo com o tio Américo a troco de um aparelho de som CCE, aquele do "Conserta, Conserta, Estraga", lembra? — Suspirou com as lembranças começando a pesar em sua mente e concluiu, já se levantando e limpando a poeira dos joelhos aos tapas: — Então, meu amor! Tava tudo tão lindo e tão real, até aparecer um lobisomem com roupa de nazista e acabar com a festa, você acredita? — Gargalhou alto e falou, depois de algum tem-

po: — Você dá risada, né? Eu até acho engraçado agora, mas na hora do pesadelo pensei que fosse infartar! Acho que eu tô precisando de férias da escola, desse casarão, do sorvete de pistache, da minha vida inteira, Rosália. Minha cabeça anda muito confusa...

Depois de "conversar" e de ouvir as "novidades" de sua amada desencarnada, colocou o cãozinho Rambo na guia, desligou o celular para que a diretora Adélia não o importunasse com mensagens de Whatsapp e saiu para uma caminhada matinal imprevista. Ao entrar na padaria próxima à sua casa e pedir o mesmo sonho de nozes, os indispensáveis três biscoitos de polvilho e os irresistíveis dois pães com gergelim do dia, ouviu dois senhores de chapéu de palha na cabeça conversando, tomando café preto e olhando para a televisão sintonizada num telejornal regional:

— Ocê viu, seu Teles? Tão falando que o tar do lobisóme apareceu outra vez e atacou dois rapaiz da roça lá perto da Cachoeira dos Preto...

— É, ouvi falar memo, Bráz! E eu até conheço os dois! Um é o João Magrelo, aquele cachaceiro filho da dona Emilinha do falecido Chico Pinto! Aquele rapaz desengonçado que conseguiu subir no pau de sebo sozinho uma vez, lembra? — O amigo continuou em silêncio, pensativo. — O outro é o Zizinho, filho da Tonha, merendeira da escola. Ele também é cachaceiro, mas trabalha muito! Até ajudou o tio Lazinho na construção do rancho dele, lá pros lado de Piracaia...

— Ah, então os dois bebe, então?

— Bebe muito!

— Ah, então tá expricado! Devem estar dormindo de beudos no meio do mato e esqueceram de dar conta da vida...

— Ah, devem mesmo! Mardita cana... — concordou seu Teles, para em seguida puxar outro assunto que estava correndo feito notícia de morte pelas bocas da cidade: — E tem outra coisa meio que diferente acontecendo nessas banda, seu Bráz! Ocê ouviu falá? Parece que tá aparecendo flor e pranta roxa pra tudo quanto é lado! A dona Mariana do seu

Norberto Manco me disse que o pé de hibisco dela tá carregadinho de fror que antes era vermeia e agora tá roxa... e o seu Joaquim Zóio, aquele jardineiro vesgo da prefeitura, falou que não é só hibisco que tá ficando roxo, não... diz que é todo tipo de fror... e disse tamém que até as raíz das pranta tão ficano mais roxa que difunto que morre afogado... Isso não é coisa desse mundo, não, seu Bráz! Não é, não!

"Nossa, esse povo não tem o que fazer mesmo! Essa história de lobisomem e de flor roxa já tá me enchendo a paciência! É lobisomem aqui, lobisomem ali... margarida roxa aqui, hibisco roxo ali... bando de desocupados...", pensou o professor Juscelino, cheio de mau humor na alma, enquanto saía da padaria com suas compras nas mãos e atravessava a rua de paralelepípedos a passos acelerados para não ser atropelado pela mesma Brasília verde do circo que perambulara pela zona rural na noite anterior à procura de eventuais espectadores. Quando o senhor careca e forte que pilotava o veículo parou de falar ao microfone e jogou alguns panfletos "xerocados" no meio da rua, o docente se agachou, pegou um deles e o colocou no bolso dianteiro das calças.

"Até um circo mequetrefe pode ser opção de diversão numa cidade largada no mundo como esta! Um dia eu ainda me mudo daqui e levo a Rosália e o Rambo junto! Não é mesmo, John Rambo?", pensou, já pegando seu cachorrinho no colo, fazendo carinhos em sua cabeça e descendo uma rua íngreme, curioso para ver de perto as instalações da nova atração da cidade.

O circo Internacional Art's Brasil era muito mais pobre e decadente do que todos na cidade imaginavam. Ao chegar no local onde ele estava sendo instalado, o professor Juscelino se uniu a alguns cidadãos curiosos, no exato momento em que quatro homens fortes e sem camisa puxavam uma imensa lona vermelha e amarela toda rasgada para cima de algumas estruturas de madeira, com a ajuda de um cabo de aço e algumas cordas remendadas. Ao lado dos trabalhadores, num espaço de terra batida quase sem mato nenhum, uma moça um pouco acima do peso vestida de bailarina treinava alguns passos com um homem magrelo e alto que parecia feliz com o que fazia. À esquerda de tudo, havia dois trailers com pinturas tão irregulares e toscas que pareciam ter sido feitas por uma criança de cinco anos de idade com problemas motores. Uma delas mostrava um palhaço sorrindo, com uma lágrima torta pintada de vermelho escorrendo em seu rosto branco. A outra exibia um homem careca e musculoso confrontando uma onça-pintada brasileira e uma girafa africana, numa mistura de biomas completamente inesperada e sem sentido. Acima do desenho estava escrito: "Tarsan Brasileiro", com S mesmo. E foi assim, hipnotizado pelo que chamou de "tosquice comovente que é a cara do Brasil", que o professor ouviu a conversa de dois homens que se aproximavam. Um deles era o motorista da Brasília do circo, que puxou assunto com outro, um baixinho de boina italiana na cabeça e uma pança saliente que lembrava, e muito, o humorista Zacarias dos Trapalhões, e que o professor ficou sabendo depois ser o dono do circo:

— Seu Napoleão, eu ouvi no rádio que um lobisomem atacou dois moradores daqui de Joanópolis! O senhor ficou sabendo? — perguntou o motorista fortão.

— Eu ouvi falar mesmo, Julião! Espero que essa história toda não bote medo no povo e não atrapalhe a nossa estreia desta noite! — respondeu o Zacarias, refletindo em seguida por alguns instantes, respirando fundo e completando, com a voz arrastada e os olhos se perdendo através dos grandes furos da lona velha à sua frente: — A minha dívida com o banco já tá alta. Se eu tiver prejuízo aqui em Joanópolis, vou ter que vender o que sobrar desse circo. Estamos num beco sem saída, Julião!

Anoiteceu e aconteceu o que já era previsível. Apenas três espectadores corajosos se dispuseram a deixar a segurança de suas casas para apreciar de perto as atrações mais do que mambembes do circo. Nem o professor Juscelino se arriscou a deixar o conforto mofado do seu casarão, mas não por medo de lobisomens, flores roxas, assombrações ou "crendices absurdas do tipo", como costumava dizer aos alunos. Preferiu varar a noite jogando seus cartuchos de Atari preferidos: River Raid, Enduro e Pac-Man.

Alheio à quase que total falta de público, o dono do circo ordenou aos artistas para que o espetáculo acontecesse da melhor maneira possível e assim foi feito. Apesar dos semblantes tristes e da falta de chão que desequilibrava suas emoções, todos os palhaços, malabaristas, dançarinos e dançarinas deram o melhor de si, fazendo com que suas artes se sobrepusessem com dignidade à falta de interesse do público e dessem significado às suas existências, se tornando, assim, muito mais do que meros meios de vida. Quando a última luz do picadeiro central foi apagada e depois de o último espectador deixar o circo, Julião, o homem da Brasília que, como Juscelino ficou sabendo depois, também fazia as vezes de "Tarzan Brasileiro", entrou pisando firme no decadente e enferrujado trailer do seu Napoleão, o dono do circo. Vendo o pequeno homem cabisbaixo e chorando de enlamear o piso, falou:

— Chefe, eu tive uma ideia que pode salvar o circo Internacional!

— Não adianta, Julião! Eu não vou pedir empréstimo pra mais ninguém! Nenhum banco filha da puta vai me enganar de novo! Vou pagar o que devo a esses desgraçados e aos artistas do circo e vender tudo, pra nunca mais...

— Chefe, posso te falar o que pensei enquanto me apresentava? — insistiu o homem careca. Assim que seu chefe consentiu com um movimento de cabeça mecanizado, ele disparou com a voz firme: — E se a gente pegasse as nossas armas, redes e cordas e tentasse capturar o tal do lobisomem que estão dizendo que atacou aqueles moços da roça? Se a gente conseguisse isso, dava pra exibir ele na próxima lua cheia pro povão aqui de Joanópolis! E o senhor sabe que dia que vai cair a próxima lua cheia? No dia de São João, que a cidade fica lotadinha de gente! Acho que pode ser um sucesso, chefe! Se esse bicho desgraçado do inferno existir mesmo, pode ser a salvação do circo Internacional! O que o senhor acha?

E foi assim que os picadeiros do meio das pupilas do dono do circo se iluminaram muito mais do que seu rosto sofrido quando exposto à luz das lâmpadas sobreviventes do velho espelho do seu trailer. Seu Napoleão, pela primeira vez na vida, teve vontade de beijar a careca daquele amigo grandalhão que o ajudara a fundar seu estabelecimento artístico com tanta dedicação. "Se existir esse lobisomem, a gente captura ele e fica rico! Se não existir, a gente inventa que ele existe e paga as dívidas com os lucros da ilusão!", pensou, meio que poeticamente, antes de se levantar, abraçar o Tarzan Brasileiro com força e lhe dizer, enquanto lhe socava com força os músculos salientes das costas:

— Vamos pegar esse desgraçado, então, Julião! E vai ser agora mesmo! Tem coragem? Pega as armas no armário verde do depósito e as redes lá no trailer dos malabaristas! Esse bicho não escapa!

O professor Juscelino despertou de mais uma noite mal dormida pensando em faltar à escola outra vez, mas desistiu da ideia. Sua aposentadoria estava prevista para acontecer em menos de dois anos e ele imaginava que qualquer risco de ser demitido antes da data prevista para o "descanso do guerreiro para se preparar para a morte", como a chamava, seria desnecessário. Acordou sem vontade de nada, fez seus rituais matinais mecanizados de sempre — já pensando nas justificativas que daria devido à sua falta no dia anterior — e se arrastou feito uma lesma gigante em direção ao trabalho. Enquanto caminhava por entre uma neblina baixa que lhe engolia os pés e se assustava ao ver que mais flores roxas haviam desabrochado nos jardins das casas, meio que já adivinhava o motivo de as ruas estarem tão vazias. A história do aparecimento do lobisomem e também o fato de os girassóis, cravos-de-defunto e margaridas — além de vários outros tipos de flores que naturalmente não são roxas — terem aparecido tingidas com essa cor em todos os cantos da cidade e da zona rural parecia significar que algo muito estranho espreitava os moradores de Joanópolis.

Nem bem o professor pôs os pés na escola e já foi chamado pela diretora Adélia, que, sentada à sua mesa, lhe disse sem rodeios, de óculos de lentes grossas pendendo na ponta do nariz e sem olhar para a sua cara:

— Desembucha, professor Juscelino!

— Dona Adélia, anteontem eu comi uma pamonha e acordei com um mal-estar e...

— E por que desligou o seu Whatsapp?

— É que meu celular tá com a bateria ruim e...

Depois de mil desculpas esfarrapadas e de ouvir o fatídico "Se isso acontecer mais uma vez, será advertência na certa!", o professor se arrastou até a sua sala feito quem caminha em direção a uma forca. Empurrou a porta devagar, já prevendo o caos e encontrou seus alunos e alunas ensandecidos, de um jeito como nunca havia visto antes. O sumiço dos dois rapazes da roça, as flores roxas que desabrochavam feito lembretes da morte em todos os cantos, a falta dele no dia anterior, o fiasco da estreia do circo e outros fatos mais corriqueiros enchiam o ar da sala de fofocas, piadinhas, mistérios e emoções variadas. Depois de quase quinze minutos implorando por silêncio e olhando com curiosidade para alguns foguetes, planetas, mapas estelares e satélites feitos de papel alumínio, isopor, tinta guache, garrafas PET e Durex espalhados pela sala, ficou sabendo do outro motivo da euforia dos "Satanazinhos", como chamava mentalmente seus alunos. Aconteceria no pátio da escola, às nove da manhã daquele mesmo dia, "a primeira feira aeroespacial de Joanópolis"; um evento do mesmo tipo que o professor via em filmes e desenhos norte-americanos em sua infância, mas que nunca teve a oportunidade de participar, como sempre sonhara. Além de as escolas da época em que estudava — todas dominadas pela mão de ferro da ditadura militar que imperava — possuírem currículos e intenções "sociais" e "cívicas" muito diferentes das atuais, sua família pobre da roça nunca teria dinheiro suficiente para comprar o material necessário para qualquer trabalho escolar digno de nota.

O mais perto que o menino Juscelino chegou da ideia de enviar uma nave espacial até os confins do espaço exterior foi quando seu pai lhe comprou um foguete de vara para que soltasse no dia do seu aniversário. Mas a data chegou e o lançamento tão aguardado não aconteceu como previsto. Seu Dimas, seu pai — um lavrador sofrido que mal tinha dinheiro para o fumo de rolo —, havia guardado a vara num depósito de madeira que havia debaixo de algumas bananeiras no quintal, onde o sol não chegava nem se Deus quisesse. Resultado: a pólvora do foguete absorveu a umidade do lugar e não pegou fogo de jeito nenhum, para decepção do pequeno "astronauta" e do seu progenitor, que, com o semblante triste, fez questão de relembrar o fato por anos e anos. Foi um acontecimento tão marcante na vida do professor Juscelino que o fez, movido pelo trauma, comprar toda a coleção do antigo seriado *Jornada nas Estrelas* em VHS para rever dezenas e dezenas de vezes cada episódio, quando e como quisesse. Viajando através de um passado que sabia que não poderia mais modificar, teve um estalo mental que talvez lhe aliviasse um pouco o peso do trabalho do dia. Para que aquela garotada espevitada e descontrolada passasse o tempo até que batessem as tão aguardadas nove horas da manhã — o horário da feira —, ele distribuiu folhas de sulfite em branco e lhes pediu para que desenhassem uma figura que representasse o que queriam ser no futuro. Poucos minutos depois, a primeira a lhe mostrar o desenho foi a sempre agitada Juliana Serelepe.

— O que é isso, Juliana, me explica? — perguntou o professor, ao bater os olhos no desenho que mostrava uma jovem sentada ao piano, de vestido com flores coloridas estampadas e um par de sapatos verdes de salto alto nos pés. Além da roupa que chamava a atenção pela simplicidade e originalidade, a figura tinha cabelos curtinhos pretos e olhos puxadinhos iguaizinhos aos da própria autora do desenho, cujas íris eram de um verde-esmeralda tão intenso quanto o sabre de luz do mestre Yoda da saga *Star Wars*. Atrás dela, sob um fundo preto que talvez significasse uma noite sem estrelas, havia uma lua cheia e um imenso arco-íris que saía da boca do "gigante deitado" das montanhas de Joanópolis e desaparecia no céu, entre as estrelas. — Não entendi nada, Juliana!

— Tá com cara de quem não entendeu mesmo, professor! É que o senhor tá precisando ver os vaga-lumes mais uma vez! Tá na sua cara! Respira fundo e olha o desenho de novo! — insistiu a garota, com a impetuosidade de sempre. Ela aguardou por alguns segundos e, perdendo de vez a paciência, explicou: — Essa aí sou eu, professor!

— Tá bom, Juliana! Esta é você no futuro? Vai ser pianista? Que bacana! — retrucou Juscelino, envergando o primeiro sorriso tímido do dia.

— Sou eu, sim, professor! Só que no desenho eu não estou no futuro, e sim hoje mesmo, neste exato momento! — Percebendo o olhar de perplexidade do mestre, ela tentou explicar: — É que, enquanto estou aqui, também estou num outro lugar muito diferente desse em que vivemos! E nesse lugar diferente eu me chamo "Jupioca Yuripoka", já sou adulta e toco piano muito bem, do jeitinho que eu quero ser quando crescer, entendeu?

— Ah, entendi! "Jupioca Yuripoka", né... — concordou o docente, mas com a expressão facial mostrando o contrário.

— Professor, tem muita coisa que quero contar pro senhor que ainda não contei! Mas pode ficar sossegado que ainda hoje eu te falo tudinho, combinado? Quando tiver um tempinho, explico até aquele negócio da bolinha de gude que assustou o senhor lá na sorveteria do seu Zico Mola, tá bom?

Juscelino concordou de novo, mesmo com receio de que a sanidade e o bom-senso estivessem começando a lhe faltar devido à idade que, como dizia, "o arrastava sem dó nem piedade em direção à morte". "De fantasioso e sonhador, já bastava eu quando era jovem, credo!", pensou, enquanto dezenas de garotos e garotas colocavam folhas de sulfite em sua mesa com desenhos coloridos de astronautas, enfermeiras, veterinárias,

professores, cowboys de rodeio, eletricistas, bombeiros, arqueólogos e outras profissões inimagináveis de tão atuais para o professor, como produtores de conteúdo, instagramers e youtubers.

Depois de uma olhada rápida, o primeiro desenho que lhe chamou a atenção foi o de Clebinho Kid, o garoto negro de dez anos. O segundo foi de um menino apelidado de "Marquinhos Satã", um ruivinho desembestado de onze anos, oriundo de uma das famílias mais carentes de Joanópolis. Eram tão pobres, mas tão pobres, que ele próprio confessara ao professor Juscelino que, muitas vezes e apesar da indispensável ajuda do governo, sua única refeição do dia, assim como dos sete irmãos, era a que fazia na escola. "No final de semana, é mais complicado, fessor! Nas férias, então, nem te falo..." foi a frase que ajudou a partir de vez o coração mole do velho mestre.

A ilustração de Clebinho mostrava um homem negro vestido com roupas normais e sem nada nas mãos e a de Marquinhos Satã — muito bem feita, aliás — exibia um demônio vermelho com chifres enormes e retorcidos apertando o pescoço de um lobisomem com a ajuda de um tridente, com força suficiente para que a língua da criatura pendesse através da boca semiaberta. Antes que o sinal da saída para a feira de ciências fosse acionado, Juscelino chamou os dois à mesa e perguntou:

— Clebinho, me explica seu desenho, por favor? Não entendi!

— Não entendeu o quê, fessor?

— Qual é a sua profissão aqui? Não tô conseguindo identificar!

— Olha, professor! O senhor disse que era pra gente desenhar "o que a gente quer ser no futuro" e não a nossa profissão!

Juscelino engoliu em seco com a desorientação que sentiu e falou:

— Bem observado, sabichão! E o que você quer ser no futuro, então?

— Ah, professor! Tá aí no desenho! O senhor não consegue ver? Quero ser eu mesmo, só que grande! Eu tô feliz do jeito que sou, entende?

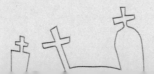

Então! Quero continuar assim! — respondeu Clebinho Kid, dando as costas ao docente e já saindo para o recreio.

O docente balançou a cabeça positivamente, como se uma enorme ficha telefônica dos anos 1980 despencasse em seu cérebro e chamou o próximo:

— E você, senhor Marquinhos Satã? Me explica o seu desenho?

— Ah, fessor! Tá tudo bem explicadinho aí! Eu quero é ser um caçador de assombração de verdade! Principalmente de lobisomem, que tem muito por essas bandas! Quero ser muito famoso, sair no programa do Dapena e tudo o mais! E ganhar dinheiro também, né? — respondeu o garoto de bate-pronto, de olhos perdidos nas mangas rasgadas da blusa fina de frio que usava e nas próprias viagens sobrenaturais. — Já pensou, fessor? "Morador de Joanópolis pega lobisomem na unha, vende pra um zoológico de Nova Iorque e fica mais rico que o Enlói Mosk!". Já imaginou isso, grande mestre? É Enlói Mosk mesmo que fala, fessor? — indagou, fazendo Juscelino cair na gargalhada e lhe responder apenas com um sinal de "positivo". A vontade do docente, na verdade, era de mostrar o dedo médio ao seu aluno, só de lembrar que o referido milionário havia feito uma saudação nazista durante a posse de um presidente norte-americano no início daquele ano de 2025, mas desistiu imaginando as consequências e, acima de tudo, achando que o gesto não fazia parte do seu perfil. Depois de fechar a cara, lhe gritou um "Sai fora!" com o tom de voz típico de quem perde completamente a paciência.

"Enlói Mosk é o caralho!", pensou o mestre, já dispensando os alunos endiabrados aos berros e se dirigindo à sala dos professores para mais uma longa e tediosa sessão de fofocas e reclamações regadas a muito café morno e fraco.

Apesar do vento frio que fazia surgir redemoinhos de sacis-pererês feitos de poeira por todos os lados, a feira de ciências da escola transcorreu normalmente, em cima de um palco de cimento que havia no pátio, com todos os professores fazendo perguntas aos grupos de alunos sedentos por notas altas. Juliana Serelepe, com uma outra menininha de nome Suzana e o "mimadinho do Silvinho Bolacha", como era conhecido um garoto de uma das famílias mais ricas e tradicionais da cidade, foram os primeiros a se apresentar. Enquanto Silvinho só olhava — talvez por não ter estudado o assunto em questão —, as garotas explicavam com firmeza na voz os detalhes de um sistema solar muito bem montado, com seus pedaços de arame, cartolina e Durex sustentando planetas de isopor de vários tamanhos e cores. Um pouco antes do término da apresentação, um garoto da plateia ergueu a mão, levantou-se da cadeira e fez uma pergunta, dirigindo-se, como que de maneira premeditada, a Silvinho:

— Ué, Silvinho, você não me mandou um vídeo no Whatsapp que provava que a Terra é plana? Por que ela tá redondinha aí?

Até os pardais, o vento e os redemoinhos dos sacis silenciaram para ouvir a resposta.

— Mandei, sim! Mas foi meu pai que mandou no grupo da família... eu não tenho nada a ver com isso... — respondeu o garoto aos engasgos, todo vermelho de vergonha e sem saber onde esconder a cara.

— Então seu pai deve ser um espalhador de mentiras e você é a cara dele! Como vocês são atrasados! Que Brasil vocês querem pro futuro? Que vergonha, Silvinho! Está demitido do nosso grupo! Vaza! — interveio Juliana Serelepe aos gritos, com o dedo apontado para o nariz do menino, arrancando risos histéricos e espontâneos de um professor baixinho e atarracado que estava na bancada logo à sua frente.

Com olhos acesos de tanto ódio, Juliana agarrou Suzana pelo braço e saiu do palco pisando forte, sinalizando o final apoteótico de sua apresentação. O grupo que ela própria havia batizado às pressas de "muito além das fronteiras do inimaginável" ganhou nota máxima com o trabalho. Menos Silvinho Bolacha, que, algumas horas depois, teve que explicar sua "teoria da Terra plana" a uma banca de professores, incluindo Juscelino, que destruiu seus "argumentos" com dezenas de tiradas irônicas.

Assim que todos os alunos do professor Juscelino apresentaram seus projetos, ele próprio se retirou da bancada reservada aos professores. Comprou um café sem açúcar na cantina e foi até um quiosque em busca de um mínimo de paz e tranquilidade. Sua cabeça latejava de tanto que as crianças gritavam dentro. Chegando lá, sentou-se num banco e abriu sua pasta "007" para olhar com mais calma os desenhos que as crianças haviam feito algumas horas antes. De repente, ao se distrair com uma pomba voando à sua frente, ele viu Juliana Serelepe caminhando em sua direção, com o olhar fixo de quem quer alguma coisa. Ela se aproximou e, sem pedir licença, sentou-se ao seu lado:

— Professor, como eu já te disse antes, preciso te contar um negócio!

— Você precisa mesmo me explicar o que foi aquele negócio das bolinhas, menininha! Que mágica, que feitiço foi aquele? — retrucou o professor, lembrando-se dos dentes escancarados do lobisomem da sorveteria do seu Zico Mola mais uma vez.

— É sobre isso mesmo que quero falar, professor! — respondeu Juliana. Depois de pensar um pouco de olhos grudados nos do homem gordo à sua frente, prosseguiu: — Foi a Jupioca Yuripoka (que sou eu mesma no outro mundo) quem me ensinou sobre as bolinhas num sonho! E falou algo sobre um livro muito antigo também, mas essa parte eu não entendi direito... — Depois de um silêncio contemplativo, como se ouvisse vozes lhe assoprando nos ouvidos, ela continuou: — E nós duas escolhemos o senhor para nos ajudar numa coisa...

— Essa história dessa mulher de novo? — resmungou o professor, antes de respirar fundo, perder a paciência pela milésima vez no dia e falar: — Tá bom! O que essa tal de Jupioca Yuripoka quer de mim?

— Não fala assim dela, professor! Ela é uma entidade superior e, pelo que vi, o senhor, apesar da idade, ainda não tá preparado pra essa conversa! — respondeu Juliana com uma certa raiva na voz. Ao ver a pasta nas mãos do professor, mudou completamente de assunto: — Seu Juscelino, posso ver os desenhos do pessoal da minha turma?

O mestre suspirou e consentiu, já abrindo a pasta e lhe entregando as folhas de sulfite. Juliana começou a escanear um a um com seus olhos verdes iluminados pelo sol e, coincidência ou não, acabou separando os mesmos dois desenhos que tanto haviam chamado a atenção de Juscelino pouco antes. Em seguida, olhou para os lados e gritou por Clebinho Kid e Marquinhos Satã, que brincavam de dar porrada um no outro no pátio. Assim que eles se aproximaram, ela falou, toda decidida:

— Bom, vou explicar só uma vez pra vocês! E vai ser lá na biblioteca! Vamos lá, professor? Como diz a minha vó, "levanta essa bunda gorda que a vida não espera e a morte, muito menos!"

Já na biblioteca, Clebinho, Marquinhos e o professor Juscelino "das antigas" foram orientados por Juliana a pegar o livro de ficção que mais gostavam na estante. Sem entender nada e sem pestanejar, o professor agarrou um exemplar já amarelado de tão antigo e manuseado de *Spharion*, da escritora brasileira Lúcia Machado de Almeida. Clebinho Kid sacou uma cópia de *Vinte mil léguas submarinas* do meio de uma coleção do francês Júlio Verne. Marquinhos Satã ficou entre *Os Karas – a droga da obediência*, do brasileiro Pedro Bandeira, e, por razões mais que óbvias para o professor que o observava com atenção, o terror *A hora do lobisomem*, do norte-americano Stephen King. Acabou optando pelo primeiro, pelo simples motivo de as histórias nacionais terem muito mais a ver com sua própria vida do que as estrangeiras. Juliana, para espanto e admiração do professor, tirou da própria bolsa um exemplar com a capa dura toda desgastada do romance *Cem anos de solidão*, do colombiano Gabriel Garcia Marques. Ela, percebendo o olhar embasbacado do homem à sua frente, se antecipou:

— Gostou, né, professor! Eu também! Eu amei esse livro! — Fez um silêncio reflexivo e continuou: — Mas foi a Jupioca Yuripoka que leu e explicou toda a história pra mim, nos vários sonhos que tive com ela! Tem muito de nós duas nele, professor! É muito mágico! Muito encantador! Eu queria morar em Macondo, sabia?

Sem esperar por qualquer elogio ou comentário do seu mestre, Juliana respirou fundo e pediu para que todos se sentassem à mesa. Ajeitou-se em sua cadeira, deu um tapa carinhoso no livro que escolhera e prosseguiu, falando como uma professora recém-formada:

— Bom, vou resumir pra vocês um pouco do que tá acontecendo, tá bom? No final, deixarei um espaço para dúvidas...

O adulto e as outras duas crianças da mesa fizeram silêncio e, mesmo ressabiados e com expressões confusas lhes retorcendo os rostos, concordaram com a cabeça. Juliana então metralhou:

— É o seguinte! Há algum tempo, a Jupioca Yuripoka (que sou eu mesma, só que num outro mundo) apareceu pela primeira vez pra mim num sonho e me pediu pra comprar sete bolinhas de gude, uma de cada cor do arco-íris! — O docente nem piscava, ansioso para saber em que mar desembocaria todo aquele rio de fantasias. Alheia à sua expressão abobada, Juliana Serelepe continuou: — Sobre essas bolinhas, aliás, eu explico uma outra hora, mas já adianto que até o professor Juscelino, que é meio lerdinho, já sabe como elas funcionam... — Clebinho Kid e Marquinhos Satã trocaram cotoveladinhas e se entreolharam segurando os risos entre os dentes. Juliana nem percebeu. — Agora vou direto ao assunto. Vocês já estão sabendo que estão dizendo por aí que um lobisomem apareceu em Joanópolis e já começou a fazer seus estragos! E já ouviram falar sobre as flores roxas também, né? Então! Parece que estão aparecendo até animais roxos, mas eu nunca vi! Então! É exatamente pra isso que chamamos vocês aqui. Eu e a Jupioca Yuripoka escolhemos vocês três a dedo para que nos ajudem a capturar essa criatura, encontrar um tal de um livro sagrado que eu não entendi direito como veio parar por aqui e evitar que as flores e os animais roxos se espalhem ainda mais! Vocês topam?

— Eu topo! — disparou Marquinhos Satã logo de cara, de olhos arregalados e mão direita levantada.

— Eu também, mas só se não for muito perigoso! — respondeu Clebinho Kid, engasgando-se com as próprias palavras. — Mas eu tenho um pouco de medo, porque o meu avô disse que uma vez, lá numa roça de milho que ele tinha perto do Tino da Lurdinha...

— Então, já somos em três! — Juliana bateu o martelo pelo amigo titubeante, já dirigindo um olhar intimidador para Juscelino: — E você, meu querido professor? Topa?

— Não sei, Juliana! Acho que não! Esse negócio de...

Os três pequenos rostos de decepção à sua frente travaram sua fala. Após um suspiro que fez sua papada tremer feito gelatina, ele remendou:

— Vou pensar, tá bom? Amanhã de manhã dou uma resposta a vocês, pode ser?

Juliana concordou com um movimento de cabeça e se levantou da cadeira, sendo seguida pelos outros dois amigos. Antes que deixasse a biblioteca, o professor se lembrou de uma coisa e lhe perguntou:

— Mas me responda só mais uma coisa, Juliana. Por que você pediu pra gente escolher um livro favorito? Fiquei curioso!

— Ah, professor! Foi só para saber como funciona a cabeça dos que vão caçar assombração junto comigo e com a Jupioca Yuripoka. Os que toparem ir com a gente podem até ser meio loucos e coisa e tal! Só não podem ser hipócritas, mentirosos, medrosos e inconsequentes! É só isso! E vocês três foram aprovados com mérito por causa do jeito de vocês e dos livros que escolheram! Parabéns! — Juliana respirou fundo, fechou a cara e alertou, com firmeza na voz: — Mas se preparem, meus queridos, porque não será uma tarefa tão fácil assim! Ouvi dizer que as flores roxas estão se espalhando com muita velocidade e que todos os animais que se alimentam delas estão ficando roxos também! Suas raízes já estão tingindo até as minhocas de roxo e apodrecendo a terra que tem debaixo da cidade de Joanópolis, o senhor acredita, professor? — Sem que o mestre tivesse tempo sequer de pensar em uma resposta minimamente plausível, ela concluiu, já dando as costas a Juscelino e saindo da sala: — Não temos muito tempo... é coisa de vida ou morte... como eu já disse, se preparem!

Na madrugada seguinte ao dia da feira de ciências da escola, um pouco antes de o sol dar as caras e bronzear os contornos bem definidos do "gigante deitado", o padre Adolfo — um descendente de italianos já à beira dos setenta anos de idade e com justificada fama de mal-humorado — acordou com o seu celular vibrando. Deu um tapa forte no aparelho, a ponto de quase derrubá-lo no chão e levar junto uma pequena imagem de Nossa Senhora que havia em sua mesinha de cabeceira. Desanimado, ele agarrou o aparelho, praguejou contra Deus e o diabo e, ao atender a ligação, ouviu uma voz apavorada com sotaque caipira lhe dizendo, entre sons de pássaros, quase aos berros:

— Padre, pelamordedeus! O sinhô pricisa vir aqui benzê a minha roça agorinha!

— Quem tá falando? — respondeu o religioso, com ódio na voz, na alma e no corpo por ter acordado tão cedo e com o pigarro de anos e anos de fumo de rolo lhe grudando nas palavras.

— Aqui é o Macinho da Candinha!

— Não lembro desse nome, não... o senhor frequenta a missa?

— O Macinho da Candinha, seu padre! O prantador de fror que mora no bairro dos Pires! As fror que o senhor incomenda pros velório, pros casamento, pros batizado, prás festança de santo tudo!

— Ah, já sei! Lembrei! O "seu Macinho da dona Candinha"... — Depois de um bocejo que soou quase como um "Que saco! O que esse idiota quer comigo a essa hora?", o religioso resmungou, sem emoção nenhuma na voz e coçando os olhos ainda pesados de sono: — Ah, seu Macinho! Eu já posso até adivinhar! Apareceu uma flor roxa aí que não era pra ser roxa, né?

Antes de ter tempo de ouvir qualquer resposta, o pároco ouviu um grito feminino desesperado se sobressaindo ao som dos canários, das maritacas e dos bem-te-vis do outro lado da linha. Pelo que lhe pareceu, o tal seu Macinho da Candinha havia entrado em desespero e, esquecendo-se completamente da conversa, começou a berrar e a correr com o celular ainda ligado na mão:

— Sai daí, Candinha, pelamordedeus! Sai! Corre! Entra na casa correno! O bicho tá atrás dos pé de rosera! Óia a sombra dele lá! Corre!

— O que está acontecendo aí, pelo amor de Deus? — perguntou o padre, com a respiração acelerada, acordando de vez de sua pasmaceira.

Foi então que o celular do produtor rural ficou mudo repentinamente. Preocupado com todas as histórias de lobisomens que empesteavam as esquinas e botequins da cidade e invadiam inclusive suas missas, o religioso tentou retornar a ligação, mas foi em vão. Desligou o celular e se vestiu aos atropelos com sua calça de tergal azul de sempre e uma camisa de flanela xadrez. Saiu correndo da casa paroquial onde morava sozinho — as más línguas diziam que não era tão sozinho assim —, entrou em sua Variant amarela e pegou rumo no sentido do bairro dos Pires, situado na zona rural de Joanópolis, a poucos quilômetros do centro.

Menos de quinze minutos depois, logo após uma das curvas do alto de um morro, o sacerdote se benzeu com três sinais da cruz seguidos

ao olhar para baixo e ver, já sob a luz do sol que nascia, a roxidão absoluta tomando conta da roça de flores do seu Macinho da Candinha. Ao se aproximar da porteira da propriedade e estacionar a Variant ao lado de uma cerca viva repleta de hibiscos roxos, o religioso agarrou seu canivete de cabo de osso com ponta quadrada — o mesmo usado para picar o fumo de rolo e produzir os cigarros que fumava escondido das beatas — e o guardou no bolso dianteiro da calça. Desceu do carro estranhando o silêncio, que dava ao local uma paz tão estranha e solene quanto a de um velório de madrugada. Olhou para a copa das árvores e para um riacho que havia logo ao lado da pequena casa do casal de plantadores de flores e não viu nenhum sinal de passarinho ou de qualquer outro bicho que fosse. Pelo que se percebia em seu olhar tenso, era nítido que todo resquício de vida que antes existia naquele lugar paradisíaco havia fugido em debandada. Como a casa não ficava muito longe, o padre começou a gritar à frente da pequena porteira: "Ô de casa! Ô de casa!"

Depois de mais algumas tentativas, ouviu a voz do seu Macinho ecoando lá de dentro:

— Entra pisano devagarinho que o bicho ainda tá aí espreitano no meio das pranta, seu padre!

O religioso então arregalou os olhos e girou a cabeça para todos os lados, como quem tem a sensação de que está sendo observado. Até o vento, sempre tão forte e barulhento naquela região, havia silenciado. De perto, as plantações de rosas, lírios, orquídeas, begônias, margaridas, bromélias, cravos-de-defunto, camélias, cipós-de-são-joão, flores-de--maio — todas tomadas por um roxo tão escuro e profundo quanto o das chagas da imagem do Cristo morto das procissões das Sextas-Feiras Santas —, apesar de fascinantes, lhe pareceram ainda mais assustadoras de perto do que do alto do morro. Com os dentes cerrados de medo e se sentindo estranhamente maravilhado com a visão, ele agarrou o canivete do bolso e abriu sua lâmina, à medida que empurrava a porteira devagarinho, para que ela não rangesse e chamasse a atenção do que quer que fosse que assustava aquela região sempre tão pacata da zona rural. Querendo imitar Jesus Cristo quando este caminhou sobre as águas, entrou pisando de leve pela trilha principal de terra batida que dava acesso à casa. De repente, acelerou o passo ao ver a mão do seu Macinho saindo pela porta e lhe fazendo movimentos desesperados. Sem mais conter o medo que lhe comprimia os nervos, o padre Adolfo correu os últimos metros da trilha e entrou de supetão na pequena residência, levando a porta rústica no peito.

— Carma, seu padre! A situação já tá mais tranquila agora, com a graça de Nossa Sinhora! A Candinha conseguiu corrê aqui pra casa, mas o bicho feio tá lá ainda, no meio do rosará, só de zóio na gente! — disse o lavrador aos sussurros, com uma velha espingarda colada ao peito suado. — Candinha, pega aquele chá de camomila que ocê fez pra nóis e dá um poco pro padre! O coitado tá mais branco do que leite!

— É o lobisomem que tá lá fora? — foi tudo o que saiu da boca trêmula do sacerdote, enquanto seus olhos ainda arregalados acompanhavam a esposa do lavrador, que já se levantava do sofá e se dirigia cabisbaixa à cozinha.

— Óia, seu padre! Se é lobisómi que tá assustano nóis, eu confesso pro sinhô que eu num sei! Num deu pra vê muita coisa no meio das sombra dos pé de fror, não, mas o que nóis vimo com esses rabo de zóio que a terra há de cumê foi argo muito diferente memo! Deu só pra percebê que o bicho é feio que nem o diabo! Muito feio memo, seu padre! — respondeu o lavrador, recostando a espingarda no sofá e sentando-se. — A Candinha tá de prova, né, Candinha? — gritou, fazendo com que a esposa lhe respondesse com um "É memo, Macinho!" também gritado, lá da cozinha. — E é fedorento tamém! E dá uns gemido mais feio que o daquele mardito urutau que assusta nóis de madrugada…

O papo sobre as flores roxas e sobre o surgimento da criatura continuou por alguns minutos, com o padre Adolfo sempre grudado no cruci-

fixo do terço de prata que levava pendurado no pescoço. Assim que dona Candinha surgiu da cozinha segurando uma xícara de chá fumegante, um uivo alto e sofrido ecoou no quintal, bem perto, a fazendo tremer e derrubar um pouco da bebida no chão de cimento queimado da casa. Seu Macinho se levantou, agarrou sua espingarda mais uma vez e foi até a pequena janela de vidro da porta da sala para tentar observar e meter bala no dono do uivo.

— Tá pertinho o disgraçado! Tá sondano a gente! — sussurrou o homem da roça, já apoiando o cano da espingarda na janelinha e revirando os olhos semicerrados para todos os lados.

O padre, mesmo tremendo de medo, foi atrás dele. Sabendo que uma imagem de um lobisomem de verdade poderia viralizar e adicionar milhões de reais em sua conta, sacou seu celular do bolso e começou a filmar do mesmo ponto de vista do lavrador. De repente, um farfalhar violento tomou conta de uma plantação de rosas que havia logo em frente à casa, ao lado de um galinheiro. O religioso deu um zoom na câmera do celular e continuou filmando. Assim que as folhas se mexeram mais uma vez, seu Macinho não se fez de rogado. Resmungou um "Morre, diabo!" cheio de raiva e apertou o gatilho. Um uivo ainda mais alto e sofrido do que o anterior ecoou e foi se transformando aos poucos num gemido de agonia, até desaparecer de vez.

— Acho que nói peguemo o bicho, padre! — disse o lavrador, arreganhando seu sorriso de dentadura e já abrindo o trinco da porta da casa devagar.

Ao deixarem a casa, caminharam lentamente até o lugar onde as roseiras haviam se mexido. Chegando lá, seu Macinho e o padre se entreolharam, incrédulos, ao se depararem com o corpo da tal criatura ainda estrebuchando em meio a uma enorme poça de sangue que se espalhava entre os pés de rosas. Era apenas e tão somente um enorme lobo-guará, apesar de ser o mais corpulento, desengonçado e feio que os dois mora-

dores de Joanópolis já tinham visto perambulando pelos pastos e roças da região em busca de galinhas, coelhos, preás e ovos. Mesmo não se tratando de um lobisomem, a cor roxa impressa nos olhos arregalados, na língua saltada para fora, no sangue que escorria através do buraco da bala próximo a uma de suas orelhas e nos pelos grossos do dorso lhe conferiam uma estranheza tão significativa e ameaçadora quanto a das flores e da criatura folclórica.

— O sinhô já viu lobo-guará roxo, seu padre? — perguntou o lavrador, recebendo um "não" abobado de cabeça como resposta. — E abeia roxa? Olha essa aí que acabô de sentá na rosa!

Ao olhar para o lado e se assustar com o enorme inseto da mesma cor da violeta de genciana — o remédio que usava para curar os "sapinhos" que de vez em quando explodiam em seus lábios —, o padre murmurou um "Deus seja louvado!" e começou a tirar fotos, tanto da abelha quanto do lobo-guará morto. Foi então que ele arregalou os olhos e inspirou o ar puro da roça profundamente, se lembrando de algo muito importante. Guardou o celular no bolso, correu até sua Variant e pegou a estrada de terra de volta a Joanópolis, sem nem mesmo se despedir do casal de agricultores. Enquanto dirigia em alta velocidade e derrapava nas curvas mais fechadas, rezava em voz alta um terço atrás do outro, pois sabia de antemão que, dali a muito pouco tempo, acabaria fazendo o que muitos outros padres antes dele não haviam tido coragem de fazer.

De volta à cidade, o sacerdote idoso e grisalho estacionou sua Variant bem ao lado da igreja matriz, que já se encontrava aberta em função das quatro beatas que a limpavam semanalmente. Aparentando pressa, saiu do carro aos atropelos e entrou no templo. Ao caminhar pelo corredor principal, passou pelas "servidoras de Deus" — esse era o jeito que se dirigia a elas a fim de arrancar-lhes sorrisos e "mantê-las na linha", como dizia aos risos a outros padres e bispos da região, em reuniões regadas a muito vinho e comida boa —, as cumprimentando apenas com movimentos rápidos de cabeça. Chegando na sacristia, se ajoelhou debaixo de um quadro que mostrava uma cena da Via Sacra e tateou o vão entre os pisos centenários, cujos desenhos lembravam cálices com hóstias intercaladas. De repente, ao sentir que um deles estava solto, o puxou pelas bordas e o levantou, expondo uma caixa de madeira arredondada que lembrava uma forma de pudim. Pegou o objeto, assoprou a poeira acumulada em sua tampa, o abriu com cuidado e puxou de dentro uma enorme chave enferrujada que estava misturada junto a várias bugigangas, como tocos de velas, crucifixos, cálices e terços velhos de metal. Em seguida, voltou até a nave principal da igreja, onde as beatas ainda se encontravam entre os rodos, vassouras e fofocas, e dispensou seus serviços aos berros, com seu mau humor escancarado de sempre. Assim que as senhoras católicas o obedeceram a contragosto, ele correu até a entrada da torre, que ficava do lado direito da enorme porta de entrada.

Próximo às escadarias de madeira que davam acesso ao sino, havia um enorme armário de madeira entalhada encostado na parede. O padre o empurrou com uma certa dificuldade, dando de cara com uma porta de madeira oculta com um tipo de papel estampado com desenhos desbotados de rosas e anjos. Tateou o papel e o rasgou com as unhas até encontrar um pequeno orifício. Enfiou a chave nele, a girou até ouvir um estalo metálico e oco ao mesmo tempo. Empurrou a porta devagar e, ao se deparar com a escuridão absoluta à sua frente, agarrou o celular do bolso e acendeu sua lanterna. Foi então que alguns lances de escada esculpidos em pedra — que pareciam muito mais antigos do que ele próprio — se iluminaram diante de seus olhos. Os desceu devagar e, assim que pisou no último deles, a luz do seu celular fez resplandecer um grande corredor repleto de imagens religiosas quebradas de vários tamanhos, todas inevitavelmente empoeiradas e cobertas com teias de aranha que mais lembravam aqueles véus usados para cobrir defuntos.

O sacerdote então começou a caminhar entre um Jesus Cristo sem braços aqui e um Santo Antônio sem cabeça ali, até chegar no final do corredor e dar de cara com uma grande mesa, toda ornamentada com anjinhos gordinhos que lembravam os das esculturas do Aleijadinho das igrejas de Ouro Preto. Assim que abriu uma de suas enormes gavetas, respirou fundo e levou a mão à boca ao bater os olhos no que procurava. Puxou de dentro dela um livro de cerca de sessenta centímetros de altura por quarenta de largura, cuja capa era feita de couro envelhecido "enfeitado" com pedaços de ossos amarelados, além de pelos amarronzados que lembravam os de um cachorro ou de um lobo.

Na verdade, tudo o que o pároco sabia era que tal objeto estranho em suas mãos havia sido encontrado no início do século dezenove no interior de uma das cavernas da Cachoeira dos Pretos por um seminarista fascinado pelos estudos da espeleologia. Sem conseguir decifrá-lo e julgando-o amaldiçoado por já conhecer a história trágica da fazenda Santa Luzia da Cachoeira, ordenou a um coveiro que o depositasse no interior de uma construção imponente apelidada de "mausoléu dos quatro anjos", junto aos caixões da família abastada que fora "morta por um lobisomem", como contavam na época. O livro ficou lá por um bom tempo até que, nos anos 1950, um outro padre ficou sabendo da história e ordenou para que fosse resgatado do mausoléu e escondido nos porões da igreja matriz, fato que se tornou um segredo só compartilhado entre os sacerdotes católicos que por ali passavam.

Apesar de saberem de tudo isso, a lenda espalhada entre os religiosos dizia que nenhum deles se atrevera — ou tivera coragem — de abrir o tal livro e, muito menos, de ler o que havia dentro. A história oral disseminada entre os corredores escuros da milenar igreja católica — que diziam, inclusive, ter chegado aos ouvidos "sempre interessados e interesseiros do Vaticano", como diria o professor Juscelino — contava também que a abertura do "livro de couro", como era chamado aos sussurros, só seria realizada com a presença do próprio papa e, mesmo assim, só quando algo tenebroso se anunciasse e ameaçasse o povo de Joanópolis.

Pressentindo que tal momento se aproximava feito nuvens negras de chuva — ou roxas, no caso — que ameaçavam encobrir para sempre o céu azul, a lua e as estrelas da cidade, o padre Adolfo ignorou a eventual presença do líder maior de sua igreja e fez o que imaginou que teria que ser feito. Colocou o livro sobre a mesa e posicionou o celular com a lanterna ligada ao lado, o recostando num castiçal de bronze que havia por ali. Assoprou a poeira acumulada, esfregou a manga da sua camisa de flanela no couro, nos ossos e nos pelos da capa e respirou fundo antes de folheá-lo. Sentindo uma correnteza de gelo lhe percorrendo do calcanhar até a nuca, se benzeu por três vezes e, com as mãos trêmulas em virtude da idade e do pavor do desconhecido que sentia, desabotoou uma pequena tira de couro que mantinha o livro fechado. Quando finalmente tomou coragem, o abriu com cuidado e, ao bater os olhos estalados num desenho que havia na primeira página, se benzeu de novo. A figura parecia ter sido produzida com sangue coagulado e mostrava corpos humanos desmembrados em meio a dentes, olhos e garras de lobos gigantescos. Quando o sacerdote virou a página, suas pupilas incrédulas se depararam com um tipo de texto também impresso com sangue coagulado, mas com uma tipografia estranha que mais lembrava pequenos arranhões de gatos do que letras em si. Ao lado do tal "texto" havia um desenho que evocava uma mata densa e, dentro dela, uma enorme fogueira rodeada por hordas de criaturas de orelhas pontudas compridas e olhos vermelhos que pareciam refletir as brasas do fogo.

E foi assim, folha por folha, caractere estranho por caractere estranho, que uma história milenar de um lugar desconhecido parecia estar sendo contada em detalhes ao religioso curioso, com suas imagens muitas vezes rabiscadas — como se quem as tivesse desenhado sentisse uma raiva profunda — que mostravam cadáveres humanos espalhados aos montes, entre alcateias de lobos gigantescos, morros íngremes, cachoeiras, riachos caudalosos e até um vulcão. Um dos últimos desenhos impressos naquelas páginas — produzidas com um tipo de papel rústico tão rígido quanto papelão — mostrava um ser humanoide gigantesco, muito maior do que os enormes lobos e humanos que o rodeavam. A criatura de proporções inimagináveis estava em pé, estática e impassível. Parecia observar tudo do alto da montanha mais alta de todas, feito um guardião de um castelo ou uma gárgula de uma catedral, com o topo da cabeça iluminado pela claridade de uma bola que lembrava uma imensa lua cheia. Seus olhos acesos, enviesados e cheios de ódio pareciam transmitir a raiva profunda de todas aquelas criaturas humanas e não humanas que se digladiavam até a morte aos seus pés, por causa de algo que, a julgar pelo olhar, ele próprio parecia não compreender.

Depois de se entreter e se encantar com a história contada pelo livro de couro mesmo sem entendê-la direito, o padre Adolfo virou a derradeira página, onde encontrou o desenho de quatorze bolinhas, todas com textos escritos ao lado, como se fossem explicações para cada uma delas. O grande diferencial era que todas haviam sido pintadas com cores diferentes das outras imagens do livro. De um lado da página havia sete bolinhas: uma violeta, uma cor de anil, uma azul, uma verde, uma amarela, uma laranja e uma vermelha. Do outro, outras sete, todas tão roxas quanto as flores, o lobo-guará morto pelo seu Macinho e a abelha que o padre havia visto com seus próprios olhos pouco antes.

Assim que tateou a contracapa do livro, o pároco prendeu a respiração e sentiu seu coração acelerar quando percebeu sete pequenos volumes enfiados sob o couro. Sem forças religiosas suficientes que conseguissem segurar sua curiosidade, puxou o canivete de picar fumo do bolso, abriu sua lâmina e fez uma pequena incisão ao lado de um dos pedaços de ossos colados à capa, puxando de dentro dela uma bolinha roxa que mais lembrava uma dessas bolinhas de gude com que as crianças brincam.

Ao apertar o objeto com força na palma da mão, o sacerdote começou a tremer inteirinho, do mesmo jeito que acontece com alguém que recebe uma descarga elétrica de alta voltagem. Ao mesmo tempo, gritava de dor ao sentir arranhões e pontadas incomodando seus globos oculares por dentro, como se algo seco, duro e vivo quisesse sair na marra de dentro deles. Foi então que uma imensa barata roxa de pernas muito peludas saiu de dentro de sua pálpebra direita inferior, decolou e começou a sobrevoar sua cabeça, sendo seguida por dezenas iguais a ela, ou até maiores e mais brilhantes. Apesar do susto e da dor lancinante que sentira, o clérigo — já cercado por um enxame de insetos repugnantes que, além de sobrevoá-

-lo, entravam e saíam através dos seus olhos, nariz, boca e ouvidos — se sentia poderoso e invencível, como se seus medos de vida inteira e suas apreensões, frustrações e ansiedades tivessem sido extirpados de sua alma e de seu corpo para todo o sempre. Ansioso por "guardar" aquela sensação de vitória e júbilo para outros momentos que julgasse importantes, colocou a bolinha de volta sobre a grande mesa e todas as baratas, comandadas por forças obscuras vindas das regiões mais apodrecidas, purulentas e úmidas do mundo, voltaram para dentro dos seus olhos, numa sucessão de solavancos que o fez gritar de dor mais uma vez.

Antes de se recompor das dores, pegar a bolinha de volta e guardá-la dentro do bolso dianteiro da calça como recordação pelo ocorrido, o padre Adolfo, se rendendo mais uma vez às novas tecnologias, pegou seu celular e tirou uma selfie segurando o objeto com orgulho entre as pontas dos dedos. Em seguida, sorriu feito uma criança que ganha um cachorro, fechou o livro e o devolveu à gaveta. Apressado, mas animado como havia tempos não se sentia, atravessou o corredor dos porões da torre, subiu as escadas, trancou a porta com a chave e ocultou todos aqueles segredos mais uma vez atrás do grande armário de madeira.

Depois de deixar as dependências igreja — onde, no corredor central, teve a nítida sensação de que os olhos dos santos pintados nas paredes o observavam e acompanhavam seus passos com apreensão —, o padre Adolfo se dirigiu até a casa paroquial. Chegando lá, levou um susto ao abrir o aplicativo do celular e ver as fotografias que tirara nos porões da igreja naquela manhã agitada. Nelas, a parte branca dos seus olhos — assim como suas íris, antes tão azuis quanto o céu — apareciam completamente tomadas por um tom roxo vivo, brilhante e intenso, contaminadas pelo poder inebriante das baratas e da bolinha misteriosa do livro. Em vez de se assustar com a visão como qualquer ser humano normal o faria, o religioso gargalhou, ao se lembrar que havia muitos anos não se sentia tão feliz, jovem e poderoso como naquele momento. Perdendo de vez

a luta contra a curiosidade, ele correu até o espelho do banheiro, como se suas pernas tivessem apenas dezoito anos de idade. Ao encarar sua imagem refletida e notar que seus olhos ainda se encontravam tão roxos e escuros quanto duas jaboticabas grandes, balançou a cabeça positivamente. Levantou os punhos fechados aos céus, fechou os olhos já cheios de lágrimas e sorriu, dizendo a si mesmo que queria que aquela sensação de jovialidade, êxtase, poder e glória nunca mais lhe abandonasse o corpo envelhecido. "Daria até a vida pra manter tudo isso assim, do jeitinho que está!", pensou o católico, antes de guardar a bolinha roxa no mesmo cofre utilizado para esconder as economias da igreja dos olhos e dos eventuais oportunismos das beatas que limpavam sua casa.

"A ocasião faz o ladrão, não é assim que dizem?", pensou ele, depois de trancar o cofre e abrir uma garrafa de vinho para comemorar sua mais nova aquisição.

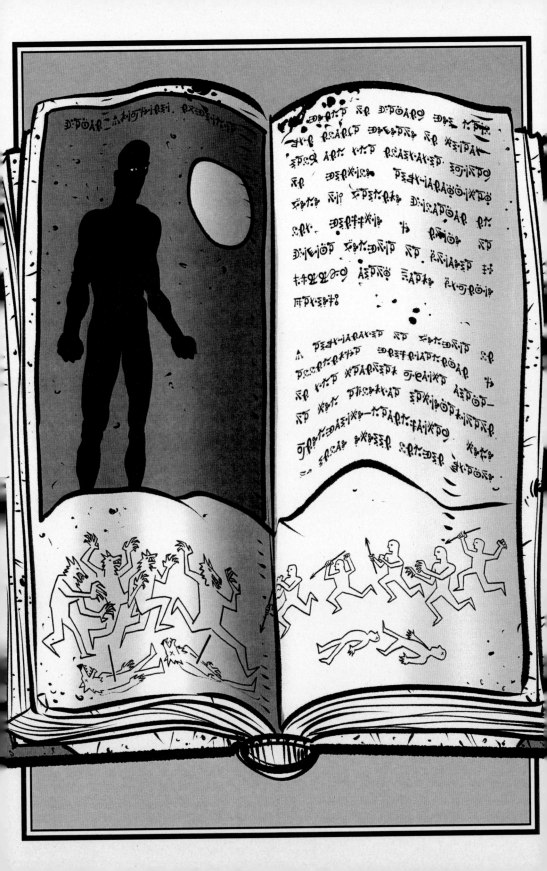

— Parece que ouvi som de pedradas no telhado da casa, vocês não ouviram, gente? Vou me aproximar devagar pra sentir a vibração eletromagnética do ambiente. Afinal, ainda não sabemos se as energias emanadas pelas almas que possivelmente moram aqui são positivas ou negativas, não é mesmo? — disse Lindomar Mulder, como se autodenominava o dono do canal especializado em eventos paranormais do YouTube batizado de "Mistérios insondáveis do infinito e além".

Por volta das nove da noite, o homem de quarenta e nove anos se encontrava parado em frente à porta apodrecida e cheia de carunchos de uma casa rural abandonada numa parte remota e cercada de matagais e bambuzais do bairro do Serrano, na cidade de São Bento do Sapucaí, estado de São Paulo. Seu equipamento de trabalho naquela noite consistia em um capacete de escalador com lanterna enfiado na cabeça, um celular em uma das mãos trêmulas, uma pequena câmera digital na outra — com a qual fazia imagens de si mesmo e de tudo ao redor —, além de um trambolho com uma espécie de antena parabólica pendurado na cintura que ele chamava de "microfone de captações de ondas sonoras do além", que não passava de um gravador digital capaz de registrar vocalizações e ruídos a até cem metros de distância do seu ponto de origem.

— Fiquei sabendo através de entrevistas com moradores locais, de algumas pesquisas em jornais antigos e na internet que aqui aconteceu um assassinato brutal nos meados dos anos 1960! — prosseguiu ele, enxugando o suor da testa. — Pelo que me disseram, um homem bebeu cachaça demais, esquartejou a esposa com uma faca de cortar pão e enterrou suas partes no chão de terra batida de um dos quartos desta casa! Vamos ver se essa porta da frente abre... Se abrir, que o poder de Deus proteja nossas almas de qualquer ameaça! — O autoproclamado investigador virou a câmera do celular para a própria cara abobada e a iluminou, como acontece sempre nos filmes de terror. Depois, respirou o cheiro de mofo que vinha da porta podre e continuou: — Aqui, neste canal, a gente precisa ter muita coragem e fé em Deus e em Nosso Senhor Jesus Cristo, pessoal! Não é fácil, não! Só a audiência de vocês é que paga o medo que eu tô sentindo, podem acreditar! Fazer esse trabalho de caçar espíritos atormentados não é nada fácil!

Com cerca de um milhão e duzentos mil seguidores e considerado o maior do Vale do Paraíba no estilo, o canal "Mistérios insondáveis do infinito e além" era abastecido toda semana com vídeos de assuntos paranormais que misturavam — tudo encoberto com o indefectível verniz da "verdade absoluta", logicamente — histórias de fantasmas, duendes, discos voadores, bruxas, casos urbanos e rurais que iam do chupa-cabras até o E.T. de Varginha, além de lendas famosas da região do Vale do Paraíba, como a da loira do banheiro de Guaratinguetá e o capeta do Barcelona, de São José dos Campos, que tanto furor fizeram durante décadas nas cabeças de crianças, jovens e adultos sedentos por causos e mistérios de outros mundos.

Ávido por mais seguidores e, claro, por mais dinheiro pago pelo YouTube, Lindomar Mulder deu um chute tão forte na velha porta verde de madeira corroída por cupins à sua frente que a fez se partir em dois pedaços. Assim que a poeira produzida pelos escombros baixou, ele entrou pisando devagar no chão de terra batida, com o mesmo cuidado com que se caminha através de um campo minado numa guerra. Atraído por um vulto estático à sua esquerda, ele virou a lanterna do celular às pressas e filmou o que nada mais era que um sofá de napa apodrecido e cheio de teias de aranha, recostado num dos cantos do que parecia ser a sala do lugar. Caminhou mais alguns passos iluminando a escuridão e registrando tudo do jeito que podia e, assim que entrou no que parecia ser a cozinha, deu de cara com uma geladeira da marca Frigidaire dos anos 1960 toda enferrujada, cuja porta se encontrava entreaberta. Com a voz trêmula e sussurrada de quem se sente acuado, mas ainda audível para que o microfone do seu trambolho a tiracolo a captasse com clareza, ele apontou a câmera para a geladeira e disse:

— Olhem isso, pessoal! Vocês conseguem ver? Que lugar estranho, meu Deus! Que energia negativa absurda! Que pena que vocês não podem sentir o cheiro que eu tô sentindo! Parece carniça misturada com desinfetante de banheiro! — Empurrou a porta do eletrodoméstico com a ponta dos dedos, a filmou por dentro e percebeu que estava completamente vazia. Em seguida, continuou seu relato, carregando um pouco mais o volume e a tensão da voz: — Pessoal, tenho que contar um detalhe ainda mais macabro dessa história toda! Fiquei sabendo através das minhas pesquisas e entrevistas que os pedaços do corpo da mulher ficaram congelados nesta geladeira aqui por muitos e muitos dias, antes de serem enterrados no chão do quarto, que fica bem aqui do lado! E, por falar nesse quarto, vocês têm coragem de entrar lá comigo pra investigar? Então, vamos lá, meu povo! Mas rezem pros santos de devoção de vocês antes!

O investigador caminhou alguns passos para fora da cozinha com a respiração ainda mais acelerada. Ao se aproximar da porta entreaberta do tal quarto e filmá-la, disse:

— Foi aqui que tudo aconteceu, minha gente! Foi exatamente neste quarto, meus amigos e minhas amigas! Foi aqui que uma das maiores tragédias da história de São Bento do Sapucaí aconteceu! Vamos entrar! Respirem fundo junto comigo, rezem e tenham coragem! — Antes de encher os pulmões com ar fedendo a coisas podres que vinha do quarto, impostou a voz feito um locutor de trailers de filmes de cinema e disse a frase que considerava o bordão principal do canal: — Que Deus nos abençoe nessa jornada de encontro ao desconhecido! Amém!

Lindomar então empurrou a porta aos poucos, a fazendo emitir um rangido agudo semelhante ao de um rato. Ao entrar, caminhou desviando os passos dos buracos no chão, dos montes de terra e de algumas luvas brancas de borracha sujas que, nas palavras dele, eram "resquícios de uma perícia criminal". Assim que a lanterna do seu capacete iluminou uma parede à sua esquerda, algo reluziu em cima de uma mesinha repleta de pequenas imagens de santos de todos os tamanhos, algumas quebradas e outras intactas.

— O que será que tá brilhando ali entre a Nossa Senhora sem cabeça e aquele Jesus Cristo de barro, meu Deus? — disse aos sussurros e solavancos, se engasgando com a própria saliva e saltando sobre um dos buracos. Já perto da mesa que identificou como sendo um pequeno altar católico, aproximou ainda mais a luz do seu capacete e gritou, fazendo com que sua câmera perdesse o foco devido à tremedeira de sua mão: — Meu Deus do céu! Não acredito! É uma faca de pão toda suja de sangue coagulado! — Respirou fundo, como se todo o oxigênio do quarto não lhe satisfizesse os pulmões e concluiu: — Não vou mexer nisso, não! Tô sentindo uma energia muito ruim nesse quarto! Acho que é melhor eu sair daqui, meu povo!

Amedrontado, deixou a ideia de pegar faca de lado e caminhou até um guarda-roupa, em cujas portas velhas estavam coladas dezenas de fotografias de artistas de novelas recortadas de revistas antigas. Antes de abrir o móvel para vasculhar o seu interior, ouviu ecoar um barulho de madeira se chocando atrás de suas costas. Virou-se e deu de cara com uma janela aberta. Olhou através dela e notou que não havia vento lá fora com força suficiente para que suas tábuas se escancarassem com tanta força. Foi então que um vulto branco passou correndo em alta velocidade do lado de fora, entre algumas árvores e plantas baixas. Ao vê-lo, Lindomar gritou e balançou a mão, fazendo sua câmera perder o foco mais uma vez:

— Meu Deus do céu, o que foi aquilo? — Respirou por várias vezes seguidas, sentindo o coração capengando nas batidas, e falou: — Vocês viram? Vocês viram o que eu vi, pessoal? Parece que filmamos uma entidade. Meu Deus do céu, o que foi aquilo? Isso foi muito real! Muito real!

Assim que tomou coragem e voltou a filmar o interior do guarda-roupa, ouviu um grito feminino desesperado ecoando ao longe e resmungou:

— Não tô falando, gente? Vocês ouviram agora o que eu ouvi? Ouviram o grito de dor profunda vindo das profundezas do desconhecido? Espero que os nossos equipamentos ultrassensíveis de altíssima tecnologia tenham captado tudo! — Riu de nervoso, mexeu em alguns botões do "microfone de captações de vozes do além" e concluiu: — E tem gente que ainda não acredita na gente! Esta alma atormentada existe e mora aqui, sim, meu povo! E tá sofrendo muito, pelo jeito! Rezem por ela e por mim!

Ao notar que o guarda-roupa estava vazio, foi até a janela e filmou a escuridão do matagal que engolia a casa.

— Olha, pessoal, tá dando pra vocês verem as folhas das árvores paradinhas? Não tem vento nenhum lá fora que possa ter empurrado as

janelas! E ninguém lá fora que possa ter gritado! Isso é muito estranho mesmo, meu Deus! Vou filmar aqui mais um pouco para ver se pegamos aquele vulto branco de novo!

De repente, outro grito de agonia ecoou no interior do mato. Lindomar gritou logo em seguida, sentindo um misto de susto e prazer invadindo seu corpo. Depois, disse, quase sem ar:

— Caralho, gente! Caralho! Vocês viram que eu não estou mentindo, né? Eu vendo a minha alma ao diabo se alguém provar que estou mentindo! Até disponibilizo as minhas filmagens e todos os meus equipamentos para quem quiser periciar! Eu nunca escondi nada de ninguém nesses anos todos do canal e...

E foi nesse momento que um outro grito, muito mais desesperado, agudo e alto do que os anteriores, explodiu do lado de fora da casa, sendo seguido por um pedido agoniado de socorro:

— Lindomar! Lindomar, me ajuda!

— Puta que pariu, Marta! O que foi dessa vez, caralho? — foi a resposta do "investigador paranormal" Lindomar Mulder aos gritos femininos que o assustaram do lado de fora da casa, proferida no mesmo instante que ele desligava a câmera como se uma raiva profunda (e não um espírito de outro mundo) possuísse de vez sua alma.

Sua esposa apareceu na janela do quarto tremendo e segurando o lençol branco com dois furos no meio que havia utilizado para se fantasiar de fantasma. Assim que a luz do capacete do marido iluminou sua face pálida, através da qual grandes olhos arregalados e cheios de pequenas veias saltavam, ela disse, tremendo os lábios:

— Uma aranha-caranguejeira caiu de uma árvore e bateu nas minhas costas!

— Ah, assim não dá! Como você é incompetente, meu Deus do céu!

— Mas não foi culpa minha, Lindomar...

— Como não foi, Marta? Agora vamos ter muito mais trabalho para editar essa porra desse vídeo! — retrucou o homem, com o rosto retorcido de tão atormentado. Lembrando-se de mais detalhes da falsificação da história do fantasma que "incriminassem" a própria esposa, continuou: — E eu não te falei que era pra deixar a faca de pão no chão, junto com as luvas de borracha? — Ela fez que "sim" com a cabeça e ele insistiu: — Ah, é? E você deixou ela em cima do altar, junto com os santinhos por quê? — Lindomar pensou mais um pouco, balançou a cabeça e disparou: — E eu não te falei que era pra jogar pedras grandes no telhado? Por que você jogou as menores? Assim, o microfone não consegue captar os barulhos, porra! Pelo amor de Deus, Marta! Quanta incompetência! Como você é imbecil! Vê se me ouve da próxima vez, senão o povo que segue a gente vai descobrir todas as tramoias que fazemos e cancelar o canal! Se continuarmos marcando bobeira assim, não vamos chegar a dois milhões de seguidores nunca! E, sem dinheiro, aquelas ideias de gravarmos os episódios de vampiros nos castelos medievais da Europa vão tudo pro beleléu, junto com essa merda desse canal!

Marta pensou em dar um soco na cara do marido, mas respirou fundo e se conteve. Preocupada com sua pressão arterial, que já não era mais a mesma da juventude, se agarrou com todas as forças ao silêncio e não respondeu às grosserias dele, que, aliás, aumentavam exponencialmente à medida que os dias passavam. Casada havia vinte anos com Lindomar e sem filhos devido a problemas sérios no útero, naquela noite em especial, se sentia — e com razão — a mulher mais solitária do planeta. Loira, baixinha, um pouco acima do peso e com cabelos encaracolados armados que davam a impressão de que tinha feito um permanente eterno, se agarrava cada vez mais à certeza de que seu único laço em comum com o cônjuge era o próprio canal sobrenatural — sobre o qual sempre dizia a todos nas reuniões sociais e familiares que "daria o próprio sangue para mantê-lo no ar". "Daria o próprio sangue" também no sentido literal da expressão, pois, além dos diversos acidentes de filmagens em que chegara a se machucar de verdade, era ela própria quem produzia o sangue falso à base de corantes vermelhos e azuis misturados com mel, para que fossem

utilizados nas gravações dos casos "reais" tão alardeados e difundidos pelo canal. Como se isso não fosse suficiente, passava horas e horas procurando por baratas, aranhas, cobras e outros animais feitos de borracha nas lojas chinesas de importados da internet. Era com esse esmero profissional que o "programa sobrenatural mais realista do Brasil", como dizia Lindomar, era produzido. Num dos episódios, Marta chegou inclusive a vestir uma fantasia realista de lobisomem que comprara e entrar com ela dentro de um túmulo de mármore preto da cidade de Monteiro Lobato, localizada a alguns quilômetros de São José dos Campos. Esse vídeo, aliás, foi o mais visto e comentado de toda a história do canal, ultrapassando a marca de um milhão e quinhentas mil visualizações e gerando comentários e convites para eventos sobrenaturais de todos os tipos, Brasil afora.

Assim que as gravações daquela noite foram dadas como encerradas, Lindomar e Marta deixaram a casa abandonada do bairro do Serrano. Se embrenharam no mato alto que a cercava, com ele à frente, iluminando o caminho com a lanterna do seu capacete. Foi então que Lindomar parou, apontou o foco de luz para o chão e disse, aos risos:

— Olha a aranha que pulou em você, Marta! Tem um monte no chão!

A esposa se aproximou dele e viu, sob seus pés, dezenas daquelas frutinhas conhecidas como "macaquinhos" em alguns lugares e "tripas-de-galinha" em outros. Não satisfeita com a constatação e a ironia escancarada na voz do marido, apenas ligou a lanterna do próprio celular e passou por ele apressada, não sem antes endurecer o ombro e lhe dar um esbarrão intencional.

Assim que o casal entrou no carro — um Jeep Renegade novinho em folha, comprado com o dinheiro arrecadado pelo canal através de entrevistas, convenções de caçadores de fantasmas e palestras país afora —, Marta falou, já ligando o rádio com a simples intenção de cobrir com qualquer música que fosse a voz anasalada do marido, que considerava ainda mais irritante do que barulho de giz na lousa:

— Lindomar, se você continuar me tratando assim, eu faço um vídeo explicando todas as sem-vergonhices desse canal de merda!

O marido respirou fundo e engoliu o sorriso cínico que se abria. Em seguida, deu a partida no carro, suspirou e rebateu:

— Ah, mas você não tem coragem mesmo! Vai ser ridicularizada e cancelada junto comigo se fizer isso!

— Experimenta continuar me tratando mal assim pra você ver! Só experimenta! — retrucou Marta, já aumentando o volume da música sertaneja esganiçada que tocava no rádio.

A discussão acabou por aí, deixando apenas as vozes das duplas sertanejas que gritavam sobre álcool e mulheres infernizando o interior aquecido do Jeep. De repente, no meio do caminho entre São Bento do Sapucaí e São José dos Campos, onde o casal morava desde o casamento, uma das canções foi interrompida bruscamente por um jingle tenso, no qual uma voz masculina cantava sobre um fundo musical tenebroso: "Plantão! Plantão! Aconteceu alguma coisa na nossa região!". Lindomar se antecipou aos movimentos da esposa e aumentou ainda mais o volume do rádio, onde um locutor alardeava, com a voz impostada e tensa:

"Boa noite, amigos e amigas da Rádio Clube Maior FM, a número um da região do Vale do Paraíba, litoral norte, região serrana e região bragantina! Aqui quem fala é o repórter Júlio Cintra, diretamente da nossa querida cidade de Joanópolis, este lindo lugar da serra da Mantiqueira conhecido nacionalmente como a Capital do Lobisomem. O negócio é o seguinte, meu povo! Além das notícias já veiculadas aqui sobre as famosas flores roxas que estão aparecendo por todos os cantos da cidade e nas roças ao redor, aconteceu outra coisa realmente muito estranha na região por esses dias. Como já veiculamos no *Jornal das Sete* desta manhã, dois moradores da zona rural estão desaparecidos há dois dias. Tudo o que a polícia havia encontrado até o início da tarde de hoje foram marcas de sangue no interior de um bambuzal e sobre alguns cupinzeiros de um pasto, onde testemunhas disseram que a dupla havia se embrenhado. A novidade que acabei de apurar é que, neste início de noite, segundo o delegado Moacir, responsável pelo caso, um fêmur humano ainda com restos de carne foi encontrado debaixo de um capinzal!" O sonoplasta aumentou o fundo musical de terror. O repórter experiente aguardou o *timming* correto para o sensacionalismo descarado funcionar e continuou: "E tem outra coisa ainda mais estranha, amigos e amigas! Uma parte do osso humano encontrado está todo roído com dentadas que parecem ter sido produzidas um lobo-guará muito grande!" E dá-lhe volume na música de fundo. "Até aí, tudo bem, a gente sabe que lobos assim existem aos montes na nossa região! Acontece que todo mundo que mora nas cidades da serra da Mantiqueira também sabe que os lobos-guará só atacam galinheiros e bichos pequenos e, por esta razão, estão espalhando a história de que a tragédia toda foi causada por um lobisomem! Imaginem, senhores e senhoras! Já imaginaram uma coisa dessas? Um lobisomem de verdade à solta na região serrana? Pois é! Sendo isso realidade ou não, protejam-se com todas as rezas, balas de prata, terços e mandingas possíveis, pois o bicho tá solto e parece com fome!", concluiu o repórter com um certo humor na voz, enquanto o responsável pelo áudio colocava a música "O vira" do grupo Secos e Molhados para tocar, aquela em que o vocalista Ney Matogrosso canta a frase: "Vira, vira, vira homem, vira, vira! Vira, vira lobisomem!".

Lindomar e Marta se encararam de olhos arregalados e radiantes, como se nenhuma briga tivesse acontecido entre eles. A lembrança do vídeo "O lobisomem que saiu do túmulo de Monteiro Lobato" e suas milhares de visualizações explodiram simultaneamente em suas mentes, junto a dezenas de símbolos de cifrões. Lindomar então baixou o volume do rádio e se antecipou, mais uma vez:

— Vamos pra Joanópolis agora mesmo!

— Mas e se for um lobisomem de mentirinha como o nosso? — questionou a esposa, coçando o queixo arredondado.

— Ah, Marta! Você sabe mais do que eu que o zé-povinho que acompanha o nosso canal adora umas mentirinhas! Sendo falso ou não, vamos filmar esse bicho, aconteça o que acontecer! E se for um lobisomem de verdade, teremos reconhecimento mundial, com a graça do Nosso Senhor Deus! Você vai ver, minha linda! Vai virar até filme de cinema! Hollywood nos aguarda! Confie em mim, em Deus e nas forças do desconhecido que ELE mesmo criou! Vai dar tudo certo!

Nem bem Lindomar terminou de falar e seu Whatsapp apitou. Ele agarrou o celular e ouviu a mensagem de voz de sua tia aposentada, Judite — uma bolsonarista assumida —, que, depois de uma mensagem de boa-noite toda enfeitada com luas sorridentes, flores e marcas de beijos, dizia com sua voz de fumante que lembrava a do E.T. do filme do Steven Spielberg: "Marzinho, você viu a notícia do lobisomem de Joanópolis na televisão? Passou até no Dapena! Você sabe que eu só assisto a Record, a Rede Vida, o SBT e a Bandeirantes, né? Globolixo, nunca mais!"

— Não acabei de falar que o zé-povinho adora uma fake news, Marta? Você conseguiu ouvir a mensagem da minha tia? — disse Lindomar às gargalhadas, apontando a tela acesa do seu celular para a esposa.

— Qualquer eleitor daquele lixo da extrema-direita adora uma mentira, Lindomar! Inclusive você, que também votou nele, não é mesmo? Você não tem vergonha nessa cara, não? Sua tia é a sua fuça! Quanta hipocrisia! — respondeu Marta, já colocando os fones do seu celular nos ouvidos e aumentando o volume no máximo, para não ter que ouvir mais a voz irritante do seu cônjuge. Adormeceu no meio da viagem, ao som de Elton John, depois de ficar pensando que Lindomar, que parecia possuir uma certa "consciência social" na juventude dos anos 1980, infelizmente havia se transformado em um reacionário de mão cheia, assim como acontecera com quase todos os integrantes de sua família de classe média abastada da cidade de São José dos Campos.

— Bom dia, amor da minha vida! Tenho uma coisa muito séria pra falar com você! — murmurou o professor Juscelino diante do altar reservado à sua amada, na manhã seguinte ao achado do osso humano no meio do mato e ao pedido de Juliana Serelepe para que a ajudasse a caçar o cada vez mais famoso "lobisomem de Joanópolis" e a descobrir tudo sobre o misterioso surgimento das flores e dos animais roxos.

De pijamas, joelhos pregados no chão, fala titubeante e sem tirar os olhos pesados de noites seguidas mal dormidas das fotos coladas na parede à sua frente que refletiam um passado feliz, prosseguiu:

— Então, Rosália! Ontem, umas crianças lá da escola me convidaram pra uma coisa muito estranha. É algo que tá mexendo com minha cabeça, mas não sei se vou aceitar o convite, não! É que você sabe que eu nunca me dei bem com essas coisas de assombração, lobisomem e…

Parou de falar como se fosse interrompido bruscamente. Ouviu de olhos arregalados e sobrancelhas quase juntas o que parecia ser uma bronca bem dada vinda dos confins do além. Fechou a cara e prosseguiu, aumentando o tom de voz gradativamente, chegando quase aos berros:

— Covarde, eu, Rosália? Como assim? Medroso? Como você tem coragem de me acusar dessas coisas depois de tudo o que fiz pelo nosso amor? — Parou de falar de novo e inspirou o ar devagarinho, em busca de um pouco de calma. Pescou coisas na poça de águas paradas e cheias de larvas do mosquito da dengue da memória e continuou: — Lembra daquele dia dos namorados que a gente tava naquela canoa no lago do pesqueiro do seu Armando e você derrubou na água o celular Startac novinho que eu tinha acabado de dar pra você? Lembra que você não queria que eu pulasse atrás pra buscar, mas mesmo assim eu me arrisquei naquela água suja e consegui pegar ele ainda funcionando?

O professor Juscelino, irritado como muito poucas vezes a própria esposa morta havia visto, aguardou por outra resposta por alguns instantes. De repente, ele se levantou aos gritos, com as mãos pressionando os poucos cabelos que lhe sobraram dos lados da cabeça, que seus alunos chamavam de "paralamas de Fusca":

— Rasinho? Como assim, rasinho, Rosália? Teve gente que morreu afogada naquele lago, sabia? Ah, faça-me o favor, minha querida! Quanta ingratidão!

E foi então que a falta de paciência com o esporro desferido pelo espírito da amada fez o docente cometer alguns atos que jurava de pés juntos que nunca cometeria. De olhos vermelhos de raiva, arcou as costas e apagou todas as chamas das velas do altar com tapas nervosos, sem medo nenhum de queimar os dedos ou machucar a mão. Depois, arrancou as fotos coladas na parede e as rasgou em quatro pedaços, uma a uma. Enquanto lágrimas de decepção escorriam pelas rugas e montinhos de gordura do seu rosto, jogava os pedaços das imagens da amada no chão com raiva, para a alegria do seu cãozinho Rambo, que se projetava no ar para tentar agarrá-los. Depois de pisar em cima de tudo, Juscelino respirou fundo,

olhou para o teto do porão, fechou os punhos e gritou, sem temer que os vizinhos fofoqueiros o ouvissem:

— Some da minha vida, Rosália! Não me apareça aqui nunca mais! Não quero mais você, sua ingrata! Vê se some e não me assombra nunca mais!

Ainda não acreditando no que chamou de "segunda maior tragédia de sua vida", o professor deu as costas ao altar chutando tudo o quanto era bugiganga que havia em volta. Saiu batendo a porta com tanta força que seus vidros quase se estraçalharam com a pancada. Foi até o seu quarto aos prantos e se jogou sobre a cama de molas ensacadas, quase matando esmagado o cãozinho Rambo, que tinha se jogado antes. Desligou o celular, enfiou sua cabeça debaixo do travesseiro, puxou o edredom do Capital Inicial sobre o corpanzil desproporcional e resolveu que também faltaria às aulas naquele dia. Sem conseguir dormir, ficou pensando que, se por acaso a diretora Adélia lhe perguntasse o motivo de ter faltado mais uma vez, responderia, da maneira mais cínica e direta possível, antes de lhe dar as costas: "Pamonha de novo, dona Adélia! Essas pamonhas de hoje em dia são umas desgraças! Tem glúten, corante artificial, chumbinho, inseticida, césio, urânio, tudo misturado! Não se fazem mais pamonhas como antigamente, né? Antigamente é que era 'bão'! Tchau!".

Vencido pelo estresse daquele início de manhã conturbado, Juscelino pegou no sono. Só acordou quando já era quase a hora do almoço, com John Rambo lhe mordiscando os lóbulos das orelhas. Abriu os olhos como se fossem portas de aço pesadas e rezou a um Deus em que não acreditava para que todo aquele desentendimento com o espírito da amada não tivesse passado de um pesadelo. Ainda nervoso e sentindo que sua síndrome do pânico crônica poderia lhe amassar o coração ou batê-lo no liquidificador a qualquer momento, se levantou da cama e se arrastou novamente até o porão. Abriu a porta de vidro devagar, acendeu a luz e enfiou a cara aos poucos para olhar.

— Não acredito que fiz isso mesmo! Como sou idiota, puta que pariu! — murmurou com as duas mãos sobre peito. Sentiu sua pressão baixar quando viu todas as velas do altar quebradas e apagadas e as fotos da mulher da sua vida aos pedacinhos no chão. Caminhou até o centro do porão, ajoelhou-se perante o que chamou de "provas dos seus crimes inafiançáveis" e recolheu metade do rosto da amada aqui, metade ali, uma perna aqui, um braço ali, uma cabeça acolá e assim por diante. Guardou tudo no bolso do paletó do pijama, disposto a tentar remendar o que sobrou de sua vida passada com Durex assim que sua pressão voltasse ao normal. Pensativo e triste, pegou a caixa de fósforos que ficava sempre na beirinha do altar e, voltando a chorar feito um bezerro desmamado, colocou todas as velas quebradas em pé da melhor maneira possível e acendeu-as uma a uma. Quando terminou o serviço, engoliu em seco, com medo do que iria dizer:

— Rosália! Desculpe se me exaltei, meu amor! Você sabe que eu não sou de fazer essas coisas!

Desorientado, o professor aguardou de olhos fechados por uma resposta do além que não vinha. Segundos depois, insistiu:

— Rosália, você está aí, minha querida?

Esperou, esperou e nada de resposta. Pela primeira vez em sua vida de nerd assumido, Juscelino sentiu que o tempo era uma invenção humana tão inútil quanto um joystick de Atari nas mãos de uma criança viciada num iPhone. Como acabou confirmando a si mesmo naquele momento em que a angústia profunda lhe devorava o coração, um segundo poderia parecer horas, horas poderiam se arrastar por séculos, séculos poderiam virar segundos e vice-versa. Já quase mordendo a própria língua de tanta ansiedade, chamou por Rosália em voz alta mais uma vez e, mais

uma vez, nada de ouvir sua voz. Durante todos aqueles anos de dor, nos quais aprendera a conviver na marra com a ausência física dela, nunca tinha ficado um só dia sem que seus ouvidos se deliciassem com a doçura de sua fala, como se seu corpo e sua alma implorassem por mais e mais doses cavalares de sua glicose.

Depois de quase meia hora de tentativas inúteis de contatar a amada, para assim lhe estender um tapete vermelho todo remendado com desculpas mirabolantes de todos os tipos, Juscelino desistiu. Se levantou e voltou à sua cama sem fome nenhuma, mesmo com a hora do almoço se aproximando a galope. Deitou-se querendo morrer, se perguntando o motivo de a vida não ter o botão de "voltar a fita", assim como o seu videocassete antigo. Sob olhares curiosos do cãozinho Rambo, virou-se de um lado a outro na cama, amassando o lençol como aconteceria se seu corpo tivesse se transformado num grande e pesado rolo de macarrão. "Até um rolo de macarrão é mais útil do que eu!", pensou, no exato momento em que aquela deliciosa confusão mental que antecede o sono começava a engolir de vez sua sanidade.

De repente, o professor arregalou os olhos e respirou fundo, do mesmo jeito que aconteceria se um raio tivesse atingido sua careca lustrosa em cheio. Saltou da cama decidido a arrastar sua carcaça novamente em direção à vida. Sentindo-se como um monstro de Frankenstein redivivo, vestiu-se com a pressa que o abandonara naqueles dias confusos, deu ração ao Rambo e saiu de casa correndo e tropeçando nos bicos dos sapatos. Sua intenção era a de chegar à escola um pouco antes do horário do término das aulas. Deu tudo de si — o que não era muito —, numa corrida que mais parecia um andar apressado, enquanto alguns cidadãos joanopolitanos o observavam, como se quisessem lhe perguntar o motivo de tanta exaltação.

Quando chegou na escola quase vomitando os próprios pulmões, o professor Juscelino se recostou em uma das grades de metal da portaria para tomar fôlego e ouviu o porteiro Valdemar Bolinha lhe dizendo:

— Nossa, professor! Vai ter um treco no coração desse jeito! — Como o homem à sua frente não tinha condições físicas de responder, ele continuou: — Olha só! A dona Adélia tá me ligando desde cedo, querendo saber do senhor!

— Seu Bolinha... — foi tudo o que Juscelino conseguiu responder em meio às respirações aceleradas. Com as duas mãos massageando o peito como se quisesse fazer o coração pegar no tranco, puxou mais um pouco de ar e perguntou o que queria: — A Juliana Serelepe, seu Bolinha! Ela já foi embora?

— Olha, professor, não vi essa menina espevitada saindo da escola ainda, não... — respondeu o porteiro, já tirando o interfone do gancho. — Vou ligar para a dona Adélia dizendo que o senhor chegou, tá bom?

— Não, seu Bolinha! Não faça isso, por favor! Eu só vim falar com a Juliana mesmo!

Antes que o porteiro pudesse colocar o interfone de volta no gancho, Juscelino sentiu sua pressão baixar ainda mais quando viu a diretora Adélia saindo da sua sala para o seu horário de almoço. A velha e imponente senhora caminhava devagar através do corredor central que desembocava na entrada da escola, de cabeça erguida e, como de costume, com a expressão de poucos amigos explodindo por trás dos óculos fundo de garrafa. Assim que ela saiu pela portaria e foi em direção ao docente pálido que ali se recuperava de um quase infarto, ele se antecipou às suas inevitáveis e óbvias perguntas:

— Foi a pamonha que sobrou daquela de anteontem, dona Adélia! Acho que tenho alergia a milho... uma vez, quando eu era criança...

— Professor Juscelino, professor Juscelino! — interrompeu ela, passando por ele sem tempo para ouvir suas desculpas. Já de costas, levantou a mão direita e o ameaçou de uma maneira tão direta que o desconcertou: — O que é do senhor tá guardado, professor! Mais uma dessas e bau-bau!

Antes que tivesse tempo de digerir palavras tão contundentes, Juscelino ouviu a voz de Juliana Serelepe se destacando em meio à massa sonora vinda de uma turba de alunos e alunas que saíam da escola felizes da vida. Ela atravessava o corredor principal correndo, vindo até ele aos gritos, abrindo espaço na pequena multidão:

— Professor! O senhor pensou na nossa proposta?

— Ainda não tive tempo, Juliana. É que eu ando tão...

— Ah, professor, larga mão de ser medroso! Até aquele frouxo do Marquinhos Satã aceitou!

Depois que a palavra "medroso" bombardeou seu ego já frágil de vida inteira pela segunda vez naquele dia, Juscelino revirou os olhos, respirou fundo e mudou de assunto:

121

— Juliana, você pode me emprestar uma daquelas suas bolinhas, por favor?

— Nossa, professor! Esses objetos não podem sair por aí zanzando à toa, não! — respondeu a menina. Ela então encarou o céu sem nuvens e, toda pensativa, colocou a ponta do dedo na frente boca. — Mas vou te fazer uma exceção porque sei que o senhor, apesar de meio doido, é gente boa! — concluiu, já enfiando a mão dentro do pequeno embornal com o arco-íris bordado, agarrando uma bolinha de gude verde e a entregando ao seu mestre.

— Obrigado, minha querida! Te devolvo amanhã na aula, pode ser?

— Pode, professor! Mas cuidado com o que o senhor vai fazer com isso! Essa bolinha é uma coisa muito séria! Não usa ela de maneira errada e não mostra pra mais ninguém, tá bom?

O docente apenas fez que "sim" com a cabeça e guardou o objeto num dos bolsos da frente das calças. Assim que respirou fundo e saiu correndo de volta à sua casa, ouviu Juliana se esgoelando ao longe:

— Professor, esqueci de falar uma coisa! Eu tô criando um grupo de Whatsapp e vou adicionar o senhor, tá bom? Vai se chamar "caçadores de lobisomens desgarrados"! É sobre aquela conversa que tivemos ontem! Temos que agilizar o negócio, porque a coisa tá ficando feia! Tão dizendo até que é o padre Adolfo que tá virando lobisomem!

Juscelino só fez sinal de positivo com o dedão gordo da mão direita em riste e prosseguiu seu caminho. À beira de um infarto, depois de atravessar algumas ruas de paralelepípedos e de quase ser atropelado por uma carroça guiada por um tiozinho de chapéu de palha que o mandou para a "puta que pariu", chegou no seu casarão e foi direto ao porão. Entrou depressa, acendeu a luz, se ajoelhou mais uma vez perante o altar e chamou por Rosália duas vezes. Como o espírito da desencarnada parecia magoado a ponto de não querer lhe dar mais satisfação, ele tirou a boli-

nha verde do bolso e a apertou com toda a força na palma da mão direita. Fechou os olhos e ficou assim por alguns minutos. Nada de os vaga-lumes aparecerem e, muito menos, de Rosália se manifestar. "Apareçam, porra! Insetos de merda!", resmungou entre os dentes, esquecendo-se de vez dos bons modos. Nem os pequenos seres luminosos vindos de uma outra dimensão pareciam querer saber dele. Sem mais ideia do que fazer para aplacar a angústia que crescia em seu peito a cada segundo que passava, começou a esfregar a bolinha entre as palmas das mãos até que ela se esquentasse. Nada aconteceu de novo. Ele então exorcizou sua alma, expelindo pela boca todos os palavrões que conhecia. Guardou o objeto de vidro verde no bolso de novo e se levantou do altar sem conseguir mais segurar o pranto. Em seguida, limpou as lágrimas com as costas peludas das mãos e saiu de casa, pegando rumo até a padaria. Chegando lá, se sentou e, para susto da atendente que lavava alguns copos, desferiu um tapa forte no balcão. Estava disposto a fazer algo que só havia feito uma única vez na vida:

— Isabela, vê uma Cuba-libre pra mim, por favor!

— O que é Cuba-libre, professor? Não sei fazer isso, não! — respondeu a atendente alta, loira e magra, cujos olhos azuis sempre atraíram a atenção do professor, pois, segundo ele, "eram iguaizinhos aos da Cybill Shepherd, do seriado *A gata e o rato*".

— Ah, sei lá, Isabela! Mistura Coca-Cola com pinga, vodca, rum, Cynar, conhaque Presidente, batida de amendoim, alguma coisa assim que tá bom! Vê um copo bem servidão que eu tô necessitado!

— Nossa, professor! Nunca vi o senhor bebendo!

— É por uma boa causa, Isabela... — Juscelino pensou em sua resposta e disse, quase não segurando as lágrimas de novo: — Quero dizer, é por uma péssima causa! Eu sou uma lástima mesmo! Eu sou uma aberração da natureza, minha querida! Sou uma pessoa a ser evitada! Tem dias que eu me arrependo de ter nascido e hoje é um deles!

Entre uma reclamação e outra, lá se foi o primeiro copo de cachaça com Coca-Cola goela abaixo do professor que, àquela altura, já se sentia sentado à beira do abismo da depressão profunda. A televisão à sua frente estava sintonizada num daqueles canais que transmitem notícias o dia todo e propagava, a cada cinco minutos, uma matéria sobre as tais flores roxas que se espalhavam e, principalmente, sobre o "lobisomem de Joanópolis". E foi então que o docente, já um pouco mais "alegrinho" por causa do álcool, começou a contar piadinhas infames sobre lobisomens carecas e sacis-pererês de três pernas só para tentar agradar Isabela. Ela só revirava os olhos, como se pensasse: "Nossa, que merda!".

Decepcionado com sua total falta de graça e jeito com as mulheres, o professor pediu um segundo copo de Cuba-libre. De repente, enquanto a atendente preparava a bebida, ele se sentiu desorientado com a visão de algo que considerava extinto havia muito tempo. Uma jovem senhora loirinha, ostentando um "permanente digno de nota", como diria ele, entrou de mãos dadas no estabelecimento com um homem alto que parecia ser poucos anos mais velho do que ela. "É permanente natural! Que coisa mais esplendorosa! Nem nos Anos Dourados a gente via isso com tanta facilidade! Nem nas noites de gala do clube Canecão! Nem a atriz de *Flashdance* teve um assim! Nem *As panteras*!", pensou o mestre, percebendo os sentimentos reprimidos aflorando em seus poros, como havia muito não sentia. Seguiu os movimentos do casal com os olhos despejados de amor proibido pela moça e virou num gole só o segundo copo de Cuba-libre que a atendente havia acabado de lhe entregar. Eles então se aproximaram e se acomodaram bem ao seu lado, no balcão. O homem pediu dois X-frango-egg-bacon-salada e uma garrafa de seiscentos mililitros da cerveja Heineken.

"Heineken? Que merda! Com essa belezinha de cabelos nota mil ao meu lado, eu tomava era um engradado de Malt-90 numa noitada só!",

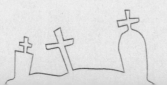

pensou Juscelino, meio que já sem controle dos pensamentos mais ousados, menos politicamente corretos e mais atirados.

E foi ali, na padaria principal da cidade, aguardando que o álcool causasse o inevitável strike em seu fígado, que o professor ouviu pela primeira vez e de rabo de orelha as conversas sobrenaturais de Marta Scully e Lindomar Mulder, o famoso casal de youtubers recém-chegado à cidade. Antes de pedir a conta à atendente e ir embora disposto a hibernar pelo resto da tarde ou, quiçá, da vida, tomou coragem e se apresentou aos dois, dizendo que também era "caçador de assombrações, mas que fazia isso só por hobby".

O papo rendeu. Depois de números de Whatsapp trocados e de conversas fiadas e assombradas diversas regadas a álcool que duraram mais do que o necessário, o professor se levantou e se despediu do que chamou de "seus novos grandes amigos". Depois de beijar a mão de Marta de um jeito tão íntimo que incomodou Lindomar, ele pediu seu sonho de nozes, seus três biscoitos de polvilho, seus dois pães com gergelim e, para surpresa da atendente, uma latinha de Heineken geladinha.

Saiu da padaria tropeçando na própria sombra e chegou em casa sem saber como. Antes de perder de vez a firmeza nas pernas e cair duro feito um peru congelado no sofá de napa rasgada da sala, vestiu seu pijama azul-claro "de verão", que definitivamente não condizia com o frio que fazia. Em seguida, colocou um vinil com a música "We don't need another hero" para tocar no aparelho de som e se esgoelou em dueto com a Tina Turner. Assim que os últimos acordes da canção explodiram, tirando lascas de tinta das paredes velhas do casarão, Juscelino trocou o vinil. Quando a música-tema de *Rocky, um lutador* começou a tocar nos alto-falantes, ele se posicionou em frente a um pôster do mesmo filme colado na parede e ergueu os punhos fechados para o alto, feito um Sylvester Stallone embebido em cachaça. Respirou fundo e gritou com o máximo de força e palavrões que o álcool lhe permitiu, para grande susto do seu

cãozinho Rambo, que matava a dentadas um grilo desavisado no tapete:

— Eu topo, Juliana Serelepe! Eu topo essa bagaça! Você e a Rosália vão ver só quem é o covardão da parada! Medroso é o caralho! Que venha essa porra desse lobisomem e essas merdas dessas flores roxas!

A antepenúltima coisa que o professor conseguiu fazer naquela tarde, antes que a inconsciência possuísse de vez seu corpo e arrastasse sua alma para o inferno giratório dos bêbados, foi olhar o celular e aceitar o convite da Juliana para entrar no grupo "caçadores de lobisomens desgarrados". A penúltima foi digitar uma mensagem toda errada, com os dedos moles de pinga: "Meus qeuridos, eu vou com voces ate o final! Conte com o pofesor das antiga!". A última foi ver quatorze chamadas perdidas da diretora Adélia, às quais respondeu, se esquecendo do H do palavrão: "Foi a pamonha, caralo!".

Por pressão da comunidade e em virtude das proporções tomadas pelo poder da roxidão misteriosa — que deixara de contaminar apenas flores, lobos-guará, gambás, lagartixas, teiús, cobras, aranhas, morcegos e dezenas de outras espécies de animais peçonhentos ou não para engolir também pastos, bambuzais e plantações diversas da serra da Mantiqueira —, uma reunião emergencial fora marcada para acontecer no salão paroquial de Joanópolis. Aconteceria às sete da manhã do dia seguinte à bebedeira do professor Juscelino na padaria, à visita do padre Adolfo à roça de flores do seu Macinho e da dona Candinha e o encontro do livro de couro nos porões da igreja matriz.

No dia e no horário marcados, o religioso, assim como todas as figuras católicas consideradas importantes do município, estavam lá com suas caras amassadas de sono, inclusive o prefeito Silas do Posto, que levou a tiracolo seu oportunismo de sempre. O líder máximo da cidade foi o primeiro a levantar a mão e se manifestar, assim que o pároco pediu silêncio aos presentes que contavam, em voz alta e cada um ao seu modo, coisas bizarras sobre lobisomens, plantas, flores ou bichos roxos, aumentando aqui e ali no terror e na dramaticidade, para que suas histórias, inventadas ou não, se sobressaíssem umas às outras.

— Padre, sem querer ser chato e já sendo... — Suas palavras foram interrompidas por risadas irônicas, mas, mesmo assim, o político calejado continuou: — Posso começar com as perguntas? — Sem que o religioso tivesse tempo de responder, ele sobrepôs uma pergunta a outra: — E se a gente aproveitasse a invasão dessas coisas roxas e fizesse disso uma coisa boa? Sabe aquela história de "se a vida lhe der limões, faça uma limonada"? — Muitos dos presentes reviraram os olhos com sua fala manjada. — Então! Podemos adotar o roxo como o tom de cor oficial da cidade, mudando inclusive a cor da nossa bandeira, que é de um azul já ultrapassado e muito usado por aí...

— Pelo amor de Deus, seu prefeito, o que é isso? Tenha a santa paciência! — interveio aos berros Carminha, uma beata morena de pele clara e cabelos longos de vinte e poucos anos que, além de ser amiga de longa data do professor Juscelino por já ter trabalhado como copeira na escola, era considerada "esquerdista" e "comunista" pelas outras beatas, todas eleitoras fervorosas da extrema-direita. Com raiva no olhar, ela apontou o dedo para o prefeito, que já se encontrava meio que acuado atrás de um púlpito de madeira instalado em cima do pequeno palco do salão e continuou: — Que limonada, o quê, seu prefeito? Roxo é cor da morte, do machucado e da dor, não é mesmo, padre Adolfo? — O religioso, estático ao lado do prefeito, fez que "sim" com a cabeça. Nem piscava, pois, por conhecer de longa data a impetuosidade da moça, já imaginava o que viria a seguir. — Então! Quando a gente bate o joelho na quina daquela mureta da praça que o senhor não faz manutenção, que cor que fica? Roxo! Quando a gente bate as botas e vai parar naquele cemitério fedorento que não vê a cara de uma limpeza faz tempo, que cor que fica? Roxo! — Revirou os olhos por trás dos óculos com aro de metal dourado, o ajeitou sobre o nariz adunco, para em seguida suspirar e concluir, iniciando assim um

falatório desenfreado no salão. — Esse prefeito reacionário deve estar é maluco! Parece que tá querendo brincar com uma coisa muito séria... essa roxidão maldita aí não é coisa de Deus, não, seu padre! Nunca foi e nunca será!

— Calma todo mundo, por favor! — berrou por sua vez o padre Adolfo, erguendo os braços acima da cabeça e chacoalhando as mãos, como sempre fazia ao cantar a música "Hosana Hey! Hosana Há!" na igreja, durante as missas. Assim que conseguiu um mínimo de silêncio mais uma vez, continuou: — Meu povo querido, é o seguinte! O prefeito Silas está só querendo o bem da nossa cidade, isso é nítido! Pelo que eu entendi, ele quer fazer dinheiro com o roxo e qualquer verba a mais que entrar nos cofres da prefeitura será muito bem-vinda...

A beata Carminha gargalhou como se não houvesse amanhã. Alguns munícipes que estavam ao seu redor também.

— Mas, padre, vamos parar de conversa fiada! A gente fala desse assunto de dinheiro outro dia... — interveio seu Custódio, um produtor de cachaça conhecido na região pela semelhança com o Sinhozinho Malta da antiga novela *Roque Santeiro* que o professor Juscelino e sua falecida Rosália, aliás, adoravam. — Confessa pra gente uma coisa só! O senhor acha que essa coisa roxa espalha bondade ou maldade nesse mundão de meu Deus?

Todos no salão, inclusive as pombas que faziam seus ninhos no madeiramento do teto, prenderam a respiração para ouvir a resposta. Antes de se pronunciar, o padre Adolfo enfiou a mão num dos bolsos da calça jeans que usava por baixo da batina e agarrou algo. Tirou a mão do bolso, apoiou os punhos fechados no púlpito e baixou a cabeça, a ponto de quase tocar sua testa proeminente na madeira envernizada. De repente, começou a suar sem motivo, pois aquela manhã de meio de inverno de Joanópolis estava para lá de fresca, como acontecia desde que o mundo fora criado. Ergueu um pouco a cabeça, puxou um lenço branco do bolso traseiro da calça e enxugou a testa, à medida que seu corpo todo começava a tremer feito um trem em movimento. Quando o prefeito o viu fechando os olhos como se fosse desmaiar, se aproximou e o segurou pelos braços. Levou um empurrão tão forte que perdeu o controle do próprio corpo e quase despencou de cima do pequeno palco.

— Padre, o senhor está bem? — perguntou em voz alta seu Alcebíades, o dono de uma das poucas padarias da cidade. Muitos se assustaram com a pergunta, pois sabiam que tal cidadão nunca fora de falar muito e, menos ainda, de se manifestar contra ou a favor do que quer que fosse, característica que só aumentava sua fama de "isentão".

O sacerdote então levantou a cabeça e abriu os olhos devagar. Limpou o suor da testa mais uma vez e respondeu "Estou bem, sim, seu Alcebíades! Acho que minha pressão caiu!", com a voz muito mais grave e, por que não dizer, "trovejante" do que o normal. Quando seus olhos foram totalmente escancarados, muitos dos que se encontravam à sua frente gritaram, levaram as mãos à boca e deram dois passos para trás. Alguns se benzeram em voz alta. Tanto as íris azuis quanto as partes brancas dos globos oculares do religioso estavam novamente tomadas pelo roxo-escuro. Ao perceber o estado de estupefação saltando da cara dos conterrâneos, o padre fechou os olhos de novo. Baixou a cabeça mais uma vez e começou a emitir ruídos com a voz baixa, como se rezasse alguma oração desconhecida que mais lembrava o gemido de um cachorro ou um lobo de grande porte. Depois de alguns segundos imerso naquele tipo de reza ou transe, começou a inspirar e a expirar o ar rapidamente, do mesmo jeito que os especialistas dizem que é bom para acalmar a ansiedade. Em seguida, voltou a levantar cabeça devagar e a abriu os olhos, fazendo com que muitos se acalmassem e gritassem "Glória a Deus!" em voz alta ao notar que estavam azuis como sempre foram. Recuperando sua consciência de um instante a outro, o pároco jogou o lenço que usara para enxugar a testa com força no chão e falou, com sua voz firme e imperativa voltando ao tom normal:

— Vocês estão com medo do quê? — Silêncio no salão. — Vocês não acreditam da bíblia sagrada e em Deus? — As beatas à sua frente e se entreolharam responderam que "sim". — Se acreditam, não concordam comigo que foi Ele quem fez todas as coisas que existem sobre a Terra? — O prefeito também respondeu com um "sim" todo animado com a cabeça, só de imaginar o desfecho do sermão improvisado. — E se Ele fez tudo, não teria poder suficiente para colocar essas plantas e esses animais roxos no nosso mundo?

— Mas pode ter sido coisa do diabo também, não pode, seu padre? — interveio dona Maroca do Lico Seco, outra beata reacionária, se benzendo em seguida com um sinal da cruz que mais parecia um tique nervoso.

— A senhora por acaso acha que o diabo tem poder sobre as flores, as plantas e os animais criados por Deus Nosso Senhor, dona Maroca? — respondeu o religioso, agora aos berros descontrolados e com o roxo parecendo querer voltar aos olhos. Como a beata se assustou com a pergunta e nada respondeu, ele voltou a olhar para todos à sua frente e amenizou o tom da bronca: — Meu povo querido! Vou dizer uma coisa aqui uma vez só e espero que vocês acreditem em mim de vez por todas e não me questionem mais! Tudo isso que tá acontecendo na nossa região é, sim, obra de Deus, Nosso Pai!

E foi então que o sacerdote parou de falar e ficou só observando a pequena multidão muda e estática diante de si, fuzilando cada indivíduo que a compunha com seus olhos enviesados. Depois de bufar feito um boi bravo e perder a paciência de vez, seus globos oculares foram completamente inundados pelo roxo. Ele então voltou a gritar, apontando os punhos fechados — um deles portando a bolinha roxa — em direção aos fiéis:

— Vocês não acreditam em Deus, meu povo?

— Acreditamos! — foi a resposta em uníssono induzida pelo medo que ecoou pelo salão, como se aquele povo todo tivesse combinado de dizê-la ao mesmo tempo.

— Eu quero ouvir mais alto! Vocês têm fé e acreditam em Deus, Nosso Senhor, meu povo? — insistiu o sacerdote, carregando ainda mais na intensidade e no tom gutural do grito.

— Sim! — Agora era o povo que gritava. Todos os cidadãos pareciam contaminados pela euforia do padre, de olhos muito arregalados e acesos que, se o professor Juscelino estivesse ali, chamaria de "olhos da capa do disco *Creatures of the night*, do Kiss".

— Eu ainda não ouvi direito, gente abençoada de Joanópolis! Apontem os punhos fechados para mim e me respondam! Vocês acreditam no poder e na glória do Nosso Senhor Deus, meu povo escolhido?

Todos fizeram o que o padre mandou. Esticaram os braços para a frente, fecharam as mãos e gritaram um "sim" em volume tão alto que espantou de vez as pombas do salão.

— E se acreditam Nele e eu fui eleito para ser um dos Seus representantes na Terra, quer dizer que vocês acreditam em mim também, certo? E fariam o que eu pedisse, certo? — Depois de ouvir outro "sim" ainda mais alto, alinhado, fanático e robotizado do que os anteriores, o pároco sorriu e continuou: — Então quero que organizem uma procissão o mais rápido possível! Nela, quero ver todo mundo vestido de roxo dos pés à cabeça! Além disso, quero que levem instrumentos musicais e confeccionem estandartes e faixas com o símbolo que eu vou passar pra vocês, combinado? — concluiu, golpeando o púlpito com toda a força dos punhos.

Depois do último "sim", o religioso se deu por satisfeito e dispensou os fiéis. Em seguida, se agachou, agarrou o lenço que havia atirado no chão momentos antes e desceu do pequeno palco utilizado para a encenação de peças religiosas em silêncio. Já lá embaixo, caminhou de cabeça erguida entre a pequena multidão, abrindo espaço entre o que chamou de "seu povo", como Moisés fez com o Mar Vermelho. Quando enfiou a mão no bolso para guardar a bolinha roxa que havia surrupiado do livro

de couro — talvez para agradecê-la por tê-lo inspirado a fazer o que tinha acabado de fazer —, acabou derrubando o lenço no chão. Assim que dona Maroca do Lico Seco se agachou, pegou o pedaço de pano e o desdobrou, ele se encheu de emoção ao ouvi-la murmurando, quase aos prantos, para as outras beatas que se ajoelhavam curiosas ao seu lado:

— É verdade, sim! O padre Adolfo é o nosso salvador! Olhem aqui a prova de que ele sabe do que tá falando! — disse ela com a voz embargada, depois de exibir o que chamou de "lenço sagrado" às amigas mais reacionárias e de quase esfregá-lo na cara estupefata da sempre tão cética e questionadora beata Carminha. Ao baterem os olhos na grande mancha roxa de suor impressa no tecido, mais precisamente num desenho que lembrava uma serpente ao redor de uma rosa, todas as mulheres, inclusive a "esquerdista comunista", se entreolharam, boquiabertas e sem nem piscar de tanta emoção.

Já às portas do salão paroquial e ouvindo a conversa das beatas se transformando em um canto católico fervoroso que parecia devotado a ele próprio, o sacerdote riu por dentro e sentiu um calor diferente lhe queimando as entranhas. Por fora e sob o sol já forte da manhã, seu semblante era de puro orgulho e satisfação, pelo simples fato de que ele sabia ter conseguido parte do que queria. A julgar pelo brilho ganancioso que explodia em seus olhos estalados — que, aos poucos, voltavam à tonalidade azul de sempre — e o fazia olhar apenas para dentro si mesmo e dos iguais a ele, o padre Adolfo parecia querer muito mais. E, como ele próprio pensou antes de deixar o salão, levitando nas próprias alucinações: "Se for preciso, darei todo o sangue e todo o suor roxo que agora correm dentro do meu corpo envelhecido para conseguir!".

Durante as duas noites que se seguiram ao anúncio público do encontro do fêmur humano com restos de carne no matagal, seu Napoleão Cerqueira, o dono do circo Internacional Art's Brasil, com seu amigo Julião Ferpa, o Tarzan Brasileiro, procuraram pelos dois trabalhadores rurais desaparecidos, em setores dos morros onde sabiam que a polícia de Joanópolis ainda não havia se embrenhado. No início da terceira noite, momentos antes de retomarem as buscas, estacionaram a velha Brasília verde em frente à Venda do Vená — ou "Cantinho da cachaça", como era mais conhecido o estabelecimento precário que vendia de tudo naquele pedaço de mundo. Desanimados, entraram com os olhos baixos refletindo luminosidade fraca da única lâmpada de "sessenta velas" do lugar e pediram duas doses servidas de pinga e dois pães com mortadela. Antes que pudessem ter tempo de engatar qualquer tipo de conversa, Vená, o idoso dono do estabelecimento, se antecipou, enchendo os copos dos dois até a boca:

— Cêis viram que parece que encontraram um osso de gente no meio do mato? Tão dizeno que os ispecialista tão fazendo o tar do teste do DNA, iguar aquele que tinha no pograma do Rabinho de antigamente! Aquele pograma que saía umas brigaiada feia, lembra? Era divirtido dimais...

— Ouvimos isso no rádio, sim, seu Vená! Coitados dos dois, né? Tão jovens! — respondeu seu Napoleão Cerqueira, desinteressado pela conversa, ajeitando o seu revólver trinta e oito na cintura e queimando os beiços e o estômago com o primeiro gole de cachaça da noite.

— Ah, cuitados memo! O João Magrelo e o Zizinho não merecia tar destino desgraçado, não... mas se for essa a vontade de Deus, Nosso Pai, que seja, né memo? — retrucou o velho, já cortando aos poucos a cabeça redonda da peça de mortadela com a ajuda de um canivete de picar fumo e colocando as fatias no meio de dois pães franceses amanhecidos. — E se for o corpo de um desses minino memo, que ele discanse em paz e que a polícia discubra os autor dessa mardade o mais rápido possíve!

— Seu Vená, me responde uma coisa? — interveio o careca Julião Ferpa, de boca cheia depois de pegar seu sanduíche e o morder como se não comesse havia dias. — O senhor não tem medo de deixar essa venda aberta com essa história do lobisomem e das coisas roxas se espalhando por aí, não?

— Ah, medo, medo, eu não tenho não, fio! — O velho apontou para uma grande imagem de Nossa Senhora Aparecida toda rodeada de luzinhas coloridas piscantes que havia logo acima de uma prateleira cheia de garrafas de bebidas, se benzeu com olhos ternos da fé singela típica dos habitantes da zona rural e continuou: — Minha santinha protetora que mora lá no céu cuida de mim todos os dias da minha vida... Num faia nunca! Toda noite eu rezo um...

O som do relincho de um cavalo vindo da estrada cortou a frase do dono da pequena venda ao meio. De olhos arregalados e arrotando o característico cheiro de mortadela com cachaça, Julião Ferpa sacou sua arma da cintura e correu para fora para olhar, sendo seguido pelo seu Na-

141

poleão Cerqueira. Seu Vená os acompanhou e viu com eles um homem de meia-idade freando bruscamente um animal branco, saltando de cima do seu lombo e correndo para dentro do estabelecimento aos gritos:

— Entra e fecha a venda, seu Vená! Fecha a venda!

— Mas o que aconteceu, seu Felizberto? — respondeu o velho, juntando as mãos em posição de oração.

— Eu vi o tar, seu Vená! Vi o tar com esses zóio que a terra do cimitério de Joanópolis há de comê!

— Minha Nossa Senhora da Aparecida, ajuda nóis! — resmungou Vená, já entrando na venda, agarrando um pedaço de pau que usava para travar as portas e gritando para que seu Napoleão e Julião Ferpa retornassem ao estabelecimento o mais rápido possível. Assim que eles entraram, o velho bloqueou a porta, foi até o homem apavorado que se benzia em frente à imagem de Nossa Senhora e o inquiriu: — O que foi que ocê viu, homem de Deus? Fala pra nóis! Vô fazê uma água com açúca procê!

— Vô confessá uma coisa pro senhor, seu Vená! Vê, eu não vi direito, não! Mais eu ouvi um gimido bem arto perto da ponte do Tião Cunha! E foi nessa hora mardita que eu sartei do cavalo pra ver e olhei pra baixo, seu Vená do céu! — O homem de meia-idade, de olhos esbugalhados e suando como se fosse verão, respirou o ar fedendo a desinfetante misturado com cachaça e alcatrão do pequeno boteco e continuou: — Eu vi, seu Vená! Vi dois zóião brilhano no escurão lá embaixo, perto do riacho, bem dentro de um ispinhero grande rodiado de taboa! O povo fala que o mardito do lubisómi gosta de ispinhero, não gosta memo?

— Acho que é o saci que gosta, mais o lubisome deve gostá tamém, uai! — retrucou o comerciante, sob olhares curiosos do seu Napoleão e do seu ajudante Julião Ferpa, que, pelos semblantes enviesados e olhos atentos, pareciam pensar a mesma coisa.

— Olha, vocês dois fiquem aqui que eu vou lá com o Julião pra ver! E se esse bicho estiver lá mesmo, ele não escapa da gente! Essa pon-

te fica muito longe? — perguntou o dono do circo, depois de beber seu último gole de cachaça e de socar o fundo do copo contra o balcão de madeira.

— Longe, longe, num é, não! Uns cinco quilômetro, no máximo! Depois de uns trêis quilômetro no sentido da Cachoêra dos Preto, ocês vira na bifurcação à direita onde tem uma painêra grande, e anda mais uns dois! — respondeu com a voz trêmula seu Felizberto, enquanto seu Venâ lhe trazia um copo de água com açúcar para acalmar os nervos.

Sentindo uma oportunidade única, seu Napoleão e seu ajudante não perderam mais tempo. Abriram a porta da venda quase aos pontapés. Correram até a Brasília verde de armas já em punho e pegaram rumo estrada poeirenta afora, com Julião Ferpa ao volante. Seguindo as orientações do seu Felizberto, percorreram três quilômetros, entraram à direita depois de uma paineira imensa e diminuíram a velocidade poucos quilômetros adiante, quando avistaram ao longe uma pequena ponte de alvenaria parcamente iluminada pela lua minguante. Sem trocar uma só palavra, estacionaram e desceram do veículo a cerca de duzentos metros dela, com a óbvia intenção de não chamar a atenção do que ou de quem quer que fosse com o ruído daquele motor que não via a cor de uma manutenção havia anos.

Caminhando devagar ao lado do amigo, apenas com a luz da lua iluminando seus passos, seu Napoleão quebrou o silêncio, sem esconder o pavor do desconhecido que lhe travava os lábios:

— Qualquer coisa, mete bala, Julião! Não bobeia, não!

— Pode deixar, chefe! — respondeu o homem grandalhão. Após uma curta pausa, acrescentou: — Mas eu tava pensando numa coisa...

— Desembucha!

— E se o tal lobisomem existir mesmo e morrer só com bala de prata? Acho que a gente não pensou nisso, né?

— Olha, Julião, eu até pensei! Mas que prata, porra? A última pul-

seira de prata que eu tinha, aquela de anjinho que era herança da minha querida tia Naninha lá de Monteiro Lobato, eu vendi pra pagar a prestação do banco, não te falei? E ainda fiquei devendo uma fortuna pra esses porcos capitalistas desgraçados!

— Verdade, chefe! O senhor me falou, sim, desculpe!

— Não precisa se desculpar, não, Julião! Você é meu irmão de luta há muito tempo e não vai ser agora e nem por isso que a gente vai discutir, não é mesmo? — resmungou o dono do circo, colocando a mão esquerda sobre o ombro trêmulo do parceiro. Depois de respirar a própria tristeza da lembrança do circo falido junto ao ar cheirando a terra orvalhada daquela parte do caminho, continuou: — Mesmo assim, se esse bicho existir, você carca bala no desgraçado sem dó, tá bom? Tenho certeza de que, juntando as seis balas do meu revólver mais as seis do seu, a gente devolve esse endemoniado pro inferno de onde ele veio! E se o desgraçado cair no chão, estrebuchar e não morrer, a gente mete pedrada, chute, porrada, mata-leão, qualquer coisa, tá bom?

O assunto foi encerrado com um sinal de positivo de Julião. Assim que se aproximaram da pequena ponte construída com cimento e ferro, os dois artistas circenses ouviram um gemido baixo, mais parecido com a agonia de um cachorro envenenado do que com qualquer coisa vinda da boca de um ser humano. Com o trinta e oito tremendo na mão, Julião Ferpa foi o primeiro a tomar coragem e se aproximar do parapeito de metal da ponte, disposto a vasculhar se havia algo realmente sobrenatural escondido embaixo de suas estruturas. Chegando na beirada, arcou as costas, baixou a cabeça e apertou os olhos para tentar ver o que se escondia na escuridão, entre as taboas que encobriam quase toda a borda sinuosa de um riacho. De repente, engoliu em seco e sentiu os pelos do seu corpo eriçarem quando viu dois olhos brilhando lá embaixo, ao luar. Quando o dono daquelas pupilas arregaladas se contorceu, gemeu e balançou todo o espinheiro que o ocultava parcialmente, Julião murmurou, quase sem ar:

— O bicho tá ali embaixo, chefe!

Seu Napoleão se aproximou devagar do amigo e olhou para onde ele indicava. A mão de Julião tremia tanto que seu dedo mais parecia a ponta de uma vara de pescar quando um peixe morde a isca.

— Não parece olho de bicho, não, Julião!

— Prego fogo, chefe? — respondeu o ajudante, ofegante e já apertando os olhos.

— Não! Nessa escuridão toda, não dá pra arriscar, não! Vai que é um bêbado caído ali! Não quero ser preso por assassinato, Deus me livre! Você quer? — Depois de se benzer com um sinal da cruz todo capenga, coisa que só fazia nas horas de maior desespero, seu Napoleão continuou: — Vamos fazer o seguinte, Julião! Vamos descer devagarinho pela beirada do barranco e ir sondando! Se o bicho vier pra cima, aí sim, a gente fuzila ele! Você trouxe a lanterna, né? Se ele correr pra cima da gente ou tentar fugir, você ilumina ele e a gente mete fogo, combinado?

Julião levou a mão à cintura e se certificou de que ainda carregava sua lanterna de quatro pilhas grandes pendurada. Fez um "sim" com a cabeça para o chefe e tomou a frente da empreitada, abrindo caminho na marra entre dois arames farpados pregados em alguns mourões de cerca apodrecidos que havia logo ao lado da ponte. Enquanto desciam com cuidado por um barranco íngreme coberto de pés de mamonas e moitas densas de capim-gordura, ouviam os gemidos da criatura se tornando cada vez mais altos e agudos. O que ou quem quer que se escondia poucos metros abaixo deles parecia sofrer com uma dor profunda, além de tentar respirar com extrema dificuldade. E foi então que, como se uma ideia caísse do céu dos aflitos e endividados e iluminasse o picadeiro já decadente e empoeirado do seu cérebro, seu Napoleão resmungou baixinho, reiterando quase tudo o que já havia dito:

— Julião! Não esquece! Não é pra atirar! Vamos tentar pegar esse bicho vivo pra exibir ele no circo! Vai descendo na frente devagarinho!

145

Quando eu der o sinal, você liga a lanterna, tá bom? Mas não atira se ele não reagir! Se ele se levantar e correr atrás da gente, aí sim, você prega fogo!

O Tarzan Brasileiro, mesmo com o medo lhe agigantando as pupilas, consentiu de novo. Pisando devagar e quebrando o mato, ao mesmo tempo que tremia só de imaginar que a própria sobrevivência e a do chefe dependiam do silêncio dos seus passos, ele se escondeu atrás de uma moita densa, a menos de cinco metros da criatura que tanto os apavorava. Com a mão esquerda, sacou a lanterna da cintura e a mirou ainda apagada para o vulto deitado à sua frente. Com a direita, mirou seu trinta e oito bem entre os dois olhos daquele ser estranho que agonizava em posição fetal e aguardou pelo sinal do chefe. Então seu Napoleão murmurou atrás dele, quase sem mexer os lábios:

— Vou contar até três, aí você acende a lanterna, Julião! Um, dois e...

Quando a luz potente da lanterna de LED incidiu sobre os olhos e roubou o lugar dos reflexos da lua, a criatura levantou a cabeça e gritou algo semelhante a um uivo. Julião se aproximou ainda mais do espinheiro onde ela parecia enroscada e gritou também:

— Minha nossa, chefe! É um homem!

Seu Napoleão correu mato abaixo para ver o que tanto afligia o amigo. Levou a mão à boca ao descer e se deparar com um jovem todo machucado, que agonizava e se contorcia no meio do mato, de maneira tão devagar quanto uma lesma. Visivelmente debilitado e sujo dos pés à cabeça de barro misturado com sangue coagulado, estava todo desfigurado, com cortes contínuos e profundos que começavam no pescoço, rasgavam as bochechas e paravam na testa. Ao lado dos cortes, havia perfurações que pareciam ter sido produzidas pelas presas de algum animal muito grande. Julião se ajoelhou ao lado do rapaz e, lembrando-se dos cursos de primeiros socorros de sua época de Senai, pegou em seu pulso direito para sentir se a vida ainda corria em suas veias parcialmente diaceradas.

— A pulsação tá muito fraca, chefe! Mas ainda tá vivo! Vamos levar ele logo pro hospital?

— Espera, Julião, ilumina os machucados mais de perto, quero ver uma coisa!

O ajudante, como sempre, obedeceu. Seu Napoleão então se ajoelhou ao lado do corpo do quase-morto e estudou por alguns instantes as valetas e os furos abertos em sua pele semiarroxeada. Refletiu por alguns instantes e concluiu, sem esconder o sorriso de satisfação do rosto:

— Parecem ser unhadas e dentadas de um bicho bem grande, Julião! Vamos levar ele pro circo e deixar ele descansar por alguns dias naquele trailer que era do leão Adamastor!

— Como assim, chefe? E se a polícia descobrir?

— Não se preocupe, Julião! No caminho de volta, te explico tudo! — O dono do circo fechou os punhos e concluiu, de sorriso largo: — A sorte parece que sorriu para o nosso circo, mais uma vez, Julião! Confia em mim, meu irmão! Não temos mais o leão Adamastor, mas o que provavelmente caiu em nossas mãos agora é algo muito, mas muito melhor! Vai ser dinheiro fácil na certa! Confia em mim!

●

Contrariado com a ordem do chefe, a qual considerava perigosa e arriscada, Julião levantou o corpo do jovem rapaz do chão com cuidado. Subiu com ele sobre os ombros através do barranco, se desviando do mato alto, dos morcegos e dos insetos noturnos que o importunavam, enquanto seu Napoleão corria até a Brasília e a trazia até a ponte. O homem desfalecido foi imediatamente ajeitado no banco de trás do veículo e, para não chamar a atenção de eventuais curiosos na cidade, coberto por um pedaço de lona fedendo a óleo diesel que estava no porta-malas. Assim que a velha Brasília levantou a poeira da estrada rural em direção ao centro de Joa-

nópolis, o dono do circo falou ao volante, assim que percebeu a expressão de poucos amigos do careca grandalhão ao seu lado:

— Você não deve estar entendendo nada, não é, Julião? — Sob a negativa de cabeça do grandalhão, ele continuou: — Meu amigo, se o que tivermos em mãos for o que eu tô pensando, pagaremos todas as dívidas do circo e ainda vai sobrar dinheiro pra muita putaria...

— Chefe, você deve ter enlouquecido! Podemos ser presos por sequestro desse jeito!

— Sequestro? Que nada, Julião! Se esse rapaz for o que eu tô pensando, nós vamos é fazer um favor para a cidade de Joanópolis e, quem sabe, para o mundo! Vamos virar um circo internacional de verdade, e não um "internacional" que vai de Jambeiro até São Luiz do Paraitinga, passa por Caraguatatuba e volta! — O ajudante riu de nervoso. O dono do circo continuou: — Afinal, lobisomem bom é lobisomem capturado ou morto! Não é assim que o povo fala?

— Como assim, "lobisomem", chefe? É só um rapaz acidentado! Ou deve ter sido atacado por uma jaguatirica, um gato-do-mato, sei lá...

— Julião! Deixa de ser pessimista e raciocina comigo, meu amigo! E se essas marcas de unhadas e dentadas forem mesmo de um lobisomem? Já pensou nisso? E o que acontece quando um lobisomem morde um ser humano? Hein? Hein? Nunca viu nos filmes e nem leu esse tipo de coisa nas histórias em quadrinhos, não?

— Nossa, chefe! Será? — respondeu o Tarzan Brasileiro, arregalando de vez os olhos como se, num passe de mágica, o pensamento fantasioso e lúdico do dono do circo contaminasse o seu.

— Tenho quase certeza que sim! — Seu Napoleão pensou por alguns segundos e depois deu uma nova ordem ao amigo: — Julião, me faz um favor! Olha no calendário que ganhei na borracharia do Dito Nhonho e vê pra mim quando é que vai ser a próxima lua cheia! Tá aí no porta-luvas, debaixo das revistas de putaria e das camisinhas!

Julião acendeu a luz interna da Brasília, abriu o porta-luvas e agarrou um calendário que exibia a foto de uma morena de seios grandes à mostra abraçando uma imensa lata de óleo. O observou, passou o dedo indicador nos dias e falou, sem esconder a surpresa:

— Tá aqui, chefe! Lua cheia! Dia vinte e quatro de junho! Dia de São João!

— Puta que pariu, não acredito! — gritou o dono do circo, socando o volante com os punhos e gargalhando em seguida. Depois de retomar o fôlego, concluiu: — Que sorte, meu amigo! Não poderia cair num dia melhor! Será um evento explosivo, meu caro! Um evento histórico! Confia em mim! Joanópolis vai pegar fogo e a gente vai sair da merda, se Deus ou o diabo assim quiserem!

E foi assim, levando poeira e expectativas de riqueza e prosperidade estrada afora, que a velha Brasília continuou o seu caminho de volta à cidade. Quando passou na frente da Venda do Vená, seu Napoleão diminuiu a velocidade ao ver que o dono ainda conversava com seu Felizberto. Sem parar o veículo, ele abriu a janela e gritou, agitando o dedo indicador de um lado a outro:

— Não tinha nada lá, não! Podem ficar sossegados! Deve ter sido algum cachorro-do-mato machucado que o senhor viu, seu Felizberto!

Com sorrisos aliviados e acenos de positivo lhes servindo como respostas, os dois artistas circenses, agora metidos a caçadores de lobisomens, retornaram à cidade. Estavam tão ou mais radiantes do que no dia da inauguração do circo Internacional Art's Brasil, ocorrida dezoito anos antes na pequena cidade de São Thomé das Letras, no interior de Minas Gerais.

Assim que chegaram no centro de Joanópolis e estacionaram a

Brasília no pátio próximo à grande lona remendada do circo, combinaram que só retirariam o rapaz de dentro da Brasília de madrugada, depois que todos os artistas estivessem dormindo. Assim foi feito. Algumas horas depois, em meio à névoa densa da serra da Mantiqueira que engolia a tudo e a todos como faz em todos os invernos, o rapaz quase-morto foi levado ainda enrolado na lona fedida até a tal jaula abandonada do leão Adamastor e colocado lá dentro. Obedecendo às orientações firmes do chefe, Julião preparou uma sopa de ervilhas e literalmente a empurrou goela abaixo do mais novo "artista circense", que, a julgar pela face pálida e mortificada, parecia não se alimentar havia dias. Depois de lhe dar comida e limpar suas feridas, enfiou o bico de uma garrafa PET entre seus lábios e lhe deu água, o fazendo engolir tudo aos engasgos. Em seguida, bloqueou toda a estrutura de metal da jaula com tábuas largas, cordas e correntes e trancou tudo com um único cadeado. Em volta da jaula, estendeu uma pesada lona preta através da qual quase nada se via, pois seu Napoleão havia comentado em tom de ameaça durante a viagem que, para que o que ele chamou de "última tentativa de salvar o circo" obtivesse êxito, o sigilo teria que ser absoluto, sob pena de demissão por justa causa.

— Meu chefe é um gênio! Aliás, às vezes é meio burro, mas é um burro genial! Espero que esteja certo desta vez! — balbuciou o ajudante grandalhão, assim que terminou seus serviços e se dirigiu ao seu trailer caindo aos pedaços para tomar um banho frio de canequinha, comer algo requentado e descansar. Quando finalmente esticou seu corpo em um velho colchão de molas e pegou no sono, Julião Ferpa sonhou com um banqueiro e um lobisomem convivendo numa mesma jaula apertada, onde, como em qualquer sonho que beira o realismo fantástico, um devorou um, outro devorou outro e vice-versa.

—Fessor, pela sua cara, o senhor não tá nada bem, não, né? — inquiriu Clebinho Kid, assim que Juscelino entrou na sala com olhos arroxeados da ressaca induzida pelas Cubas-libres ingeridas por noites e insônias seguidas.

Vencido pelo desânimo e pelo mal-estar que sentia por si próprio e por todos, o docente nem se deu ao trabalho de responder à pergunta que mais lhe pareceu uma provocação. Além da dor de cabeça que lhe comprimia o cérebro e do tsunami que fazia com que nada parasse em seu estômago, tinha, é claro, levado outra bronca homérica da diretora Adélia poucos minutos antes. Sem meias-palavras, como sempre, a diretora havia lhe dito por mais duas vezes e com muito mais veemência e agressividade do que nos dias anteriores: "O que é do senhor tá guardado, professor! Que vergonha!". À medida que pensava no que faria da vida caso fosse demitido e antes que tivesse tempo de tirar alguns livros de sua pasta de plástico verde com um adesivo da banda Dire Straits colado, uma aluna gritou lá dos fundos da sala:

— Professor, o senhor sabia que tão falando por aí que o Ronaldão da mecânica que tá virando lobisomem? A Aninha do tio Juca me disse que a vizinha dela falou na missa que acharam umas marcas de unhadas lá na porta da casa dele!

— Ah, só porque tem umas unhadas numa merda de uma porta significa que é coisa de lobisomem, agora? Qualquer cachorro ou gato vira-latas sabe arranhar uma porta! E outra! Vocês não estavam espalhando esses dias que era o padre Adolfo que virava o bicho? Que fake news são essas, porra? — retrucou o mestre, baixando a voz na hora dos palavrões e sem nem mesmo querer saber a identidade da dona da fofoca. Firmou o vozeirão com o resto das forças do seu corpanzil, coçou a careca e retrucou: — E a gente tem que tomar cuidado com essas coisas! Mentiras se espalham com muita facilidade, ainda mais nesses tempos de "Zap-zap", essa porcaria inventada pelo capeta pra botar fogo no mundo!

Ao terminar de tecer dezenas de outras críticas direcionadas ao capitalismo desenfreado, às redes sociais sem limites e ao aplicativo de mensagens preferido dos brasileiros — "Zap-zap é um instrumento poderoso nas mãos de gente reacionária, oportunista, manipuladora e mentirosa", como ressaltou de boca cheia —, Juscelino balançou a cabeça negativamente, pegou um giz e se virou para a lousa, disposto a passar absolutamente qualquer tipo de tarefa "valendo nota" para distrair seus alunos e deixá-lo em paz. Enquanto redigia um texto sobre as culturas indígenas brasileiras tirado da própria cabeça, revirava os olhos como se fosse vomitar o fígado. Foi então que o seu celular apitou e vibrou dentro de um dos bolsos dianteiros das calças. Era uma mensagem no grupo "caçadores de lobisomens desgarrados", cuja dona, Juliana Serelepe, o olhava toda sorridente do fundo da sala, toda orgulhosa do que havia escrito, numa mensagem rodeada de emojis de coraçõezinhos, assombrações, vampiros, lobos e livrinhos:

"Bom dia, destemidos caçadores! A primeira reunião oficial do nosso grupo acontecerá hoje na biblioteca da escola, no horário da aula vaga que vai ter antes do almoço! Quem faltar será expulso do grupo! Ass.: J.S."

Segundos depois de o professor ter lido a mensagem, veio uma pergunta de Clebinho Kid, cheia de emojis de sorvetinhos:

"Não pode ser na sorveteria do seu Zico Mola, depois da aula? Tem promoção de chup-chup lá!"

"Eu não tenho dinheiro...", respondeu Marquinhos Satã.

Depois de ler a conversa e já pensando em repor a glicose que sentia que começava a faltar em seu sangue gorduroso, Juscelino deu a cartada final, que não foi questionada por ninguém do grupo por motivos óbvios:

"Eu voto pela sorveteria! E podem deixar que eu pago os sorvetes que vocês escolherem! Dinheiro não é tudo nessa merda dessa vida!"

Conforme combinado, depois do expediente escolar, sentados à mesa da sorveteria e com monstruosas taças das famosas "bananas-split-extra-big-do-seu-Zico-Mola" reluzindo abaixo dos narizes, estavam Juliana Serelepe, Clebinho Kid, Marquinhos Satã, além do professor Juscelino, que, a julgar pela cara amarrada e pelo preço das taças que acabara de conferir no cardápio, parecia pensar: "Me ferrei nessa, puta que pariu! Devia ter falado pra eles que pagava só as porcarias dos chup-chups!". Enquanto o docente arrependido se remoía por dentro por ter a certeza de que, fora Rosália, quase nunca fazia escolhas corretas na vida, seu celular começou a tocar, com a música do seriado *Arquivo X* ecoando e espalhando fantasmas, alienígenas, pés-grandes, discos voadores e monstros do Lago Ness sorveteria adentro. A cara espinhenta do entregador Paulão do

Gás explodiu na tela e a chamada foi imediatamente desligada com um tapa tão forte que fez as taças de sorvete pularem sobre a mesa. Sem paciência para responder ao entregador se o gás de sua casa daria para mais alguns dias ou não, Juscelino acabou se emocionando com a música do seriado que mais amava, "apesar de ser dos toscos anos 1990, que foram muito, mas muito piores do que os 1980!", como sempre fazia questão de frisar a quem quer que o interpelasse a respeito. As notas tensas da melodia rebateram no interior do seu cérebro carcomido pelo álcool e, principalmente, pelas memórias ruins que, via de regra, se sobressaíam às boas. "Fox Mulder e Danna Scully! Que dupla! O que eles fariam pra curar uma ressaca-monstro como essa? E para não serem tão estúpidos como eu? E o que eles fariam pra trazer a minha amada Rosália de volta?", pensava, de olhos vermelhos e marejados mirados no sorvete. E foi então que, antes mesmo que Juliana Serelepe tivesse tempo de abrir sua boca de matraca e expor suas ideias e pautas mirabolantes no que chamou de "primeira reunião oficial do grupo", o professor arregalou os olhos, deu um soco na mesa que quase derrubou as taças de sorvete de vez e disse, exibindo o primeiro sorriso do dia:

— Já sei, caralho!

— Sabe o quê, professor besteirento? Eu nem comecei a falar! — retrucou a menina, com sua inquestionável autoridade lhe vazando através dos olhos verdes. — O senhor tá falando tanto palavrão ultimamente, professor! Credo! Tô pensando até em te dar uma advertência em nome do grupo todo...

— Eu sei quem pode ajudar a gente, Juliana!

— Quem? — insistiu a menina, com uma ponta de inveja no olhar.

— Lindomar Mulder e Marta Scully! Eles até têm os equipamentos necessários! — respondeu o mestre, se lembrando vagamente da conversa regada a álcool e a assombrações que tivera com o casal de investigadores paranormais na padaria.

— Que equipamentos? — se intrometeu Clebinho Kid na conversa, com a boca já toda melada de calda de caramelo.

—Ah, eles me disseram que têm equipamentos da mais alta tecnologia mundial dentro daquele Jeep deles! — Juscelino pensou um pouco. Fez cara de dor ao sentir uma pontada na cabeça causada pela ressaca e continuou: — Câmeras e binóculos com visão noturna, equipamentos de iluminação infravermelha, sensores de presença, gravadores de todos os tipos, medidores eletromagnéticos e de radiação, estacas, água benta, alho...

— Tem bala de prata também, fessor? — interveio Marquinhos Satã, de olhos tão acesos quanto o sol que esturricava os paralelepípedos da cidade naquele horário.

—Ah, devem ter! Se não tiverem, vamos ter que providenciar! — respondeu o professor, voltando a mexer no celular.

— E eles são de confiança, professor? — inquiriu Juliana, de olhos enviesados, quase descrentes.

— Ah, devem ser! — respondeu o professor, já aproximando o telefone da orelha e aguardando. Segundos depois: — Alô? Lindomar? Aqui é o professor Juscelino, tudo bem? Conheci você e sua esposa na padaria esses dias, lembra?

"Oi, lembro, sim! Aquele tiozinho gordinho e careca que tava beudinho, né?", respondeu o homem, aos risos, do outro lado da linha.

Juscelino pensou em soltar um "Tiozinho gordinho, careca e beudinho é a puta que te pariu! Vai tomar no seu cu, seu merda do caralho!", mas engoliu a raiva junto a uma colherada de sorvete e disse, com a boca cheia e um sorriso amarelo:

— Sim, eu mesmo! Vocês estão na cidade agora? Tenho uma proposta pra vocês!

"Estamos terminando uma gravação no cemitério, professor! O senhor ficou sabendo que acharam pegadas estranhas por aqui?" O inves-

tigador parou de falar e uma voz feminina ecoou ao fundo. "Ah, a Marta tá te convidando pra vir aqui pra ver como funciona uma de nossas gravações!"

Juscelino tapou o microfone do celular e reproduziu as palavras de Lindomar aos alunos, que o olhavam com olhos tão acesos e piscantes quanto os vaga-lumes que apareceram diante dos seus próprios olhos, dias antes. Quando a "chefona" Juliana Serelepe — como bem definiu Marquinhos Satã — balançou a cabeça concordando com o encontro, ele encerrou a ligação, dizendo a Lindomar que chegariam ao cemitério em menos de dez minutos.

— Podemos terminar o sorvete antes, chefona? — inquiriu Clebinho Kid ao olhar para Juliana.

— Não, Clebinho! Sorvete tem toda hora! Lobisomem, não! — disparou a menina, pegando o canudinho comestível do seu sorvete e já se levantando da cadeira.

Sem que nenhum dos outros membros do grupo tivesse coragem suficiente na alma para discordar da decisão, os "caçadores de lobisomens desgarrados" saíram da sorveteria do seu Zico Mola e foram a pé e a passos apressados até cemitério da cidade, que ficava numa colina não muito longe do centro. Foi uma caminhada silenciosa, onde a ansiedade de presenciar, interagir ou até filmar com seus celulares alguma manifestação sobrenatural inibia qualquer outro tipo de conversa mais corriqueira. Minutos depois, ao chegarem ofegantes em frente ao grande portão de ferro enferrujado que protegia o descanso eterno dos mortos dos casais apaixonados e dos ladrões de peças de bronze, Juliana viu o padre Adolfo e fez cara de quem não gostou. O religioso — vestido de roxo dos pés ao pescoço e com um terço de prata em punho — rezava junto à "comunista" Carminha e mais outras três beatas, todas trajadas dos pés à cabeça com a mesma cor mórbida que ele. Como em uma "procissão do Senhor morto" da Semana Santa, acompanhavam lentamente um caixão lacrado

através da via principal do cemitério. O cortejo era seguido por mais de uma dezena de pessoas, algumas delas se espalhando curiosas entre os túmulos. Sepulturas essas, aliás, que abrigavam os cadáveres dos ricos e dos pobres, como se a terra ou o mármore não fizessem distinção de quem quer que estivesse sob seus pesos e se encarregassem de engolir e sufocar de vez os egos de seus habitantes, herdados de quando ainda eram vivos. Alguns desses jazigos, além de ostentar santos, anjos de mármore e crucifixos de todos os tipos e preços, possuíam vasos com água parada que continham, além de flores de plástico e de verdade, larvas de mosquitos de todos os tipos, inclusive os da dengue. Juliana Serelepe respirou fundo o estranho ódio que sentiu pelo sacerdote e por todo aquele roxo que vestia, tomou fôlego e, com a hiperatividade que o professor Juscelino dizia que às vezes beirava o insuportável, se antecipou:

— Parece que tá tendo um enterro! Que triste!

Incorporando um verdadeiro investigador de polícia, Clebinho Kid pegou seu celular do bolso da bermuda e ficou sabendo através do aplicativo "Joanópolis 24h", que seu Venâncio Mota, um morador idoso da zona rural, havia sido picado por uma cascavel de uma estranha cor roxa no dia anterior, quando plantava braquiara em sua propriedade. Também segundo a matéria, o idoso fora atendido horas depois no pronto-socorro da cidade, mas não resistira e, como dizem os jornalistas carniceiros da TV, do rádio e da internet, "viera a óbito".

Depois da descoberta de quem era o morto, Juliana Serelepe começou a correr, se esgueirando por entre alguns túmulos, para tentar observar o caixão lacrado mais de perto. Ao se aproximar do padre Adolfo, este a encarou com olhos estranhos que a fizeram parar, como se alguma força estranha acorrentasse suas pernas. De repente, ela girou a cabeça, olhou para baixo e, ao ver que seus companheiros de grupo a seguiam apressados, apontou para a parte mais alta do cemitério, onde alguma coisa havia lhe chamado a atenção. Ao lado de um mausoléu imponente — mas tão decadente quanto uma mansão assombrada de um filme de terror qualquer —, havia um casal, onde uma mulher filmava um homem que tinha o corpo todo paramentado com equipamentos eletrônicos e bugigangas de todos os tipos. Na frente dos dois e de caneta e prancheta nas mãos, estava o corpulento Silvinho Brecha, um dos poucos policiais dispostos a continuar investigando lobisomens e casos assombrados na cidade. Seus outros dois companheiros de ofício, conhecidos como Afonso Bozó e Silas da Cadeia, haviam desistido da ideia "para não caírem no ridículo", como diziam. Inclusive, nem se davam mais ao trabalho de conceder entrevistas às redes de TV, canais de internet e emissoras de rádio que invadiram Joanópolis como um batalhão de formigas famintas naqueles dias e noites malfadadas em que histórias de assombrações, plantas e animais roxos de todos os tipos espreitavam nas esquinas e nas mentes assustadas e criativas dos moradores da cidade.

— São eles! Marta! Lindomar! Que bom rever vocês! — gritou o professor Juscelino, já se embrenhando entre os túmulos e começando a correr em direção ao mausoléu com a máxima velocidade que seus músculos conseguiam, com Clebinho Kid e Marquinhos Satã vindo logo atrás, tirando sarro e gargalhando do seu jeitão desengonçado.

— Professor Juscelino, que prazer em revê-lo! O senhor está bem? Bebeu muito naquela noite, né? Melhorou? Tomou o chá de boldo que te falei? — disse Marta Scully, toda animada, assim que teve tempo de parar para respirar entre as gravações, nas quais Lindomar Mulder falava pelos cotovelos e apontava para todos os cantos do cemitério, como se tudo ali fosse possuído pelo demônio.

O docente não teve forças suficientes nos pulmões para responder. Muito menos, no coração. Tudo o que conseguiu ver com seus olhos obnubilados de afeto e encanto foram os cabelos de permanente de Marta Scully esvoaçando ao vento, todo iluminado pelos raios de sol daquele início tarde, como nos comerciais dos shampoos Colorama que via entre um Corujão e outro dos anos dourados da sua juventude. Suspenso no ar pelos indomáveis e inevitáveis rompantes românticos que lhe acompanharam a vida toda, o professor grandalhão ficou tão hipnotizado com o que viu que foi imediatamente repreendido por Juliana Serelepe, que lascou um beliscão em seu braço gordo e ordenou:

— Responde a moça, professor sem educação!

— Ah, eu tô bem, sim, obrigado, Marta!

— Ah, que bom, professor! O senhor tava que nem um gambá bêbado ontem! Pelo jeito, não está acostumado mais com Cuba-libre, não é mesmo? — Talvez por ciúmes, Lindomar Mulder entrou de sola na conversa, mesmo sem ter sido convidado. A esposa fechou a cara e o repreendeu com os olhos pela atitude.

Depois das apresentações formais com os outros integrantes do grupo e da saia-justa já meio que desfeita, Lindomar começou a explicar os motivos de estarem gravando um vídeo por ali. Caminhou alguns metros entre os túmulos e mostrou aos "caçadores de lobisomens desgarrados" as grandes pegadas impressas na terra que seu Bino, o zelador do local que também fazia as vezes de coveiro, havia encontrado naquela mesma manhã, bem ao lado do caminho principal que dividia o cemitério ao meio.

— Nossa, como são grandes! Quem andou aqui tem pés de uns quarenta centímetros! Olha! Tem até marcas de unhas! — murmurou Juliana Serelepe, sem medo nenhum impresso na voz fina.

— O bicho que fez isso deve ter uns dois metros e meio de altura, no mínimo! Já recolhemos amostras do solo para análises, fotografamos e fizemos moldes de gesso nas pegadas! — explicou Lindomar Mulder com voz de locutor de rádio, quase se atropelando nas próprias palavras.

— Caramba! Igual naqueles documentários do Fletnix mesmo! — disparou Marquinhos Satã, encantado com o profissionalismo do casal e já sacando seu celular do bolso para eternizar o que chamou de "as primeiras provas cabais de atividades paranormais" de sua vida. Enquanto filmava tudo, fez cara de interrogação, olhou para o youtuber ao seu lado e disparou: — Mas ontem nem foi lua cheia, seu Lindomar! Como foi que esse lobisomem apareceu na lua minguante?

— Vocês não viram nada ainda, meus lindos! — Lindomar desconversou, desinteressado pela pergunta, já pedindo para que todos o acompanhassem até o maior mausoléu da cidade.

A velha sepultura, apesar de abandonada e malconservada, ainda carregava resquícios inegáveis de um passado luxuoso, parecendo ainda mais antiga do que qualquer outra construção de Joanópolis. Toda recoberta por placas de mármore brancas e esverdeadas pelo infalível musgo do tempo, era mais larga e mais alta do que qualquer casa de classe média comum de cinco cômodos e possuía, em suas laterais e na entrada, imensos vitrais coloridos importados. Em cima das quatro imponentes torres que se projetavam de suas laterais em direção ao céu reservado aos ricos, anjos de mármore que um dia foram brancos e que agora estavam pretos de fuligem pareciam proteger os corpos que ali jaziam dos invasores, a julgar pelas expressões faciais fechadas e atentas e pelas enormes espadas em suas mãos. Era uma edificação lendária na cidade, pois, além de ter fama de mal-assombrada, contrastava com os túmulos simples dos moradores menos favorecidos financeiramente, que eram a maioria.

— Acho que os pobres têm menos chances de ir pro céu porque não têm dinheiro! — disse Juliana Serelepe, escaneando os detalhes do cemitério com seus olhos atentos.

Alheio aos comentários da menina e de todos os que o cercavam, o investigador paranormal Lindomar subiu alguns degraus de uma escadaria, parou em frente ao grande portão de ferro fundido do mausoléu onde dois imensos brasões em alto-relevo da família que ali repousava se destacavam e disse:

— Olhem essas marcas de garras debaixo das letras!

O professor Juscelino aproximou o nariz rechonchudo a poucos centímetros de um dos brasões e falou, ao ver os sulcos profundos que rasgavam o metal de cima a baixo:

— Nossa! Parece que esse bicho queria invadir esse mausoléu a todo custo!

— Queria, não! Ele invadiu, professor! Depois, o senhor olha lá dentro pra ver! Tá tudo revirado! — Lindomar então pegou um cadeado todo enferrujado e quebrado de um dos bolsos do colete tático militar que usava, o mostrou ao professor e disparou, sem medo de magoar quem quer que fosse: — E não foi difícil invadir esse mausoléu, não! O cadeado que o bicho quebrou na dentada tava mais enferrujado e velho do que o senhor, professor! Olha como ele tá!

— Não fala assim do meu professor! — ameaçou Juliana Serelepe, de dentes juntos, com vontade de partir para cima daquele "investigador" cínico e ralar seu nariz grande no chapisco de cimento do muro do cemitério até ele desaparecer de vez da sua cara.

— Calma, gente! Não vamos brigar num lugar sagrado e abençoado por Deus como este, vamos? — disse o padre Adolfo, se aproximando do grupo devagar. Acompanhado por Carminha e mais duas outras beatas, caminhava como se flutuasse dentro de sua batina roxa.

Quando viu sua amiga, o professor Juscelino sorriu e a cumprimentou todo animado, se lembrando de quando conversavam sobre suas visões políticas parecidas nos intervalos das aulas da escola, alguns anos antes:

— Oi, Carminha! Quanto tempo, minha esquerdopata preferida! Precisamos muito tomar um café e falar sobre esse Brasilzão, hein? Temos muitos assuntos pendentes desde que aquele genocida-negacionista--chupa-bolas-de-milicos desgraçado ganhou as eleições de 2018!

Com a expressão séria impressa no rosto petrificado, a moça olhou para o professor com seus olhos estranhamente envidraçados e, quase sem mexer os lábios disse, baixando a cabeça em seguida e encarando o chão:

— Eu só tenho coisas a conversar com meu mestre, o padre Adolfo!

Surpreso e chocado com o que ouvira e estranhando a atitude daquela que antes chamava de "sua melhor amiga" na escola, o professor Juscelino engoliu a própria simpatia e olhou para o sacerdote ao seu lado. Por sua vez, o religioso, com sua eterna cara de consternação digna dos

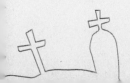

mais famosos "santos do pau oco" do Brasil, encarou seu relógio Orient antigo preso ao pulso, virou-se para Lindomar e Marta e, meio que querendo mudar de assunto, os inquiriu:

— E então, meus queridos investigadores? O enterro já acabou e eu tô com pressa! Vocês vão querer mesmo me gravar contando a história deste mausoléu e o porquê de sua fama de mal-assombrado? Tem até lobisomem no meio, já aviso de antemão! — O padre suspirou o ar fresco que balançava as copas das árvores e concluiu: — Mas vamos logo porque a história é comprida e eu fui convidado pra jantar esta noite na fazenda do seu Aristeu Mendonça! A mulher dele me disse que vai ter leitão assado, vinho importado e milhares de tipos de doces! Não posso perder essa comilança, de jeito nenhum! Deus não perdoaria tamanha desfeita!

— Claro, padre! Liga a câmera, Marta, tá esperando o quê? — disse Lindomar, já pegando um microfone em uma bolsa que levava a tiracolo e o ligando com a mão trêmula a um gravador digital. Pigarreou e cantarolou uma melodia qualquer, tentando ajeitar a frequência da própria voz. Ao ver a luzinha vermelha da câmera da esposa piscando, disparou:

— Boa tarde, amigos do canal "Mistérios insondáveis do infinito e além"! Estamos falando diretamente do cemitério municipal de Joanópolis, onde o nosso querido padre Adolfo vai nos contar a história do primeiro lobisomem da cidade, que, aliás, está sepultado neste mausoléu abandonado que está bem atrás de mim! Mostra lá, Marta! — A esposa o obedeceu, filmando o túmulo de cima a baixo. Lindomar então colocou o microfone a poucos centímetros da boca flácida e sorridente do padre Adolfo e o intimou: — Conta tudo, padre! Mas tudo mesmo! Não faça como os políticos que assombram Brasília! Não esconda absolutamente nenhum detalhe dos nossos seguidores! Nada, nada! Nadinha!

Antes que o sacerdote começasse a contar em detalhes o que chamou de "a história do lobisomem da fazenda Santa Luzia da Cachoeira", Juliana Serelepe chamou o professor Juscelino de lado e lhe cochichou ao pé do ouvido:

— Professor, você reparou? O olho desse padre não tá meio estranho? Não tá meio roxo, não?

O mestre pensou um pouco antes de dizer qualquer coisa, pois havia percebido o mesmo brilho arroxeado nos olhos de sua amiga Carminha, momentos antes. Para não assustar Juliana e sem ter nenhuma certeza do que dizia, cochichou de volta:

— Deve ser reflexo da batina dele, Juliana... deve ser só um reflexo roxo...

A menina então balançou a cabeça negativamente e apontou para as flores roxas de uma enorme árvore à sua frente. Satisfeita com a própria perspicácia, ela sorriu e deu uma cartada de "truco" habitual em seu mestre:

— Ah, reflexo, né, professor? Então essas flores de sibipiruna que sempre foram amarelas estão refletindo o roxo de onde? O senhor sabe me dizer?

Era início de uma noite de lua cheia da quaresma quando a tragédia pousou feito um urubu faminto e despejou suas primeiras fezes mal-cheirosas sobre as palmeiras-imperiais e os telhados importados da Europa da fazenda Santa Luzia da Cachoeira, no longínquo ano de 1872. A propriedade, então pertencente ao abastado fazendeiro Afonso Brás de Gusmão Faria e Cintra, era de longe a maior e mais infame da região de Joanópolis, à época ainda conhecida como povoado de São João do Curralinho. Católico fervoroso e pai de duas adolescentes e dois homens já adultos, Afonso era conhecido por possuir a belíssima e cobiçada Cachoeira dos Pretos dentro dos limites de suas propriedades. Mas sua fama não parava por aí. Segundo diziam — e que foi confirmado no decorrer das investigações que aconteceram no interior de suas senzalas alguns meses após a tragédia —, o fazendeiro era um torturador contumaz de pessoas negras escravizadas. O caso mais famoso relacionado às suas crueldades se referia a um jovem cativo de dezoito anos que, por ter pulado a janela da cozinha da casa-grande e roubado um pedaço de carne num momento de fome extrema, fora pendurado de cabeça para baixo e chicoteado por uma noite inteira até perder os sentidos. Como se fosse um toque final de crueldade preparado pela inteligência maquiavélica do próprio diabo, um balde fora colocado logo abaixo do corpo do escravizado machucado, o que fez com que ele morresse afogado com o próprio sangue. Quando questionado sobre essa história e outras desumanidades que nem convém contar de tão estarrecedoras, o fazendeiro sempre ironizava a quem quer que fosse, sem esconder o sorriso e o olhar de pouco caso impressos no rosto sempre oleoso devido à ingestão desenfreada de gordura de porco: "Pra mim, bandido bom é bandido morto! Roubou, tem que pagar! Como o povo diz por aí: chicoteio com uma mão e rezo um terço com a outra mesmo e não tenho vergonha nenhuma disso! Faço tudo o que faço sem arrependimentos na alma e com as sagradas bênçãos da minha igreja, de Nosso Senhor Jesus Cristo e de Deus, Nosso Pai, que nos livra de todos os pecados!".

— Chico, você ouviu um rosnado vindo deste lado de cá do mato? — perguntou Adelina a um dos únicos escravizados de confiança do seu pai, um velho cheio de queloides de chicotadas no rosto e nas costas conhecido apenas como Chico da Tonha.

Era início de noite e a charrete em que os dois viajavam transitava aos solavancos por dentro de um túnel natural de bambuzais, do tipo que entra pouca luz mesmo nos dias mais ensolarados. Então com seus poucos dezesseis anos, a filha mais velha do fazendeiro Afonso Brás havia se deslocado até o centro do povoado de São João do Curralinho para comprar tecidos que seriam utilizados na confecção de um vestido de festa, o qual mal imaginava que nunca teria tempo suficiente de vida para experimentar. Desobedecendo às orientações da mãe, que lhe implorou quase de joelhos para que viajasse de manhã, havia saído só depois do almoço da sede da fazenda e a viagem de volta atrasara por conta de um barranco que havia desabado sobre um trecho da estrada.

— Ouvi, sim, sinhazinha Adelina! — respondeu entre os dentes faltantes o velho escravizado, já puxando os freios do burro, parando a charrete e sacando um grande facão que levava preso à cintura. — Espera aqui que eu vou ver! Deve ser aquele lobo-guará desgraçado que tá invadindo os galinheiros daqui da região! Fica aqui quietinha e me espera que eu pego ele hoje! Ah, pego!

Iluminado apenas pelos poucos raios de luar que, com muita dificuldade e com a ajuda do vento, conseguiam romper o teto alto de bambus abraçados do lugar, Chico da Tonha se embrenhou através de uma abertura no mato alto que havia bem ao lado da carroça, na qual só cabia um homem agachado. Enquanto aguardava, a jovem Adelina olhava para o alto com as mãos juntas e trêmulas em oração, implorando pela intercessão do mesmo Deus misericordioso que absolvia sem questionar os pecados estarrecedores que o pai cometia. De olhos bem abertos e coração aos pulos, também sentia medo de que algum morcego ou qualquer outro animal noturno saísse voando do matagal e atacasse sua jugular, assim como acontecera numa história de vampiros que sua irmã havia lido num livro e lhe contado com detalhes para lá de sanguinários.

No exato momento em que a lua cheia se escondeu por trás de algumas nuvens e a escuridão engoliu de vez o interior do bambuzal, Adelina sacou seu terço de ouro de um dos pequenos bolsos internos do vestido e começou a rezar um pai-nosso em voz baixa, quase inaudível. Assim que a rainha da noite voltou a dar as caras e seu sorriso prateado iluminou mais uma vez a face da Terra, um uivo ensurdecedor veio de dentro do mato e quebrou a oração ao meio, como se as palavras rezadas em latim fossem tão frágeis quanto vidro. Segundos depois, gritos de dor e desespero que Adelina reconheceu como sendo de Chico da Tonha romperam os tímpanos de moça virgem, fazendo com que seu sangue corresse e gelasse

suas veias por dentro, do mesmo jeito que acontecia com a água dos canos da fazenda do pai no inverno. Atiçada pelo susto, a jovem ficou em pé no banco da charrete e olhou para todos os lados, em busca de alguma explicação que lhe acalmasse a alma e brecasse os solavancos desenfreados do seu coração. De repente, alguma coisa pesada pulou na parte traseira da sua condução, a fazendo balançar como se transitasse por uma estrada esburacada. Adelina então arregalou os olhos ainda mais e levou o crucifixo do terço à boca para beijá-lo, mas, antes que tivesse tempo de realizar o ato, reparou que a sombra do burro projetada à sua frente pela luz do luar não tinha mais apenas duas orelhas. Tinha quatro e, quem ou o que quer que fosse o dono ou a dona das outras duas parecia se aproximar devagar do seu cangote, exalando um forte cheiro de carniça e ovo podre misturados. A última imagem que a moça vislumbrou em sua curta e confortável vida de virgem superprotegida foi a de dois olhos vermelhos e enviesados de ódio brilhando no escuro, a encarando como se a procurassem através dos limites insondáveis do tempo.

Ainda no final daquela mesma noite, os cadáveres esquartejados e absolutamente irreconhecíveis de Adelina e do escravizado Chico da Tonha foram encontrados por um caixeiro-viajante, que relatou ter visto, além de muito sangue, cabeças para um lado, tripas, troncos e membros desossados para o outro. O que ele relatou às autoridades, aliás, acabou dando início à lenda contada até os dias de hoje, que diz que os fantasmas dos dois desafortunados ainda continuam perambulando pelo tal bambuzal em noites de lua cheia, gemendo, gritando, chorando e tentando juntar as partes dos seus corpos da melhor maneira possível.

— Credo! Esquartejados? Puta que pariu! Que bicho filho da puta! Picotou os dois só na unhada! Tchuf, tchuf, pá, tum, aaaaahhhh! — disse

Clebinho Kid em voz alta, caprichando nos gestos e nas onomatopeias que aprendera com os desenhos animados que assistia. Agitando as mãos e aparentando arranhar o próprio ar, se deleitava com os detalhes mórbidos que o padre Adolfo tecia sem que nenhum pingo de culpa lhe vazasse através da cara de pau e das casas dos botões roxos da batina.

— Puta que pariu você, seu moleque! Assim não dá! — praguejou Lindomar Mulder, desligando momentaneamente o microfone e fazendo um sinal com a mão para que a esposa parasse de filmar. — Se você interromper as nossas gravações mais uma vez, meto uma bicuda no meio desse seu saco mole, seu bosta! Que merda!

— Faz isso pra você ver! Tem coragem? — Juliana Serelepe se intrometeu no meio da quase-discussão, sob os olhares espantados do padre Adolfo, que conhecia seus modos desde o dia em que ela urinara em sua pia batismal. Assim que viu o religioso mudo e de olho pregado no relógio, a menina pensou um pouco, o encarou e disse: — Padre, só me responde uma coisa. A lenda não fala que era o pai da moça que virava lobisomem? Foi ele que matou a filha e o escravizado, então, padre? Foi isso?

— Nossa, Juliana! Calma, minha filha! Você continua ansiosa e cheia de minhocas nessa cabecinha, hein? — respondeu o religioso, respirando fundo em seguida, como se a lembrança de algo que a menina havia feito ou falado num passado recente o incomodasse muito. — Eu ainda não terminei de contar a história. Vê se para com esses seus questionamentos e importunações, por favor!

Juliana se agarrou ao silêncio e sorriu, se mostrando satisfeita com a lembrança das três ocasiões em que interpelara o religioso, na época em que ele ainda ministrava aulas de catecismo. A primeira pedrada, disparada pela sua ingenuidade infantil sempre questionadora e que atingiu em cheio a nuca do vigário, foi: "Padre, se Deus está em todo lugar, por que que a gente tem que vir aqui na igreja pra rezar?". A segunda foi uma tijo-

lada ainda mais certeira: "Se Deus criou tudo, ele criou a maldade dos homens também?". A última, que atropelou padre Adolfo feito uma daquelas bigas lotadas de gladiadores do filme *Ben-Hur*, foi: "A igreja católica é romana, né? E o que nós temos de romanos? Não somos brasileiros?".

— Vai, padre Adolfo! Depois que eu contar até três, o senhor continua o seu relato, tá bom? — interveio Lindomar Mulder, com uma expressão facial que misturava ódio e tédio ao mesmo tempo. Com um gesto nervoso, reposicionou o microfone na frente da boca do religioso, olhou para as crianças e disse: — Vamos lá, então! E vê se vocês calam essas matracas malditas, molecada faladora do inferno! — Fez outro sinal para a esposa, viu o LED da câmera acender novamente naquela tarde que avançava cemitério adentro e disparou: — Vamo lá! Um, dois e três!

20
O LOBISOMEM DA FAZENDA SANTA LUZIA DA CACHOEIRA – PARTE 2

Não havia se passado nem quatro horas dos assassinatos brutais no bambuzal quando a notícia atravessou as cercas das roças e chegou nos ouvidos do pai de Adelina, mais conhecido na região como "Coroné Brás". Apesar dos apelos regados a lágrimas da esposa para que não saísse àquela hora da noite e ardendo de vontade de vingança, o homem agarrou uma lamparina, colocou uma pistola na cintura e rezou um pai-nosso embebido em litros e litros de raiva e tristeza. Bufando e respirando como um asmático, pediu para que Mané Lacerda, o capataz-chefe da fazenda, preparasse os cavalos e também pegasse sua arma para acompanhá-lo até o local do crime.

E lá se foram os dois estrada afora e fim de noite adentro, tendo apenas a bola prateada da lua cheia e uma cadela perdigueira de nome Onça como companheiras. Menos de meia hora depois de uma cavalgada tensa e silenciosa e já próximo da meia-noite, chegaram ao túnel dos bambuzais e apearam dos cavalos. Com seu faro apurado, a cadela foi a primeira a encontrar respingos de sangue e pedaços de carne humana espalhados por todos os cantos, sendo que o maior deles não ultrapassava o tamanho de um sapo grande ou o peso de um quilo. Quando o Coroné Brás acendeu sua lamparina e deu de cara com um naco de couro ensanguentado de onde se projetava um tufo de cabelos pretos e cacheados que sabia ser da própria filha, desabou de joelhos no chão. De arma em punho e olhos trêmulos como se quisesse dar um tiro na cara de Deus e encomendar assim sua alma ao diabo, olhou para a lua que brilhava entre os vãos dos bambus acima de sua cabeça e gritou:

— Por que isso, meu Deus! Por que isso comigo, que tanta devoção tenho ao Senhor?

De repente, a cadela Onça começou a latir com o focinho apontado para uma trilha estreita que se iniciava no sopé de um morro logo à frente do bambuzal e desembocava na Cachoeira dos Pretos, situada a menos de um quilômetro de distância. O Coroné e o capataz se entreolharam. Saltaram com as lamparinas ainda acesas sobre o lombo dos cavalos e seguiram os passos da cadela, que se embrenhou trilha acima sem nem olhar para trás. Poucos metros depois, Onça parou de andar e levantou as orelhas. Olhou para a frente e começou a latir feito doida, parecendo incomodada com algo que via no trecho lamacento da trilha à sua frente, através do qual escorria um veio d'água oriundo de uma mina natural. O capataz foi o primeiro a saltar do seu cavalo para tentar descobrir o motivo de tanto escarcéu. Chegando no local, se ajoelhou, arcou as costas, aproximou a lamparina e ficou passando a mão no chão barrento por alguns instantes.

— Coroné! Vem aqui pro senhor ver uma coisa...

O fazendeiro saltou de seu cavalo e correu até o capataz. Se acocorou ao seu lado e murmurou baixinho, ao ver os contornos de uma grande pegada de dedos longos impressa no barro:

— Minha nossa! Que bicho é esse, meu Senhor Jesus do céu?

Sem respostas que lhes arrancassem o medo dos rostos pálidos, os dois voltaram ao lombo dos cavalos. A cadela Onça continuou seu caminho trilha acima, com a respiração ofegante e os olhos arregalados,

ansiosa pela continuidade da caçada. O Coroné e o capataz a seguiram sem pestanejar. Só pararam e apearam dos seus animais depois que desceram o morro e chegaram num terreno de areia que delimitava o início do grande poço formado pela queda principal da Cachoeira dos Pretos. Ao caminharem um pouco com as lamparinas nas mãos, viram dezenas de outras pegadas enormes impressas na areia. O sentido das marcas dos dedos e das unhas apontava para uma caverna, cuja boca ficava no limite oposto da cachoeira, quase oculta sob uma suave queda d'água que lembrava uma cortina de vidro transparente. Era para lá que Onça apontava o focinho, latia e abanava o rabo.

— Entra na água, nada até aquele buraco e olha dentro, Mané! — ordenou o fazendeiro, já sacando a arma da cintura com a mão trêmula.

— Nossa, Coroné! Tenho coragem, não!

— Você não é devoto de Nossa Senhora, não, seu frouxo? Então! Reza uma ave-maria e vai lá logo que eu tô mandando! Covarde desgraçado!

Apesar da vontade que teve de sacar sua arma e meter uma bala bem no meio da testa sebosa do fazendeiro — coisa que, aliás, sempre quisera fazer na vida —, Mané Lacerda respirou fundo e o obedeceu. Tirou suas botas, arregaçou as barras das calças, se benzeu com um sinal da cruz todo sem jeito, entrou na água gelada e partiu em direção à boca da caverna, tateando o fundo do poço com a ponta dos pés. Com a água já lhe batendo na cintura e a lua cheia ainda iluminando tudo lá de cima, ele viu algo redondo boiando à sua frente e parou de andar.

— Coroné! — gritou, quase sem voz. — Pelo amor de Deus, Coroné! Parece que achei a cabeça comida de um preto! Eu acho que é a cabeça do Chico da Tonha!

— Deixa essa merda pra lá! Vai direto pro buraco e vê logo o que tem lá dentro, seu frouxo!

— Vou não, Coroné!

Antes que tivesse tempo de dar as costas à caverna e retornar à segurança da areia, Mané Lacerda ouviu dois disparos ecoarem nos morros ao redor. Arregalou os olhos e gemeu alto quando sentiu suas costas queimando como se as tivesse encostado em dois bichos-de-fogo. Um terceiro tiro fez o sangue explodir de sua cabeça e tingir de vermelho o reflexo prateado da lua que tremia no espelho d'água à sua frente. Quando o capataz finalmente perdeu as forças do corpo, caiu morto e boiou cachoeira abaixo feito um tronco de bananeira junto à tal cabeça do negro, o Coroné resmungou:

— Covarde filho da puta! Não honrou a alma da minha filha, desgraçado! Queima no inferno agora, infeliz! Deixa que eu vou atrás desse bicho!

E foi então que o homem corpulento mais rico da região da serra da Mantiqueira — munido de uma coragem que nunca precisara ter em sua longa vida de privilégios — largou sua lamparina no chão e entrou no poço de chapéu, botas e tudo o mais, tomando apenas o cuidado para não molhar a arma ainda fumegante em sua mão. Depois de alguns passos arrastados com a água pesada da cachoeira já lhe estapeando o peito, chegou ao final do poço e se agarrou em duas pedras pontiagudas que pareciam proteger como dois soldados a boca escancarada da caverna à sua frente.

Com medo de a coragem súbita lhe abandonar o corpo de vez e, sendo assim, não honrar a alma da filha morta, o Coroné tirou o chapéu e se benzeu com um sinal da cruz por três vezes, antes de romper com a cabeça o véu d'água que o separava do que ou de quem quer que o estivesse espreitando de dentro da caverna. Ao sentir a água gelada escorrendo em sua nuca, arregalou os olhos no interior daquele grande buraco e não viu nada além da escuridão absoluta. De repente, duas íris tão vermelhas quanto metal em brasa se acenderam lentamente à sua frente e um uivo alto e agudo semelhante a uma sirene de fábrica reverberou através das paredes úmidas da caverna, até explodir em seus tímpanos. Arrastado de volta ao poço atrás de si pelos infalíveis braços do medo, o Coroné pôs-se a nadar o mais rápido que pôde em direção à areia. Se perdendo em braçadas desajeitadas, cuja efetividade dos movimentos parecia fazer a diferença entre a vida da morte, sentia que algo ou alguém o perseguia também a nado. Assim que chegou na areia e já quase à beira de um ataque cardíaco, se levantou com as poucas forças que conseguiu juntar no meio daquele pesadelo todo e correu com a cadela Onça em direção ao seu cavalo. Ao colocar o pé esquerdo no estribo para saltar sobre a sela presa ao lombo do animal, algo ou alguém retalhou suas costas e pernas a unhadas, como um gato faz com um sofá de couro ou um novelo de lã.

  Sem tempo de sentir dor, raiva ou pena de si próprio, o Coroné Afonso Brás gritou um "Nossa Senhora, me proteja!", para em seguida dar coices aleatórios na escuridão e disparar com seu cavalo e seus medos trilha acima. Como prova definitiva do pesadelo vivido na Cachoeira dos Pretos, deixou um rastro feito com o próprio sangue impresso na terra, que o seguiu até os limites da fazenda Santa Luzia da Cachoeira.

— Posso resumir o final, pessoal? É que eu já preciso ir mesmo, tá ficando tarde! — disse o padre Adolfo meio que sem jeito, de olhos mais uma vez colados em seu relógio de pulso. Assim que Lindomar Mulder consentiu com um movimento desanimado de cabeça, o pároco continuou, impostando a voz da mesma maneira que fazia desde o início do relato e em todas as missas que rezava: — Então! O Coronel voltou à fazenda gemendo de dor, vomitando e se engasgando com o próprio sangue. Enquanto cavalgava e se sentia incomodado com seu próprio hálito de carniça, via suas mãos se esticando e crescendo como se fossem feitas de borracha, ao mesmo tempo que se enchiam de pelos pretos tão grossos que lembravam os de uma capivara ou de um lobo. Nem sua sombra projetada na estrada à sua frente pelo luar parecia ser mais a mesma, pois suas orelhas, de uma hora a outra, ficaram tão pontudas quanto as lanças de um soldado romano, chegando a ultrapassar os trinta centímetros de comprimento...

— Caralho! Trinta centímetros! — murmurou Clebinho Kid, sendo fuzilado mais uma vez pelos olhos inclementes de Lindomar Mulder.

Com a fome já lhe causando tonturas e impaciências estomacais, o religioso continuou:

— Assim que chegou no terreiro da sua fazenda, o Coroné desceu do seu cavalo e matou a cadela Onça com várias dentadas consecutivas no pescoço. Depois de uivar por três vezes com o focinho enorme e sujo de sangue mirado para a lua cheia, arcou as costas e correu pela escada principal da casa-grande. Arrebentou a porta de madeira na base dos pontapés e se deparou com a esposa, Maria Rosa, na sala, rezando ajoelhada em frente a um oratório, de onde dezenas de imagens de santos a encaravam com suas carinhas tristes. Com uma agilidade sobre-humana, a criatura meio lobo, meio homem na qual o Coroné havia se transformado saltou com a agilidade de um atleta olímpico através do assoalho e cravou seus dentes sem dó no pescoço da mulher, mastigando seus pedaços de boca aberta como uma criança faz quando come pipoca. Depois, ainda babando sangue e com partes de nervos, pele, ossos e músculos humanos presos à boca, foi até o oratório e quebrou todos os santinhos a dentadas, um a um, como se sentisse uma raiva muito antiga e profunda deles. Enquanto o lobisomem triturava e cuspia no chão os cavacos das imagens sagradas presos em seus dentes sem nenhum remorso aparente no olhar, Ofélia, a outra filha do casal, apareceu na sala com um facão na mão. Morreu do mesmo jeito que a mãe e seu irmão Jonas, que acabou ouvindo a gritaria do quarto onde estava e apareceu para acudir as duas, pouco tempo depois. — O religioso respirou fundo, se benzeu já pedindo desculpas a Deus por alguma eventual mentira proferida durante o relato sanguinário

e concluiu: — Dizem que quem viu o estado em que ficou o assoalho da sala da fazenda não se esqueceu jamais. Pelo que contam, era sangue e pedaços de gente e de santinhos para tudo o que era lado, tudo misturado! O filho mais velho do casal só sobreviveu porque estava estudando no Rio de Janeiro nos dias da tragédia. Aliás, foi ele quem mandou construir esse mausoléu aí com o dinheiro que ganhou com a venda daquela fazenda amaldiçoada. Os ossos deles todos estão aí dentro, inclusive os do Coroné amaldiçoado que virou...

— Mas então, se tinha um lobisomem dentro da caverna da cachoeira e o "Coroné" virou outro lobisomem, quer dizer que eram dois? — perguntou Juliana Serelepe, com os olhos apertados e a mão roçando a ponta do queixo.

— Ah, sei lá, menina... — respondeu o vigário, com a fome tornando sua impaciência cada vez mais aparente. — Tudo o que sei é que aquela primeira criatura, que morava na caverna e matou a filha do fazendeiro e o escravizado, desapareceu de vez e ninguém mais teve notícias! Os moradores mais antigos de Joanópolis estão até falando que é ela que tá aparecendo por aqui de novo, depois de tanto tempo! Já o Coronel Afonso Brás (que Deus o tenha!), foi morto dias depois, lá pros lados da serra do gigante adormecido! Levou dois tiros bem dados no meio do peito e um na cabeça, com balas feitas com a prataria da igreja fornecida pelo vigário da época, o Antônio Bento.

— Nossa, alguém por acaso se lembrou de comprar bala de prata? — questionou Clebinho Kid, com olhos acesos, onde o medo e a curiosidade disputavam espaço.

— Eu lembrei! — retrucou Marta Scully, parando de filmar e já sacando uma cartela de plástico com seis balas prateadas, novinhas e reluzentes de dentro de sua mochila.

— E a arma? — insistiu o garoto.

Lindomar Mulder riu alto. Com um orgulho indisfarçável na cara

de pau, puxou a beiradinha do colete, fazendo com que todos os presentes arregalassem os olhos perante o seu enorme revólver de cabo dourado. Depois de o tirar da cintura, o levar à frente da boca e assoprar o seu cano como se tivesse acabado de dar um tiro, arreganhou os dentes amarelados e disse:

— Com essa belezinha aqui, não tem assombração que se meta a besta comigo, não!

O professor Juscelino, que até aquele momento ouvia tudo em silêncio, fez um "não" de decepção com a cabeça. De repente, depois de pensar um pouco, ele arregalou os olhos e perguntou:

— Mas, voltando às pegadas daqui do cemitério... Elas só foram encontradas pelo zelador hoje de manhã, não é isso? Então. Se ontem não foi noite de lua cheia, como é que esse lobisomem apareceu?

— Boa, professor! Temos que perguntar isso pra Jupioca Yuripoka! Espero que ela saiba responder... — respondeu Juliana Serelepe. Do nada e também arregalando os olhos, ela puxou seu mestre para longe de todos e lhe disse: — E por falar na Jupioca Yuripoka, o senhor usou a bolinha que te emprestei?

— Tentei usar, mas não funcionou, não, Juliana! Toma ela de volta... — respondeu Juscelino com a voz decepcionada, já tirando a bolinha de gude verde do bolso das calças e a entregando à garota, que a guardou de volta em seu embornal de arco-íris.

— Na hora que tentou usar a bolinha, o senhor por acaso tava sentindo raiva, decepção, medo ou algo assim? — insistiu Juliana, com o semblante levemente mais terno.

— Um pouco...

— Foi por isso que não funcionou, então, professor! Essa bolinha não é a lâmpada mágica do Aladdin que você esfrega e pede o que quiser, não! — esbravejou a menina, para depois amaciar novamente a voz, segurar nas mãos do seu mestre, olhar bem dentro dos seus olhos e con-

cluir, antes de dar as costas a todos e puxar a fila até a saída do cemitério:

— Escuta aqui, professorzinho lindo do meu coração! Pros vaga-lumes realmente aparecerem de novo, tem que ser de outro jeito! Um dia, o senhor aprende! Promessa da Juliana Serelepe e da Jupioca Yuripoka! Pode confiar!

"Que merda é essa?", pensou o professor Juscelino, enquanto levantava o rosto suado e marcado pelo botão do sofá de napa de sua casa. Limpou a baba que escorria de sua boca, sentou-se e, ao reparar que já era noite feita, percebeu que havia dormido mais do que o previsto depois da ida ao cemitério e do X-egg-bacon-salada-duplo que devorara no trailer do seu amigo Rodolfo Marvadeza. Foi até o seu quarto atraído por sons de passos sincronizados, além de estrondos de bumbos e instrumentos de sopro de uma banda de música, que faziam uma espécie de cama sonora para uma cantoria arrastada e mórbida, parecida com aquelas que são entoadas na época das Semanas Santas da cidade. Assim que escancarou a janela emperrada com um empurrão, deu de cara com uma enorme fila de pessoas marchando como soldados treinados, todas vestidas dos pés à cabeça com batinas e capuzes roxos e segurando instrumentos musicais e velas acesas, enormes estandartes e faixas roxas, cujos símbolos feitos com papel alumínio dourado mostravam um livro aberto e, dentro dele, uma serpente circundando uma rosa.

O padre Adolfo seguia na frente da procissão fora de época. Também trajado com o mesmo tipo de roupa cor de berinjela e de mãos juntas segurando uma das famosas rosas roxas, puxava o coro e era acompanhado por um coral de vozes, além de surdos, caixas, trompetes, trombones, trompas e outros tipos de instrumentos usados em manifestações populares do tipo. Ao mesmo tempo que caminhava a passos lentos e cadenciados com uma indisfarçável alegria no rosto — e era observado por alguns bêbados de um boteco que largaram suas cachaças e se benzeram do jeito que sabiam ao ver a procissão —, entoava com sua voz grave o que parecia ser uma versão alternativa da famosa canção católica "Deixe a luz do céu entrar":

— Deixa o roxo eterno entrar! Deixa o roxo se espalhar! Deixa o roxo eterno entrar! Deixa o roxo se espalhar! Se Deus fez todas as cores, ele fez o roxo também! Deixa o roxo eterno entrar!

— Que merda mais medieval é essa? Esse povo de Joanópolis deve estar ficando doido de tudo! — murmurou o professor, incrédulo com aquela estranha manifestação de senso comum e fanatismo escancarado que explodia na noite lá fora, já se vestindo para observar tudo mais de perto.

Juscelino então saiu de casa e começou a seguir a procissão, em busca do que quer que fosse que aplacasse seu estado de estupefação e, principalmente, sua curiosidade. Assim que aquela imensa serpente iluminada pelas velas se aproximou da igreja, ele viu sua amiga Carminha, que mais marchava de vela na mão atrás do padre Adolfo do que propriamente caminhava. Ele então correu, se aproximou dela, a pegou pelo braço e falou baixinho, bem perto do seu ouvido:

— Carminha, por favor, me explica o que é isso? O que que tá acontecendo?

A moça não lhe deu atenção. Quando o professor a interpelou novamente, ela virou a cara e encarou o antigo companheiro de trabalho com

uma expressão risonha, envidraçada e fria que só os tipos humanos mais fanáticos e psicopatas possuem. Assustado, Juscelino soltou seu braço e a deixou entrar na igreja com todos os outros fiéis. Em seguida, ele próprio entrou no templo. Sentou-se num dos últimos bancos e ficou aguardando por mais pistas do que significava aquele ritual todo. Pouco tempo depois, o padre Afonso atravessou o corredor central, subiu ao altar, tirou o capuz roxo e aproximou a boca de um microfone, fazendo com que uma microfonia descontrolada reverberasse por toda a nave principal da igreja. Depois que o ruído desapareceu, ele apontou os dois punhos fechados em direção os seus fiéis e os cumprimentou:

— Boa noite, povo abençoado pelo roxo eterno!

A resposta do povo foi tão sincronizada em fala e em gestos que gelou os ossos do professor Juscelino, pois seus anos e anos de estudo de História haviam lhe ensinado que, quando uma população inteira demonstra fanatismo, ódio às diferenças e pensamento único disfarçado de disciplina, respeito e fidelidade ao que quer que seja, algo de muito ruim acontece.

— Que lindo ouvir tanta empolgação desse meu povo escolhido a dedo pelo próprio Deus! — prosseguiu o religioso, baixando os punhos novamente. Depois de pensar um pouco, ergueu os punhos mais uma vez e gritou: — Tem alguém aqui que ainda não acredita no poder do roxo eterno e que essa dádiva nos foi enviada pelo Nosso Deus para abençoar a Terra e varrer de vez daqui os que não acreditam Nele? — Fez-se um silêncio tão grande na igreja que o professor Juscelino até prendeu a respiração para não chamar a atenção das pessoas de olhos arregalados e movimentos robotizados ao seu lado. O padre escancarou um sorriso de satisfação e continuou: — Se vocês souberem de alguma pessoa mal-intencionada que não acredita ou desdenha do poder inquestionável do roxo eterno, por favor denunciem diretamente a mim, combinado, meu povo? Vamos fazer uma lista desses satanistas que não temem a ira de Deus! Não podemos deixar que uma maçã podre contamine as outras maçãs boas do nosso cesto, correto?

"Levanta a mão e fala alguma coisa, Juscelino! Não deixa essa coisa maligna disfarçada de fé se espalhar, não!" Era a voz de Rosália que surgia do além e provocava o seu amado mais uma vez. "Não tem coragem, não, meu lindo? Aquele seu discurso de que o pensamento unilateral e reacionário travestido de religiosidade poderia acabar com o mundo inteiro era só fachada?" Acuado pelo espírito da esposa morta e vermelho feito um pimentão, o docente respirou fundo. Depois, tomou coragem, ergueu a mão trêmula e gritou, lá do fundo:

— Padre Adolfo, eu tenho uma pergunta!

O silêncio engoliu a igreja mais uma vez. Todos os que estavam lá, sem exceção, viraram o pescoço e encararam o mestre com olhares que misturavam acusação, julgamento e condenação antecipada. O padre então disse:

— Diga, querido professor Juscelino! Aliás, antes de perguntar, queria te dizer uma coisa. Eu nunca vi o senhor numa missa sequer da nossa paróquia. Tê-lo aqui junto com todos esses cidadãos de bem tementes a Deus é uma grande satisfação! Parabéns pela vitória! Vou pedir para providenciarem uma batina e um capuz roxo para o senhor em breve!

Sentindo-se envergonhado e amedrontado por ter tantos olhos o observando e, acima de tudo, o pregando previamente na cruz por causa de algo que ele nem sabia direito do que se tratava, o mestre engoliu em seco e continuou, sem se dar conta de onde tirava tanta coragem:

— Padre, é o seguinte. O senhor acha mesmo que esse roxo todo que tá se espalhando é normal? E que fazer listas com nomes de cidadãos de Joanópolis que não acreditam "nele" também é normal? — Ouviu-se um "Oooooh" de espanto reverberando por todos os cantos da igreja. — E tem mais! Hoje depois do enterro lá no cemitério, fiquei sabendo que o senhor que morreu tinha sido picado por uma cascavel roxa e que o caixão dele tava lacrado porque o cadáver tava inteirinho roxo também...

— Cansado de tentar argumentar o que lhe parecia óbvio, o professor

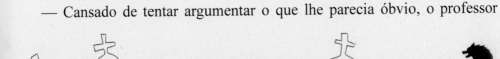

suspirou e concluiu: — Então, padre. É isso. Eu acho que esse negócio de roxo é coisa assombrada... não é do bem e, muito menos, da natureza criada pelo Deus de vocês, não...

Assim que terminou de tecer seu ponto de vista, o professor Juscelino ouviu alguém gritando "O sinhô num tá acreditano nas palavra sagrada do padre, o nosso maior salvador? Sai daqui, então, seu safado!". Antes de se dar conta do risco que corria, sentiu os braços fortes de um plantador de alface e tomate conhecido como Bruno da Horta enroscando-se em seu pescoço e o puxando. Enquanto era arrastado igreja afora feito um burro gordo e empacado, outras beatas e beatos se aproximaram, lhe apontando os dedos e as caras envergadas de ódio e lhe ofendendo: "Fora da nossa santa igreja, seu pecador desgraçado! Você não é e nunca foi um homem de Deus!", "Não se fala assim com um homem enviado por Deus, não, seu idiota!", "Logo o senhor, professor? Um homem tão inteligente! Que decepção! Canalha desgraçado! Deixa o roxo entrar no seu coração!" ou "Se você não acredita no padre Adolfo, não pisa mais aqui, seu filho da puta!".

Depois de ter sido escorraçado sob gritos intolerantes e carregados de ira e de ver as grandes portas da igreja matriz se fechando bem perto do seu nariz, o professor ficou por alguns instantes parado do lado de fora, na escadaria. Desolado e pensativo, observava a praça logo abaixo, ainda sem acreditar no que lhe acabara de acontecer. Parecia imaginar que, se aquele fanatismo todo propagado pelo padre Adolfo continuasse contaminando os corações e as mentes dos mais incautos, logo, logo, estes estariam pintando o símbolo roxo da cobra circundando a rosa em todas as janelas e portas das casas de quem não concordasse com suas "opiniões".

Ao pensar nesta hipótese que lhe remetia a um passado de horrores acontecido do outro lado do mundo, o professor grandalhão sentou-se nos degraus da escadaria e começou a chorar feito uma criança. Ficou assim e refletiu sobre a situação por tanto tempo que nem viu as horas passarem. A procissão acabou e os fiéis deixaram a igreja, não sem antes o condena-

rem mais uma vez através de palavras rudes, expressões faciais possuídas e gestos mecanizados. Sentindo-se impotente e ouvindo a voz de Rosália lhe gritando dentro dos miolos que era para "se levantar e meter bica em todo mundo", Juscelino se comportou como um verdadeiro Mahatma Gandhi e não revidou. De repente, assim que a porta da igreja foi fechada novamente, o professor ouviu uma mensagem de Whatsapp chegando em seu celular. Imaginou que fosse Juliana Serelepe o chamando para mais uma reunião sobre assombrações ou algo do tipo, mas não era. Era de um grupo chamado "adoradores do roxo eterno", cuja foto do perfil mostrava o malfadado símbolo da serpente e da rosa. Curioso, o professor Juscelino abriu a mensagem enviada pelo próprio padre Adolfo — que era o administrador do grupo —, que dizia: "Não se sinta excluído, professor. Não leve a mal o que aconteceu. O senhor é um cidadão de bem como nós e merece ser perdoado e salvo! Sempre cabe mais um nesse nosso grupo abençoado! Seja bem-vindo!". Como se tal mensagem já não fosse assustadora o suficiente para seus padrões de ateu convicto, o mestre sentiu uma corrente de gelo lhe travando a espinha quando bateu os olhos no número de participantes do tal grupo. Mais de cinco mil e duzentas pessoas. "Tudo isso em tão pouco tempo?" foi o seu último pensamento antes de se levantar e partir em direção à padaria para mais uma, duas, três ou quantas Cubas-libres coubessem em seu estômago dilatado.

    Ao chegar lá, sentar-se num dos bancos altos e pedir a bebida, ouviu seu celular apitando mais uma vez e abriu o Whatsapp. Era uma mensagem de Juliana Serelepe dizendo que tinha acabado de adicionar Lindomar Mulder e Marta Scully ao grupo. Ainda sentindo a adrenalina correndo em suas veias, o professor deu as boas-vindas aos dois. Depois, digitou todos os detalhes do que acabara de lhe acontecer na igreja e sobre o número inacreditável de participantes do grupo do padre e enviou a mensagem. Sem dar a mínima para a história das agressões sofridas pelo docente, Lindomar Mulder respondeu, entre vários emojis de risadinhas,

mãozinhas juntas, carinhas com auréolas e notinhas de dinheiro: "Mais de cinco mil e duzentas pessoas? Que benção! Preciso ter uma conversa a sós com esse padre o mais rápido possível!".

— Carminha, vem aqui na sacristia! — gritou o padre Adolfo com a voz muito mais grave, autoritária e séria do que o normal, minutos depois de trancar a igreja e de trocar de roupa.

A moça, que ficara depois da procissão para ajudar o padre a ajeitar algumas coisas, estranhou seu tom de voz, mas obedeceu. Deixou a vassoura que usava para varrer a parte reservada ao altar e foi até a sacristia, imaginando que talvez tivesse que limpá-la também. Ao abrir a grande porta de madeira e enfiar a cara para olhar, viu o padre se levantando da pequena mesa que usava para anotações e serviços burocráticos diversos, caminhando pisando duro em sua direção e lhe dizendo, de mão enfiada num dos bolsos das calças, acariciando sua bolinha roxa roubada:

— Carminha, chega mais perto de mim, não tenha medo!

Tensa e ressabiada, mas sem condições morais e religiosas suficientes para questionar os motivos do sacerdote, a moça obedeceu. Assim que se ela aproximou devagar, ele agarrou em suas mãos, a olhou com as íris já completamente tomadas pelo roxo e disse:

— Carminha, não se assuste, mas vou te confessar uma coisa...

A jovem amedrontada pensou em sair correndo dali, mas uma força muito poderosa parecia prender seus pés como âncoras ao piso da sacristia. O padre continuou, enquanto observava pequenas veias roxas surgindo do nada e dançando para lá e para cá dentro dos olhos dela:

— Esses dias todos, Carminha... Deus é testemunha! Esses dias todos eu tenho sentido uma jovialidade tão grande possuir meu corpo e minha alma... uma sensação tão boa de renascimento, de poder, de glória, minha querida! Me sinto jovem e, acima de tudo, homem em todos os sentidos... todos os músculos do meu corpo parecem prontos... ressuscitados, sabe? Adoraria compartilhar essa minha felicidade com você, minha querida...

Assim que os olhos de Carminha se tornaram tão roxos quanto os dele, o padre Adolfo a puxou e a beijou na boca, como se aguardasse por isso havia anos. Travada como nunca se sentira antes, a jovem não resistiu ao beijo e às dezenas de baratas que saíram voando dos olhos do sacerdote e penetraram nos dela, como também não resistiria ao que se sucederia a seguir, ali mesmo, naquela sacristia antiga repleta de imagens de santos e santas que, do alto de suas santidades, pareciam apenas observar e abençoar tudo aquilo com seus olhos paralisados e ternos.

●

Quando terminou o que sempre tivera vontade, o padre Adolfo liberou Carminha e trancou a igreja. Ao caminhar sozinho até a casa paroquial e ainda pisando em nuvens densas e agradáveis de êxtase, recebeu uma mensagem muito bem escrita de Whatsapp do seu superior imediato, o bispo Antonio Cândido de Oliveira, que dizia assim:

"Boa noite, padre Adolfo. Recebemos diversas fotos e vídeos da sua procissão não autorizada ocorrida há pouco em Joanópolis. Essas imagens se espalharam tal qual a praga roxa entre os nossos grupos de oração e chegaram até os patamares mais altos da nossa Santa Igreja Católica. Venho através desta mensagem dizer ao senhor que recebi ordens superiores de afastá-lo do cargo por tempo indeterminado, até que tudo seja esclarecido. Sem mais. Bp. Antonio."

Depois de ler tal informação, o sacerdote soltou uma gargalhada generosa e bloqueou de vez o contato do bispo, do arcebispo, do cardeal e, a julgar pela sua cara de satisfação, bloquearia até o do papa, caso o

tivesse. Em seguida, abriu o Whatsapp do grupo "adoradores do roxo eterno" — que já atingira a incrível marca de mais de vinte mil integrantes em pouquíssimos dias, ultrapassando inclusive o número oficial de habitantes de Joanópolis, que, segundo o Censo de 2022, era de doze mil, oitocentos e quinze — e digitou com dedos firmes a seguinte mensagem:

"Boa noite, meus amigos e minhas amigas! O bem que estamos fazendo nesta cidade e ao mundo está causando inveja em muita gente. Em função disso, aviso de antemão que nossas maravilhosas e abençoadas reuniões não serão mais realizadas na igreja matriz da cidade. Assim que eu arrumar outro lugar que seja digno da nossa presença abençoada, aviso a todos! A tendência é que cresçamos juntos cada vez mais e conquistemos mais corações de cidadãos e cidadãs de bem como nós, doa a quem doer! Muito obrigado, com as bênçãos do roxo eterno! Um beijo de Deus no coração de cada um e cada uma de vocês! Amém!"

Nem bem enviou o texto e já teve, além de centenas de emojis de coraçõezinhos, palminhas e joinhas, uma resposta por escrito do seu Tavinho, um idoso solteirão dono de um dos maiores salões de festas da cidade:

"O Clube Social Otávio Moura de Alcântara Filho está à sua disposição, padre Adolfo! Pode contar com nossos serviços na hora que bem desejar! Vou mandar decorar o salão principal com os emblemas e a cor do nosso sagrado roxo eterno agora mesmo! Sigamos todos no caminho do bem, da retidão e da moral, que são os únicos e verdadeiros caminhos que existem! O resto é pura falsidade, bandidagem e falta de Deus no coração!"

22
VIAJANDO AO MUNDO DOS FILMES PARA SUPORTAR A VIDA REAL

— Oi, mãe, cheguei! — gritou Juliana Serelepe em frente ao portão de ferro fundido de sua casa, assim que chegou da escola, no dia seguinte à ida ao cemitério e à já famosa "procissão do roxo eterno" acontecida na cidade. Assim que viu sua vizinha viúva de meia-idade a observando da janela com seus olhos de periscópio resplandecendo de curiosidade, disparou: — Boa tarde, dona Marizete! Tá tudo bem com a senhora? Não tá na hora da sua novelinha, não? — Sem resposta, insistiu, carregando nas provocações: — Já comprou a iogurteira da Top Therm? E aqueles tapetes dourados daquele canal da China, da Arábia, lá?

Para júbilo de vitória da garota, a vizinha fechou a cara e a janela ao mesmo tempo, depois de se benzer como se alguma coisa de outro mundo assombrasse sua vida pacata e solitária do interior.

— Dona Juliana! Posso saber o que Vossa Senhoria foi fazer ontem no cemitério? — repreendeu dona Zulmira, ao surgir na porta da sala com um exemplar do livro *Receitas da Palmirinha* todo sujo de farinha de trigo e ovo na mão.

— Ah, mãe, desculpa! É que ontem tivemos que fazer um trabalho de ciências depois da aula...

— Trabalho de ciências? No cemitério, né?

— É, mãe! É lá que nascem as içás que o povo daqui come, sabia? E tem muitos outros bichos também! Várias espécies de aranhas, baratas, escorpiões... — respondeu a menina, sentindo seu sangue começar a congelar dentro das veias. — Mas como é que a senhora ficou sabendo que eu fui no cemitério?

— A dona Marizete não perde um enterro na cidade, você sabe disso, né, Juliana? Morreu, a mulher tá lá, com sua cara de velório de sempre! Então! Foi ela que me contou que te viu lá no cemitério, serelepeando feito besta no meio dos túmulos... — A mulher suspirou e continuou: — Ah, faça-me o favor, né, minha filha? Que falta do que fazer! Eu toda preocupada aqui e você incomodando até gente que já morreu! Por que você não respondeu minhas mensagens, posso saber?

— A dona Marizete, a nossa vizinha, né? — resmungou Juliana, com um trovão de ódio acumulado explodindo dentro de si e a fazendo contorcer a cara, como se pensasse: "A senhora não tem o que fazer, não, velha fofoqueira desgraçada?".

— Vai já pra dentro! Vai ficar de castigo até a hora que o seu pai chegar!

Juliana entrou em casa pisando tão duro que sua mãe pôde jurar que viu o lustre da sala tremendo. Com cara de quem vai para a forca, foi até a cozinha e almoçou em silêncio um arroz com bife preparado pela mãe na base da chapa quente do ódio. "Mãe é assim mesmo! Daqui a pouco, sara!", pensou, depois de se trancar em seu quarto disposta a pensar em algo que lhe espantasse o tédio. Deitou-se em sua cama e olhou para o relógio da Minnie pendurado na parede do quarto.

— Meio-dia e quinze ainda! O papai só chega da prefeitura lá pelas sete horas da noite! É muito tempo! Que saco! — resmungou enquanto

corria os olhos sobre os pôsteres de filmes de terror colados ao lado do relógio. Entediada, agarrou o controle remoto da televisão e apertou seus botões com força, aparentando querer afundá-los de vez de tanto ódio que sentia. Quando o aparelho — daqueles antigos, de tubo, com um equipamento UHF em cima e uma antena em V com um pedaço de Bombril na ponta — ligou e ela viu que um canal a cabo estava reprisando pela enésima vez o primeiro filme da saga *Crepúsculo*, praguejou em voz alta:

— Esse filme besta de vampiro fresco de novo? Aqueles dos tubarões assassinos de oito cabeças eles não repetem nunca! Que saco!

Apesar dos protestos da mãe, Juliana se esbaldava com o pai assistindo a filmes de terror, dos mais absurdos e lúdicos até os mais assustadores e "realistas", dos de serpentes voadoras comedoras de gente aos de bebês gerados pelo esperma do próprio capeta. O primeiro filme que ela se lembrava de realmente ter lhe causado medo a ponto de não conseguir dormir foi *Poltergeist, o fenômeno*, o original de 1982, exibido pela TV numa Sexta-Feira Santa à noite na qual, para ela, além do próprio Jesus Cristo, toda a cidade de Joanópolis também parecia ter morrido. Depois de assisti-lo metade de olhos abertos e metade fechados e de cabeça enfiada num edredom da Barbie que, assim como o relógio da Minnie, já não fazia mais sentido em sua vida havia anos, a menina pediu para que a mãe queimasse na churrasqueira um boneco que havia ganhado da avó, simplesmente porque era muito parecido com o palhaço ruivo de gorro azul que agarra o pescoço do irmão da Carol Anne no filme.

Nem bem deitou a cabeça no travesseiro para tentar dormir um pouco e Juliana já ouviu uma mensagem privada de Clebinho Kid chegando no seu Whatsapp, junto a vários emojis de carinhas vermelhas de vergonha:

— Ju, posso te contar uma coisa?

— Pode!

— Você lembra que eu falei que o meu pai tinha bebido e quase batido na minha mãe esses dias?

— Lembro! Desgraçado! — E dá-lhe uma penca de emojis de carinhas vermelhas de raiva.

— Então, aconteceu de novo! Eles brigaram pra caralho de novo! — Agora, lágrimas de emojis de carinhas chorando encharcaram o final da mensagem.

— Foge de casa e vem pra cá agora mesmo que eu tô mandando, Clebinho! Câmbio e desligo! — Figurinhas de carros de polícia e sirenes.

Menos de dez minutos depois, o garoto chegou. Entrou na casa de Juliana sem bater, costume que é razoavelmente comum em cidades pequenas como Joanópolis, onde a maldade, a desconfiança e o medo ainda não são uma constante entre os moradores, em sua quase totalidade. Como era de se esperar, sua expressão facial não escondia absolutamente nada do que sua alma sentia. Filho de mãe negra e pai ruivo, havia puxado todos os traços de beleza da mãe para si; dos olhos amendoados aos lábios bem delineados, do sorriso aberto à aura de proteção sempre presente. Do pai, a cada dia que passava, julgava que havia herdado apenas e tão somente o jeito "acaipirado" de falar e o gosto por futebol.

— Juliana, o Clebinho tá aqui! Fica com ele um pouco que eu vou dar uma saidinha! Preciso ir na casa da Sirlene da dona Arlete pra comprar um perfume! Parece que chegou lá pra ela um Jequiti novo de flores de alfazema! — gritou dona Zulmira, quase batendo de frente com o menino que já se dirigia ao quarto da amiga de olhos baixos e pesados.

— Oi, Ju! Obrigado por me convidar pra vir aqui! É que... — falou Clebinho Kid, sem despregar os olhos nos monstros dos cartazes colados na parede.

— Não precisa agradecer, não, Clebinho! A amiga aqui é pra essas coisas! — Juliana o abraçou com as palavras, já se antecipando à inevitável tristeza que sabia que viria.

— Eu sei, Ju! É por isso que eu gosto muito de você! — respondeu o garoto, se aproximando ainda mais dos pôsteres. — Nossa! Parece que

tem mais cartazes do que a última vez que eu estive aqui! Esse aqui do filme *A hora do lobisomem* é muito bom! Terrorzão raiz mesmo! Faz tempo que não passa na TV!

— Já que você tocou no assunto, vamos falar nesse bicho agourento um pouco, então? Senta aqui... — Juliana puxou um banquinho de madeira que havia ao lado de sua cama e o garoto a obedeceu. — Clebinho, você que é um garoto inteligente. Me responde uma coisa sem pensar muito? — Sob o consentimento de cabeça do amigo, continuou: — Você acha mesmo que aquelas pegadas do cemitério são de verdade?

— Ah, Ju! Não sei, não! Pode ser que sim e pode ser que não...

— Eu sou capaz de apostar minhas bolinhas de gude que não são! Algo dentro de mim diz que são falsas! E aqueles arranhões nos brasões da família do mausoléu também!

Depois de um pequeno debate sobre a existência da tal criatura mítica que, para Clebinho, parecia muito menos real e ameaçadora do que o próprio pai, o assunto mudou naturalmente. Em questão de segundos, foi da monstruosidade sempre presente nas lendas ao perigo real da perversidade humana; e sobre quem os pudesse defender das garras das duas. Numa pausa no meio de uma conversa adulta demais para a idade dos dois, onde travavam uma quase-discussão religiosa sobre a existência ou não de Deus, Juliana desconversou e sugeriu que vissem alguma coisa no antigo aparelho de DVD do pai. Apesar de sua fama de mandona, ela, meio que de saco cheio de tudo, insistiu para que Clebinho escolhesse o filme. O garoto então se levantou do banquinho e se ajoelhou perante uma estante que acomodava uma enorme coleção de fitas de terror em VHS e DVDs que seu Jânio, pai de Juliana e fã confesso do saudosismo do professor Juscelino, colecionava desde o final dos anos 1980. Tinha de tudo lá. Dos filmes sanguinários das franquias *A hora do pesadelo*, *Halloween* e *Sexta-feira 13*, até clássicos do cinema de horror dito mais "sérios", como *O exorcista*, *O bebê de Rosemary* e *O iluminado*, sem esquecer de

pérolas da filmografia de horror trash do naipe de *Zoltan, o cão-vampiro de Drácula, O brinquedo assassino, A coisa, O ataque dos vermes malditos, A bolha assassina, A casa do espanto*, dentre outras. Clebinho, muito provavelmente induzido pelo assunto do momento, escolheu rever *A hora do lobisomem*, ou *Bala de prata*, como ficou conhecido muitos anos depois de ter sido lançado nos cinemas.

Antes mesmo de chegarem a ver metade do filme, Juliana e Clebinho viajaram à terra do sono quase que sem passagem de volta. Ela roncando em sua cama e ele babando numa almofada bordada, deitado de bruços no chão. Algumas horas depois, seu Jânio, que saíra um pouco mais cedo do serviço, os acordou com duas coxinhas fresquinhas que havia comprado na padaria. Enquanto comiam, dona Zulmira chegou da rua fedendo a perfume barato e se dirigiu ao quarto onde todos estavam conversando. Alheia aos elogios do marido babão e às caras de estômago revirado de Juliana e Clebinho, foi logo falando:

— Oi, Clebinho, tudo bem? Encontrei com sua mãe na rua e ela me disse que você viria pra cá mesmo! — Olhou para Juliana, fechou o semblante como quem fecha a porta de uma cela e joga a chave fora e disparou: — Mas já tá ficando tarde e já é hora de você ir pra casa! A Juliana vai ficar de castigo a noite toda! Fez arte, tem que pagar!

— Mas, mãe, eu combinei com a Érica que ia fazer um trabalho de educação artística na casa dela hoje à noite, às oito horas! — resmungou

Juliana, com uma cara de choro que não enganava ninguém, muito menos sua progenitora.

— Não vai, nada! Vai ficar com zero na nota! Você merece! Vai, Clebinho! Sua mãe tá precisando mais de você do que essa menina serelepe e desobediente que saiu de dentro de mim!

Clebinho abriu um sorriso forçado, fingindo entender a situação. Se despediu de todos com a educação que sempre lhe fora marca registrada e pegou rumo até sua casa, que ficava bem perto. Depois de mordiscar um pedaço da coxinha e de a jogar quase inteira no lixo, Juliana se trancou em seu mundo, como se não quisesse sair de lá pelo resto da vida. Enfiou a cabeça sob o travesseiro e tentou dormir de novo, mas havia pegado birra de sono por ter dormido demais à tarde. Tentou ler uma revista em quadrinhos da Cinderela que ganhara de aniversário da sua tia Irene, mas a achou tão chata e melosa que quase a rasgou ao meio. Sem olhar a capa, colocou o primeiro DVD que pegou da estante, colocou no aparelho e começou a ver. Logo no início do filme, assim que um dos personagens pulou uma janela para fugir de um monstro gosmento do espaço que o perseguia, teve uma ideia. "Eu nunca tirei zero na vida e não vai ser desta vez que vou tirar!", pensou, já jogando sua bolsinha de arco-íris com as sete bolinhas de gude e todo o material de educação artística que possuía dentro de sua mochila e fechando o zíper com raiva nos olhos, como se estivesse aprisionando o próprio diabo. Ao olhar para o relógio e se assustar ao perceber que faltava apenas uma hora para as oito da noite, subiu em sua cama e, mesmo tendo esquecido de calçar seu inseparável par de tênis All Star, saltou janela afora sem nenhuma dificuldade. A única testemunha da fuga que ela própria julgou como cinematográfica foi um gato preto que a observava de cima de um muro, aparentando mais medo dela do que vontade propriamente dita de atacá-la.

Juliana chegou na casa de sua colega de sala Érica poucos minutos depois de desobedecer, mais uma vez, às ordens de sua mãe. Ao contrário do que ocorrera naquela tarde de clausura, exibia no rosto uma expressão alegre e iluminada, semelhante às que tinha quando saía das missas longas e tediosas que frequentava por puro medo de ir para o inferno. Depois de Juliana ter respondido à amiga, mentindo que "estava descalça porque queria apenas relaxar os pés", as duas foram até um quartinho de passar roupas que havia nos fundos da casa e espalharam no chão tudo quanto foi bugiganga que levavam dentro de suas mochilas. O trabalho de educação artística consistia na confecção de desenhos e montagens que demostrassem, da maneira mais fidedigna possível, alguma festa ou evento social que representasse a cidade de Joanópolis. Como Juliana e Érica eram conhecidas na escola como "artesãs de mão cheia", uma Festa de São João inteirinha foi montada, tendo como palco principal a bela praça da igreja matriz. Construíram barraquinhas de lanches com palitos de sorvete, cola Tenaz e papel crepom; uma igreja feita com dezenas de pequenas placas de isopor pintadas com guache e coladas umas sobre as outras; além de um lindo coreto de papel alumínio dourado e cartolina, cercado por gramados e flores coloridas de papéis de todos os tipos e texturas. O "detalhe principal" foi um dos últimos itens a serem confeccionados. Bem em frente ao templo católico de isopor, um pau de sebo — na verdade, um pedaço fino e roliço de PVC marrom — foi fincado sobre um monte de "pó de serra" feito com raspas de madeira de lápis. Juliana se encarregou de dar o toque final à obra. Como se fosse a cereja do bolo, fez notas de "dinheiro", recortando pequenos pedaços de papel sulfite no formato de retângulos e os pintando com as cores e os números de cédulas de cem reais. Em seguida, colou o pequeno maço de notas no topo do pau de sebo e disse à amiga, sem esconder o orgulho na voz fina:

— Se a gente não tirar dez nesse trabalho, ninguém tira!

Entretidas com a arte, as duas amigas nem viram a hora passar.

— Nossa! Dez pras dez, já? — resmungou Juliana de olhos arregalados, levando a mão à boca e já jogando todo o seu material de volta à mochila — Tô é muito ferrada! Como sempre, aliás!

— Quer que eu te acompanhe até sua casa, Ju? — retrucou Érica, sem conseguir esconder a cara de sono.

— Não precisa, Cá! Vai descansar que amanhã vai ser um dia cheio na escola! Vai ser um dia de glória! O povo vai babar na nossa festa de São João!

E lá se foi Juliana Serelepe de volta à sua casa, de mochila pesada colada nas costas, atravessando sozinha a praça deserta da igreja matriz, tendo como única companheira a luz da lua minguante. Ao mesmo tempo que caminhava sob algumas árvores da espécie sibipiruna e sentia um forte cheiro de dama-da-noite invadir seu nariz bem delineado, pisava em nuvens ao se lembrar do trabalho bem-feito que fizera com a amiga. Em contraste a esse pensamento reconfortante, sentia um tipo de escuridão estranha engolindo sua alma e percebia de rabo de olho que não havia mais ninguém com coragem suficiente para perambular pela noite de Joanópolis naquela noite. "Deve ser por causa da história do sumiço dos dois trabalhadores rurais e das coisas ficando roxas...", pensou, cabisbaixa, sem olhar para os lados e, muito menos, parar de andar.

Apesar de sentir o medo lhe atormentando e atrapalhando os sentidos, Juliana sabia que todo o seu esforço valeria a pena.

— Eu nunca tirei um zero na minha vida e nunca vou tirar! — repetiu a si mesma, ao passar ao lado do coreto.

De repente, ao se aproximar dos limites finais da praça, ela viu uma sombra se movendo bem ao lado da sua, toda trêmula, a acompanhando

com seus imensos braços levantados. Sem coragem suficiente para virar a cabeça e olhar para trás, a garota apertou o passo enquanto sentia um cheiro tão forte de carne podre que quase a fez vomitar o pedaço de coxinha que havia comido em casa. Lembrando-se da história de carnificina e morte na fazenda que ouvira da boca do padre Adolfo no cemitério, começou a correr, tendo uma padaria ainda aberta e completamente vazia do outro lado da rua como destino. A malfadada sombra a acompanhou, subindo e descendo no piso de granito à sua frente, como se o que ou quem quer que fosse o seu dono tivesse a habilidade de saltar tão alto quanto um canguru gigante. Quando atravessava a toda velocidade a rua, Juliana sentiu seus pés descalços derrapando numa mancha de óleo diesel acumulada entre alguns blocos de paralelepípedos. Caiu de bruços no chão, ralando as duas mãos e batendo a lateral da testa do chão. Com o resto de lucidez que teve antes de sentir seu supercílio sangrando e apagar de vez, viu de canto de olho um vulto alto, preto, de orelhas enormes e peludas e olhos vermelhos e brilhantes se aproximando. A criatura, parcialmente encoberta pelas sombras de algumas casas e postes, se agachou ao lado do seu corpo franzino quase inconsciente e rosnou alto, parecendo sentir uma mistura de fome e raiva. Quando uma viatura policial surgiu piscando suas luzes vermelhas e azuis numa das esquinas da praça, o ser misterioso uivou, levantou Juliana do chão com seus braços fortes e a atirou sobre suas costas ossudas e parcialmente peladas. Como se não carregasse peso algum, desapareceu com sua mais nova vítima escuridão adentro, estradas rurais afora. Só a lua foi testemunha, ninguém mais. Nem Deus. Muito menos o diabo.

Juliana, além de um frio intenso, sentiu os movimentos retornando ao seu corpo aos poucos, como se a vida insistisse em não querer dar um segundo sequer de chance à morte que parecia espreitá-la com tanta avidez e curiosidade na escuridão. Abriu os olhos devagar e inalou um forte cheiro de carne seca e sangue coagulado misturado aos indefectíveis odores de bolor, musgo e umidade. Foi então que escutou uma respiração vinda de não muito longe, abafada, arrastada e quase oculta pelo ruído típico de uma cachoeira. Sentindo uma forte dor de cabeça devido à pancada nos paralelepípedos da rua, ergueu seu corpo molhado no breu quase absoluto e abraçou as próprias pernas, aguardando pelas reconfortantes palavras da mãe, proferidas quase que diariamente: "Levanta, filha! Você vai perder a hora!". Ao perceber que isso não aconteceria, olhou ao redor e sentiu um certo alívio ao ver um ponto luminoso brilhando no chão à direita, a poucos metros de onde estava. Era um dos primeiros raios de sol daquela manhã logo após sua captura, que vencia a posição de algumas pedras e se embrenhava entre elas, não precisando ou não querendo pedir permissão a nada, nem a ninguém para isso.

Ainda tremendo de frio e medo, a garota se levantou devagar para não chamar a atenção do que quer que fosse que respirava e parecia dormir profundamente a poucos metros de onde estava. Tateando as paredes úmidas do que identificou como sendo uma caverna, seguiu o ponto luminoso do raio de sol até o seu início, enquanto ouvia o ronco grave de uma queda d'água explodindo nos seus tímpanos e aumentando de intensidade a cada passo que dava. Respirou fundo e agradeceu a todos deuses e deusas que conhecia quando viu um pequeno pedaço de céu azul lhe sorrindo entre as pedras. Ansiosa por aumentar aquela pequena mancha luminosa que tanto enchera seu coração de esperanças, começou a deslocar algumas pedras menores com cuidado, uma a uma, como se estivesse desmontando uma casinha feita com pecinhas de Lego. Quando uma das pedras maiores se soltou, caiu e rolou aos seus pés, Juliana se arrepiou inteirinha ao ouvir um grunhido que lembrava mais o de um animal selvagem do que o de um ser humano. Com o músculo cardíaco bombeando pavor embebido em sangue gelado pelas veias do seu corpo, ela se recostou numa das paredes úmidas e pegajosas da caverna e aguardou, olhando para a direção contrária à parede de pedras que bloqueava o seu céu. Então, um par de imensos olhos vermelhos se acendeu e piscou bem devagar no escuro, igual ao que acontece quando os cachorros e gatos estão com sono. Como não voltaram a se abrir, Juliana respirou fundo e voltou ao seu trabalho lento, mas obstinado, de deslocamento das pedras. Ao notar que através do buraco já cabia sua mão, suspirou aliviada, sabendo que finalmente teria um jeito de agarrar o céu que havia logo após uma fina cortina d'água e, consequentemente, a liberdade que tanto lhe atraíam. Tirou sua mochila das costas, pegou seu celular e arregalou os olhos ao ver que, além de estar sem o sinal da operadora, faltavam apenas quatro por cento para o final da carga da bateria. Sem perder tempo e sentindo-se agoniada pelas inúmeras mensagens ainda não lidas da mãe, abriu o grupo do Whatsapp "caçadores de lobisomens desgarrados" e digitou um recado da maneira

mais curta possível, esperando que todos a entendessem e, acima de tudo, a respondessem: "Cachra Prtos. To bem! Avisem m mae!".

Clicou em "enviar", mas a mensagem não foi. Enfiou o celular através do rasgo de céu azul à sua frente, entre as pedras, e aguardou, começando a chorar baixinho. Quando puxou o aparelho já todo molhado pelos respingos da queda d'água de volta, olhou para sua tela e um riso engasgado entrecortou seu choro. Os dois risquinhos que sinalizavam que a mensagem havia sido transmitida estavam tão azuis quanto o céu lá fora.

Como já era de se esperar, a madrugada que desembocou numa manhã linda de inverno foi de desespero e dor no centro de Joanópolis. Carros de polícia e de bombeiros — inclusive vindos de outras cidades — transitavam de um lado a outro, com suas sirenes ensurdecedoras e suas luzes coloridas iluminando os rostos dos joanopolitanos incrédulos, que observavam a movimentação com mais luto na alma do que a corriqueira curiosidade. A imprensa também chegou com tudo, de microfones e câmeras na mão, babando por um Ibope mais alto, custasse o preço que custasse.

Inconsoláveis, presos dentro de casa e, de certa maneira, protegidos de toda correria, estavam dona Zulmira e seu Jânio, os pais de Juliana. Amparados pelo padre Adolfo — que, aliás, parecia nem ligar para o que estava acontecendo, pois o assunto que mais saía da sua língua não se referia à garota desaparecida, e sim ao roxo que se espalhava —, imploravam para que Deus descesse dos céus e lhes desse uma pista do paradeiro da filha. Além do religioso, todos do grupo dos "caçadores de lobisomens desgarrados" estavam lá, atônitos, além dos recém-adicionados youtubers Lindomar Mulder e Marta Scully, que não paravam de andar de um lado a outro e de gravar seus vídeos sensacionalistas.

De olhos cheios de veias vermelhas de sono colados nos celulares e nos aplicativos de notícias, todos se esqueceram da vida e atravessaram a madrugada se entreolhando e conversando sobre assombrações, raptos de crianças, canibalismo e outras coisas bizarras do tipo. Quando já estavam perdendo as esperanças e o sol já despontava e cobria as montanhas de Joanópolis de dourado, a mensagem de Juliana foi entregue e lida pelo grupo todo, quase que simultaneamente.

Depois de um suspiro de alívio e antes que a notícia da mensagem confortadora se espalhasse, Marquinhos Satã chamou seus companheiros num canto do quintal próximo a uma imensa jaboticabeira e se manifestou:

— Pessoal, acho melhor a gente não divulgar essa mensagem pra ninguém por enquanto!

— Verdade! Também acho bom! Vamos lá pra cachoeira sozinhos! Quando entra polícia misturada com imprensa nas investigações dos filmes, sempre dá alguma merda... — retrucou Lindomar Mulder, com seu ar falsificado de investigador profissional.

— Vamos contar a novidade só pros pais dela, né? Eles têm o direito de saber que a filha tá bem, não têm? — interveio o professor Juscelino, que até aquele momento não parara de chorar por um segundo sequer.

— Será que a Juliana tá presa na mesma caverna da história que o padre Adolfo contou? — inquiriu Clebinho Kid, sem responder ao seu mestre e mudando um pouco os rumos do assunto.

— Mas é claro que tá lá! Só pode ser! Vamos lá agora! Temos tudo o que precisamos dentro do meu Jeep, podem ficar sossegados! Alguém sabe chegar na tal Cachoeira dos Pretos? — disse Lindomar Mulder, já vendo Marquinhos Satã levantando a mão ao seu lado.

Assim que os integrantes do grupo "caçadores de lobisomens desgarrados" decidiram investigar o caso e chegaram à frente da casa dos pais de Juliana onde o Jeep dos youtubers estava estacionado, o professor

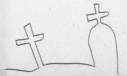

Juscelino ouviu o som de várias mensagens consecutivas de Whatsapp chegando em seu celular. Era uma conversa tensa do grupo "adoradores do roxo eterno" que chegava com uma triste novidade:

"Gente, a mãe da Carminha disse q ela tá mto doente!"

"Nossa, o q ela tem?"

"Parece que acordou gritando. A dona Ester disse q ela tá mto gelada com o corpo inteirinho roxo! Q Deus salve nossa miga, amém!"

O docente arregalou os olhos e levou a mão à boca. Quando se recuperou do susto e começou a contar os detalhes do caso aos demais integrantes do grupo, seu Jânio, pai de Juliana, ouviu o burburinho do lado de fora de sua casa. Gritou da porta da sala mesmo, perguntando aonde todos estavam indo. Marquinhos Satã correu até ele e falou bem perto do seu ouvido, caprichando na inventividade:

— Recebemos uma mensagem, seu Jânio! Sua filha tá bem! Mas não divulgue isso pra ninguém, porque ela ainda corre risco, tá bom? É que a Juliana disse que o bicho que pegou ela vai comer ela viva e engolir até os ossos, se a polícia e a imprensa forem avisadas!

Apesar da mentira proferida com uma boa dose de inconsequência e falta de modos, seu Jânio engoliu em seco e se aliviou na medida do possível. Pensou por alguns instantes e resolveu acatar a decisão do grupo, contando apenas a novidade à esposa, que também respirou aliviada e prometeu guardar segredo, fazendo uma cruz com os dedos na frente da boca. Não foi uma decisão difícil, pois o casal — viciado em programas policialescos sensacionalistas do tipo Dapena da vida — sabia dos famosos métodos "alternativos" de uma parcela da polícia brasileira que, naquele momento, de tão ansiosa e armada até os dentes, parecia disposta a meter bala no que quer que se atrevesse a se mover pelas cercanias de Joanópolis. Para Juliana ser ferida numa troca de tiros, numa emboscada ou algo do tipo, não seria difícil. Confiar a segurança da filha aos seus amigos "caçadores de lobisomens" não lhes era uma opção, e sim uma necessidade.

Logo após o contato bem-sucedido com os amigos do grupo, Juliana desligou o celular e sentou-se no chão da caverna, apoiando as costas em uma parede molhada e cheia de um tipo de musgo pegajoso. Pensativa e com o cheiro de morte lhe sufocando as entranhas, começou a chorar baixinho, com medo de que o socorro não viesse a tempo e a bateria do seu celular acabasse de vez. De repente, quando perdeu o controle do volume do seu sofrimento e soluçou um pouco mais alto, viu os dois olhos vermelhos no fundo da caverna se abrindo e se acendendo mais uma vez. Ao mesmo tempo, ouviu o som da respiração do que quer que fosse aquilo que a espreitava se intensificando e se misturando a gemidos semelhantes aos que seu cãozinho Tosco emitiu um pouco antes de morrer vítima de um atropelamento, poucos anos antes. Quando os gemidos foram se transformando em uivos sofridos e cada vez mais altos, Juliana agarrou sua mochila e a apertou com força, como faria se ela fosse o colo quente de sua mãe. Com os lábios trêmulos emulando orações católicas desconexas e decoradas, começou a pensar no que fazer caso aquela criatura viesse em sua direção. Pensou em tentar ofuscar o bicho com a lanterna do seu celular, mas resolveu não gastar o pouco da energia que ainda tinha na bateria. Imaginou-se tentando abrir ainda mais a entrada da caverna com as próprias mãos, mas desistiu ao lembrar que as pedras restantes eram grandes demais para que conseguisse removê-las sozinha.

E foi então que, como se uma lâmpada de desenho animado se acendesse sobre sua cabeça, Juliana se lembrou das bolinhas de gude que levava na bolsinha de arco-íris e seus olhos se iluminaram ainda mais do que os da criatura que a observava. Com um gesto atropelado e rápido, agarrou uma bolinha vermelha de dentro da mochila e a esfregou entre as palmas das mãos, à espera de que algo acontecesse. Incomodada com o som produzido pelo atrito das mãos da menina, a criatura rosnou alto, a ponto de fazer com que alguns morcegos que também habitavam a escuridão surgissem do nada e voassem de maneira descoordenada, rentes ao teto. Juliana então prendeu a respiração quando viu os dois olhos vermelhos saindo do nível do chão e subindo devagar, como aconteceria se seu dono ou sua dona estivesse se levantando. "Deve ter quase três metros de altura!", pensou consigo mesma, fechando mais uma vez os olhos e já sentindo a quentura do vidro da bolinha começando a esquentar suas mãos.

E foi então que a filha única do seu Jânio e de dona Zulmira ouviu um som parecido com o de ossos secos se chocando uns nos outros, como se algo muito pesado se abatesse sobre eles com toda a força e os partisse ao meio. "Está vindo! Está vindo!", resmungou para si mesma com a voz trêmula, quase desistindo da mágica de sua bolinha. Assim que contou nada menos do que dez passos moendo os restos das carcaças dos animais que, como ela imaginava, talvez tivessem sido vítimas do que parecia ser um lobisomem, Juliana se levantou. "Essa coisa deve estar a menos de cinco metros de mim!", pensou, de pernas bambas e com o rosto todo encharcado de lágrimas. Quando já estava a ponto de se livrar da bolinha e agarrar uma pedra do chão para atirá-la no meio da testa da criatura caso ela se aproximasse ainda mais, o primeiro vaga-lume piscou e saiu voando de dentro de um dos seus olhos. E depois outro e outro e, segundos depois, assim como na sorveteria do seu Zico Mola, centenas. Juliana sorriu aliviada.

Por sua vez, a criatura, incomodada pela luminosidade do enxame verde-neon que crescia e piscava à sua frente, urrou como se tivesse sido atingida por um balde de gasolina em chamas e se afastou, ao mesmo tempo que tentava proteger seus imensos olhos da claridade com as mãos espalmadas. Foi só aí que Juliana conseguiu reparar nos contornos fortes e bem-definidos de seu tronco ossudo, nas suas orelhas peludas e tão pontiagudas quanto as espadas-de-são-jorge da casa de sua avó e, principalmente, nos caninos proeminentes que se projetavam de sua bocarra feito duas adagas afiadas.

Sentindo-se aliviada pelo recuo daquilo que chamou mentalmente de lobisomem, Juliana ouviu surgir do nada um som parecido com uma bela melodia tocada ao piano, que aumentava progressivamente de volume e reverberava nas paredes ao seu redor. Junto à música, uma última lufada de centenas de vaga-lumes explodiu como fogos de artifício de dentro dos seus olhos verdes. De repente, uma névoa esverdeada surgiu do nada como um fantasma e rastejou pelo chão da caverna, se transformando aos poucos num pequeno ciclone, cujo vórtice foi aumentando de velocidade devagarinho, mas com força suficiente para sugar para o seu centro todos os vaga-lumes e morcegos que rodeavam o corpo de Juliana. Como que por um encanto inexplicável e bem na frente dos olhos assustados e ao mesmo tempo encantados da menina, tudo aquilo se transformou numa única fonte de luz verde em formato de uma mulher de cabelos curtos, cujos orifícios do rosto onde deveriam estar os olhos brilhavam tanto quanto dois feixes de um canhão de raios-laser.

— Oi, Juliana! — disse uma voz feminina, surgindo do meio do redemoinho.

— Jupioca Yuripoka?

— Sim! Que bom que se lembra de mim! Eu me lembro muito de você!

— Como não me lembrar? Você já me ensinou tanta coisa nos sonhos! Leu tantos livros pra mim...

— E você também, minha querida! Me ensina todos os dias! Nunca me esqueço de você e de suas travessuras! Nunca! — respondeu a entidade sobrenatural, com algo se rasgando feito um sorriso aberto no meio da luz verde.

— É porque você sou eu e eu sou você, só que num lugar diferente, né? — retrucou Juliana, com seu jeito quase truculento de falar, da mesma forma que acontecia quando estava prestes a perder a paciência.

— Exatamente! Este é o nosso segredo!

— Depois a gente conversa sobre os nossos segredos, tá bom? Temos muita gente precisando dos nossos serviços neste exato momento! — desconversou a garota, para dar a cartada em seguida: — Vamos começar do começo, tá bom? Primeiro, como é que eu faço pra sair daqui?

— Olha. Vou te explicar algo que só você deste lado das energias da Terra pode ficar sabendo, tá bom? — respondeu Jupioca Yuripoka, enquanto Juliana consentia com um movimento rápido de cabeça e com os olhos cada vez mais acesos e vivos, como se sentissem inveja da luz verde emitida pela entidade estática à sua frente. — É o seguinte. Conforme eu já te expliquei num sonho, mas você parecia cansada demais pra prestar atenção, este lobisomem que mora aqui há mais de cem anos não é, na verdade, um lobisomem. É uma criatura única, inteligente ao seu modo e selvagem, que de humano não tem absolutamente nada. Digo, talvez apenas a selvageria incontrolável seja parecida... — A mulher de luz pensou um pouco e seus "olhos" se acenderam ainda mais dentro do redemoinho. — Enfim. Só se transforma em lobisomem o ser humano que é atacado e ferido por ela de alguma maneira, entende? É assim que acontece desde que o mundo é mundo. Este foi o único ser até agora que conseguiu sair do que chamo de "lugar onde a lua cheia nunca se põe" e veio parar aqui em Joanópolis! Fora do seu ambiente natural, ele se torna uma criatura extremamente perigosa e é por causa disso que eu vim parar aqui! Vim pra te orientar! A existência da raça humana está ameaçada e quero que você e seus amigos me ajudem a levar esse ser de volta, custe o que custar...

236

— Nossa! Faz cem anos que o lobisomem tá aqui, então! — exclamou Juliana, interrompendo a fala da moça do ciclone verde. — Mas me responde uma coisa?

— Pode perguntar o que quiser, minha querida!

— O que ele veio fazer aqui?

— Olha, Juliana! É uma história longa, mas vou tentar resumir da melhor maneira possível — respondeu a entidade, para depois continuar: — Existe um livro feito de couro, pelos e ossos que foi escrito por um lobisomem branco, lá no "lugar onde a lua cheia nunca se põe". É um objeto sagrado muito importante, pois foi redigido a mando do próprio "gigante deitado", num dos únicos momentos da história do mundo em que ele despertou do seu sono e se levantou, disposto a acabar de vez com a eterna guerra entre seres humanos e o que vocês chamam de lobisomens... e este livro, que estava escondido há séculos, infelizmente acabou sendo encontrado...

— Credo! Mas esse livro foi feito de couro, osso e pelo de qual bicho? — Juliana, mesmo fazendo cara de nojo, nem piscava, de tanta fantasia e realidade se entrelaçando dentro de si.

— Foi confeccionado com couro, ossos, e pelos misturados de "lobisomens" e de seres humanos mortos nas batalhas entre eles, tudo costurado com tendões...

— Que coisa mais horrível! — A cara de vômito continuou. — Mas e o que esse lobisomem da caverna tem a ver com o livro?

— Pelo que imagino, esta criatura que aqui está foi a primeira que, movida pela curiosidade em saber se o tal livro existia mesmo ou se era só lenda contada entre os seres da mesma espécie que ela, teve coragem de atravessar o portal que existe entre os dois mundos tão antagônicos... e ela, com certeza, quer levar o livro de volta pra lá... — respondeu a mulher de luz, abrindo o que pareciam ser braços no meio do redemoinho de luz.

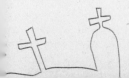

— Nossa, eu entendo esse bicho! Também fiquei com muita curiosidade de ler esse livro, mesmo sentindo muito nojo da capa! Deve ter cheiro de carne seca... — murmurou Juliana.

— Eu sei que tem curiosidade, minha querida! — respondeu a entidade, aos risos. — Mas preciso te avisar que é um livro muito perigoso! Ele possui sete bolinhas roxas inseridas dentro da contracapa que não devem ser utilizadas de maneira alguma!

— Iguais às minhas bolinhas?

— Sim e não. Sim, porque são tão mágicas e poderosas quanto. E não porque foram forjadas por seres humanos com pedras vulcânicas roxas sagradas roubadas de um vulcão que existe no "lugar onde a lua cheia nunca se põe" e amplificam tudo de ruim que existe dentro da alma humana...

— E as minhas bolinhas? Foram feitas por quem?

— Por mim mesma, muito tempo antes de os humanos surgirem e caminharem sobre a Terra com sua ânsia de destruição...

— Entendi... bolinhas roxas iguais às flores e aos animais roxos que estão aparecendo... — murmurou Juliana, reticente, antes de revirar os olhos, firmar a voz e perguntar: — E por falar em lobisomem de novo, por que que ele não me devorou? Não tava com fome?

— Por causa das bolinhas coloridas que você leva no embornal e dentro do coração, minha querida! Ao mesmo tempo que elas repelem a criatura, a atraem por terem energias forjadas por forças só existentes no mundo dela. O tal lobisomem em questão sentiu a atração por essas bolinhas assim que você as usou pela primeira vez aqui em Joanópolis e, desde então, está atrás de você! Ele te vê como sua única salvação, como único meio de regressar em segurança à sua terra! Apesar do medo que a luminosidade delas traz aos seus olhos e à sua alma, ele sabe que você foi encarregada por mim de portar essas bolinhas e quer te usar como meio de encontrar o livro de couro e retornar em segurança com ele ao "lugar onde a lua cheia nunca se põe". É isso, resumidamente falando...

— Ah, tá! Mas se essas bolinhas são tão mágicas assim, a ponto de levar a gente de um lugar a outro, por que não funcionaram com o professor Juscelino? E por que que a gente já não faz um "pirlimpimpim" aqui mesmo, acha o livro desaparecido e manda esse bicho de volta pra casa dele de uma vez? — inquiriu Juliana, juntando os punhos fechados na cintura, bem ao estilo da Emília, do *Sítio do Pica-Pau Amarelo*.

— Porque o que vocês chamam de "mágica" só acontece de verdade se vocês, humanos, estiverem realmente dispostos a aprender a fazer! Mágicas prontinhas e milagres explicadinhos só existem nas mãos dos farsantes e nos livros de fantasia mais mal escritos. Quero que você e seus amigos aprendam a fazer tudo sozinhos e em grupo, se possível!

— Então, pelo que entendi, você tá me dizendo que não tem o poder de me tirar daqui?

— Não tenho, Juliana! Infelizmente, não! Você vai ter que sair deste lugar escuro sozinha ou com a ajuda dos seus amigos, minha querida. A única coisa que posso te dizer é que esta criatura não vai te devorar enquanto você possuir essas bolinhas. E quando ela aproximar de novo, você chama os vaga-lumes para te protegerem que eles certamente virão! — A entidade suspirou. — Vou te dar só uma última dica, tá bom? Esse bicho que vocês chamam de lobisomem sai todas as noites desta caverna para caçar e se alimentar. Talvez esteja aí a sua única chance de escapar. O resto é com você e sua inteligência, Juliana Serelepe! Imagine a mágica! Apenas imagine a mágica... — concluiu, já desaparecendo da caverna e levando consigo os vaga-lumes e alguns morcegos desatentos.

Assim que a luz da entidade Jupioca Yuripoka se apagou aos poucos feito aquelas TVs de tubo antigas, Juliana, mesmo com milhares de perguntas rodopiando na cabeça, correu até o vão que abrira nas pedras que protegiam a boca da caverna. Com pressa, pegou o celular da mochila e o ligou. Se assustando ao ver que só faltavam dois por cento para acabar a bateria, entrou no grupo dos "caçadores de lobisomens desgarrados" e

digitou: "Ñ venham agra! Venham só d noite, quando eu mandar!". Clicou em "enviar" e praguejou invocando todos os nomes do capeta quando viu que a mensagem não tinha ido. Enfiou a mão através do buraco mais uma vez, colocou o celular para fora e segurou o grito de alívio ao ouvir o tão aguardado sinal de "enviado".

"Se tudo isso é mágica, feitiço, invenção, maldição ou coisa de briga entre humano e lobisomem na terra de não sei lá onde, eu não sei! Mas que vou tentar levar esse bicho e esse livro de volta pra casa dele, eu vou!", pensou Juliana, antes de se sentar no chão da caverna mais uma vez naquele início gelado de manhã e aguardar pela noite, que cairia do céu e engoliria a Terra em menos de doze horas.

Enquanto a polícia e a imprensa escaneavam a região de Joanópolis de cima a baixo, os "caçadores de lobisomens desgarrados" decidiram ir até a casa do professor Juscelino para esperar que a noite chegasse e trouxesse com ela a outra tão aguardada mensagem de Juliana Serelepe. Ao chegarem lá, ouviram a Brasília do circo passando lentamente na frente do casarão, com seus alto-falantes rachados espalhando outra novidade da cidade aos quatro ventos. Dentro dela, o careca Julião Ferpa lia um pedaço de papel amassado e berrava ao microfone, com uma música de um filme bíblico como pano de fundo:

"Atenção, povo querido de Joanópolis! É com muito orgulho que o circo Internacional Art's Brasil anuncia a maior atração de sua história! No próximo dia vinte e quatro de junho, dia de São João, às dezenove horas, mostraremos uma coisa nunca vista no mundo! Nem o Coliseu e seus imperadores romanos tiveram a honra de apresentar à humanidade algo tão bizarro e maravilhoso! Nem o Sílvio Santos, o Chacrinha, o Gugu e muito menos os circos norte-americanos, asiáticos e europeus tiveram cacife suficiente para adquirir e presentear o seu povo algo tão impressionante! Se preparem, meu povo! Joanópolis vai ter a honra de ser a primeira cidade do planeta a ver um palhaço se transformando ao vivo e a cores em um lobisomem de verdade!"

O locutor parou de falar e aumentou o volume da música por alguns segundos para depois baixá-lo e concluir:

"É isso mesmo que vocês ouviram, meu povo querido! Um palhaço se transformando ao vivo e a cores em um lobisomem de verdade! Não acreditam? Então, se programem, comprem os ingressos antecipados na bilheteria do circo ou aqui na Brasília verde mesmo e se preparem! No dia de São João, Joanópolis vai confirmar ao mundo sua fama de capital nacional do lobisomem! Aguardem e verão!"

E dá-lhe a música do filme.

— Nossa, como tem oportunista nesse mundo, puta que pariu! Não respeitam nem o desaparecimento de dois homens e uma criança! — murmurou o professor Juscelino, já preparando um café forte para todos.

— Como assim, três pessoas, professor? — perguntou Marta Scully, já se acomodando na mesa da cozinha.

— Não se lembra? Dois trabalhadores rurais desapareceram há alguns dias. Eles mais a Juliana, três... — respondeu o professor, já servindo a moça com olhos pregados em seus cabelos.

— Fessor, o senhor viu que conseguiram identificar o dono daquele osso encontrado no meio do mato? Eu li hoje de madrugada no "Joanópolis 24h"! — interveio Marquinhos Satã, pegando sem pedir algumas rosquinhas de nata de dentro de um pote que estava no armário.

— E quem é o dono? — Clebinho Kid se intrometeu na conversa.

— O osso é do João Magrelo, filho da dona Emilinha! Aquele rapaz que bebeu feito um gambá na festa de São João do ano passado e caiu do pau de sebo, lembra dele? — respondeu Marquinhos Satã, rindo em seguida como quem acabara de contar uma piada boa. — O outro rapaz, o tal do Zizinho, continua desaparecido.

— Hoje à noite a gente pega o desgraçado que tá fazendo isso! — falou Lindomar Mulder com determinação na voz, já enfiando dentro do tambor do seu revólver de cabo dourado todas as seis balas de prata que havia acabado de tirar da embalagem. — Três na testa e três no peito e o bicho capota!

Nem bem a boca da noite engoliu o dia e o celular de todos os que aguardavam no casarão tocou ao mesmo tempo, acordando inclusive alguns que foram vencidos pelo sono. "Cnsegui sair", dizia a mensagem de Juliana Serelepe, que foi respondida por Lindomar Mulder com um breve: "Fica escondidinha aí que daqui a pouco chegamos!".

Sem perder mais tempo, o Jeep Renegade carregado de bugigangas e heróis de primeira viagem saiu cantando seus pneus "de aventura" nos paralelepípedos das ruas de Joanópolis. Depois de um "vira aqui, vira ali", o veículo pegou rumo através de uma estrada asfaltada, mas repleta de buracos profundos que lembravam gamelas de todos os tamanhos. Após alguns quilômetros, quando Lindomar virou bruscamente o Jeep numa estrada de terra e chegou em um túnel de bambuzais, Clebinho Kid gritou:

— Para aqui! Acho que é esse o bambuzal da história do padre Adolfo! A trilha que dá na Cachoeira dos Pretos deve começar aqui perto!

Todos desceram do carro com expressões diversas nos rostos. Lindomar Mulder e Marta Scully, visivelmente tensos, pegaram dezenas de equipamentos no porta-malas do veículo e penduraram o que puderam nos coletes e nas costas. O que não conseguiram, foi ajeitado com cuidado em torno dos corpos do professor Juscelino e dos dois meninos que os acompanhavam. A julgar pelos olhos acesos e obstinados e pela nítida sede de aventuras, Clebinho Kid e Marquinhos Satã pareciam dispostos a descer até as profundezas do inferno para resgatar a amiga. Depois de uma pequena busca na escuridão com lanternas acesas em punho, Clebinho Kid gritou, apontando o foco de luz para uma cerca de mourões quebrados, cujo arame estava retorcido e cheio de pelos pretos de algum animal:

— Olha a entrada da trilha aqui! Achei!

Lindomar se aproximou dele e, quando viu a cerca, pegou algumas amostras de pelo com a ajuda de uma pinça e colocou dentro de um pequeno frasco de vidro que carregava no bolso. Marquinhos Satã esbugalhou os olhos ao se voltar para ele e se deparar com a cena cinematográfica que se desenrolava à sua frente. Nunca em sua curta vida havia presenciado algo tão parecido com o que via nas séries de TV e nos programas de mistério que assistia junto ao pai no History Channel. Apesar do encantamento, desdenhou da descoberta:

— Isso é pelo de vaca!

— Como você sabe, inteligentão? — retrucou o youtuber, com raiva da petulância do garoto.

Marquinhos nem respondeu. Só balançou a cabeça de um lado a outro, respirou fundo e tomou a frente de todos, abrindo ainda mais espaço na cerca e puxando a fila de investigadores paranormais mato adentro, trilha acima. Depois de pisarem em montes e montes de fezes secas de vacas, chegaram onde um pequeno veio d'água iluminado pelo luar cortava e enlameava um trecho do caminho. O professor Juscelino se antecipou:

— Acho que deve ser por aqui mesmo! Me lembro do padre falando desse barro e de algumas pegadas que foram encontradas aqui e...

Nem bem o docente terminou de falar e Lindomar Mulder o interrompeu com o dedo indicador na frente dos lábios e um "Shhhiuu!" pronunciado de maneira tão autoritária que era como se — como disse Clebinho Kid pouco tempo depois para Juscelino — "o babaca fosse o chefe da porra toda!". Depois do silêncio que se seguiu, no qual até os grilos, os sapos e as cigarras engoliram seus barulhos, Lindomar sacou seu revólver da cintura, apontou para o mato e pediu para que todos desligassem as lanternas. Assim que foi obedecido, ele se aproximou de um cupinzeiro fincado numa das beiradas do caminho e olhou o que tinha atrás dele. Não viu nada. De repente, algo de orelhas grandes se moveu num galho de árvore poucos metros à sua frente. Antes de apertar o gatilho, o investigador ligou sua lanterna e apontou o foco para o local. Quando a luz incidiu em dois olhos amarelados e eles reluziram, como acontece quando os faróis de um carro incidem sobre placas de trânsito, Lindomar atirou por duas vezes. Depois do disparo e do farfalhar de algo caindo no meio de uma touceira de capim-gordura, vários pios altos e pausados semelhantes aos de um bebê chorando se seguiram, silenciando aos poucos, como quem o emitisse estivesse perdendo as forças. Todos do grupo correram para ver o que o youtuber acertara com tanta precisão. Sob a luz de todas as lanternas, uma enorme coruja da espécie jacurutu, conhecida na região de Joanópolis como "curujão-orelhudo" jazia morta, caída de lado numa poça do próprio sangue.

—Mais um crime ambiental pra sua conta! Ainda bem que eu não filmei isso! — murmurou Marta Scully, já pondo-se a caminhar trilha à frente.

— Como assim? — retrucou Lindomar, rindo de nervoso, parecendo não ter se incomodado com o assassinato da coruja.

— Não se lembra de quando você matou um urubu na porrada no sótão daquela casa abandonada de Guaratinguetá?

— Verdade! Lembro, sim — respondeu o marido, com sua cara de pau característica. — Ah, urubu e coruja tem de monte nesse mundo! É que nem praga! Que se foda! O pior dessa história toda é que desperdicei duas balas de prata! Isso é que é o pior! — concluiu, pegando seu celular para filmar a ave morta, cujo sangue brilhava sob a luz de sua lanterna.

— Fessor, esse cara é muito esquisito, né? Não tô indo muito com a cara dele, não! — murmurou Marquinhos Satã, logo atrás, com cuidado para não ser ouvido pelo casal.

— Muito, Marcos! Talvez ele até seja um perigo para o que pretendemos fazer! Afinal, nem conhecemos essa figura direito, né? A esposa dele parece boazinha, mas ele é muito ignorante mesmo! — respondeu o professor, matando um pernilongo que havia pousado em sua papada.

A caminhada continuou sem mais percalços morro acima. Algumas centenas de metros depois, já na descida que desembocava na parte de areia rodeada de pedras da base da Cachoeira dos Pretos, um uivo muito alto foi ouvido; tão alto que até espantou alguns morcegos que dormiam de cabeça para baixo numa mangueira próxima.

— É o bicho que já saiu da caverna e tá caçando pra comer! E parece que tá com fome, o desgraçado! — disse Clebinho Kid, antes de fechar a cara e intimar o homem que caminhava ofegante ao seu lado: — E vê se não gasta mais bala com coruja e nem com bicho nenhum, seu Lindomar!

O youtuber apenas riu e seguiu seu caminho, enquanto o barulho da grande queda d'água da cachoeira aumentava e enchia os ouvidos de todos de receio e medo. Quando se aproximaram um pouco mais da maior atração natural da cidade de Joanópolis, Clebinho Kid trepou num cupinzeiro enorme e disse que, de lá de cima, dava para ver o poço que se formava logo abaixo da queda principal. Nesse momento, Marta Scully ordenou com voz firme para que todos desligassem suas lanternas e caminhassem apenas sob a luminosidade da lua minguante. Em seguida, subiu num outro cupinzeiro que havia ao lado do de Clebinho e tirou da mochila o que chamou de "binóculos de visão noturna". Como naqueles episódios de séries de espionagem, os ajeitou na frente dos olhos e deu uma boa olhada nas pedras que delimitavam o grande poço. Depois de um suspiro desanimado, falou:

— Não tô vendo nada e nem ninguém lá, não! Acho que a Juliana deve estar escondida atrás de alguma daquelas pedras da arrebentação! Vamos ter que ir até lá mesmo, não vai ter outro jeito! — Suspirou e olhou para o marido. — Vai na frente, Lindomar! Você é o único que tá armado! Mas pense antes de atirar, por favor!

O grupo então desceu imerso em total silêncio através de um barranco íngreme que desembocava na cachoeira, com Lindomar se agarrando às plantas ao redor com as mãos trêmulas. Ao finalmente pisar na parte arenosa rodeada de pedras, Clebinho Kid arregalou os olhos quando viu, sob a luz fraca da lua, dezenas de pegadas enormes e pequenas poças, respingos e manchas que pareciam ser de sangue. Marquinhos Satã correu, se ajoelhou na areia ao lado dele, passou o dedo numa das poças e disse aos engasgos:

— É sangue, sim! E tá até um pouco quente ainda! Espero que não seja da Juliana!

Ao ouvir a suspeita do garoto, o professor Juscelino começou a chorar um choro lamentoso, baixinho, ainda sem acreditar que tudo aquilo realmente estivesse acontecendo com sua querida aluna. Foi então que, enquanto caminhava cabisbaixo e observava as pegadas em busca de respostas, ele prendeu a respiração e arregalou os olhos ao ouvir um murmúrio bem baixinho e quase sem energia que dizia, sabe-se lá vindo de onde:

— Não é meu sangue, não... eu tô aqui...

— Vocês ouviram o que eu ouvi? — perguntou, com a voz mais alta e animada do que pretendia.

— Não ouvi nada, professor! E vê se não fala tão alto assim! Vai que o bicho ouve! — retrucou Lindomar ao seu lado, ao mesmo tempo que fotografava as pegadas e o sangue com uma câmera Nikon D-7000.

— Vamos ficar em silêncio para ver se dá pra escutar de novo! — ordenou o professor, agora tomando um pouco mais de cuidado com o volume da voz.

Depois de alguns poucos segundos nos quais até o vento parou de soprar para ouvir, o murmúrio voltou, só que um pouco mais intenso:

— Eu tô aqui, atrás da pedra...

— Agora eu ouvi, fessor! — disse Marquinhos Satã, quase aos gritos, já começando a procurar atrás de todas as pedras e árvores grandes do

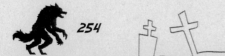

local. O garoto então sumiu de vista de todos e falou, pouco tempo depois, com a voz embargada: — Achei ela, fessor! A Juliana tá aqui!

Todos largaram o que estavam fazendo e correram para ver. Juliana estava caída na areia na posição fetal, à sombra de uma pedra arredondada que lembrava o formato de uma vaca. Quase inconsciente, tinha o vestido florido todo rasgado e as pernas e os braços arranhados, como se alguém tivesse passado um ralador de queijo com força em sua pele.

— Não toquem nela! — alertou Lindomar Mulder. — Se ela estiver com algum machucado na coluna, pode piorar! Eu sou especialista em primeiros socorros! Me formei em primeiro lugar no curso do ITA, em São José dos Campos!

O professor Juscelino, desinteressado pelas viagens egocêntricas típicas do youtuber, se aproximou quase sem voz da garota deitada. Se ajoelhou ao lado dela e de Marquinhos Satã e perguntou, com um fio de voz lhe saindo apertado pela boca:

— Juliana, meu amor, você tá bem?

— Não... professor... — respondeu a menina, ofegante e com a voz muito baixa, abrindo os olhos devagar e esboçando um sorriso tímido ao reconhecer a face rechonchuda do mestre.

— Foi o bicho que fez isso com você?

— Não, professor... machuquei quando saí do buraco da caverna... cuidado que ele ainda tá lá dentro... ele é muito perigoso com humanos que não possuem as bolinhas, professor... — Percebendo que os olhos do docente imploravam por mais informações, ela concluiu: — Ele saiu da caverna agora há pouco e não me viu aqui escondida... e voltou com duas galinhas mortas nas mãos e uma na boca... eu vi... eu vi...

— Calma, Juliana! Fique quietinha! Descansa que daqui a pouco te levaremos pra sua casa! — orientou o docente ao perceber o pouco de brilho que havia nos olhos de sua aluna. Ela concordou com um movimento mínimo de cabeça e fechou os olhos novamente, enquanto Jusceli-

no tirava sua mochila das costas e procurava por band-aids, gaze, algodão, pomadas ou quaisquer outros itens básicos de primeiros socorros.

— Então, se esse bicho tá dentro da caverna como ela disse, alguém vai ter que dar um jeito de atravessar o poço e ir até lá pra filmar e depois meter bala nele! Ou meter bala nele primeiro e depois filmar, algo assim! — disse Lindomar, pensativo. — A entrada da caverna deve ser aquele buraco ali, que tem uma queda d'água na frente...

— Vai você! Só você sabe atirar aqui, não é mesmo, senhor chefe da porra toda? — retrucou Clebinho Kid, acertando em cheio a testa franzida do youtuber com sua ironia.

— Eu não posso! A água deve estar muito gelada... é que eu tenho asma e bronquite e o médico disse que... — tentou responder Lindomar, aos engasgos.

— Acho melhor a gente levar a Juliana pro hospital agora mesmo e deixar esse bicho pra lá, Lindomar! A gente volta amanhã! — interveio Marta Scully, filmando tudo ao redor com uma câmera que captava variações térmicas no ambiente.

— Eu não volto pra cidade sem ver esse bicho de perto, não! — interveio Marquinhos Satã, para depois concluir: — É a chance da nossa vida e pode ser a única! Imagina? Perder a chance de ver e filmar um lobisomem de verdade? Perder a chance de ficar rico e aparecer na televisão?

— Então vai lá você, senhor fodão! Tem coragem, ô, Super-Homem de Joanópolis? — retrucou Lindomar, caindo numa gargalhada contida. Marta suspirou ao seu lado, incomodada com sua indiscrição; ou babaquice pura e simples, como sua expressão facial sugeria. O professor Juscelino, depois de colocar um band-aid sobre um dos ferimentos da perna de Juliana, fechou os punhos e mordeu os próprios dentes, tentando segurar a todo custo a raiva que sentia do youtuber.

E foi então que Marquinhos Satã fechou a cara e, num gesto ágil, agarrou a arma da cintura de Lindomar Mulder, para depois correr em disparada em direção ao poço e gritar:

— Filma tudo, Marta! Filma tudo!

Esquecendo-se de vez de manter silêncio, o youtuber gritou de volta ao garoto:

— Não vai lá, não, moleque! Eu tava brincando!

— Volta aqui, Marcos Henrique! É perigoso demais! — Agora foi a vez do professor Juscelino se desesperar.

Sem olhar para trás e muito menos ligar para os pedidos apavorados de todos para que retornasse à segurança da areia, Marquinhos Satã levantou a arma carregada e seu celular ligado acima da cabeça e entrou no poço, caminhando com a máxima velocidade que conseguia em direção à boca aberta da caverna. Depois de vencer a força da correnteza, subiu em uma das pedras em formato de gárgula e parou em frente ao véu d'água que protegia a entrada. Antes de cortar o véu com a cabeça e botar os olhos no que o seu coração ansiava, olhou para trás uma última vez e viu seus companheiros abrindo e fechando as bocas, com o ruído ensurdecedor da cachoeira lhes cobrindo os gritos e apelos. De repente, ele pensou em um detalhe que encheu ainda mais sua alma de coragem: "Se esse bicho não matou a Juliana, não vai conseguir me matar também!". Decidido e destemido como sempre fora ou pensava ser, o garoto respirou fundo e saltou com a agilidade de uma rã para dentro da caverna, fazendo com que todos que o olhavam da areia levassem as mãos às cabeças e bocas. Poucos segundos depois, uivos e gritos ecoaram simultaneamente no interior da boca de pedra, seguidos por quatro sons de tiros e quatro clarões consecutivos que vazaram noite afora.

Sem saber o que fazer, Lindomar ligou sua lanterna e, com as pernas quase se recusando a obedecer, se aproximou da beirada do poço. Quando mirou a luz numa parte de águas menos turbulentas que havia logo abaixo do véu que protegia a boca da moradia do lobisomem, o "chefão da porra toda" caiu de joelhos e começou a chorar feito um bezerro desmamado. Uma enorme mancha de sangue borbulhava ao luar, repleta

de pedaços de carne, ossos e vísceras, como se tivesse acabado de ser vomitada não pela queda d'água em si, mas pela boca sempre faminta da besta que assombrava Joanópolis havia mais de um século.

— Eu avisei, Super-Homem! Virou comida de lobisomem... — murmurou o youtuber, enquanto sua esposa boquiaberta chegava ao seu lado sem parar por um segundo sequer de filmar.

Ao dar um zoom na câmera e ver a mancha vermelha e os restos mais de perto, Marta Scully, mesmo não sendo religiosa, se benzeu com um sinal da cruz tão trêmulo quanto as imagens que registrava e transmitia ao vivo para os assinantes VIP do seu canal.

Um dia havia se passado desde que Carminha adoecera, que Juliana Serelepe fora encontrada agonizando na areia pelos amigos e hospitalizada e que Marquinhos Satã desaparecera na caverna da Cachoeira dos Pretos. Enquanto todos os exames e procedimentos hospitalares de praxe eram realizados em Carminha e em Juliana, os demais integrantes do grupo "caçadores de lobisomens desgarrados" foram intimados a prestar depoimentos e a dar explicações do ocorrido às autoridades locais.

Nesse meio-tempo, dezenas de policiais, investigadores e bombeiros, inclusive deslocados de outras cidades — e sempre com a imprensa carniceira colada feito carrapatos aos seus calcanhares —, invadiram a região serrana de Joanópolis para ajudar nas buscas por Marquinhos Satã, pelo trabalhador rural Zizinho e, obviamente, pelo lobisomem que já ficara famoso em todo o território nacional devido a uma matéria exibida no programa *Fantástico*, a qual, aliás, o professor Juscelino tachara de "excessivamente oportunista e sensacionalista". Na caverna da Cachoeira dos Pretos e redondezas — e contando com a indispensável ajuda dos "caçadores de lobisomens desgarrados" —, os investigadores e as autoridades responsáveis pelo caso encontraram e recolheram para análise de DNA os restos de um crânio e de uma clavícula humana roída, além de dezenas de ossos e vísceras de galinhas, porcos, vacas, preás, capivaras, tatus e outros animais. Parte desse material se encontrava completamente seca e o restante ainda cheirava a carne fresca e a carniça.

    Toda a movimentação fez com que a cidade de Joanópolis — um lugar onde geralmente até os grilos e cigarras reclamam do tédio nos dias "normais" — se transformasse em um caos digno de um filme-catástrofe norte-americano naquele inverno atípico. Entrevistas e matérias jornalísticas com moradores locais apavorados eram transmitidas em tempo real pela imprensa e por amadores e profissionais da internet, atraindo assim hordas de turistas famintos por todo tipo de bugigangas e artesanatos relacionados ao suposto lobisomem. Além dos visitantes que chegavam de todos os lugares do Brasil com os bolsos cheios e faziam a alegria dos comerciantes locais, os vendedores ambulantes que sempre enchiam as ruas de Joanópolis no dia de São João invadiram antecipadamente o centro da cidade e as redondezas, reivindicando seu quinhão na "diversão". Sem controle nenhum por parte da prefeitura — para a qual, aliás, a vista grossa e o sensacionalismo barato que engordava a economia da cidade parecia interessar muito mais do que as vidas de Carminha, de Juliana e do homem desaparecido —, barraquinhas de todos os tipos foram montadas, comercializando desde comidas e bebidas típicas até santinhos de madeira, incluindo fantasias de monstros e máscaras de lobisomens tão detalhadas e realistas que poderiam até confundir algumas pessoas desavisadas, a ponto de trazer riscos a quem as usasse.

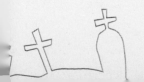

Na primeira oportunidade de respiro que teve no meio daquela turbulência social toda, o professor Juscelino saiu de casa disposto a visitar Carminha. Enquanto caminhava e se sentia observado por todos os lados, imaginava que, além do carinho da visita, talvez pudesse arrancar de sua amiga alguma informação importante relacionada à roxidão que, assim como acontecera com várias espécies de animais e plantas, também lhe acometera e que nenhum médico fora capaz de diagnosticar com precisão até aquele momento. Assim que foi atendido no portão da casa por dona Rita, mãe dela, perguntou como sua amiga estava. A mulher idosa lhe respondeu sem rodeios, com um sorriso enorme impresso no rosto corado:

— Ela já tá bem melhor, seu Juscelino! Tá variando um pouco da cabeça, mas tá bem! Ficou muito pouco tempo no hospital, graças a Deus! Lá, eles coletaram sangue, urina e fezes e fizeram todos os exames! Disseram que ela tá muito bem e que o roxo deve desaparecer do corpo dela aos poucos! Falaram também que talvez seja algum tipo de intoxicação ou virose...

Ao ouvir tal resposta, o professor suspirou aliviado. Antes de entrar na casa e ser conduzido ao quarto, pediu para usar o banheiro. Já lá dentro, pegou seu celular, abriu um aplicativo de gravação de voz e o ligou, disposto a registrar toda a conversa com a amiga. Guardou o aparelho no bolso traseiro da calça jeans, foi até o quarto acompanhado por dona Rita e encontrou Carminha recostada na cabeceira da cama, com um suporte de soro ao lado, de onde saía uma pequena mangueira transparente que entrava por uma veia do braço esquerdo. Ao ver sua pele clara voltando ao tom normal de sempre, o professor arregalou os olhos marejados e sorriu satisfeito. Dona Rita os deixou a sós e a filha fez questão de acalmar a emoção do mestre, fazendo um tipo de piada interna:

— Oi professor! O médico me perguntou se eu queria que ele en-

fiasse a agulha no braço direito ou esquerdo, acredita? Claro que foi o esquerdo, né, companheiro?

Depois de gargalhar como se libertasse todos os demônios e traumas presos em sua garganta, o professor se sentou numa cadeira que estava ao lado da cama da amiga e foi direto ao assunto:

— Carminha, me responde uma coisa. Você sabe que eu sou curioso, né?

— Sei, professor! Sempre teve essa fama na escola! — respondeu a moça, sorrindo mais do que deveria. — Antes que o senhor me pergunte, eu já aviso que meu humor tá variando demais desde aquela procissão do padre Adolfo...

— Sim! Ia te perguntar isso mesmo! O que foi aquilo, Carminha?

— Não sei, professor! Só sei que foi algo maravilhoso demais pra mim e pras minhas amigas! O padre Adolfo é um ser divino! Um iluminado! Não existe ser humano no mundo que chegue aos pés dele...

Assim que a moça pronunciou a palavra "divino", Juscelino se assustou ao ver suas pupilas revirando dentro das órbitas oculares e levando consigo uma espécie de sombra roxa muito escura.

— Divino, Carminha? — retrucou ele, com uma carga pesada de decepção na voz. — O que esse padre tá fazendo aqui na cidade me lembra muito aquele tipo de autoritarismo fanático e desenfreado que a gente aprende nos livros... aquela história toda de perseguições, mortes, intolerâncias, campos de concentração...

— O senhor tá querendo insinuar o quê, professor? — gritou a moça, engolindo o sorriso, mudando completamente de expressão e de tom de voz, enquanto veias roxas lhe saltavam das têmporas e explodiam feito pequenos relâmpagos dentro dos seus olhos.

— Não tô insinuando nada... — foi tudo o que o docente conseguiu responder entre os dentes, já se levantando da cadeira e se afastando da cama. Mesmo acuado e amedrontado com a reação da amiga e, acima

de tudo, com a visível mutação em seus olhos, ele pensou um pouco, respirou fundo e se arriscou a continuar com as perguntas: — Carminha, o que significam aqueles desenhos do estandarte da procissão?

— É apenas uma rosa roxa sagrada dentro de uma serpente... — respondeu ela, sem pensar. Mesmo com o olhar petrificado transmitindo nada mais, nada menos do que ódio puro e percebendo que o professor ainda a encarava com curiosidade, Carminha continuou: — A rosa significa a vida eterna que tem que ser preservada e espalhada e a serpente significa a maldade humana que deve ser erradicada a qualquer custo da Terra, professor!

— E quem são os responsáveis por essa tal "maldade"?

— O padre Adolfo já confessou muita gente nesse mundo e nesta cidade, né, meu querido? Ninguém mais do que ele sabe dos pecados e, principalmente, das maldades que existem dentro da alma de muitos moradores daqui...

— Entendi... — disse o professor, com os neurônios funcionando e se chocando entre si a mil quilômetros por hora. — Mas e aquele livro aberto que tem no desenho?

— O livro sagrado do estandarte? — perguntou a moça, com o tom de voz agora muito mais suave e agradável do que antes. — Olha, professor... tudo o que eu sei é o que todas as minhas amigas que limpam a igreja também sabem, porque já contei tudinho pra elas... eu espalhei o segredo mesmo, sabe? Segredo bom é segredo compartilhado, não é assim que falam? Mas pode ficar tranquilo que elas não têm coragem de entrar naquela porta, não...

— E que segredo é esse? O que suas amigas sabem? Que porta é essa?

— Ah, são histórias antigas que falam que tem um livro proibido escondido dentro de um dos porões da igreja... — Ao perceber que a expressão atônita insistia em não abandonar o rosto do professor, Carminha o chamou com um movimento de mão para que se aproximasse da cama. Assim que ele a obedeceu, ela o puxou pela gola da camisa polo e cochichou em seu ouvido: — Professor, vou te confessar uma coisa que não confessei pra nenhum padre, fora as minhas amigas de confiança! — O mestre assentiu com a cabeça, esperando que o aplicativo do celular em seu bolso conseguisse captar a voz fraca da moça, que continuou com seu relato: — Uma vez, muitos anos antes do padre Adolfo ter sido enviado do céu para colocar o povo de Joanópolis e do mundo inteiro nos eixos, eu tava varrendo a sacristia da igreja sozinha depois de uma missa da Semana Santa e estranhei quando vi alguns pisos soltos no chão, ao lado de uma caixa redonda feita de madeira. Antes que eu pudesse colocar os pisos de volta e ver o que tinha dentro da caixa, ouvi um barulhão vindo lá de onde fica a torre da igreja... — Juscelino nem piscava e, muito menos, respirava. — Parei de varrer a sacristia imediatamente e fui lá pra ver. Era aquele padre antigo, o Amâncio, que tava empurrando um armário entalhado enorme que ainda tá lá até hoje. E atrás desse móvel tinha uma porta, professor! Eu vi! Só não sei onde essa porta dava porque o padre me viu chegando e me expulsou de lá! Eu posso jurar que, pela reação dele, o tal do livro que o senhor tá falando deve estar escondido atrás daquele armário e daquela por...

— Oi! Eu trouxe café com leite e rosquinhas de nata pra vocês! — Era a mãe de Carminha que entrava no quarto sem avisar, segurando uma enorme bandeja de madeira.

Ao vê-la, Carminha gemeu de dor e fechou a cara, para depois ajeitar-se na cama e dar as costas ao professor que, por sua vez, recusou educadamente o café com leite e se despediu das duas com uma desculpa qualquer — no caso, disse que tinha que dar ração ao seu cãozinho Rambo. Assim que deixou a casa e chegou na praça principal, sentou-se em um dos bancos. Pegou o celular do bolso e enviou o arquivo de voz da conversa toda que teve com Carminha para o grupo dos "caçadores de

lobisomens desgarrados". O primeiro a se manifestar, segundos depois, foi Clebinho Kid:

"Eu sei entrar na igreja matriz só com um pedaço de arame, professor! Já fiz isso uma vez com uns amigos pra pegar emprestado uma garrafa de vinho…"

"Mas é pecado roubar vinho de padre, sabia?", respondeu Juliana Serelepe, atenta como sempre, diretamente do hospital onde ainda estava internada.

"Não é, não… o Julinho da dona Adelaide já foi coroinha e me disse que o vinho que tava lá não tinha sido consagrado ainda… disse também que a gente pode até comer hóstias, se não estiverem consagradas, sabia?", retrucou Clebinho Kid, colocando vários emojis de tacinhas de vinho, mãos juntas em oração e de carinhas com auréolas para ilustrar sua mensagem.

"Eu quero filmar essa porra desse livro de qualquer jeito!", foram as palavras de Lindomar Mulder que encerraram a conversa do grupo momentaneamente. Depois de enviá-la, o youtuber redigiu e mandou uma mensagem privada para Clebinho Kid:

"Meu amiguinho! Te dou mil reais se me ajudar a entrar nessa igreja ainda hoje! Quero filmar tudo, depois do anoitecer! Mas é sigiloso, fica só entre nós dois! O que acha?"

"Mil reais? Mas você só vai filmar, né? Não vai roubar nada lá de dentro não, né?", as palavras de Clebinho foram seguidas por dezenas de emojis de carinhas assustadas e de dúvidas misturadas com cifrões e maços de dinheiro.

"Sim, só vou filmar, claro! E te dou mais milzão quando a nossa história toda ganhar o mundo, topa?"

"Então eu topo!", respondeu o garoto de bate-pronto, lembrando-se de que tal quantia serviria para dar de entrada num videogame de última geração que tanto queria, mas que seus pais nunca tiveram condições de lhe presentear.

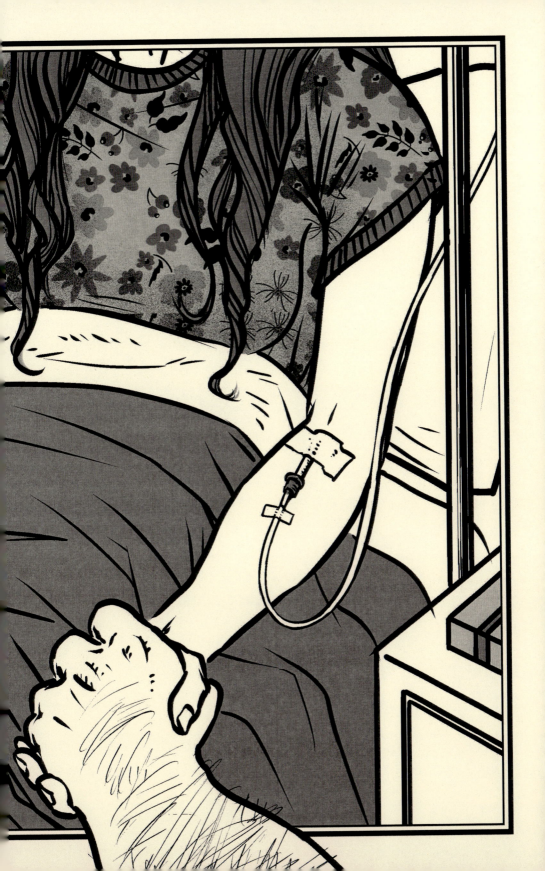

29

AS VIAGENS DE LINDOMAR

A noiteceu e, como previsto, não havia uma alma viva caminhando pelas ruas de Joanópolis. O medo propagado pela imprensa e pelas línguas mais afiadas fez com que apenas almas penadas, lobisomens, sacis, mulas-sem-cabeça, boitatás e dezenas de outras espécies de assombrações ficassem à espreita nas esquinas escuras das mentes das pessoas presas e assustadas em casa.

Lindomar Mulder se encontrou com Clebinho Kid na frente da porta da sacristia da igreja matriz, no horário combinado, por volta das dez da noite. Como já sabia o que fazer, o garoto tirou um pedaço de fio rígido e grosso de cobre do bolso e o dobrou entre os dedos, fazendo um tipo de chave improvisada e longa. Dois giros com ele dentro da fechadura foram suficientes para que um estalo ecoasse e a grande porta se entreabrisse. Os dois entraram e se trancaram lá dentro. Lindomar pegou sua lanterna da bolsa que levava a tiracolo, a ligou e começou a tatear o chão com os pés, em busca dos tais pisos soltos que Carminha havia falado na conversa gravada pelo professor Juscelino horas antes. Quando ouviu um som oco e abafado, o youtuber se agachou e sorriu ao perceber que havia encontrado o que procurava. Removeu os pisos, tirou a caixa arredondada de madeira que estava embaixo deles, a abriu e encontrou uma grande chave dentro, ao lado de outros objetos. Sem perder mais tempo, a pegou, chamou por Clebinho Kid e os dois correram até a torre da igreja, o local onde Carminha disse que havia o tal do armário entalhado. Encontraram o móvel, o empurraram e deram de cara com o grande buraco de fechadura que antes estava oculto sob o papel de parede com desenho de rosas e anjos e que o padre Adolfo havia rasgado com as unhas dias antes. Lindomar abriu a porta e desceu pelas escadas na frente de Clebinho. Ao chegarem no grande corredor, aceleraram o passo, enquanto cabeças de santos de todos os tamanhos espalhadas pelo chão os observavam de olhos bem abertos.

Apesar da ansiedade de receber os mil reais pelo trabalho, Clebinho estava apreensivo. Sua criação católica lhe gritava em alto volume que aquilo que fazia era pecado e que ele poderia pagar muito caro por ter cedido à tentação de Lindomar quando sua alma deixasse seu corpo terreno e fosse acertar as contas com Deus; o mesmo ser superior que, em vez de lhe ensinarem a ter fé, lhe doutrinaram a temer mais do que o próprio diabo. Ao perceber a hesitação latente nos olhos do menino, Lindomar enfiou a mão na bolsa e lhe entregou uma pequena lanterna de LED, pedindo para que aguardasse ali, no meio do caminho, entre os restos de estátuas, algumas velas derretidas e teias de aranha. Sem saber se tal sugestão era melhor ou pior do que o acompanhar corredor adentro, Clebinho Kid acabou cedendo à tentação e ficando onde estava. Sentou-se no chão, fechou os olhos, abraçou os joelhos e começou a murmurar um pai-nosso, pedindo clemência a Deus pelo possível pecado que havia acabado de ajudar a cometer.

Sentindo que aquele era o momento, Lindomar Mulder pegou sua câmera portátil da bolsa, a ligou e continuou com sua exploração. Ao se deparar com uma grande mesa de madeira no final do corredor, puxou uma de suas gavetas e deu de cara com o que procurava. Percebendo de

longe que Clebinho ainda estava envolto em suas orações e contrariando a promessa de não roubar nada que havia lhe feito, pegou o livro e, antes de atirá-lo dentro da bolsa, viu uma bolinha roxa caindo de dentro da capa e rolando no chão, bem perto dos seus pés. Guardou o livro na bolsa, colocou a câmera ainda ligada sobre a mesa, se agachou e agarrou a bolinha com uma certa delicadeza, como quem segura um filhote de pardal. Quando percebeu que o pequeno objeto começou a queimar a palma de sua mão, gemeu de dor e derrubou sua lanterna ainda ligada no chão. Depois, ao sentir as pernas peludas e ásperas da primeira barata rasgando seu olho esquerdo de dentro para fora, gritou baixinho, mas Clebinho não o ouviu. Assim que dezenas de baratas explodiram de dentro dos seus globos oculares, decolaram e o rodearam como as moscas fazem com um bicho morto, Clebinho ouviu seu grito desesperado ecoando pelo corredor e levantou a cabeça na base do susto para olhar. De longe, viu Lindomar aos berros, agitando as mãos ao redor de si, como se tentasse espantar aquele enxame de insetos nocivos e pegajosos que o rodeavam e que aparentemente só ele via. Sentindo que o inferno que tanto temia poderia estar se manifestando ali mesmo na igreja, e não debaixo da terra como lhe fora ensinado no catecismo, Clebinho se levantou e correu à toda velocidade de volta à porta da torre, levando no peito dezenas de imagens de santos quebrados envoltos em teias de aranha. Saiu de lá, pegou o corredor central da igreja, chegou na sacristia e disparou ruas afora, sem mais nem se lembrar dos mil reais do videogame e, muito menos, do youtuber Lindomar que, naquele momento, começava a experimentar as delícias e os horrores das viagens mentais que explodiam feito rojões de vara em sua cabeça.

— Marta, você consegue ver o beija-flor? — gritou Lindomar, com o máximo de força que conseguiu, enquanto pilotava seu avião monomotor novinho em folha sobre as famosas linhas de Nazca, no deserto do Peru.

— Vi! Você viu o macaquinho, que lindinho? O dinheiro foi feito pra isso, meu amor! Estamos realizando todos os sonhos da nossa vida! — gritou a esposa de volta, de câmera na mão e olhos mirados para baixo, se engasgando de tanta emoção.

— Vi, sim, meu amor! Filma tudo que o povo vai gostar! Tem uma aranha gigante também! Olha lá, que coisa maravilhosa! Quando a gente voltar pro hotel, a gente liga pra CNN e pra CBS e faz uma transmissão mundial simultâ... — Um barulho de explosão interrompeu a fala também emocionada de Lindomar. — Puta que pariu, Marta! Parece que motor do avião parou! — gritou ele ao perceber que a aeronave começava a soltar fumaça, a girar sem controle e a despencar de bico em direção ao chão do deserto.

Depois de ouvir uma explosão que lhe nocauteou os tímpanos, de sentir cheiro de combustível de avião se espalhando e de ver chamas consumindo tudo ao redor do seu corpo e do de Marta, Lindomar fechou os olhos e aguardou pela própria morte. Quando percebeu que aquele não seria o momento de finalmente jogar truco com o capeta, arreganhou as pupilas mais uma vez e reparou que tudo ao seu redor estava engolido pela escuridão absoluta. Perguntou se a esposa estava bem e ouviu um "sim" animado que não condizia com a situação de quem acabara de sofrer um acidente de avião. Quando sacou sua lanterna da cintura e a ligou, dezenas de crânios humanos de todos os tamanhos, desdentados ou não, inteiros ou pela metade, se iluminaram na parede à frente dos dois, como acontece quando se usa roupa branca em locais onde existem lâmpadas de luz negra.

— E aí, Lindomar! Você imaginou que as catacumbas de Paris fossem desse jeito? — perguntou Marta, já se levantando devagar do chão úmido onde se encontrava deitada.

— Não, Marta! É tudo maravilhoso, mas é assustador... — respondeu o marido, aos sussurros e de olhos pregados numa das caveiras, como se quisesse conversar com ela através de projeções mentais, a fim saber detalhes do seu passado e, acima de tudo, de sua morte.

Curioso como fora desde sua infância, Lindomar esticou a mão e tocou de leve a fronte do crânio, que parecia o encarar com o mesmo grau de estranheza através dos buracos dos olhos. Arcou as sobrancelhas quando percebeu que naquele momento usava luvas de borracha em vez das de aviação. A expressão "Que porra é essa" então lhe veio à cabeça quando uma moreia saiu deslizando de dentro de um dos olhos da caveira e ficou nadando ao seu redor, dentro do oceano azul translúcido repleto de criaturas marinhas que agora o envolvia. Arregalou os olhos e soltou ainda mais bolhas de ar repletas de surpresa ao reparar que Marta — também toda paramentada com roupas de mergulhador — parecia estudar os escombros do grande galeão espanhol afundado onde se encontravam. De repente, ao remover algumas tábuas cheias de musgo e algas marinhas e espantar dezenas de siris e peixes coloridos de todos os tamanhos e formatos que pareciam morar ali desde muito antes da criação do céu e do inferno, a esposa começou a agitar os braços e a chamá-lo. Ao se aproximar, Lindomar notou que, aos pés dela, despontava um baú aberto parcialmente quebrado e cheio de buracos, através dos quais reluziam milhares de moedas e centenas de enormes barras, todas de ouro, muitas delas recobertas com os inevitáveis indícios da passagem do tempo.

— Tudo isso foi feito com estátuas e objetos roubados dos incas, dos astecas e dos maias, Marta! — disse Lindomar com a voz trêmula, depois de acionar o comunicador de voz do seu escafandro ultramoderno que havia lhe custado o preço de um carro de luxo. Em seguida, para coroar sua alegria, começou a gritar: — Só que agora, espanhóis desgraçados, vocês perderam! É tudo nosso! Quem rouba ladrão tem cem anos de perdão, não é assim que o povo fala? Vamos comprar o Brasil, o mundo e

até a Lua com essa porra desse ouro todo, Marta! Esse universo desgraçado será pequeno pra nós dois!

Depois de se recompor, se agachar e passar a mão com força em cima de uma das barras do metal precioso que se encontrava bem perto dos seus pés, Lindomar teve a visão obstruída pela imensa quantidade de areia, musgo e detritos deslocados na água.

Quando a cortina de sujeira desapareceu e sua visão foi restabelecida, ele olhou para a esposa e percebeu que agora ambos estavam numa festa, muito bem-vestidos, sentados à mesa com dezenas de outras pessoas tão elegantes quanto eles. Vestia um terno roxo muito bem alinhado ao seu corpo esguio, enquanto Marta trajava um vestido — também roxo e cintilante — que chamava a atenção pelas rosas bordadas com linhas de ouro, pérolas e prata. Além deles e das dezenas de convidados, garçons de smoking surgiam como moscas de todos os cantos, segurando bandejas de prata munidas com iguarias caríssimas que iam de lagostas enormes vindas de países exóticos até cortes bovinos salpicados com quilos e quilos de ouro em pó. Depois que todos os convidados comeram até se fartar, foram se levantando das mesas e se apresentando um a um, muitos com a boca ainda entupida de comida cara e a cabeça já atordoada pelas taças e taças de vinhos caríssimos. Dentre esses "representantes da sociedade brasileira", se destacavam banqueiros, membros ricaços do agronegócio, figuras do setor armamentista, militares saudosos das torturas da ditadura, pastores evangélicos, bispos católicos e até um miliciano do tipo que costuma encomendar as mortes dos opositores sem peso nenhum na consciência. Então Lindomar, o grande anfitrião da festa nababesca, se levantou e, depois de ser aplaudido de pé por vários minutos, ergueu as mãos, pediu silêncio sem tirar o sorriso do rosto e disse:

— Queridos amigos! Primeiramente, gostaria de agradecer pela presença de todos nesta festa maravilhosa! — Marta não parava de olhar para o marido, com uma expressão no rosto que não escondia tanto sua

excitação quanto seu medo. — Como não sou de falar muito, queria agradecer a todos pela inestimável ajuda na minha campanha presidencial e dizer que a festa da democracia brasileira ainda não acabou! — Depois de ser ovacionado em pé mais uma vez, ele gargalhou de mãos juntas e continuou: — Agora, chegou o ápice da nossa festa, meus caros! O momento que todos esperavam! — As luzes do salão luxuoso se apagaram e uma música triunfante tirada de um filme bíblico qualquer começou a ecoar em alto volume. — Que venha o prato principal! É tudo nosso, meus amigos e minhas amigas! Tudo nosso!

Foi então que dez carrinhos enormes — parecidos com aqueles de compartimentos que levam comida nos hospitais e nos aviões — surgiram no meio da fumaça de gelo seco que encobria a visão de todos, empurrados por homens grandalhões trajados como soldados espanhóis da época da invasão — "Colonização é o cacete! É invasão, saque e massacre mesmo!", como gritaria o professor Juscelino — à América Latina. Assim que a fumaça baixou e as centenas de barras de ouro que estavam nos carrinhos brilharam sob os holofotes e os lustres de cristal do salão e ofuscaram a visão dos presentes, Lindomar gritou para que cada um pegassem dez barras de cinco quilogramas de ouro cada, prometendo, além de outras coisas tão bizarras e inacreditáveis quanto, que mais dez seriam entregues logo após as eleições.

Quando seus próprios olhos foram seduzidos e hipnotizados pelo brilho ofuscante e eterno do ouro das barras, Lindomar fechou os olhos e se viu subindo devagarinho a rampa do Palácio do Planalto em Brasília, sem parar de acenar para a multidão que o aplaudia, para então, lá no alto, finalmente receber a tão cobiçada faixa de presidente do Brasil.

Quando as alucinações de viagens e explorações mil — e, acima de tudo, de poder absoluto regado a muitas festas luxuosas, subornos, falcatruas e tramoias — proporcionadas pela bolinha roxa foram embora, Lindomar abriu os olhos e viu as baratas voadoras voltando aos montes para dentro do seu coração já tomado pelo esgoto da ganância roxa. Ofegante como quem corre de um animal contaminado pela raiva, apertou a bolinha com ainda mais força na mão e, antes de guardá-la na bolsa e roubá-la para si junto ao livro de couro e às outras cinco bolinhas restantes, gritou, de olhos estatelados e encantados, com toda a força acumulada em seus pulmões:

— É isso! É isso! Padre Adolfo, estou com o senhor! O Brasil é nosso! Aliás, esse mundo desgraçado é nosso! Que Deus salve o roxo eterno!

Ao deixar a igreja com o que tanto desejava dentro da bolsa, Lindomar olhou para todos os lados e começou a correr em direção ao hotel onde estava hospedado. No caminho, diferentemente da pasmaceira que antes predominava e engolia a cidade, reparou que dezenas de pessoas vestidas de roxo se aglomeravam em frente à portaria do Clube Social Otávio Moura de Alcântara Filho. Parou de correr e viu o padre Adolfo, todo sorridente, atencioso e também trajado de roxo, recebendo a todos os que chegavam com tapinhas, abraços e afagos. Como ficaria sabendo pouco tempo depois, o religioso daria início, dali a instantes, à primeira reunião do grupo "adoradores do roxo eterno" fora das dependências da igreja católica, da qual havia sido afastado. Assim que o youtuber furou a fila de gente às cotoveladas e foi se aproximando do padre de olhos arregalados e boca entreaberta, este lhe estendeu os braços e disse em voz alta, ao perceber um brilho arroxeado ainda vazando de suas pupilas:

— Seja bem-vindo, meu irmão! Já deu pra ver que você é dos nossos! Pode entrar que o que está dentro do seu coração, está dentro dos nossos também! — De repente, o religioso parou de falar, respirou fundo e baixou o tom de voz. Puxou Lindomar para um canto escuro e sussurrou em seu ouvido: — E tem outra coisa... pelo que noto no seu olhar, você tem toda a chance de ser meu braço direito, se quiser...

A reunião dos "adoradores do roxo eterno" então começou, com todo o fanatismo que lhe era familiar e que já lhe dera, inclusive, fama nacional. Quando terminou, Lindomar, ainda encantado e hipnotizado pela intensidade e agressividade do que vira e ouvira, reparou que um garoto se aproximava todo ofegante do padre Adolfo. Vestido com uma espécie de roupa de coroinha roxa, segurando um tubo de tinta spray também roxa e uma folha de cartolina toda furada e suja nas mãos, lhe disse, sem medo nenhum de que o ouvissem:

— Padre, só consegui pintar as janelas de doze casas da lista que o senhor me passou! É que a tinta tava no finalzinho e a cartolina acabou rasgando de vez... amanhã eu faço outra cartolina e pinto mais... — Depois de um sorriso e de um aceno positivo de cabeça do sacerdote, o menino continuou: — E tem as casas de outras pessoas que ainda não estão na lista, mas que eu sei que também não acreditam e não gostam do nosso roxo...

Lindomar suspirou um misto indigesto de apreensão e maravilhamento ao ouvir a fala do garoto e, principalmente, ao identificar o desenho vazado na cartolina em suas mãos. Era a tal serpente com uma rosa no centro, que também estampava os estandartes da procissão do padre Adolfo.

"Bem que o professor Juscelino avisou...", pensou o youtuber, depois de despedir-se do sacerdote e de começar a caminhar pensativo até o hotel. Chegando lá, relatou toda a experiência vivida naquela noite a Marta só que, mesmo tendo lhe pedido sigilo absoluto, resolveu guardar apenas para si o roubo do livro de couro e das bolinhas. No dia seguinte, enquanto degustavam o café da manhã, os dois arregalaram os olhos ao verem na TV que doze residências haviam sido incendiadas em setores diferentes da cidade de Joanópolis, mas que ninguém tinha se ferido. Apesar do susto da notícia, Lindomar não se sentiu culpado por não ter denunciado o caos que já previra na noite anterior, durante o culto do padre Adolfo. Muito pelo contrário. Apenas sorriu, disfarçando para que Marta não percebesse seu estado de êxtase absoluto. "O ovo da serpente tá chocando mesmo! Que porra! O que antes eu só via nos filmes, agora tá acontecendo de verdade...", pensou, depois de devorar o último pedaço de sua omelete.

30

IGUAIS AOS DA KU KLUX KLAN, SÓ QUE PRETOS

Os dias se passaram com velocidade supersônica naquele inverno na serra da Mantiqueira, sem que as autoridades conseguissem encontrar mais pistas do paradeiro de Marquinhos Satã e de Zizinho, o caçador de tatus. A única novidade que corria de boca em boca na cidade era que Juliana Serelepe havia sido liberada do hospital para se recuperar dos ferimentos em casa e que a beata Carminha tivera uma piora em seu estado de saúde, a ponto de ser internada, como muitos afirmavam, em estado crítico. Fora isso, os responsáveis pelos incêndios das residências de Joanópolis foram identificados através de imagens de câmeras de segurança instaladas nas ruas e comércios e devidamente denunciados. Eram dois rapazes jovens, conhecidos como Ernesto do Caneco e Malaquias sem Noção que, ao darem seus depoimentos e apesar das pressões, acabaram não delatando o padre Adolfo pelo envolvimento no caso, correndo assim o risco de aumentarem suas penas caso fossem condenados. Alheio a tudo isso e com o número de seguidores e fiéis se avolumando cada vez mais, o sacerdote continuou com suas procissões estranhas e disciplinadas que mais lembravam manifestações de raízes autoritárias, além dos seus cultos obscuros cada vez mais hipnóticos e agressivos. A cegueira e a vontade de aniquilar o que soava diferente aos que o seguiam era tanta que — diziam as investigações ainda em curso — um homem fora morto a canivetadas no pescoço em Piracaia, a cidade vizinha, apenas e tão somente por ter dito numa discussão de bar que não concordava com as imposições e regras disseminadas pelo que chamou de "maldição do roxo eterno".

De olhos pregados nas notícias que chegavam e com as mentes focadas em salvar financeiramente o circo Internacional Art's Brasil com a ajuda de todo o pandemônio gerado pelas histórias do lobisomem, das procissões, dos desaparecimentos, das mortes e dos incêndios, estavam seu Napoleão Cerqueira, o dono, e seu ajudante, Julião Ferpa, que passou aqueles dias todos cuidando e alimentando o homem encontrado ferido no meio do espinheiro. Não foi um período fácil, muito pelo contrário. O rapaz permaneceu amarrado o tempo todo e imerso num estado de choque tão profundo que não emitiu uma só palavra durante todo o seu período de cárcere, resumindo sua comunicação a grunhidos ininteligíveis que mais lembravam os de filhotes recém-nascidos de cães quando sentem fome. Julião acordava sempre de madrugada e, cuidando ao máximo para não ser visto por algum artista insone perambulando pelo circo, ia até sua jaula e cuidava de suas feridas com remédios caseiros e ervas, além de lhe servir sopas quentes, as quais ele só engolia à base de muito esforço. A única vez em que o homem pareceu sentir um prazer real com a comida foi quando Julião lhe serviu uma coxa crua de frango junto a algumas vísceras, numa tigela cheia de sangue. O prisioneiro devorou tudo e até arregalou os olhos de satisfação, enquanto mastigava e engolia os ossos da ave como se estes fossem tão frágeis e macios quanto pedaços de giz de cera. Depois que o alimentava, Julião voltava a tapar a sua boca com um pedaço de *silver tape*, com medo de que seus grunhidos e gemidos chamassem a atenção de curiosos que pudessem atrapalhar os planos de sobrevivência do circo.

Julião Ferpa acordou ansioso na manhã do dia de São João, que finalmente havia despontado no horizonte junto a um foguetório de vários minutos encomendado pela prefeitura. A mando do chefe, pegou a Brasília verde e foi até o centro da cidade, cuja praça principal já estava abarrotada de gente. Se desviando de cães vadios, turistas curiosos e de bêbados equilibrando copos de cachaça nas mãos, se embrenhou entre algumas barraquinhas e comprou uma máscara de palhaço feita de borracha, além de quatro fantasias completas de lobisomem, das mais realistas que encontrou. Durante todo o trajeto do circo até o centro e na volta, os alto-falantes do seu veículo anunciaram em alto e bom som a grande atração daquela noite; algo tão bizarro que acabou gerando um tipo de curiosidade incontrolável nos moradores: "o palhaço que vira lobisomem".

Para aquela mesma manhã, uma reunião dos "caçadores de lobisomens desgarrados" fora marcada para acontecer num banco ao lado do coreto da praça principal de Joanópolis. Quando Julião Ferpa passou apressado na frente do grupo segurando a máscara e as fantasias, Clebinho Kid — que até aquele momento, por medo de ser tachado de "traidor" ou até de ser expulso do grupo pelos outros integrantes, conseguira guardar segredo sobre a invasão da igreja com Lindomar Mulder — disse, apontando com o dedo e rindo com a boca toda lambuzada de sorvete de morango:

— Olha aí, ó! Tá aí a máscara do tal "palhaço que vira lobisomem"!

— Palhaçada essa gente! Fazem qualquer coisa pra tirar dinheiro do povo! — rebateu Juliana Serelepe, com um picolé de manga na mão, já

quase que cem por cento recuperada dos ferimentos sofridos na cachoeira. Apesar disso, ainda carregava traumas. Todo o medo que havia passado dentro da caverna e a lembrança do amigo de classe desaparecido ainda enchiam sua cabeça de pesadelos e seu pequeno coração de pulos aleatórios e fora de hora.

— Crianças, relaxem! Palhaçadas circenses ingênuas às vezes são boas pra descontrair! — interveio o professor Juscelino, mordendo um picolé de milho verde e espantando um cachorro caramelo que chegava para lamber suas mãos meladas. — O que vocês acham da gente ir no espetáculo de hoje à noite só pra ver essa tal de "transformação"? — Como ninguém respondeu, ele continuou: — Só pra dar umas risadas, topam? Vai ser massa! — As crianças se entreolharam ao ouvir uma gíria tão antiga e ultrapassada. — Eu pago tudo! Chama seu pai e sua mãe, Juliana! E os seus também, Clebinho!

— Meus pais não gostam muito dessas coisas, não, professor! Minha mãe prefere ficar em casa vendo aquelas novelas mexicanas ridículas e o meu pai não larga daqueles filmes de crocodilos gigantes, gelatinas assassinas e tubarões de cinco cabeças... — respondeu Juliana Serelepe, com a voz desanimada. Em seguida, ergueu as sobrancelhas e, com um pouco de energia voltando ao seu coração, prosseguiu: — Mas eu topo! Vou ter que fugir de casa de novo pra ir, mas eu topo, professor...

— Eu também topo, fessor! Meus pais não estão nem aí comigo mesmo! Eles com certeza devem ficar bebendo na festa de São João a noite toda... assim, vai ser fácil dar uns migué... — acrescentou Clebinho Kid, como se já estivesse, mesmo aos dez anos de idade, calejado com os abandonos físicos e mentais que a vida lhe trazia quase todos os dias.

Paralelamente à conversa — onde a ida do grupo ao espetáculo circense naquela noite de lua cheia fora acertada de comum acordo —, Lindomar Mulder e Marta Scully entrevistavam dezenas de moradores locais, além de policiais e turistas, em busca de histórias ou relatos as-

sombrosos que pudessem bombar ainda mais o seu canal do YouTube. Durante o mês que havia se passado, Marta, a pedido do marido, havia comprado pela internet um revólver de cabo dourado igual ao que desaparecera com Marquinhos Satã na cachoeira, além de uma cartela com mais seis balas de prata, consideradas, naquele momento — e mais do que nunca —, indispensáveis para a caçada ao lobisomem desgarrado. Assim que as encomendas chegaram pelo correio, Lindomar inseriu todas as balas dentro do tambor da arma, que agora ficava sempre oculta e protegida em sua cintura por uma camisa ao "estilo militar" bem larga. "Lobisomem bom é lobisomem morto!", era o que repetia a quem quer que fosse que o importunasse com piadinhas ou indiretas. "Quando todo cidadão de bem andar armado nesse meu Brasil abençoado por Deus, essa bandidagem toda acaba! E as assombrações também!", disse ele uma vez na padaria, em voz alta e depois de umas cervejas, para desespero do professor Juscelino, que o acompanhava no álcool e não sabia onde enfiar a cara, de tanta vergonha alheia puxada à tona por um pensamento tão raso.

Apesar da postura reacionária ampliada naqueles dias pelo contato direto com o padre Adolfo e seus cultos — os quais frequentava às escondidas do grupo dos "caçadores de lobisomens desgarrados" —, Lindomar não usou mais nenhuma vez a bolinha roxa que roubara da igreja, como se quisesse economizar seus poderes questionáveis para momentos de angústia, medo e dúvida que sabia que viriam. Angústia, medo e dúvida, aliás, que ele dividia com os demais moradores da cidade de Joanópolis, em virtude da enorme quantidade de animais roxos que se tornavam cada vez mais violentos e agressivos e das plantas e flores da mesma cor que empesteavam todos os cantos, fossem estes urbanos ou rurais. Tudo isso somado a mais três assassinatos a sangue frio ocorridos na região, estes sim — como foi provado pelas investigações policiais —, causados pelo crescimento do fanatismo, da intolerância e, principalmente, da agressividade incontrolável dos integrantes do grupo "adoradores do roxo eterno".

Apesar de nenhum dos assassinos ter tido a coragem de delatar o padre Adolfo como mandante, autor intelectual dos crimes ou alguma coisa do tipo que o incriminasse e o colocasse atrás das grades, o cerco ao religioso que agora batia no peito e se gabava de ser "ex-católico" se fechava cada vez mais.

A reunião do grupo aconteceu, o dia voou tão rápido quanto uma andorinha no início do verão e a tão aguardada noite de São João tragou o dia, trazendo em seu lombo mais movimentação, mais música e um turbilhão de turistas endinheirados. Como já acontecera nos dias anteriores à data, barraquinhas de cachorro-quente e lanches que também vendiam quentão, bebidas e bolos de todos os tipos dividiam espaços apertados com bandas de música, cachorros vira-latas, bêbados e vendedores ambulantes de churrasquinho, pipoca, churros, água, cachaça, além de outras bebidas. Achava-se de tudo para se comer, beber, vestir e se divertir, numa tradição antiga que sempre enchera os corações dos cidadãos de Joanópolis de orgulho e seus bolsos, de dinheiro. Ao mesmo tempo que os cheiros de comida engordurada e álcool se espalhavam e os sons das bandas, dos alto-falantes, das pessoas conversando e dos cachorros latindo formavam uma só sinfonia incompreensível, uma missa era realizada na igreja matriz por um padre novato. A celebração dividia a atenção com o tradicional pau de sebo, brincadeira onde alguns jovens embriagados tentavam subir num mastro ensebado fincado no chão, com o objetivo de agarrarem notas de cem reais fincadas em seu topo e gastarem tudo com mais litros e litros de pinga da boa. A coisa toda acontece assim: para facilitar a difícil empreitada da subida, um indivíduo "corajoso" vai trepando nas costas do outro, até que o último se agarra feito um bicho-preguiça ao mastro liso e o escala do jeito que consegue para agarrar a recompensa. Quando o objetivo não é atingido, toda a "pilha humana" acaba desabando sobre um monte de pó de serra estrategicamente espalhado aos pés do mastro, arrancando assim risos e piadas dos espectadores, "principalmente dos que sentem prazer em ver gente se fodendo", como bem pontuou o professor Juscelino ao presenciar uma cena dessas um ano antes.

●

Perto das oito da noite, horário marcado para o início do espetáculo do circo, todos do grupo dos "caçadores de lobisomens desgarrados" já se encontravam perambulando ao redor de sua lona principal, com ingressos comprados, pipocas e cachorros-quentes nas mãos, conversando e se divertindo ao som de clássicos do brega nacional, como "Não se vá", da dupla Jane & Herondy, "A noite mais linda do mundo", de Odair José, e "Sandra Rosa Madalena", do Sidney Magal, dentre outros. De olhos marejados e coração carregado de dor com as canções que o faziam se lembrar de um passado feliz e distante ao lado de sua amada Rosália, o professor Juscelino via Lindomar Mulder e Marta Scully chegando com todas as tralhas tecnológicas a que tinham direito, enquanto se embrenhava através da pequena multidão que se espremia em frente à bilheteria principal.

— Tá meio nublado hoje, né? Palhaço se transforma em lobisomem em noite que a lua cheia não dá as caras? — disparou Lindomar assim que voltou com dois ingressos da bilheteria e se aproximou do grupo. Suas palavras arrancaram risos de Clebinho Kid e da esposa Marta, que se antecipou ao agarrar um ingresso de sua mão, entrar no circo e se ajeitar numa das tábuas de madeira rústica que circundavam todo o perímetro do pequeno picadeiro central. Juliana Serelepe e o professor Juscelino entraram também, mas não riram da "piada", pois a ironia irritante do youtuber não lhes cabia mais no peito desde o ocorrido com Marquinhos Satã na Cachoeira dos Pretos.

Depois de se sentar ao lado da esposa e de abrir o tripé para posicionar sua câmera Nikon D-7000, Lindomar prosseguiu com explicações que ninguém havia lhe pedido:

— Quero filmar toda essa "transformação", mesmo que seja só pra colocar no YouTube e arrancar risadas e insultos dos nossos seguidores mais haters! Verdade ou mentira, vamos ganhar muito dinheiro com essa porra!

— Fake news que chama, né, mané? O Brasil e o mundo vão pro fundo do poço com esse tipo de coisa! — murmurou o professor Juscelino ao lado dele, sem tirar os olhos do picadeiro. Clebinho Kid, sentado do outro lado, só concordou com a cabeça, correndo os olhos ao redor e percebendo que o circo já se encontrava abarrotado de gente.

Antes que qualquer outra conversa ou comentário atravessado acontecesse, todas as luzes do picadeiro central foram se apagando gradativamente e uma música instrumental macabra e repleta de uivos de lobo reverberou em alto volume, junto à voz do locutor, que começava a gritar como se aquela fosse a última locução de sua vida:

— Boa noite, povo de Joanópolis! — A voz grave aguardou pela resposta que veio também em volume muito alto e continuou: — Vocês têm medo de lobisomem e de coisas do outro mundo? — Um coro de "sim" fez tremer até a viga de sustentação da lona principal. — Vocês têm medo, né? Eu sabia! Quem não teria, depois de todas as tragédias que aconteceram e, pelo visto, ainda estão acontecendo nesta cidade, não é mesmo? Então! O que vocês irão presenciar aqui hoje não é algo desse nosso mundo normal, não! E já aviso de antemão que não é algo abençoado por Deus! Vocês estão preparados? — Outro "sim" veio, só que muito mais baixo e amedrontado do que o anterior. — Vocês trouxeram seus terços, patuás e amuletos benzidos de casa?

— Se tivessem avisado, eu tinha trazido o meu terço, que a minha mãe benzeu em Aparecida! — gritou alguém do meio da plateia, arrancando risos nervosos de algumas velhinhas falantes que o cercavam.

— Bem, vamos deixar de besteira e ir ao que interessa! — desconversou o locutor, com a voz competindo em volume com a tal música dos uivos. — Que rufem os tambores e que Nossa Senhora Aparecida, Exu, Buda, São João e todas as entidades do bem nos protejam! Que elas nos encham de poder contra essa criatura do mal que insiste em nos assombrar! — prosseguiu, observando algumas pessoas já se levantando e deixando as arquibancadas, com o desespero empalidecendo suas caras. À medida que o restante das lâmpadas, luminárias e holofotes eram apagados um a um, um som gravado de várias caixas de bateria tocando simultaneamente ecoou, como se um condenado à morte estivesse entrando no picadeiro e caminhando com as mãos algemadas em direção a uma forca. Assim que a "música" das caixas foi interrompida, um silêncio ensurdecedor se fez e o locutor continuou: — Vamos rezar um pai-nosso, a oração que Deus nos ensinou, enquanto o nosso herói, o Tarzan Brasileiro, traz a jaula da criatura misteriosa até o centro do picadeiro, meu povo? Vamos preparar nossas almas para o que vai acontecer aqui nesta noite?

E foi assim que católicos, espíritas, umbandistas, evangélicos, budistas e seguidores de outras religiões presentes no circo se uniram num só coro de vozes. "Nos momentos de medo e desespero, qualquer vela é vela, qualquer santo é santo, qualquer entidade é uma bênção, qualquer céu é céu e qualquer livro sagrado é tábua de salvação, mesmo se este for escrito por um ateu, um oportunista ou por um agnóstico!", pensou o professor Juscelino enquanto a oração crescia em volume e agonia e uma enorme estrutura retangular recoberta com um pano preto era empurrada sobre rodinhas de rolimã para o centro do picadeiro por quatro homens altos vestidos com batinas e capuzes semelhantes aos dos integrantes da Ku Klux Klan norte-americana, só que pretos. O dono do circo havia mandado produzir tais indumentárias depois de ter visto o padre Adolfo usando uma parecida, só que roxa, à frente de uma de suas procissões macabras.

Antes de sair de trás das cortinas, correr até a estrutura retangular, arrancar o pano preto que a cobria e tomar coragem para se enfiar dentro dela, Julião Ferpa, já devidamente paramentado como o Tarzan Brasileiro, confessou seu medo ao chefe:

— E se não der certo, seu Napoleão? E se o nosso homem não se transformar em bicho?

— Calma, Julião! Tenha fé em Jesus Cristo que o nosso lobisomem vai aparecer! — Como sua resposta não desenvergou as sobrancelhas do amigo, o chefe continuou: — Eu pedi pro malabarista Célio Molenga se esconder lá em cima do mastro da entrada e puxar a parte superior da lona quando eu mandar! Tô com ele aqui no Whatsapp! Ele tá só esperando! Tá tudo preparado, meu amigo! Assim que a lona for levantada e o nosso prisioneiro de honra bater os olhos na cara prateada e esburacada da lua cheia, a mágica da licantropia vai acontecer! Pode acreditar! Os machucados do corpo desse coitado não foram feitos por nenhum animal conhecido, não! Confia em mim!

Sem saber que diabos era "licantropia", Julião Ferpa apenas concordou com um movimento de cabeça, apesar de não conseguir esconder o medo de morrer que lhe vazava misturado com lágrimas pelos cantos dos olhos esbugalhados.

Quando seu Napoleão Cerqueira deu uma ordem com um sinal de cabeça mais nervoso do que o normal, Julião Ferpa saiu correndo de trás das cortinas da coxia do circo ao som da música "The winner takes it all", da banda ABBA. Depois de entrar no picadeiro e executar alguns saltos mortais dignos de um dublê profissional de cinema, ele ergueu os punhos para cima e socou o ar feito um lutador de boxe, do mesmo modo que o professor Juscelino havia feito dias antes em frente a um pôster do filme *Rocky, um lutador*. Depois, deu duas voltas ao redor da estrutura retangular coberta pelo pano preto — que, na verdade, ocultava a grande cela onde estava o tal "palhaço que vira lobisomem" — enquanto se exibia e era ovacionado pela plateia, em especial pelas crianças mais iludidas e sonhadoras que nunca tinham visto um Tarzan ao vivo e, muito menos, brasileiro e careca. Como se assustado com algo, o grandalhão parou em frente à jaula e a música do ABBA foi interrompida sem aviso pelo sonoplasta, dando lugar à mesma melodia arrastada, pesada e repleta de uivos e gemidos animalescos de antes. E foi então que o locutor gritou ao microfone, carregando a voz com a dramaticidade de um apresentador de rodeios:

— Cuidado com essa pose toda, Tarzan! Você corre perigo! Olha quem está vindo atrás de você!

Arregalando os olhos e desferindo ainda mais socos aleatórios no ar, Julião Ferpa apontou para quatro vultos negros, altos, orelhudos e peludos que penetravam por baixo de algumas tábuas ocultas por tecidos de chita do circo e corriam em sua direção, tendo como pano de fundo, além da música macabra, os gritos, assovios e palmas da plateia.

— São lobisomens, Tarzan! Acabe com eles e livre Joanópolis de todo o mal! São bestas vindas do inferno, das profundezas ardentes comandadas por Satanás! Acabe com eles! — alertou o locutor, com um tipo de voz que lembrava a dos desenhos de super-heróis dos anos 1970.

O Tarzan Brasileiro então saiu correndo do picadeiro e se embrenhou entre os vãos das arquibancadas de madeira, derrubando sacos de pipoca, maçãs do amor, e pirulitos das mãos dos espectadores mais distraídos. Com a expressão de poucos amigos, foi atrás de um dos vultos que, naquele momento, urrava, abria e fechava os braços e as mãos de unhas grandes em frente a uma senhora ruiva de óculos de lentes grossas. Com uma habilidade de acrobata, saltou de "cavalinho" sobre as costas do ser misterioso e começou a socar sua cabeça com força, com golpes certeiros de cima para baixo, semelhantes aos dos antigos torneios de luta livre da TV. Quando a criatura perdeu a força e o controle dos músculos e desabou de bruços entre as tábuas lambuzadas de sorvete das arquibancadas, Julião abriu um sorriso largo. Colocou o pé direito nas costas de sua "vítima", ergueu novamente os punhos fechados para o ar e foi ovacionado mais uma vez, com a música do ABBA ressurgindo em altíssimo volume ao fundo. Antes que tivesse tempo de respirar, se acalmar e voltar ao centro do picadeiro, as outras três criaturas peludas surgiram correndo por trás dele e o derrubaram com voadoras consecutivas no peito e nas costas. Julião caiu

no chão, estrebuchou feito um lambari fora d'água e perdeu os sentidos, cena que fez a plateia suspender os gritos e o sonoplasta desligar a música. Em seguida, foi erguido e carregado nas costas pelos monstros até o centro do picadeiro, enquanto o suspense prendia a plateia num silêncio de cemitério. Quando as criaturas foram expostas às luzes dos holofotes mais potentes reservados aos artistas principais e o público se deu conta de que eram (supostos) lobisomens, o locutor gritou sem poupar o sensacionalismo, fazendo com que a melodia fúnebre e os uivos ensandecidos voltassem a encher o ambiente circense com um tipo de magia macabra:

— Minha nossa! Que Nossa Senhora Aparecida, Exu, Buda e os pretos velhos nos protejam! São lobisomens de verdade, meu povo! São criaturas reais que adoram devorar humanos e chupar os ossos! Pelo amor de Deus! O que será que vai acontecer agora com o nosso Tarzan Brasileiro, minha gente? Tenha muito cuidado, Tarzan! Se levanta e mata esses desgraçados logo! Gritem comigo, meu povo: Mata! Mata! Mata! — Nem bem pediu e sua locução foi acompanhado por um coro ensurdecedor vindo da plateia, principalmente das bocas arreganhadas das crianças.

Sem ligar para o que viam e ouviam, os três "lobisomens" restantes jogaram Julião Ferpa com toda a força no chão e se agacharam ao seu redor. Depois, uivaram alto e arreganharam a boca, como se estivessem se preparando para enfiar os dentes nas carnes, músculos e ossos do artista. De repente, uma típica música circense cheia de alegria roubou o lugar da música fúnebre, o que fez com que toda a plateia ficasse em pé e prendesse a respiração mais uma vez. Foi então que doze palhaços altos e baixos, gordos e magros, feios e bonitos, surgiram de dentro de um Fusca colorido e sem portas, que rasgou as cortinas da coxia e invadiu o picadeiro com seu motor explodindo e soltando fumaça. Para delírio das crianças, começaram a dar uma surra nos três lobisomens com chutes, voadoras e grandes martelos coloridos de plástico que apitavam a cada pancada. Assim que as criaturas despencaram "desacordadas", o Tarzan Brasileiro, ainda deitado no chão, arregalou os olhos e balançou a cabeça, recuperando milagrosamente suas forças. Os palhaços então foram em sua direção, o ergueram acima das cabeças e deram uma volta olímpica com ele ao redor do picadeiro, sob aplausos e manifestações de alívio dos espectadores. Depois, o levaram de volta ao centro do circo, para em seguida retornarem para dentro do Fusca colorido aos chutes, cambalhotas e pontapés e desaparecerem da mesma maneira que surgiram, soltando fumaça, alegria e magia por todos os cantos do circo.

— Ainda bem que o nosso grande herói está bem, não é mesmo, criançada? — disse o locutor, recebendo um "sim" alto e agudo de volta. — Mas acho que infelizmente isso não vai durar muito tempo! — Fez-se então um silêncio mortal e o sonoplasta aproveitou a oportunidade para voltar com a música dos uivos. — Agora, agorinha mesmo, vocês vão presenciar tudo o que foi prometido nas ruas e praças de Joanópolis durante todo este mês que se passou! Tarzan, meu querido herói vindo das profundezas das selvas brasileiras! Se prepare! Chegou a hora! Mostra pra esse povo o que é um lobisomem de verdade! Mas tome muito cuidado, porque essa besta infernal pode se descontrolar, fugir e acabar com Joanópolis inteirinha!

Julião Ferpa respirou fundo o ar empoeirado deixado pelos palhaços, para em seguida apontar para os quatro homens de capuzes pretos que seguravam as pontas do tecido grosso que cobria a jaula e aguardar. Depois que os alto-falantes reproduziram o som do toque das caixas marciais mais uma vez, ele fez um sinal de positivo para os homens e o pano foi puxado. A plateia ficou enlouquecida quando viu um palhaço de roupas coloridas e largas amarrado e sentado no centro da jaula. Estava cabisbaixo e estático, como se nada do que acontecia ao seu redor tivesse importância ou afligisse sua alma.

Dentro da máscara e das roupas coloridas de palhaço estava Zizinho, o caçador de tatus desaparecido. Durante todo o seu tempo de cativeiro, nunca tivera um segundo sequer de sanidade que fosse digno de nota, a ponto de quem o visse dentro da jaula realmente pensasse se tratar de um animal selvagem. Apesar disso, algo naquele momento — talvez o sopro de vida trazido pela música circense, pelos gritos das crianças ou pelo cheiro de pipoca e de algodão doce — o havia mudado, fazendo com que recuperasse uma certa consciência e se lembrasse de momentos marcantes de sua vida simples passados na zona rural de Joanópolis.

Sem controle de suas emoções e dos flashbacks que eram exibidos em sua mente feito filmes antigos em preto e branco, o trabalhador rural ficou com lágrimas nos olhos ao lembrar-se de quando, aos onze anos de idade e num dia dos professores qualquer de uma escola rural, levara um gravador portátil e um CD pirata contendo a música "To Sir with love" para tocar de surpresa para sua professora de História de nome Inês, que viria a morrer anos depois num trágico acidente de automóvel ocorrido numa das descidas íngremes de Joanópolis. Emocionada com a homenagem singela que havia sido preparada com um carinho especial por uma criança com um modo de vida tão simples, a docente ficou de olhos estatelados e marejados mirados para cima durante todo o tempo de duração da música, como se, hipnotizada, tentasse domar a todo custo as lágrimas e o leão selvagem de emoções que morava dentro do seu peito.

Depois de perder a consciência momentaneamente e recuperá-la sabe-se lá como, Zizinho lembrou-se também de um caso acontecido com outro mestre, o "fessor" Oswaldo, de Educação Artística, um homem baixinho, meio barrigudinho, de cabelos encaracolados e bigodes pretos, que também fazia as vezes de maestro da fanfarra improvisada da escola rural. Certa vez, o professor havia trazido pequenas estátuas de santos feitas de gesso de Aparecida do Norte e as distribuído, uma para cada aluno da sala.

Quando foi dar o acabamento na pintura de sua imagem, para dar aquela textura bacana de "envelhecimento", o menino Zizinho acabou esbarrando no pé da carteira, a derrubando no chão e a quebrando. O professor então sorriu com ternura, lhe estendeu as mãos e disse: "E agora, Zizinho? E agora?" Apesar da fala, Oswaldo tinha os olhos mais carinhosos do que raivosos, típicos de quem sabe lidar com os imprevistos da vida e, acima de tudo, transmitir essa sabedoria aos outros. Zizinho, a partir daquele dia em especial e por toda a eternidade, seria grato ao seu mestre por esse ensinamento.

Outra lembrança que lhe atropelou a mente como as bigas do filme *Ben-Hur* fizeram com alguns gladiadores, foi a de um carteiro que vira durante uma viagem de ônibus, do centro de Joanópolis até a zona rural. Com os olhos perdidos nas paisagens da serra da Mantiqueira e um sorriso tímido iluminando o rosto, típico de quem está mergulhado dentro de si próprio ou no coração de alguém que ama, o trabalhador dos correios segurava um imenso buquê de rosas, talvez comprado a duras penas com uma parcela significativa do seu salário. Zizinho lembrou que, naquele momento, ficara pensando, enquanto olhava para o homem à sua frente e sentia uma ponta de inveja de sua visível sensibilidade: "Pra quem seriam essas flores? Serão pra uma moça bonita? Ou talvez sejam pra um moço bonito, quem sabe? Quem sou eu pra julgar, né? Será que faz tempo que namoram? Ou será que já são casados há muitos anos e ele ainda consegue manter a paixão acesa? Ou será que é casado e tem uma amante? Ou será que é vice-versa? Ou será que ele ama ela do mesmo jeito que eu amo a Silvana do seu Zé Ambrósio?"

E foi então que, de volta à realidade do circo, uma dor intensa fez com que as lembranças boas e românticas de Zizinho cessassem por completo. Era como se seus órgãos internos começassem a arder em chamas e o sangue que corria em suas veias, de uma hora a outra, tivesse sido substituído por litros e litros de chumbo derretido ou lava de vulcão.

Quando não aguentou mais, uivou em alto volume pela primeira vez na vida, arrancando suspiros de tensão e espanto da plateia, que aguardava ansiosa pela sua metamorfose ou, no caso, do palhaço.

LUA, CÂMERA, AÇÃO!

—Minha nossa! Onde essa papagaiada toda vai parar? — resmungou o professor Juscelino na plateia, já acenando para um senhor idoso e calvo que passava aos gritos de "Óia o minduim! Óia o minduim!".

— Ah, eu tô gostando, fessor! O negócio dos quatro lobisomens e dos palhaços do Fusca foi legal! Foi meio papagaiada mesmo, mas foi legal! As fantasias eram meio que de "lobisomens da Shobee", mas eu gostei! E esse uivo do palhaço dentro da jaula, então? Esse eu achei bem real… — respondeu Clebinho Kid, rindo, com a atmosfera do circo preenchendo seus olhos carentes com sonhos e fantasias, algo que não tinha no ambiente quase sempre pesado de sua casa. — Eu acho que é agora que o bicho vai pegar, guenta aí, fessor das antigas!

E foi nesse momento, ainda ao som do toque marcial das caixas, que o Tarzan Brasileiro, o grande herói da noite, caminhou devagar até a jaula, abriu seu cadeado com os dentes e foi ovacionado mais uma vez. Entrou nela de maneira triunfal, fez um movimento fingindo que trancava a grande grade de metal que servia de porta e parou alguns metros atrás do palhaço imóvel. Sua expressão facial de medo agora era muito mais real do que a que tentou simular quando viu pela primeira vez os quatro supostos lobisomens surgindo dos cantos escuros do circo e ameaçando a plateia.

— Cuidado, Tarzan, nosso herói! Que Deus te acompanhe nesta batalha contra o mal! Que Nosso Senhor Jesus Cristo, Buda e Alá tomem conta da sua alma, caso algo de ruim te aconteça! — gritou o locutor ao microfone com a voz embargada e tensa, detalhe que assustou várias pessoas da plateia, a ponto de fazer com que algumas deixassem o circo com suas crianças chorando no colo.

De repente, todas as luzes do circo foram apagadas e o toque marcial foi silenciado. Aproveitando a quietude na qual até o barulho de uma agulha caindo no chão poderia ser ouvido, o locutor murmurou, com sua voz se agarrando a uma espécie de medo palpável, de tão real:

— Chegou a hora, meu povo. Quem quiser deixar o circo, que faça isso agora! Quem se atrever a ficar, sentirá as consequências de ver uma criatura estranha que nunca ninguém viu antes! Nem o Chacrinha, o Sílvio Santos, o Flávio Cavalcanti, a Hebe Camargo, o Raul Gil, o Bolinha, o Gugu, o Zé Béttio, o Barros de Alencar e, muito menos, o Faustão e o Moacyr Franco tiveram esse privilégio! É uma verdadeira aberração assombrada vinda de outro mundo, meu povo! Só não me digam depois que não foram avisados! Eu... — Um choro esganiçado de criança vindo da plateia cortou sua fala, ao mesmo tempo que várias outras pessoas se levantavam das tábuas da arquibancada, dispostas a abandonar o espetáculo. Tentou continuar, mas o pavor o impediu.

Sentindo que aquele era o momento, seu Napoleão Cerqueira pegou seu celular e mandou uma mensagem de voz para o malabarista Célio Molenga, que aguardava pelas suas ordens agarrado feito um macaco-prego a um grande mastro preso ao teto do circo. Como combinado previamente, o som das caixas marciais voltou a encher o ambiente de tensão

e, assim que a última batida de caixa ecoou, um grande pedaço de lona foi puxado, descortinando um talho de céu parcialmente nublado sobre a cabeça de todos os presentes. Ao ver a claridade da lua ainda oculta por trás de uma grande nuvem em formato de elefante, Julião Ferpa levou a mão direita ao peito, tentando domar à força os pulos aleatórios que seu coração dava. Assim que um pequeno pedaço do satélite natural da Terra conseguiu finalmente vencer o elefante e dar as caras, Zizinho — no caso, o palhaço amarrado — levantou a cabeça de maneira brusca e violenta, como se um mecanismo metálico de uma ratoeira gigante tivesse empurrado seu queixo para cima e travado seu pescoço.

— Que legal que tá isso! Parece tudo de mentirinha, mas tô me divertindo muito com o medo estampado na cara do povo! — disse Juliana Serelepe, sempre afoita e receptível a qualquer tipo de fantasia que espantasse o tédio de sua vida cotidiana.

— Não sei, não... — retrucou Lindomar Mulder ao seu lado, com a voz lhe saindo presa à garganta seca. Depois de olhar a lua e de sentir um arrepio tomando conta do seu corpo, ajustou sua câmera e deu mais zoom na cara da atração principal da noite.

— Isso tá pau a pau com aquele videoclipe do lobisomem do Michael Jackson! Aquele em que eles vão no cinema pra namorar, sabem? O "Thriller"... — pontuou o professor Juscelino, com seu saudosismo habitual, de olhos fixos na grande quantidade de suor que começava a escorrer na careca de Julião Ferpa.

E foi assim, lenta, linda e poderosa como sempre, que a lua rastejou por trás das nuvens e brilhou inteira, iluminando todo o centro do picadeiro, conforme a música "Assim falou Zaratustra", do maestro e compositor alemão Richard Strauss, crescia em volume ao fundo. De repente, sem tirar os olhos esbugalhados e avermelhados dela e emitindo um gemido baixinho que mais parecia um rosnado, Zizinho — depois de perceber a presença de um tiozinho de chapéu de palha na plateia que lembrava, e muito, o homem que havia entrado de carro na contramão e matado sua amada professora Inês — começou a tremer como alguém que morre eletrocutado numa cadeira elétrica. Assim que Julião Ferpa viu a máscara de palhaço feita de borracha mole se retorcendo à sua frente como se uma massa de bolo borbulhasse e crescesse dentro dela, saiu correndo imediatamente de dentro da jaula. Seu Napoleão Cerqueira, com a expressão atabalhoada de quem acabara de se dar conta da besteira que havia feito, tirou sua arma da cintura e gritou para que o seu ajudante voltasse e trancasse a jaula, mas não foi atendido. O Tarzan Brasileiro passou em alta velocidade por ele, esbarrando em seu ombro e desaparecendo por trás das cortinas das coxias improvisadas do circo.

Alheia a tudo isso, a plateia, que naquele momento já se encontrava toda de pé, aplaudia e gritava, num coro que emulava uma mistura indigesta de satisfação, curiosidade e pânico. Diferentemente de alguns joanopolitanos que fugiam desesperados, outros mais empolgados e corajosos se renderam e se juntaram ao que acharam ser apenas uma brincadeira, uivando com a boca virada para cima, como se eles próprios tivessem sido atacados pela licantropia, que é uma síndrome rara onde a pessoa realmente acredita ter o poder de se transformar em um lobo ou em um outro animal selvagem. E foi então que, sob os olhares de pavor e curiosidade dos que se atreveram a ficar e encarar o desconhecido, toda a roupa colorida de palhaço do prisioneiro começou a inchar e a se rasgar, ao mesmo tempo que Zizinho, o infeliz que a vestia, de cara ainda virada para a lua, uivava e mergulhava numa espiral ainda maior de dor e sofrimento. Empurrado por uma força muscular desconhecida, o grande nariz vermelho da máscara começou a se projetar para a frente e dois volumes que lembravam orelhas cresciam acima da cabeça. Nas mãos do palhaço,

unhas grossas, rústicas e pontiagudas rasgavam as luvas fofas, como lâminas de barbear fazem com pedaços de papel-manteiga.

— Puta que pariu! Você tá filmando isso, Lindomar? — perguntou Marta Scully quase sem mexer os lábios, com a mão na frente da boca.

— Claro que tô! Sendo essa papagaiada verdade ou não, ficaremos ricos! Vai até virar série da Fletnix, você vai ver! — respondeu o marido, com a voz muito mais animada do que a da esposa, sem tirar os olhos do visor da sua câmera.

De repente, o palhaço-prisioneiro, agora muito mais alto e corpulento do que antes, se levantou da cadeira e começou a se debater, como um cachorro faz quando quer espantar as pulgas. Uivando de maneira ainda mais desesperada e sentindo uma raiva esmagadora de Deus e dos seres humanos que Ele criara, deu um coice tão violento na cadeira de madeira que a deixou aos pedaços. Bufando feito um touro preso antes de ser solto em uma arena de rodeio, puxou todo o ar empoeirado que conseguiu para dentro do peito — cujas costelas se destacavam dentro da roupa de palhaço — e começou a arrebentar as cordas que o prendiam com as próprias unhas, as mesmas que acabaram de deixar suas luvas em frangalhos e já atingiam mais de quinze centímetros de comprimento.

— Vamos sair daqui agora! — gritou o professor Juscelino, já agarrando nas mãos de Clebinho Kid e de Juliana Serelepe, que, logicamente, protestou até não poder mais.

— Nós vamos ficar! — disse Lindomar Mulder, encarando a esposa como se fosse mais seu dono do que seu marido.

Enquanto o professor gorducho deixava as dependências do circo e corria até a segurança de sua casa com Juliana e Clebinho, o palhaço-prisioneiro começou a rasgar sua máscara e suas roupas também a unhadas violentas, com uma agilidade tão impressionante e sobrenatural que colocou ainda mais pontos de exclamação e de interrogação nos olhos de Lindomar, de Marta e de todos os que se arriscaram a ficar até o final da apresentação.

Com vontade — mas morrendo de medo — de se aproximar da jaula para assim ter a oportunidade de encher a criatura de balas e devolvê-la às profundezas do inferno, seu Napoleão correu até uma caixa de luz improvisada que havia nas coxias e acendeu todas as luzes do picadeiro. Percebendo a luminosidade aumentada, Lindomar Mulder ajustou mais do que depressa os parâmetros técnicos de sua câmera. Disposto a filmar com o máximo de detalhes e definição que conseguisse, deu um zoom máximo no rosto daquela criatura que urrava no centro do picadeiro como se estivesse à beira da morte. Ao acertar o foco, o youtuber engoliu o ar e deu um passo para trás, não acreditando no que seus olhos viam. O rosto animalesco já sem máscara de Zizinho estava todo coberto por veias grossas e dezenas de bolhas saltadas, arroxeadas e moles que pulsavam e se mexiam feito vermes rastejando por dentro de sua pele ensebada. A expressão facial parcialmente sombreada pelas orelhas enormes e peludas parecia externar sua agonia e suas íris brilhavam sob os holofotes, tão vermelhas quanto dois caquis maduros expostos ao sol do meio-dia. Pelos cantos dos seus olhos enormes e oblíquos vazava algo tão denso e amarronzado quanto pus misturado com terra. Em toda a extensão de suas mandíbulas cresciam lentamente, em meio a muito sangue perdido devido a sucessivas hemorragias, dentes pontiagudos e afiados, cujos maiores excediam os dez centímetros de comprimento.

Depois de reparar nos detalhes do rosto daquele ser repugnante que de humano não tinha mais nada, Lindomar, mesmo com as mãos trêmulas, conseguiu focalizar com precisão o restante do seu corpo. O tórax era brilhante como se encerado e se destacava em meio aos pelos grossos e escuros que cresciam de maneira descontrolada, fazendo o youtuber acreditar que o lobisomem à sua frente fosse tão forte quanto qualquer ator de filme de ação dos anos 1980. Quando focalizou suas mãos peludas de dedos compridos e unhas que dariam inveja a qualquer Zé do Caixão ou Nosferatu da vida, Lindomar Mulder se espantou ao reparar que elas

continuavam se esticando e crescendo cada vez mais, descendo quase paralelas e curvadas à altura das batatas — também peludas — das pernas.

De repente, com um resto de coragem voltando ao seu corpo, o locutor ligou o aparelho de som novamente e gritou, fazendo com que uma microfonia ensurdecedora se espalhasse e os poucos que ainda se encontravam por ali tapassem os ouvidos.

— Corram todos pra fora deste circo do inferno e se escondam, pelo amor de Deus! Isso não é de mentira! Nunca foi! Que Deus, Alá, Exu e Nossa Senhora Aparecida nos salvem!

Assim que o caos se instalou em definitivo no circo Internacional Art's Brasil, a criatura peluda, orelhuda, alta, corcunda e de braços longos uivou ainda mais alto do que antes, com os olhos reluzindo de ódio e a cabeça girando para todos os lados. Parecendo procurar por algo ou alguém, arreganhou ainda mais os dentes caninos e os esfregou uns aos outros, como faz quem sofre de bruxismo. Em seguida, correu sobre as quatro patas jaula afora e se embrenhou nos corredores escuros das coxias, sempre com o nariz fincado no ar, tentando captar qualquer resquício de odor que lhe parecesse familiar. Sem encontrar quem ou o que procurava, saiu das coxias e começou a caminhar devagar na escuridão do lado de fora do circo, num espaço de terra batida onde ficavam estacionados os velhos trailers dos artistas. Depois de farejar três deles de olhos arregalados e orelhas em pé, parou em frente ao próximo e começou a arrebentar sua porta de fibra de vidro a unhadas, coisa que não foi difícil em virtude do estado lamentável em que se encontrava. Dentro do trailer, escondido feito um rato e tremendo debaixo da cama, estava seu Napoleão Cerqueira que, movido pelo pavor, havia corrido pelo lado de fora do seu estabelecimento e chegado ali antes mesmo que o próprio lobisomem.

Mesmo sendo ateu, o dono do circo rezava todas as orações que se lembrava da infância católica e implorava a Deus que o livrasse da morte iminente. De arma em punho, só aguardava pela aproximação da criatura

que, como havia dito cheio de esperanças no coração ao seu subalterno Julião Ferpa dias antes, "tiraria seu circo da miséria". Após ouvir passos e rosnados dentro do trailer e sentir um cheiro forte de carniça misturada com ovo podre e enxofre, o homem acuado arregalou os olhos ainda mais, esgarçou a boca e a tampou com a mão que não segurava a arma. Começou a choramingar baixinho e fez um sinal da cruz todo desengonçado quando se lembrou que não colocara no tambor do seu revólver as balas de prata que Julião havia comprado com os derradeiros recursos financeiros do circo, assim que a história do lobisomem começou a tomar corpo e se espalhou Joanópolis afora. Antes de murmurar o que talvez fosse o último pai-nosso de sua vida, fez promessas de ir de joelhos até Aparecida do Norte ou até o inferno, ida e volta, caso as balas comuns que estavam dentro do tambor de sua arma dessem cabo da criatura.

Julião Ferpa — que, assim como o dono do circo, havia fugido do picadeiro e se escondido em seu trailer — ouviu sons de gritos humanos e uivos ensurdecedores ecoando abafados do lado de fora. Depois, ouviu sons de tiros e do que parecia ser uma briga. "Só o seu Napoleão é quem tem a posse das armas daqui!", pensou, imaginando quem seria o autor dos disparos e sentindo suas pernas bambearem ao lembrar que o trailer do chefe ficava bem ao lado do seu. Antes de se trancar no banheiro como quem quer entrar num foguete espacial e fugir do mundo, o Tarzan Brasileiro agarrou um pedaço grosso de madeira com pequenos pregos nas pontas, antes usados para domar os leões que existiam no circo, e aguardou até que todos os barulhos cessassem por completo. Assim que isso aconteceu, um último uivo ecoou, mas os gritos humanos, não mais.

Um pouco de silêncio se fez e o homem corpulento se benzeu do jeito que sabia. Desistiu de ir ao banheiro e, todo suado e tremendo como quem sente o bafo da morte bem de pertinho, caminhou pisando devagar no assoalho barulhento do seu trailer, como se cada passo significasse uma estação em seu calvário particular. Com as mãos abobadas, abriu as cortininhas de chita que protegiam a pequena janela da sua moradia da claridade do lado de fora e olhou para o pátio escurecido pelas sombras dos trailers como quem não quer olhar. Não viu nada além de um gato preto que rondava o circo havia tempos, derrubando garrafas vazias e utensílios de cozinha que os artistas esqueciam de guardar por puro desleixo ou preguiça.

De repente, Julião Ferpa ouviu um estrondo metálico vindo do trailer colado ao seu e fechou as cortinas depressa. Com todos os pelos do corpo arrepiados e os olhos explodidos de tensão, respirou fundo e voltou a olhar através de um pequeno rasgo que havia no tecido florido. Quando a lua cheia saiu de trás de algumas nuvens e iluminou o pátio do circo, o grandalhão viu um vulto preto, orelhudo, alto e corcunda caminhando sobre quatro patas bem devagar, resvalando nas bugigangas espalhadas pelo lugar e de focinho e olhos colados nos trailers. Parecia, sim, ser o lobisomem fugitivo, mas Julião não conseguiu afirmar de imediato, ainda mais com a lua brincando de esconde-esconde por entre as nuvens. Com seus olhos vermelhos e marejados que remetiam a algum tipo de tristeza, a criatura em que Zizinho se transformara se deslocava de maneira trôpega e desajeitada, como se sentisse dificuldade em se equilibrar sobre os próprios joelhos inchados e dobrados para trás. Quando o Tarzan Brasileiro abriu ainda mais o rasgo das cortinas com os dedos e apertou as sobrancelhas para tentar observar mais detalhes, começou a suar frio ao ver que havia algo balançando entre os dentes do bicho. Levou a mão à boca e segurou o grito à força quando percebeu que era uma mão humana, cujos tendões se arrastavam no chão de terra ainda se esvaindo em sangue. "Coitado do seu Napoleão! Que Deus tenha misericórdia da alma desse homem que me ajudou tanto nessa vida!", pensou, ainda não acreditando no final trágico do chefe.

Atraída pelo cheiro do suor que ainda escorria em abundância pela careca do artista circense, a criatura virou a cabeça rapidamente e olhou

para o seu trailer de olhos arregalados e endurecendo as orelhas, com a mesma expressão de um cachorro perdigueiro quando encontra sua caça no meio do mato. Eriçou os pelos, se levantou sobre duas patas com uma agilidade que parecia que não tinha, para depois cuspir a mão que devorava no chão e correr até o trailer de Julião em alta velocidade, uivando tão alto quanto uma ambulância que carrega uma pessoa à beira da morte. Sem saber qual atitude tomar, o homem de confiança do dono do circo correu e tentou bloquear a porta improvisada do seu trailer com o pedaço de pau que segurava, mas não teve tempo suficiente. O lobisomem então fechou os punhos e socou a estrutura de metal com tanta força que a chapa de alumínio que servia como porta se partiu em duas, fazendo com que o objeto de madeira de domar leões que a prendia voasse longe.

Julião agarrou o bastão com pregos do chão, correu até o pequeno banheiro e se agachou atrás do vaso sanitário, puxando para cima da cabeça uma toalha com a estampa do Super-Homem que havia por ali. Tentando respirar o mínimo de oxigênio possível para não chamar a atenção do que o ameaçava, via sua vida inteira de sofrimentos e provações familiares sendo projetada em detalhes em sua mente. Ao mesmo tempo, ouvia passos e rosnados ofegantes, fortes e engasgados do ser que o espreitava e se aproximava. Parecia que o bicho cheirava o ar, procurando por um odor que conhecia e ansiava sentir de novo de qualquer maneira.

De repente, o filme desconexo que era exibido dentro da cabeça de Julião Ferpa foi interrompido, no exato momento em que ele sentiu o bafo quente da morte incomodando bem de perto suas narinas e sua alma. Seu final iminente tinha cheiro de sangue misturado com enxofre, carne deixada fora da refrigeração ou algo repugnante do tipo. Ele fechou os olhos como se fosse pela última vez e se arrepiou inteirinho quando um suor gelado lhe escorreu pela cara e se misturou à poça de urina sempre presente no chão do seu banheiro. O lobisomem que o procurava então se aproximou ainda mais dele e alisou a toalha sobre sua cabeça com as pontas afiadas das unhas. Em seguida, agarrou o pedaço de pau com pregos da sua mão, fazendo com que Julião se levantasse do chão molhado com o susto e começasse a gritar por ajuda o mais alto que pôde. Com a adrenalina sendo bombeada pelo medo que sentia e ainda sem coragem de encarar a criatura, o Tarzan Brasileiro correu até o pequeno espaço apertado que lhe servia de sala. Antes mesmo de ter tempo de tentar sair correndo pela porta estraçalhada do trailer, levou uma paulada cheia de pregos tão forte que lhe abriu uma grande valeta na pele da nuca sem cabelos. E depois outra. E mais outra. A última pancada — que fez Julião dar seu último suspiro — foi tão violenta que sua cabeça se partiu como um ovo de Páscoa e seu cérebro se espalhou feito carne moída pelo tapete mofado do chão. Seu sangue espirrou em profusão, atingindo algumas fotos emolduradas que havia sobre uma pequena mesa colocada bem no centro do local. Uma delas, a mais amarelada e desbotada pela passagem do tempo, mostrava Julião Ferpa abraçado a seu Napoleão Cerqueira, bem no centro do picadeiro do circo Internacional Art's Brasil — à época, muito mais pobre, se é que isso era possível —, posando ao lado de uma jaula onde dois leões cabisbaixos, magros e maltratados se encontravam trancafiados. Na imagem, o dono do circo segurava um chicote de couro trançado na mão direita, usava um terno surrado e uma cartola colorida e tinha um tipo de sorriso vitorioso lhe rasgando o rosto. Seu ajudante Julião, com o orgulho de si próprio brilhando nos olhos mais do que a luz dos holofotes improvisados do circo, vestia seu traje de Tarzan Brasileiro e ostentava na mão o mesmo pedaço de madeira cheio de pregos na ponta que o lobisomem tinha acabado de usar para dar um triste e trágico final à sua vida.

Enquanto metia os dentes sem dó nos pedaços de carne que sobraram do corpo de Julião Ferpa e cuspia pedaços de seus ossos, orelhas, músculos e nariz para todos os lados como se repentinamente começasse a sentir uma espécie de nojo profundo do gosto da carne humana, a criatura não tirava os olhos vermelhos das fotos antigas respingadas de sangue. Tinha a boca escancarada, que muitos poderiam jurar se tratar de um sorriso irônico. Parecia que Zizinho, o lobisomem — ou o que quer que fosse aquilo — expressava um tipo de alegria incontida com a chacina que acabara de perpetrar contra os que o mantiveram preso e, acima de tudo, utilizaram do seu sofrimento para ganhar dinheiro. Além do prazer irracional que sentia, seus olhos vermelhos e incandescentes pareciam ansiar por mais vingança, como se todas aquelas vísceras humanas e poças de sangue acumuladas ao redor dos seus pés peludos ainda não tivessem conseguido satisfazer sua sede.

Ao contrário do professor Juscelino, que tinha ido embora com seus alunos, Lindomar Mulder e Marta Scully se juntaram a uma pequena multidão que deixava o circo às pressas, depois que o pânico se instalou em definitivo e que nenhum artista ou lobisomem voltou ao picadeiro. Nem o locutor, antes tão empolgado e cheio de piadinhas, se atreveu a pegar o microfone de novo a fim de dar quaisquer explicações e satisfações sobre o que estava acontecendo. Enquanto isso, conversas em alto volume — principalmente as que se referiam à veracidade da transformação do palhaço em lobisomem — circulavam entre aquele povo todo que caminhava apressado às margens de um córrego em direção à praça principal, onde a festa de São João continuava a todo vapor. Acompanhando a pequena multidão, Lindomar não tirava os olhos do seu celular.

— Olha só! — disse ele, com um sorriso aberto, mas sem dirigir o olhar à esposa. — Acabei de postar o vídeo da "transformação" e já tem mais de cinco mil e duzentas e quatro visualizações! Tudo isso em menos de três minutos! Vamos ficar ricos, meu amor! O YouTube que prepare os bolsos!

Antes de Marta ter tempo de formular algum comentário, gritos explodiram no meio da multidão que corria desesperada logo atrás deles. Sem tempo de pegar sua câmera portátil de alta tecnologia, ela ligou mais uma vez a do seu celular, se virou e começou a filmar tudo o que via, numa cena que incluía desde crianças pulando aos berros os portões enferrujados de algumas casas até o tiozinho de chapéu de palha que Zizinho havia visto no circo num dos seus últimos resquícios de sanidade, e que agora escorregava feito uma lontra por uma das margens do córrego e se escondia entre algumas folhas grandes de taioba.

— Será que é a trupe do circo que tá fazendo isso pra levar a apresentação pra praça da festa? — perguntou Marta Scully, ainda sem conseguir identificar o motivo da confusão.

— Não sei, não, meu amor! Mas que eu tô gostando disso tudo, eu tô! — respondeu Lindomar, já subindo em um pequeno banco de madeira que havia ao lado de uma casa para filmar tudo de um ângulo diferente.

Assim que se virou e apontou a câmera do celular em direção ao circo, o youtuber viu o vulto de algo parecido com um cachorro ou um lobo muito grande, que galopava aos uivos, todo trôpego e em alta velocidade sobre quatro patas, logo atrás do povo que corria assustado. "Nossa! O circo tá de parabéns! Capricharam nesse bicho! Tá igualzinho um lobisomem de verdade!", pensou ele, tentando dar mais zoom. Foi então que a criatura, como se reconhecesse o cheiro do senhorzinho de chapéu que havia se embrenhado nas margens do córrego instantes antes, parou e ficou farejando o ar, de olhos vermelhos mirados bem no meio das folhas de taiobas.

— Quem tá escondido lá embaixo? — gritou um homem no meio de algumas pessoas que pararam de andar e se aglomeraram ao lado do pequeno riacho para observar a cena, ainda sem ter certeza se aquele lobisomem era real ou não.

— É o Mirtão... — respondeu a voz de uma mulher que também se encontrava espremida entre os curiosos.

— Que Mirtão? — insistiu a voz masculina.

— O Mirtão, aquele varredor de rua cachaceiro que trabalha na prefeitura e que mora com a Fatinha da dona Sara... Aquele que bebeu numa festa, entrou de caminhonete na contramão na descida do salão paroquial e bateu de frente com o carro daquela professora, a dona Inês, que morreu na hora... — disse a mulher, dando fim à conversa.

Sem saber que o lobisomem em que Zizinho havia se transformado estava atrás do homem que fora o responsável pela morte de sua querida professora anos antes, Lindomar desceu do banco e voltou correndo alguns metros para tentar filmar tudo mais de perto. Antes que tivesse tempo suficiente para focalizá-la, a criatura saltou em alta velocidade pela margem do córrego abaixo e foi rasgando as taiobas com o peito. Segundos depois, gritos de dor e desespero ecoaram junto aos uivos no meio das folhas das plantas que balançavam e um pavor indisfarçável se espalhou pelos rostos dos mais corajosos e curiosos que paravam para ver. Quando uma enxurrada de sangue misturado com água escorreu através de uma vala de esgoto aberta no barranco, trazendo consigo um antebraço humano e um chapéu de palha destroçado, e todo esse material foi levado pela leve correnteza do córrego que refletia a luz da lua cheia, o youtuber pensou: "Acho que essa porra é de verdade mesmo!", já tirando os olhos arregalados da tela do seu celular e sacando seu revólver carregado com balas de prata da cintura.

— Tem dois olhos vermelhos no meio do mato, Marta! Eu tô vendo!

— Atira, Lindomar, pelo amor de Deus! — respondeu Marta, com as duas mãos sobre a boca.

Sem pensar mais, o esposo obedeceu. Atirou por duas vezes seguidas com uma das mãos abobadas e a outra filmando tudo. Assim que algo começou a gemer e a se debater no meio das folhas de taioba e ele disse:

— Acho que acertei o desgraçado!

— Atira mais!

— Não, Marta! Vou economizar as balas! Só tenho mais quatro! As outras seis que você encomendou naquele site ainda nem chegaram!

De repente, toda a agitação no meio do mato parou e um silêncio incômodo engoliu tudo. Antes que Lindomar pudesse pegar sua lanterna para conferir se realmente havia dado fim naquilo que tanto assombrava o povo de Joanópolis, as folhas de taioba se mexeram mais uma vez e a criatura, tão viva e raivosa quanto antes, começou a escalar o barranco a unhadas, escorregando aqui e ali no barro. Quando chegou na rua de paralelepípedos, o lobisomem, agora todo enlameado e com pedaços grandes de pele e nervos humanos pendurados entre os caninos salientes, voltou a perseguir a multidão em alta velocidade, uivando para a lua e deixando atrás de si um imenso rastro de barro, sangue e vísceras.

Diferentemente do marido e mais preocupada com a segurança dos amigos do que com as curtidas de seu canal de mistérios inventados, Marta Scully pegou seu celular e ligou para o professor Juscelino, o orientando aos berros para que se trancasse em casa com Juliana Serelepe e Clebinho Kid, o que foi obedecido sem nenhum tipo de questionamento.

Não houve tempo para mais nada além de uma correria desenfreada e desesperada até a festa que acontecia na praça principal, onde a criatura já havia chegado bufando e se embrenhado por entre as barraquinhas, os moradores locais, as árvores, os turistas e os bêbados que caíam em cima do próprio vômito pelos cantos. Ao também chegarem lá e darem de cara com a movimentação intensa, Lindomar e Marta se espantaram ao ver o padre Adolfo correndo em direção à igreja matriz. Pensaram em ir atrás dele para verificar o que acontecia, mas a busca pelo lobisomem parecia mais urgente. Foi então que os dois se entreolharam com espanto

ao perceberem que por ali havia dezenas de pessoas vestidas com fantasias muito realistas de lobisomens transitando e que tal fato dificultaria, e muito, a identificação da criatura real.

Crianças chamavam pelos monstros de mentirinha e se agarravam às suas orelhas e mãos cobertas de pelos sintéticos a todo momento, sempre ansiosas por fotos que pudessem postar nos Instagrams, Facebooks ou TikToks da vida. Sem aviso, um desses "lobisomens" veio caminhando de um dos cantos mais escuros da praça, de olhos apontados diretamente para Marta Scully. Quando se aproximou dela, murmurou uma coisa tão bizarra e com o sotaque tão carregado por dentro da máscara abafada que espantou até os ciúmes que começavam a crescer dentro dos olhos de Lindomar: "Eita, que muié linda, minhanosinhora! É casa, cumida e rôpa lavada a vida intêra! Carca ferro, mundão véio sem portêra!"

— E agora? Meto bala em quem? — disse o youtuber, sem ligar para a cantada da "criatura" e rindo de nervoso, com a arma entocada na cintura, mas com vontade de empunhá-la a cada vez que um "lobisomem da Shobee", como diria Clebinho Kid, passava ao seu lado. A esposa lhe respondeu apenas com um "Não sei!" desanimado.

Minutos depois da "abordagem romântica" inesperada, gritos começaram a ser ouvidos em frente à igreja, bem perto do local onde o famoso pau de sebo havia sido instalado e alguns grupos de pessoas — em especial jovens garotos explodindo de testosterona e bêbados cheios de vontade de tomar mais uma — se aventuravam a escalá-lo. Lindomar então puxou a esposa pela mão e correu até lá, se espremendo entre a multidão e sacando a arma novamente da cintura, num gesto que atraiu olhares desconfiados das pessoas e dos muitos "lobisomens" que os rodeavam. Depois de ver o padre Adolfo entrando na igreja correndo e de descobrir que o motivo dos gritos era que um rapaz sem camisa havia conseguido agarrar uma nota de cem reais da ponta do pau de sebo, o youtuber deu risada da própria ansiedade e abraçou a esposa.

Antes que o jovem trepado no grande tronco de madeira ensebado pudesse deslizar de volta à segurança do chão, as saudações que fizeram dele um herói por alguns minutos se transformaram em gritos desesperados de alerta, estranhamente misturados a aplausos de pessoas que olhavam para cima com semblantes confusos. Sem saber o que estava acontecendo abaixo de si, o rapaz — um atendente de padaria conhecido na cidade como "Serginho do Misto Quente" — engoliu o sorriso e se agarrou com mais força ao pau de sebo, interrompendo assim sua trajetória descendente. Quando olhou para baixo mais uma vez, viu algumas pessoas saindo correndo e outras gargalhando, enquanto uma criatura orelhuda de quase três metros de altura e olhos vermelhos como os do diabo se destacava das demais fantasias e o encarava, rosnando e afundando as patas no monte de pó de serra depositado na base do mastro.

— Ah, Zé do Pinho! Eu sei que é ocê, seu safado! O Juca do seu João me falô que ocê tinha comprado uma fantasia dessas, seu sem-vergonha! Sai fora! Vai assustá a mãe! — gritou o jovem lá de cima, voltando a deslizar pau abaixo.

Sem tomar o mínimo conhecimento das palavras proferidas, o lobisomem dobrou as pernas traseiras, saltou com uma agilidade ímpar e fincou todas as unhas das quatro patas no mastro, começando a escalá-lo com muito mais agilidade até do que um trabalhador rural conhecido como "Tobias Mala", o mais famoso "escalador de paus de sebo" da região da serra da Mantiqueira. Quando Serginho do Misto Quente viu que a brincadeira do "amigo" parecia ir longe demais, começou a subir o mastro novamente, mas sem a mesma agilidade de antes devido ao cansaço. Subia um metro, escorregava, descia dois metros, subia um, e assim por diante. Continuou nessa pegada até sentir algo rasgando as barras de suas calças jeans. "É o lobisomem de mentira do circo!", gritou alguém lá de baixo, às gargalhadas. "Acaba com ele, Serginho! Frita ele na chapa!", disse uma voz feminina metida a engraçadinha.

E foi assim, envolto num misto de ficção e realidade, verdades e mentiras, que o jovem joanopolitano urrou de dor ao sentir as garras do lobisomem rasgando a pele da batata da sua perna direita. Quando o sangue começou a escorrer pau de sebo abaixo e a encharcar o pó de serra depositado em sua base, muita gente começou a correr aos gritos, numa confusão com proporções suficientes para fazer com que a polícia chegasse às pressas, com suas sirenes ligadas e armas prontas para o que desse e viesse.

Lindomar, ao contrário dos que fugiam, se aproximou ainda mais da cena de revólver em punho, sempre orientando aos berros para que Marta continuasse filmando tudo. Assim que o lobisomem subiu mais um pouco no pau de sebo e começou a cravar as unhas das patas dianteiras no meio das costas de Serginho do Misto Quente e até que elas desaparecessem por inteiro dentro do seu corpo, o youtuber mirou em sua cabeça e disparou por duas vezes. O bicho uivou para a lua e olhou para baixo, apertando os olhos na tentativa de identificar o autor ou a autora dos disparos. Como se não sentisse a dor provocada pelas balas — que não atingiram sua cabeça, e sim as costas —, o lobisomem, babando sangue e expelindo ainda mais ódio pelos olhos, subiu ainda mais, a ponto de conseguir abraçar o jovem escalador por trás e começar a arrancar pedaços dos músculos do seu pescoço a dentadas.

Enquanto o jovem gritava lá de cima e seu desespero se unia ao da multidão que assistia a tudo lá de baixo sem acreditar, Lindomar mirou mais uma vez na nuca da criatura, disposto a tentar salvar a vida do rapaz a qualquer custo. Disparou suas duas últimas balas de prata e rezou para ter sorte. De repente, os gritos de Serginho do Misto Quente foram diminuindo aos poucos até cessarem por completo. Engasgando-se com o próprio sangue e perdendo de vez as forças nos músculos, o jovem despencou pau de sebo abaixo, trazendo consigo a criatura ainda agarrada ao seu pescoço dilacerado. Quando os dois corpos atingiram o chão e

estrebucharam dentro do monte de pó de serra, muita gente correu para longe, ao contrário de Lindomar, Marta e da polícia, que se aproximaram para confirmar os óbitos. Ao perceber a curiosidade do casal, o policial Silvinho Brecha deu a ordem:

— Vocês dois aí, fiquem longe da cena, por favor!

Lindomar e Marta, mesmo contrariados, deram dois passos para trás e ficaram só filmando a cena de longe. Ao mesmo tempo que o youtuber tagarelava sem parar numa live improvisada, o policial Silvinho Brecha se aproximava e se agachava ao lado do pau de sebo para tentar verificar o estado dos corpos. Antes que ele pudesse dar seu veredito antecipado e causar algum tipo de inveja entre os investigadores do caso do já famoso "lobisomem de Joanópolis", dois olhos vermelhos se acenderam em meio ao pó de serra, se destacando entre as manchas de sangue e os pedaços de carne humana espalhados em seus limites. Sem tempo suficiente para identificar o que tanto o assombrava, o policial viu uma mão peluda de garras compridas toda ensanguentada se erguendo à sua frente e levantando consigo uma grande quantidade de pó de madeira e tripas humanas. Quando tentou se levantar para correr, Silvinho Brecha ouviu um uivo alto e sentiu algo agarrando seu antebraço com força. Não teve nem tempo de gritar por socorro. Sem nenhum tipo de dó, nem piedade, teve seu pescoço destroçado e sua cabeça decepada por dez unhas tão afiadas quanto bisturis cirúrgicos.

35
AGONIA ENTRE A CRUZ DE FERRO E A LUA DE PRATA

Depois de deixar o corpo do policial Silvinho Brecha desprovido de braços, pernas, crânio, olhos, nariz, pescoço e de devorar sua massa encefálica com o mesmo nojo estampado na face que tinha quando comeu os restos de Julião Ferpa, a criatura rosnou alto, se levantou do monte de pó de serra encharcado de sangue, cuspiu um pedaço de cartilagem humana que ainda se encontrava agarrado em uma de suas presas e encarou os outros quatro policiais que se aproximavam de armas em punho e pavor explodindo nos olhos. Ao tomar impulso, dobrar a coluna e as pernas e sair correndo no sentido da porta da igreja para tentar se esconder, foi cravejada com dezenas de balas, que atingiram principalmente sua nuca, seu pescoço e suas costas peludas. Caiu no chão sangrando e ficou se debatendo feito um porco vivo quando é atirado de cima de um viaduto. Depois de uivar e se engasgar com o sangue que vazava de sua boca, ergueu as orelhas e a cabeça e conseguiu se levantar como se as balas ainda quentes dentro do seu corpo não o incomodassem mais. Com olhos mais vivos do que nunca, uivou novamente e partiu para cima dos seus agressores, que fugiram todos aos gritos para onde as pernas os levassem.

Sem mais nenhuma alma viva com coragem suficiente para enfrentá-lo e com o corpo inteirinho vermelho e viscoso de sangue fresco, o lobisomem se virou e olhou para as luzes internas ainda acesas da igreja matriz, onde uma missa havia sido realizada pelo jovem religioso que substituíra o padre Adolfo. Caminhou até o templo católico sobre duas patas como um ser humano manco, mas com o focinho inspirando e expirando ar feito um predador implacável. Entrou pela porta principal com o olhar enfezado, parecendo muito incomodado com o cheiro das velas, das imagens dos santos e, em especial, das pessoas que ali haviam rezado menos de uma hora antes.

Lindomar Mulder, às custas de muita lábia desencontrada e do machismo estrutural que lhe era marca registrada, convenceu Marta Scully aos berros a ir com ele atrás do que agora tinha certeza se tratar de um lobisomem. Seguindo seus rastros de sangue e pó de serra, entrou na igreja com a câmera já ligada. A esposa o acompanhou, com cara de quem quer gritar, sair correndo e desapear do lombo daquele mundo caótico no qual sua vida se transformara. Assim que atravessaram a porta, os dois viram a coisa de costas, caminhando devagar e de punhos fechados no corredor central, em direção ao altar principal. Igual a um dos muitos turistas que ali passavam diariamente, o lobisomem encarava com olhos grandes e curiosos os quadros da Via Sacra pendurados nas paredes laterais, além das pinturas do teto que mostravam santos coloridos rodeados por dezenas de anjos branquinhos e gordinhos parecidos com os bebês dos comerciais de fraldas dos anos 1980.

De repente, Lindomar e Marta prenderam a respiração quando viram o padre Adolfo saindo do acesso à torre da igreja e surgindo sorrateiramente por trás deles, segurando um revólver numa das mãos e apertando algo na outra. Mesmo sem olhos de raio-X, o casal já podia imaginar o que o religioso ganancioso com nítidos rompantes ditatoriais carregava. Antes que tivessem tempo de lhe perguntar alguma coisa a respeito, o pároco,

"tremendo feito uma vara verde", como se diz no interior, pôs o dedo indicador da mão que segurava a arma na frente da boca e resmungou para que fizessem silêncio. Os youtubers então se esconderam atrás de um dos bancos envernizados da igreja e aguardaram por uma nova ordem.

O sacerdote então apertou o passo assim que viu a criatura subindo os degraus do altar e parando lá no alto de pescoço duro e orelhas empinadas, já desconfiando de sua presença. Quando chegou num ponto no qual imaginava que não erraria o tiro, colocou o dedo no gatilho, apontou bem no meio das costas do lobisomem e começou a rezar um pai-nosso bem baixinho, implorando a Deus para que tivesse sorte e não errasse o alvo. Ainda no início da oração, antes mesmo da parte "Venha a nós o vosso reino", levou um susto ao ouvir um grito reverberando entre as paredes da igreja:

— Padre! O senhor vai querer que eu limpe o salão paroquial amanhã?

Era uma senhora idosa meio surda, de óculos de aro de tartaruga e voz aguda, conhecida na cidade como dona Sara do tio Nilo, uma das beatas encarregadas da limpeza da igreja, em substituição à jovem Carminha, que ainda se encontrava internada e cujo diagnóstico do roxo que acometia cada vez mais seu corpo ainda era impreciso, para não dizer absolutamente misterioso. Notícias espalhadas através dos grupos de Whatsapp — que ninguém se atrevia a dizer se eram fake news ou não — contavam que ela vomitava um líquido roxo e denso como melaço todos os dias pela manhã e que até seus órgãos internos estavam da mesma cor de sua pele. Um boato ainda mais impressionante e impregnado de suposições e fofocas era de que sua barriga crescera de maneira desproporcional desde o dia em que dera entrada no hospital, menos de um mês antes.

Com uma das batinas do religioso muito bem passada nas mãos, a idosa deixava a sacristia que havia acabado de limpar sem conseguir esconder a inegável expressão de satisfação dos olhos que brilhavam entre

as rugas do rosto. Seu alto grau de miopia fez com que não enxergasse o lobisomem de olhos acesos e babando sangue em frente ao altar. Ao também levar um susto com a voz gritada e esganiçada da beata, a criatura uivou e se virou, descendo as escadas correndo e voltando ao corredor central. Apavorado e com uma agilidade que não imaginava ter para sua idade, o padre Adolfo mergulhou por baixo de alguns bancos de madeira. Já escondido feito uma barata, apertou ainda mais a bolinha roxa que levava e aguardou pelo que quer que fosse acontecer dali em diante. Sim, Lindomar e Marta haviam acertado na mosca. O sacerdote, ao imaginar que o lobisomem fugitivo do circo talvez pudesse estar atrás do livro de couro e das bolinhas roxas, se antecipara e fora até a igreja em busca de tais objetos, sem saber que Lindomar os havia roubado.

Aparentando, de uma hora a outra, um total desinteresse por carne de gente religiosa, o lobisomem passou correndo sobre as quatro patas pelo padre e partiu em direção à porta que dava acesso à escadaria da torre da igreja, virando a cabeça para todos os lados feito o periscópio de um submarino. O pároco então sentiu seus músculos se rejuvenescendo ainda mais como que por mágica e, com uma expressão de ódio que desfigurava seu rosto e os olhos completamente estatelados e roxos, se levantou do meio dos bancos. Sentindo-se provocado pelo próprio diabo e inspirando e expirando o ar embolorado da igreja para não faltar oxigênio no cérebro, foi atrás da criatura, tomando cuidado para não acionar o gatilho do revólver acidentalmente, de tanto que tremia. Lindomar Mulder fez menção de ir atrás dos dois, mas foi impedido pela esposa, cuja expressão facial ainda denotava algum tipo de sensatez.

Depois de caminhar os passos mais difíceis e desafiadores de sua vida até a porta da torre do sino, o padre Adolfo viu respingos de sangue no chão, que faziam uma linha contínua e apontavam para o início das escadarias. Ele os seguiu e começou a subir a escada de madeira bem devagar, com medo de que seus degraus pudessem, a qualquer momento, se

partir e mandá-lo ao inferno sem passagem de volta. Sentindo o coração descompassado, segurou a respiração e resmungou todas as orações que conhecia, emendando uma na outra, querendo costurar em torno de si um colete poderoso à prova de assombrações. De repente, assim que chegou num nível onde se encontravam os vitrais góticos e coloridos da igreja, o padre Adolfo viu o vulto do lobisomem parado à contraluz de um deles. Em silêncio, a criatura parecia ter o poder de atravessar os vidros coloridos com seus olhos vermelhos e assim ver os corpos dilacerados de suas vítimas lá embaixo. Além disso, tinha a expressão triste e melancólica, como se sentisse uma inveja profunda da liberdade e da simplicidade das dezenas de morcegos roxos que sobrevoavam as sibipirunas da praça principal, todos eles atraídos pelo cheiro metálico do sangue da carnificina que ele próprio tinha sido o autor. Vários desses morcegos, inclusive, se precipitavam e cravavam os dentes nas jugulares de alguns dos curiosos presentes, chegando a aumentar ainda mais o caos já instalado.

Ao se aproximar ainda mais do lobisomem e calcular que, de onde estava, não erraria o tiro, o padre Adolfo ouviu algo que o arrepiou mais os pelos do que o grito da beata da limpeza. A criatura, cabisbaixa e com as duas patas dianteiras apoiadas nas laterais de um dos vitrais góticos — cujo desenho mostrava um santo católico estendendo a mão para uma menininha loira e tinha como pano de fundo uma imagem que lembrava o "gigante deitado" das serras de Joanópolis —, emitia um chiado tão dolorido quanto o choro de uma criança que perde a mãe, um pai ou outra pessoa querida. Emocionado como não queria estar, mas decidido a fazer o que tinha que fazer — e que, acima de tudo, a bolinha já quente em sua mão parecia lhe ordenar —, o sacerdote se recompôs como pôde. Enxugou as lágrimas que já começavam a escorrer pelo seu rosto arroxeado e mirou entre os buracos de balas dos policiais que ainda se esvaíam em sangue nas costas do seu alvo. Se benzeu com um sinal da cruz rápido, fechou os olhos, inspirou o ar poeirento fedendo a velas derretidas e cadá-

veres secos de ratos da torre e apertou o gatilho uma única vez.

Sentindo uma dor diferente e, acima de tudo, muito mais intensa do que as causadas pelas outras balas, o lobisomem uivou tão alto quanto uma sirene de ambulância num momento de emergência e, com gestos aleatórios, trôpegos e desesperados, quebrou o vitral à sua frente a socos, pontapés e unhadas. Em seguida, se apoiou entre os cacos de vidros coloridos espalhados pelo parapeito e saltou para fora, agarrando-se feito uma aranha-caranguejeira às estruturas externas da igreja. Com a ajuda dos últimos resquícios de força que ainda lhe restavam, escalou com dificuldade até a cruz principal de ferro fincada no topo da torre e a abraçou à contraluz da lua cheia, sujando assim o símbolo católico com a viscosidade do seu sangue condenado. Então, sob a vista dos poucos corajosos — em especial bêbados, policiais e cachorros — que ainda se atreviam a ficar na festa de São João, a criatura moribunda uivou mais uma vez, para em seguida baixar o focinho que ainda se esvaía em sangue e fechar os olhos. Ao abri-los, uma última lembrança feliz de quando ainda era um ser humano simples e pacato de nome Zizinho explodiu em sua mente. Era uma cena antiga que mostrava sua professora Inês de História se aproximando de sua carteira com um olhar sorridente, lhe dando um beijo no rosto e lhe parabenizando, depois de lhe entregar uma prova com um grande "10" rabiscado em vermelho, todo rodeado de desenhos de coraçõezinhos.

E foi então que o lobisomem emitiu seu uivo derradeiro, como se Deus e diabo — numa parceria nunca antes vista na história da humanidade — perdessem de vez a paciência, juntassem as mãos e arrancassem ao mesmo tempo o fio de uma tomada elétrica que o mantinha vivo, desligando assim o brilho vermelho e misterioso dos seus olhos. Já sem as poucas forças que ainda lhe restavam nos músculos das mãos e dos braços, a criatura se soltou da cruz de ferro e despencou lá de cima, levando consigo as tradicionais bandeirinhas coloridas de festa junina que estavam amarradas às copas das árvores da praça e se juntavam num só ponto da

torre. Enquanto caía e girava na noite enluarada de Joanópolis feito uma fruta madura, batia aqui e ali nas quinas do templo católico, de maneira tão desajeitada quanto uma marionete que perde os fios que a controlam.

36
ISSO QUE DÁ NÃO ACREDITAR EM LOBISOMEM

Assim que ouviram o barulho do tiro, o ruído estridente do vitral gótico sendo estraçalhado e o som seco de um baque que não souberam identificar de imediato o que era, Lindomar e Marta correram com a câmera do celular ligada para fora da igreja. Chegaram a tempo de gravar os últimos suspiros do lobisomem, cujo corpo desproporcional e corcunda já se encontrava caído em posição fetal nas escadarias, com quase todos os ossos quebrados e ainda enrolado em dezenas de bandeirinhas coloridas e nos barbantes que as prendiam à torre. O padre Adolfo chegou logo em seguida, com a arma ainda fumegante nas mãos.

    À frente dos olhos estupefatos de todos os humanos, cachorros e morcegos roxos que se aproximavam e o rodeavam, o ser meio homem, meio lobo banhado em sangue no qual Zizinho havia se transformado começou a se debater e a se engasgar com a enorme quantidade de sangue que sua boca expelia, da qual também saltava uma língua ainda viva que se contorcia feito uma serpente entre os cacos coloridos de vidro. De repente, como se recebesse uma ordem do seu cérebro para aliviar o sofrimento do corpo, sua língua desapareceu na boca, seus pulmões pararam de movimentar os pelos grossos do seu peito para cima e para baixo, suas unhas se retraíram lentamente para dentro dos dedos quebrados e o vermelho dos seus olhos empalideceu, se transformando em um laranja tão opaco quanto cor de tijolo.

— Morreu! — resmungou Marta Scully, para depois perguntar ao marido: — Tá filmando, Lindomar?

— Tô! Só nós temos essas imagens da transformação do bicho em homem, meu amor! Só nós! Ficaremos milionários! Bilionários, aliás! — respondeu ele, quase sem fala.

Assim que o focinho e os enormes dentes caninos parcialmente dilacerados pela pancada da queda também desapareceram dentro da cara melada de sangue do lobisomem, dando lugar a um rosto humano reconhecível por grande parte dos habitantes de Joanópolis, o padre Adolfo levou a mão à testa suada — mais de medo e pavor do que calor — e disse, de um jeito tão desorientado que as palavras mal se desprendiam de sua garganta:

— Meu Deus! É o Zizinho, o filho da dona Tonha que tava desaparecido! Aquele trabalhador da roça que... — Sem forças para completar a frase, começou a chorar um rio de lágrimas, cuja correnteza não tinha forças suficientes para arrastar para longe a confusão mental em que mergulhara. Em seguida, inspirou o ar puro da praça como se este fosse feito dos mesmos cacos de vidro espalhados sob seus pés e se lamentou, de um jeito católico que inclusive o assustou: — Meu Senhor Jesus Cristo e Minha Nossa Senhora do céu, me perdoem! Eu sou um assassino! Me perdoem!

Sem saber mais o que fazer para aliviar a dor do remorso pelo que acabara de fazer, o religioso caiu de joelhos no chão, chegando a cortá-los nos vidros do vitral. Com pressa de salvar sua própria alma das chamas do fogo do inferno, tirou a batina roxa que usava e cobriu com delicadeza o corpo retorcido e ensanguentado do trabalhador rural. Tinha um tipo de carinho tão estranho estampado nos olhos que acabou assustando e enchendo de interrogações as cabeças de alguns fiéis que o acompanhavam, os mesmos que o haviam visto tão raivoso e implacável nos sermões

das reuniões fascistóides mais recentes do grupo dos "adoradores do roxo eterno". Amedrontado pelo poder do diabo que tanto citava em seus sermões exaltados e repletos de acusações contra as minorias e contra o que considerava "diferente dos seus propósitos sagrados" — como os artistas, os intelectuais, a ciência e as outras religiões, por exemplo —, o sacerdote baixou a cabeça e começou a rezar em voz alta, sendo acompanhado por algumas outras pessoas, que, assim como os morcegos, pareciam ter sido atraídas pelo cheiro de sangue dos mortos. Depois de rezar e com a expressão do rosto já um pouco menos tensa, agarrou o celular de um dos bolsos internos da calça jeans que sempre usava por baixo da batina e digitou alguma coisa com dedos ágeis e olhos um pouco mais acesos.

Lindomar Mulder não cabia em si de tanta excitação, só de se lembrar que havia acabado de filmar um lobisomem de verdade se transformando em um ser humano. Copiando a frieza típica da imprensa sensacionalista que parecia brotar do chão e começava a se aglomerar ao seu redor, tentou entrevistar o padre Adolfo, mas foi rechaçado com um "Respeite o meu sofrimento!" tão pungente e raivoso que acabou se afastando dele quase às desculpas. Assim que deu as costas ao sacerdote, começou a interrogar alguns policiais que voltavam à praça, alguns para amparar as pessoas mordidas pelos morcegos roxos, outros para proteger os cadáveres até a chegada da perícia criminal.

Por sua vez, Marta Scully parecia não saber o que pensar ou sentir. A alegria pelo tão aguardado fim do lobisomem se misturou à pena profunda de Zizinho, cujo corpo frágil já começava a esfriar sob seus pés e a ser importunado pelos flashes implacáveis das câmeras da imprensa e dos curiosos. Com lágrimas insistentes nos olhos, ela se afastou do movimento como quem se afasta de um enxame de vespas. Sentou-se num dos bancos da praça, tirou o celular de um dos bolsos do colete que usava e mandou uma mensagem ao grupo "caçadores de lobisomens desgarrados" que dizia: "Vocês precisam vir pra frente da igreja agora e ver tudo isso de perto! O bicho morreu! E era de verdade! Era muito real! Nós filmamos tudo!". Todos os integrantes responderam à mensagem com emojis de coraçõezinhos, ao contrário de Juliana Serelepe, que colocou uma carinha triste.

Minutos depois, Juliana, o professor Juscelino e Clebinho Kid chegaram bufando à praça, que já se encontrava novamente lotada. Passaram fazendo caras de nojo e espanto ao lado dos restos mortais do policial Silvinho Brecha e do Serginho do Misto Quente, que estavam misturados ao pó de serra da base do pau de sebo e protegidos por alguns dos policiais. Ao verem que o cadáver do lobisomem na frente das escadarias da igreja estava cercado por algumas faixas de advertência amarelas e pretas iguaizinhas às dos seriados de detetives que amavam, Juliana e Clebinho cruzaram os olhares como se soubessem exatamente o que fazer. Tiraram os celulares dos bolsos e correram em alta velocidade por baixo das faixas, sob os gritos de "Sai daí, molecada! Isso não é coisa de criança, não!" de alguns policiais distraídos que pediam um lanche de pernil com vinagrete numa barraquinha próxima, que voltara a abrir para, assim como os repórteres da imprensa, também se aproveitar do movimento. Antes de serem agarrados e retirados à força do local por duas policiais femininas, Clebinho Kid puxou para longe a batina roxa que cobria o cadáver de Zizinho, enquanto Juliana Serelepe fotografava tudo e quase vomitava ao sentir o cheiro metálico de sangue fresco que ainda predominava no ar.

Depois de expulsos quase a coronhadas e pontapés, Juliana Serelepe e Clebinho Kid se uniram ao professor Juscelino e ao casal de youtubers, que, mesmo desconfiando das intenções nefastas do padre e do seu grupo de fanáticos "adoradores do roxo eterno", tentavam acalmá-lo a todo custo, sentados num banco debaixo de uma grande árvore. No meio

da conversa que tinha com o sacerdote, Marta Scully esboçou uma expressão pensativa, virou-se para o marido como quem se lembra de alguma coisa e disse:

— Lindomar, o bicho não morreu com as balas que você acertou nele, né?

— Verdade, Marta! Balas vagabundas! Mas eu acertei todas! Tenho certeza que não errei nenhuma!

— Vocês não compraram as balas de prata nesses sites chineses que vendem coisas falsificadas do Paraguai, não, né? — interveio Juliana Serelepe, sob o olhar de admiração do professor Juscelino, que por sua vez contrastava com o jeito desconfiado com que ele encarava o padre Adolfo.

Só de ver o casal de youtubers trocando faísca com os olhos, a menina armou um sorriso irônico e continuou com os disparos:

— Vixe, já vi tudo! Compraram balas falsas! Que falta de profissionalismo, meu Deus!

— Eu não comprei, não! Foi a Marta, essa idiota! — acusou Lindomar, explicitando a fraqueza moral de sempre.

Marta Scully respirou fundo e tentou se acalmar, mas não conseguiu. Levantou-se do banco, agarrou com força o colarinho do colete do marido e gritou, querendo dar um soco em sua cara ou enfiar uma banana de dinamite entre seus dentes separados:

— Eu, Lindomar? Foi você que me mandou o link do site, seu canalha! E, ainda por cima, pediu que eu comprasse as balas de prata mais baratas! Deixa de ser hipócrita, seu imbecil!

Mordido de raiva com a resposta, Lindomar se levantou do banco e deu um empurrão na esposa, para depois fechar o punho direito e ameaçar socá-la. Apavorado, mas com a certeza de que não queria ver uma mulher apanhando, o professor Juscelino se levantou, correu e o agarrou pelo pescoço. Foi empurrado para trás pelo youtuber e levou um soco tão forte numa das bochechas que desabou de costas no chão.

Quando Juliana Serelepe e Clebinho Kid viram que tudo aquilo se tratava de uma briga de verdade, se levantaram e começaram a chutar as canelas de Lindomar com todas as forças dos seus pés pequenos. O padre Adolfo tentou apartar a briga, mas ninguém lhe deu atenção, a ponto de quase apanhar também. De repente, o professor Juscelino se levantou do chão com a bochecha roxa e, possuído por um tipo de ódio talvez até mais selvagem e incontrolável do que o de um lobisomem, acertou um soco bem dado no meio do nariz de Lindomar, fazendo-o despencar feito um saco de batatas no piso sujo de sorvete derretido, sangue, pipoca, vômito e cachaça da praça. Ao ver o youtuber balançando a cabeça ensanguentada e tentando se recompor do quase-nocaute, o padre Adolfo, sem que ninguém pedisse, levantou os braços, pediu calma e começou a explicar algo que não havia dito a mais ninguém:

— Pessoal, parem de brigar, por favor! Eu tenho que contar uma coisa pra vocês! Me escutem! — Mesmo a contragosto, todos obedeceram. Ele respirou fundo e continuou: — A única bala que eu tinha no meu revólver era de prata de verdade. Disso eu tenho certeza absoluta, porque o lobisomem morreu, não é mesmo?

— Ah, é? E como o senhor conseguiu essa bala, posso saber? — perguntou Clebinho Kid, passando a mão na ponta do pé para aliviar a dor que sentia por ter chutado a canela de Lindomar com tanta força.

— Eu pedi pro seminarista Estevão derreter um antigo castiçal de prata da igreja e fazer um monte de balas, mas só uma delas coube no tambor do meu revólver, entenderam? — respondeu o padre. Como ninguém mudou de expressão, ele concluiu: — O coitado não tem muita experiência com metalurgia, infelizmente! Largou o Senai pela metade...

— O senhor então tem uma arma, padre? Isso não é pecado, não? — interpelou Juliana, torcendo a boca e juntando as sobrancelhas. — O senhor faz "arminha" com a mão também?

Como se perdesse de vez a paciência, o religioso praguejou alguma coisa. Em seguida, se levantou do banco, ergueu as mãos mais uma vez para o céu e deu as costas a todos. Foi a passos ligeiros em direção à casa paroquial, onde continuava morando mesmo depois do afastamento. Enquanto caminhava, tentava imaginar quem teria — como ele mesmo já havia confirmado antes da chegada do lobisomem à igreja — roubado as bolinhas roxas e o livro de couro dos porões do templo e qual seria sua defesa no caso do assassinato do trabalhador rural. "Matar um lobisomem é uma coisa, matar um homem é outra! Mas e quando um é o outro e vice-versa? Como as leis brasileiras lidam com essa bosta? Que caralho!", foi o seu pensamento principal, cujo palavrão final lhe escapou pela boca num momento de deslize.

Como resultado da briga, Lindomar, Marta e o professor Juscelino foram levados à delegacia por alguns policiais para dar explicações, mas nenhum boletim de ocorrência foi aberto por nenhuma das partes. Juliana Serelepe e Clebinho Kid ficaram esperando na escadaria do lado de fora, observando a movimentação acelerada dos carros da polícia e dos transeuntes. Ao bater os olhos na quantidade de mensagens não respondidas da mãe em seu celular, Juliana imaginou que, dali em diante, sua prisão domiciliar fosse se arrastar até os limites intangíveis da eternidade. Enquanto pensava em qual desculpa esfarrapada daria ao chegar em casa, viu os três integrantes adultos do seu grupo de "caçadores de lobisomens" deixando a delegacia cabisbaixos. Antes de correr para lhes perguntar alguma coisa, sentiu seu coração pular de alegria ao ouvir Marta se dirigindo ao marido com a voz impregnada de raiva:

— Agora não tem mais conversa, Lindomar! Eu quero me separar de você! Você é muito filho da puta!

— Marta, tenha paciência! Foi uma coisa tão boba que aconteceu! E por falar em "boba", foi você mesma que comprou as...

— Cala essa boca nojenta, seu bosta! Tá decidido! E pode ficar com essa merda de canal de assombração de mentira pra você! Enfia ele no seu cu!

Juliana riu da briga do casal sem nem se preocupar em disfarçar. Aliviada, ficou ainda mais feliz quando viu o seu amado professor Juscelino — que também ouvira a conversa de rabo de orelha — com um brilho tão intenso nos olhos que, fora no dia dos vaga-lumes na sorveteria, nunca tivera a chance de apreciar. O corpo do docente grandalhão de feições agradáveis e abobadas levitava acima dos sapatos Vulcabrás novinhos em folha e sua alma parecia mergulhada em um profundo e indisfarçável estado de êxtase. Quando percebeu que a pequena aluna de vestidinho florido e tênis All Star o encarava com seus olhos verdes e acesos feito duas esmeraldas expostas ao sol de um verão qualquer, o professor lhe retribuiu o carinho com uma piscadinha e um sorriso de canto de lábio, como se lhe dissesse, sem precisar abrir a boca: "Ela vai se separar dele, Juliana! Ela vai se separar desse imbecil!".

A alegria dos dois só foi interrompida quando um novo corre-corre teve início nas cercanias da praça, seguido de três disparos de armas de fogo. Segundo ficaram sabendo depois, dois homens vestidos com capuzes roxos e tochas nas mãos, identificados como sendo dois jovens da zona rural conhecidos como Alziro Fio de Vó e Genivaldo Seca Bola — os quais o padre Adolfo havia acionado por meio de uma mensagem de Whatsapp momentos antes —, se aproximaram do cadáver de Zizinho, se esgueirando por entre as sombras escuras da igreja e das árvores. Enquanto um deles gritava coisas do tipo "Viva o roxo eterno! Esse hómi amardiçoado morreu pro roxo eterno vivê! Ele num acreditô no roxo e pagô caro por isso! E o cadávi desse desgraçado tem que desaparecê desse mundão e virá pó!" e agitava sua tocha para distrair os policiais que guardavam o

local, outro chegou por trás, tirou uma garrafa PET presa à cintura e uma caixa de fósforo, jogou gasolina no corpo e ateou fogo. Assim que outros dois integrantes da polícia vindos de Piracaia chegaram para tentar prendê-los, eles sacaram suas armas de fogo carregadas e dispararam, matando um e ferindo mortalmente outro, para depois desaparecerem pelas esquinas e estradas rurais da cidade, de maneira tão misteriosa quanto surgiram.

Segundo correu solto pelos grupos de Whatsapp no dia seguinte — com fotos, filmagens e tudo o mais para provar que não era fake news —, o cadáver de Zizinho não fora consumido devagar pelas chamas, como aconteceria com a carcaça de um ser humano normal. "Muito pelo contrário!", diziam as vozes exaltadas dos textos e áudios compartilhados à exaustão. De acordo com os relatos, assim que o palito de fósforo atingiu a gasolina, seu corpo havia explodido feito um barril cheio de pólvora pura quando pega fogo. Além disso, a explosão havia produzido uma coluna de fumaça tão grande e espessa — cujo formato muitos juravam ser o de um lobo — que acabou ocultando toda a fachada da igreja matriz, até que os primeiros raios de sol surgissem e a dissipassem, como se quisessem libertar a alma daquele pobre trabalhador rural que — disso ninguém tinha provas, mas muitos afirmavam — rogava aos quatro cantos nunca ter acreditado em lobisomens.

Outra notícia bombástica compartilhada, e que também encheu a boca e a cabeça do povo de Joanópolis de fofocas e mistérios, contava que as três pessoas atacadas e mordidas pelos morcegos naquela noite — conhecidas na cidade como seu Mariano da Pipoca, dona Mina do seu Vlad do bar Castelo do Chopp e o jovem Marcelo do seu Lima — foram internadas na manhã do dia seguinte, com seus corpos tão roxos e inchados quanto o da "beata comunista" Carminha, cuja barriga crescia cada vez mais.

O dia seguinte à festa de São João amanheceu envolto em nuvens pesadas e roxas de luto e dor. Perderam a vida na tragédia os artistas circenses Julião Ferpa e seu Napoleão Cerqueira, além do senhorzinho de chapéu de palha conhecido como Mirtão — cujas partes do corpo dilacerado recolhidas no córrego só foram reconhecidas pela esposa por causa de uma cicatriz na careca advinda da tragédia automobilística que matara a professora Inês, anos antes —, o atendente de padaria Serginho do Misto Quente, o policial Silvinho Brecha, os dois policiais de Piracaia atingidos pelos tiros dos homens encapuzados e o lobisomem Zizinho.

Juliana Serelepe, como previsto, levou uma bronca homérica dos pais ao chegar em casa. Como "pena", pegou uma semana de castigo, mas nem ligou, pois conhecia a si própria e às suas artimanhas de fuga, as quais chamava de "métodos anticalabouço". Clebinho Kid não fora repreendido por ninguém pelo sumiço, pois o pai havia bebido na festa a ponto de desmaiar no sofá e a mãe, com um hematoma estranho no rosto e o olhar de quem não liga para mais nada na vida, parecia desorientada pelos calmantes fortes que tomara. Lindomar Mulder e Marta Scully, depois de postarem o vídeo da transformação do lobisomem em Zizinho, continuaram com as trocas de acusações até a madrugada e dormiram em camas separadas no pequeno hotel onde estavam hospedados.

O professor Juscelino, de bochecha inchada e roxa por causa do soco que levara de Lindomar e talvez o mais assustado e ansioso de todos, não conseguiu pegar no sono. Tentou de tudo. Tomou chá de camomila, água com açúcar, ouviu alguns discos de vinil do Oswaldo Montenegro, do Yes, do Emerson, Lake & Palmer e de bossa nova, além de brincar com seu cãozinho Rambo até que o animal não aguentasse mais e caísse no sono no tapete da sala. Apesar dos esforços hercúleos, nada despregava seus pensamentos da carnificina que se abatera sobre Joanópolis na noite anterior. Só no final da madrugada foi que ele conseguiu dormir, mas de roupa e tudo e por menos de uma hora. Se levantou desorientado por volta das seis da manhã e arrastou seu corpo até a padaria, disposto a tentar relaxar com algo que realmente sabia que fazia efeito.

— Isabela, me faz uma Cuba-libre, por favor? — resmungou, cabisbaixo, à atendente loira, depois de se sentar no banquinho alto.

— Nossa, professor! Já cedo assim? E que olheiras são essas? E essa bochecha inchada?

— Ah, não foi nada! É que eu tô cansado demais! Preciso desanuviar a cabeça! A bochecha é só um dente cariado...

— Também, quem conseguiu dormir com essas coisas horrorosas que aconteceram na cidade ontem, né? O senhor chegou a ver os corpos? Eu vi as fotos no grupo de Whatsapp da tia Zilda! Até pensei que essa padaria não fosse abrir hoje, mas o senhor conhece o seu Hamilton, o dono, né? Muquirana desgraçado... vende o almoço pra comprar a janta... — retrucou a moça, abrindo com raiva uma lata de Coca-Cola.

— Vi, sim! Eu tava lá na praça e vi tudo de pertinho, infelizmente...

— Credo! Esse negócio de lobisomem me apavora demais! E olha que eu nunca acreditei nessas coisas! Eu até gostava das histórias de assombração que minha avó contava na roça quando eu era... — A fala da moça foi interrompida por um "blip!" do Whatsapp do seu celular. Olhou a mensagem, arregalou os olhos azuis que tanto atraíam a atenção do professor carente e lhe disse, levando a mão à boca: — Minha Nossa Senhora Aparecida! Olha o que o meu tio Adalberto lá de Piracaia mandou aqui no grupo da tia Zilda! — concluiu, mostrando uma foto que mostrava alguns ossos humanos frescos ao professor, com uma mensagem logo abaixo que dizia, cheia de erros de português e em caixa alta: "O EXAME DO DNA FICO PRONTO... OS OSSO INCONTRADO NA CACHUÊRA É DAQUELE MININO MEMO, O TAR DO MARQUINHO...".

O professor não conseguiu segurar as emoções ao ler aquilo. Enquanto observava Isabela enchendo seu copo de Cuba-libre até a boca, ele pensou, já às lágrimas: "Minha nossa! O Marquinhos Satã! Não é possível..."

Bebeu o seu drink num gole só e pediu outro, como que para aguentar o tranco de mais uma notícia trágica de sua vida. Enquanto a atendente o preparava, entrou no grupo dos "caçadores de lobisomens desgarrados" e, soluçando de tristeza, espalhou a notícia que havia acabado de receber. Pouco tempo depois, recebeu uma resposta de Juliana Serelepe que dizia: "Triste demais! Urgente! Reunião daqui a pouco, onze da manhã! Quero todo mundo na sorveteria do seu Zico Mola! Precisamos pegar quem fez essa maldade com ele de qualquer jeito! O Marquinhos Satã era nosso amigo e sempre será! Era meio chato às vezes, mas deu a vida pela gente e nós vamos dar as nossas, se for preciso, para descobrir quem matou ele!".

— Pessoal, a situação é séria! Temos que honrar a memória do Marquinhos e ir atrás da criatura que matou ele hoje à noite! E eu acho que isso é coisa do lobisomem original, aquele que a Jupioca Yuripoka me falou na caverna que não tem nada de humano no sangue... — disse Juliana ao resto do grupo, já na sorveteria, com os joelhos e as palmas das mãos raladas por ter pulado a janela de casa mais uma vez. — E não vai ser amanhã e nem depois de amanhã! Temos que começar a caçar ele hoje à noite!

— Mas onde vamos procurar? Na caverna da Cachoeira dos Pretos, de novo? — inquiriu Clebinho Kid, com os olhos vermelhos de tanto chorar, menos por se sentir desprezado pelos pais e mais pela notícia da morte precoce do amigo de classe. Além disso, sentia uma tristeza profunda ao imaginar que, àquela altura do dia e com a velocidade com que notícias ruins assim se espalham, os pais de Marquinhos Satã já estivessem sabendo de tudo.

— Não! Na Cachoeira dos Pretos, não! Ouvi minha mãe falando pro meu pai que encontrou com a esposa do seu Bino na praça hoje cedo... — respondeu Juliana. Clebinho fez cara de interrogação. Ela explicou, lhe dando um leve beliscão no braço: — O seu Bino, zelador do cemitério, Clebinho, lembra? Então! Parece apareceram pegadas esquisitas lá de novo...

— Ah, no cemitério à noite eu não vou! Mas de jeito nenhum! — resmungou o professor Juscelino, chegando com cinco picolés de maracujá nas mãos que eram para "acalmar o povo".

Antes de distribuir os sorvetes, se assustou ao ouvir algo que fazia tempo que não ouvia. Sua esposa Rosália voltou do descanso eterno e o provocou mais uma vez: "Larga mão de ser frouxo, Juscelino! Tenha coragem pelo menos uma vez nessa vida! Até essa menininha desmiolada e os dois moleques encapetados têm mais coragem que você! Vê se toma vergonha nessa cara!"

O professor grandalhão então envergou um sorriso para lá de amarelo e disse a todos, mudando completamente de ideia:

— Bom, talvez eu vá, sim, Juliana! Todo mundo vai morrer um dia, não é mesmo? E só se morre uma vez na vida...

— Mas e se por acaso o lobisomem estiver zanzando pelo cemitério mesmo? Como é que a gente vai pegar ele? Vocês viram como ficaram os corpos na praça, né? — interveio Clebinho Kid, depois de dar uma mordida em seu sorvete.

— Tenho uma ideia! Vamos pegar as outras balas de prata que o padre Adolfo falou que o seminarista tinha feito, dar uma lixada nelas e tentar enfiar todas no tambor do meu revólver, o que acham? — Lindomar Mulder entrou na conversa, meio que sem ser convidado.

— Bom, pelo menos a gente já sabe que não são balas de prata falsificadas na China... — disse Juliana Serelepe, sem rodeios, arrancando risadas tensas de todos, menos de Lindomar, que continuou com suas asneiras:

— Se essas balas não funcionarem também, eu tenho uma rede feita com malha de aço no Jeep que vai dar conta do recado! Se a gente conseguir um jeito de fazer o bicho se enrolar nela, ele não vai conseguir se soltar de jeito nenhum! Eu até já cacei uma onça-pintada com ela! — Ao perceber que Marta o encarava como se tirasse sarro de sua cara e que o professor Juscelino parecia sentir nojo de tudo o que ele falava, por causa da briga da noite anterior, consertou: — Era um gato-do-mato, na verdade, mas que arranhava e mordia que nem uma onça...

— Fechado, então! Quero todo mundo aqui na praça, depois do pôr do sol, combinado? Daqui, a gente vai no Jeep do Lindomar até o cemitério e, se esse bicho estiver lá mesmo, a gente manda ele de volta pra casa dele sem passagem de volta! — disse Juliana, decidida como nunca, além de avoada e mandona como sempre.

— Leva as bolinhas, Juliana! Não esquece! — exclamou o professor Juscelino. Depois que a menina respondeu com um "sim" de cabeça, ele a questionou: — Mas me responde uma coisa? Você vai fugir de casa de novo, por acaso, senhorita?

A menina nem respondeu. Caiu na gargalhada com Clebinho Kid, para em seguida se despedir de todos e se levantar. Pegou um pouco do dinheiro que guardara de sua mesada e gastou tudo em uma bela torta de sorvete de chocolate com nozes para dar de presente os pais. Sabia de antemão que tentar agradá-los naquele momento tão delicado não era mais uma opção, e sim uma necessidade.

Como combinado, o Jeep Renegade de Lindomar chegou cantando pneus na praça por volta das seis e meia da tarde, assim que o sol alaranjou no finalzinho da tarde e fez brilhar os contornos da montanha do "gigante deitado". Depois que todos entraram no veículo, um silêncio intimidador se instalou.

— Olha só, gente! — Lindomar quebrou o gelo. — Eu consegui o telefone do seminarista Estevão com o seu Zico Mola da sorveteria. Liguei, fui na casa dele e consegui comprar as cinco balas de prata que ele tinha feito e que não couberam no revólver do padre Adolfo. Eu ofereci uma grana alta pra ele pra que lixasse e desse mais um acabamento ali mesmo na hora, e ele aceitou. Fez o que eu pedi e elas couberam direitinho na minha arma, acreditam? Ficou caro, mas eu comprei assim mesmo! Esse lobisomem tá é muito fodido… — continuou o youtuber, já ligando o rádio no exato momento em que um religioso evangélico de Joanópolis conhecido como pastor Henrique Moura (que sempre se dizia contrário às ideias do padre Adolfo) berrava: "Irmãos! Irmãos! Acabei de saber que quatro lojas que vendem artesanato aqui em Joanópolis foram incendiadas nesta madrugada! Onde vamos parar com esse ódio todo? Onde vamos parar? Só o Senhor salva e tem o poder de livrar nossa querida Joanópolis da maldição do roxo!".

Lindomar resmungou um "Que merda!", fez cara de espanto e desligou o rádio. Como se a notícia não lhe espantasse nem um pouco, voltou ao assunto inicial:

— Então! Vocês viram o que acontece com quem não tem bala de prata e dá bobeira com essa criatura, né? Se ele não mata, arranha. E se arranha e você sobrevive, viram a merda que dá, né? Se essa porra dessa maldição toda se espalha e um arranha um e outro arranha o outro, acaba o mundo de tanta unhada! — Respirou o medo denso e quase palpável que se instalara dentro do Jeep e continuou: — A coisa tá muito esquisita! Hoje à tarde, eu recebi um Whatsapp do delegado Moacir dizendo que a perícia tá ralando pra fazer a necrópsia do cadáver do tal do Zizinho. A coisa na praça foi feia demais... — Titubeou um pouco, sem esconder os olhos tensos, encarou Juscelino através do retrovisor e não perdeu a chance de provocá-lo: — Mas, como disse o professor gordinho, todo mundo vai morrer um dia, não é mesmo?

Talvez pelo fato de Juscelino estar se sentindo cansado de tudo e de todos ou por ter o sono atrasado e a ressaca lhe puxando para o inferno giratório reservado aos bêbados, a provocação não foi correspondida. A curta viagem até o cemitério prosseguiu sem que ninguém se atrevesse a dar confiança às conversas do youtuber — em especial aos momentos em que ele se referia aos perigos de se enfrentar um lobisomem —, pois sua moral havia sido abalada desde a briga que tivera com o professor Juscelino. Chegando lá, todos desceram do Jeep e, mesmo a contragosto, ajudaram a pendurar os diversos equipamentos eletrônicos pelo seu corpo, assim como no da esposa. Depois das lanternas, binóculos com visão noturna, câmeras com sensores infravermelhos e outras bugigangas,

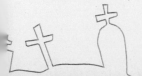

Marta tirou do porta-malas a tal rede feita com malha de aço. Fez cara de desprezo e a pendurou a tiracolo no marido.

— Puta que pariu! Esquecemos de uma coisa! — gritou Clebinho Kid, ao se aproximar do portão de ferro do cemitério já escurecido pela penumbra do final da tarde. — O cadeado tá trancado! Ninguém tem a chave aí, não, né?

— Não precisa! Tem um barranquinho baixinho ali do lado, onde dá pra subir e pular o muro! É bem baixinho, não tem perigo! Eu já fiz isso uma vez, numa brincadeira de esconde-esconde depois do catecismo! — respondeu Juliana, para alívio de todos.

Assim que chegaram no barranco indicado e o escalaram sem dificuldades — menos o professor Juscelino, que deslizou por várias vezes até chegar ao topo —, todos subiram no muro pintado com cal branca do cemitério e ficaram encarando os túmulos dos ricos e dos pobres por alguns segundos, procurando por alguma movimentação que considerassem suspeita. Ao se certificarem que só as andorinhas voavam sinalizando o final do dia e só as folhas das árvores balançavam às vontades do vento, pularam tão quietos e sorrateiros quanto ladrões de sepulturas experientes para dentro do terreno sagrado dos mortos. Mais uma vez, apenas o professor Juscelino teve uma certa dificuldade quando chegou ao chão, devido ao excesso de peso do corpo e, como ele achava, da idade. Caiu de joelhos entre alguns túmulos de terra com cruzes de madeira fincadas em cima, gemeu baixinho e praguejou. Ao se levantar e se limpar — e mesmo se dizendo "ateu desde antes de nascer" —, pediu para que todos dessem as mãos e rezassem um pai-nosso em voz baixa e assim foi feito. Depois do "amém" que precede o último sinal da cruz, Lindomar Mulder sacou sua arma carregada da cintura com uma das mãos e uma lanterna potente com a outra, enquanto Marta Scully parecia se divertir manejando uma câmera que captava variações de temperatura no ambiente.

Por sua vez, Clebinho Kid tirou de dentro de sua mochila três pedaços de pau com cabeças de lobisomem esculpidas nas pontas que o pai — um exímio artista quando sóbrio, um péssimo progenitor quando bêbado — havia lhe feito, mesmo não sabendo de suas finalidades. Chamando aqueles objetos que mais lembravam bengalas envernizadas de "armas", empunhou uma delas e se divertiu, cortando o ar e fazendo "Whoum! Whoum!" com a boca, como se ela fosse uma verdadeira espada Jedi. Em seguida, quando viu Lindomar Mulder o encarando e rindo, mas emitindo uma certa inveja no olhar, lhe disse que as outras duas já tinham dono. Ao mesmo tempo que guardava os três objetos de volta na mochila, dizendo que uma "espada" era dele, a outra de Juliana Serelepe e a última do professor Juscelino, resmungava baixinho a seguinte orientação:

— Se o lobisomem vier pra cima, a gente taca a espada bem no meio da testa dele que ele fica tonto! Eu vi isso num desenho do Star Wars! Vai que dá certo, né?

— Desenho do Star Wars! Que merda! Olha só o nível do profissionalismo desse moleque! — interveio Lindomar, rindo baixinho, fazendo questão de apagar a fantasia e a rara satisfação dos olhos do garoto, assim como dois dedos fazem com a chama de uma vela.

Como resposta, Clebinho Kid se aproximou do youtuber, o fez se abaixar e cochichou em seus ouvidos:

— Se você me encher o saco de novo, eu conto que você é ladrão de igreja! E é caloteiro, ainda por cima... nem me pagou o milzão...

— Mas você me ajudou, então, você também é ladrãozinho, né, senhor Star Wars? — respondeu Lindomar aos risos, fazendo com que o garoto revirasse os olhos, suspirasse e encerrasse o assunto.

Antes que o professor Juscelino tivesse tempo de fechar os punhos e quebrar a cara do youtuber mais uma vez por ter xingado seu aluno, um ruído de portão enferrujado ecoou em alto volume entre os túmulos e as fotos desbotadas dos mortos. Movido pelo susto e percebendo que a noite já engolia o cemitério, Lindomar ligou sua lanterna e a apontou para todos

os lados, fazendo com que as sombras dos anjos e dos santos de mármore, das flores de plástico e, principalmente, das cruzes de todos os tipos e tamanhos se agigantassem nas árvores ao redor e, como se adquirissem vida própria, dessem as mãos e começassem a rodopiar dentro de um caleidoscópio macabro.

— Será que o barulho veio daquele mausoléu que foi arranhado e invadido esses dias? — perguntou Marta Scully, com vontade de agarrar a mão do professor Juscelino, que tremia de medo ao seu lado e resmungava, quase às lágrimas: "Minha Rosália! O que eu não faço por você?"

— Eu acho que sim! Do portão principal é que não é, porque a gente acabou de ver que tá trancado, né? Só tem um jeito de descobrir! Vamos ter que ir lá pra ver... — respondeu Juliana Serelepe, se antecipando e fazendo o que a moça de cabelos de permanente ao seu lado não teve coragem.

A garota então agarrou com firmeza na mão do professor Juscelino e o arrastou através da viela principal coberta de bloquetes do cemitério, com todo o grupo vindo logo atrás.

— Nossa! Olha aqui! — gritou Clebinho Kid sem aviso, já apontando a lanterna do seu celular para algumas pegadas desproporcionais e pontudas do dobro do tamanho de um pé de um homem adulto impressas numa parte da viela onde havia um pouco de terra molhada misturada com cimento e areia, material este que estava sendo utilizado para a reforma de um túmulo antigo.

Marta Scully se aproximou dele e, enquanto fotografava as grandes pegadas — cujo dono parecia ter unhas do tamanho e do formato de lâminas de canivetes tradicionais —, Lindomar, como que ainda com bronca de Clebinho por tê-lo provocado, gritou para que o grupo andasse mais depressa e assim foi feito, mesmo sob protestos e xingamentos da esposa. Ao caminharem um pouco mais e se aproximarem do "mausoléu dos quatro anjos" — como era conhecida a construção mais luxuosa e mais imponente do cemitério de Joanópolis —, todos treparam em cima de um túmulo de azulejos azuis construído a cerca de vinte metros dele e Lindomar mirou o foco da sua lanterna para os seus grandes portões. Como previsto, a grande tumba estava aberta, mas nenhuma alma, viva ou morta, parecia se mover ao seu redor ou dentro dela. A única coisa que voava de um lado a outro e entrava feito um urubu gigante de asas abertas portões adentro era a enorme sombra de uma estátua de Jesus Cristo crucificado projetada pela luz da lanterna. Com as palavras saindo como que sem lubrificação de sua garganta, o youtuber olhou para todos, um a um, e disse:

— Quem vai ter coragem de entrar lá?

Como ninguém se atreveu a responder, Lindomar perguntou mais uma vez. Para surpresa de todos, Juliana Serelepe, perdendo de um instante a outro todas as forças que lhe eram peculiares, começou a chorar baixinho. Depois de cortar o choro por várias vezes com inspirações e expirações profundas, ela levantou a mão e disse, com o pavor vazando com lágrimas através dos seus pequenos olhos verdes:

— Eu vou!

Ao ouvir isso, o fantasma de Rosália perdeu de vez a paciência e gritou mais uma vez alguma coisa dentro da mente do professor Juscelino, como se o obrigasse a dizer as seguintes palavras com a boca mole e trêmula:

— Vai nada! Você é muito novinha ainda! Tem muita vida pela frente! Dá essas bolinhas aqui! Deixa que eu vou! Sou velho... já vivi três quartos da minha vida... ou mais... — Segurando o choro e a tremedeira, completou: — Mas quero me despedir de todos vocês antes, pode ser? Menos do Lindobosta!

E foi assim, munido de uma coragem que lhe fora imposta na marra pelas circunstâncias da vida — ou da morte da esposa —, que o docente pegou o pequeno embornal de desenho de arco-íris que estava pendurado

no dorso de Juliana e conferiu se as sete bolinhas coloridas estavam dentro, sob olhares curiosos de Lindomar Mulder. Depois de se certificar dos objetos, abraçou a garota junto com Clebinho e lhes disse baixinho, como faria se eles fossem seus filhos biológicos:

— Vai dar tudo certo! Confiem em mim!

Por último, se dirigiu até Marta e lhe deu um abraço bem apertado, imaginando por alguns instantes em seu íntimo que ela fosse sua amada Rosália. Assim que sentiu o cheiro perfumado dos seus cabelos, ele arregalou os olhos como se uma bateria tivesse acabado de ser recarregada dentro do seu coração. Soltou-se do corpo da moça a contragosto, fechou a cara e disse a Lindomar, querendo fuzilá-lo com o poder de fogo de suas pupilas dilatadas:

— Me dá essa arma, essa merda de rede de aço e a porra dessa lanterna que eu tô indo lá, Lindobosta!

Depois de jogar a rede nas costas, pegar a lanterna e empunhar o revólver sem nenhum tipo de intimidade, o professor desceu bem do túmulo onde estava trepado e se embrenhou entre as sombras das cruzes dos túmulos, caminhando através de uma viela que desembocava no grande mausoléu. Juliana abriu a boca para gritar algo a ele, mas se conteve, com medo de chamar a atenção do lobisomem, caso ele realmente estivesse ali por perto. Depois de pensar um pouco, a menina agarrou seu celular de dentro da mochila e mandou uma mensagem ao docente, que dizia: "Não se esqueça dos vaga-lumes, professor! Os lobisomens não gostam nem um pouco deles! Mas eu gosto muito de você! Não quero perder o senhor também, não! De jeito nenhum!".

Juscelino levou um susto e parou de andar quando seu celular vibrou dentro de um dos bolsos de suas calças. Colocou a lanterna no chão e agarrou o aparelho com as mãos abobadas. Leu a mensagem da pequena aluna, sorriu segurando a emoção e guardou o telefone de volta. Depois, se benzeu como se fosse a última vez e encarou com olhos decididos as escadarias de mármore no final da viela, que subiam e terminavam na base dos grandes portões enferrujados do mausoléu — a conhecida a sepultura da família do "Coroné" Afonso Brás, o primeiro homem de Joanópolis a sobreviver ao ataque do lobisomem oriundo das profundezas que Jupioca Yuripoka chamou de "lugar onde a lua cheia nunca se põe". Sobreviveu, mas se transformou em uma besta pior do que a criatura que o atacou, para em seguida matar a própria família e ser morto a tiros de balas de prata de verdade, dias depois.

Assim que escalou os dois primeiros degraus da escadaria, o professor sentiu uma correnteza de gelo levar para longe a quentura calórica do seu corpo, ao ouvir um ruído abafado e baixinho que lembrava o murmúrio de alguém pedindo por socorro. "Tem alguém lá dentro!", pensou, com os olhos arregalados e as pernas quase se dobrando para trás, querendo tomar o caminho contrário. Com medo de chamar a atenção, desligou a lanterna e ficou imerso na escuridão quase absoluta, pois a lua cheia havia acabado de se esconder por trás de algumas nuvens. De repente, ouviu passos subindo a escadaria atrás dele e viu uma sombra pontiaguda de bordas arroxeadas bruxuleando e crescendo em sua direção, não dependendo da luz do luar para isso. Depois de ter o corpo completamente engolido por ela e movido pela adrenalina sempre infalível do medo, o professor Juscelino se virou e apontou a arma para quem ou o que quer que fosse que se aproximava. Disposto a meter bala, mas tremendo feito quem sofre uma repentina queda de pressão arterial, ligou a lanterna novamente.

39

O PUNHAL DE PRATA

Quando a luz de sua lanterna finalmente iluminou o que serpenteava no escuro em sua direção, o professor Juscelino desistiu de apertar o gatilho. Viu que o que o assombrava era um ser humano vestido com uma batina e um capuz pontudo, cujos olhos roxos, além de brilharem no escuro como se expostos a uma fonte de luz negra, iluminavam todo o caminho à sua frente. Não atirou porque imaginou que talvez fosse o padre Adolfo, pois o havia visto vestido da mesma maneira numa de suas bizarras procissões do "roxo eterno". A única diferença era que, desta vez, seu capuz era fechado, com apenas dois buracos no lugar dos olhos. Como se desinteressada, a figura fantasmagórica passou por ele, subindo o restante dos degraus e parando na entrada do mausoléu, para em seguida desaparecer escuridão adentro.

"Não posso desistir agora! Por favor, Rosália, me ajude!", pensou o professor Juscelino, juntando as últimas forças que tinha e continuando a subir as escadas, com a luz da sua lanterna agora dando vida às sombras dos quatro anjos de mármore que enfeitavam as laterais da grande tumba. À medida que se aproximava dos portões de ferro e os atravessava com as pernas bambas, sentia um cheiro de carniça lhe assombrando a alma e lhe incomodando as narinas, além de ouvir um ruído de ossos secos se debatendo uns nos outros e uma respiração que lembrava a de um cachorro grande dormindo. Já no interior do mausoléu, caminhando entre os túmulos da família do fazendeiro que ali repousava, mirou a lanterna para o local onde imaginara ser a origem do barulho e viu dois ratos de olhos grandes se embrenhando por entre alguns ossos secos espalhados pelo chão, cujo mais identificável lembrava uma mandíbula inferior humana parcialmente dilacerada. Andou mais um pouco e algo estalou sob seus pés, o fazendo parar. Mirou o foco da lanterna para baixo e viu que acabara de quebrar um osso idêntico a uma costela humana.

"Se esses ossos estão tão secos assim, de onde vem o cheiro de carniça?", pensou o professor, sem respostas suficientes para lhe aplacarem o medo. Sentindo sua pressão arterial subindo ainda mais e fazendo com que seu coração ficasse a ponto de explodir feito uma panela de pressão esquecida no fogo, teve vontade de ceder à tentação e correr de volta aos amigos, mas desistiu quando a voz doce e dura feito rapadura de Rosália lhe martelou a cabeça com força, mais uma vez: "Vai desistir agora, seu frouxo? Deixa de ser filho de vó, Juscelino! Faça algo de útil nessa vida!"

Antes que tivesse tempo de pensar a respeito da nova intimada emitida das profundezas do além, o docente viu uma luz fraca e roxa sombreando um dos cantos mais escuros e úmidos do mausoléu. Desligou a lanterna, apertou os olhos e conseguiu identificar os contornos arroxeados do tal vulto de capuz pontiagudo que havia passado por ele na entrada do mausoléu momentos antes. Foi então que Juscelino sentiu um calafrio na espinha, mais gelado e seco do que um frango morto por uma geada, ao ouvir a voz do padre Adolfo dizendo:

— Que o Deus superior do roxo eterno tenha piedade de mim e me proteja! Eu faço isso em nome Dele!

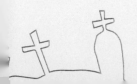

Assim como o grupo "caçadores de lobisomens desgarrados", o religioso havia se antecipado ao saber das pegadas no cemitério através de uma mensagem de Whatsapp do zelador do cemitério, o seu Bino. Não se dando por satisfeito, passara a madrugada em claro, imaginando que um lobisomem diferente do que fora morto por ele na noite anterior poderia muito bem ter entrado na igreja matriz antes dele, roubado o livro de couro e as bolinhas roxas, para em seguida esconder tudo num canto qualquer do cemitério. O padre Adolfo queria porque queria encontrar tudo, pois sabia da importância de tais objetos para os seus projetos futuros.

"O livro de couro, daqui em diante, será a nossa nova bíblia! A antiga, pelo menos pra mim, já nem existe mais, se é que aquela ficção toda misturada com fatos históricos existiu algum dia!", era o que bradava com a voz cheia de ironia, loucura e sarcasmo em seus cultos obscuros, mesmo sem nunca ter tido coragem de mostrar a ninguém "suas novas escrituras", como chamava o livro de couro.

"Se são seres da mesma espécie, devem, sim, estar agindo em grupo! O poder incomensurável e repleto de benevolência e amor que o roxo eterno espalha por Joanópolis está causando inveja e incomodando esses bichos! Eles querem essa glória toda a qualquer custo! É isso! É isso!", pensava o padre em seus momentos de delírio e medo, pouco tempo antes de apertar sua bolinha roxa com força na mão mais uma vez, tomar coragem e ir ao cemitério atrás do lobisomem e dos outros objetos sozinho, com a batina e o capuz roxo debaixo do braço. Teve a ideia de chamar alguns fiéis fortes e armados para ajudá-lo nas buscas, mas desistiu, porque tal ação poderia muito bem chamar ainda mais a atenção das autoridades, que já estavam em seu encalce desde a primeira "procissão do roxo eterno".

Com a certeza absoluta de que o "outro" lobisomem faria de tudo para se apoderar de uma das mesmas bolinhas que o tornara tão poderoso e destemido — inclusive persegui-lo até a morte, devorar seu corpo e beber seu sangue, como ele próprio dizia que fazia com Jesus Cristo nos seus tempos de catolicismo —, havia passado antes na casa do seu Euclides, um comerciante local cheio de dinheiro que também era seu seguidor fanático, de quem pegara emprestado um punhal de prata todo entalhado com motivos florais. Tudo isso acontecera depois de o religioso ter ficado extremamente nervoso ao saber, através de uma mensagem de Whatsapp enviada pelo seminarista Estêvão, que Lindomar Mulder havia se antecipado e comprado o restante das suas balas de prata que estavam em fase de "acabamento".

— É isso que você veio buscar pra completar sua missão, não é? — continuou o padre na escuridão, abrindo a mão e mostrando a bolinha roxa a um vulto encolhido num canto ainda mais escuro e úmido do que onde estava.

De repente, grunhidos semelhantes aos de um animal sofrendo ecoaram, dois olhos vermelhos se acenderam como resposta à sua pergunta e ele continuou, destemido como nunca fora antes em nenhum outro momento de sua vida, com seus próprios olhos se tornando cada mais roxos e incandescentes e a voz tão firme quanto a de um comandante de um exército:

— Foi você que roubou o livro de couro e as outras seis bolinhas, não foi? Ou foi o seu irmão morto? — perguntou, já sacando o punhal luxuoso de baixo da batina. Quando a lâmina do objeto refletiu o brilho maldoso que vazava feito um feixe maciço de raios-lasers roxos dos seus olhos, o padre Adolfo insistiu, para em seguida emendar um sorriso irônico: — Eu tenho quase certeza de que foi você! E que tudo o que roubou está escondido aqui, dentro deste mausoléu amaldiçoado! — Sem respostas, continuou: — Você quer a minha bolinha pra completar sua coleção e pegar o poder do roxo eterno só pra você e pros outros assassinos da sua laia, não quer? Então, vem buscar! Vem?

Ao ouvir a provocação, a criatura grunhiu ainda mais alto. Ergueu as orelhas e se levantou, com seus enormes braços pendendo à frente do corpo corcunda e desajeitado. A julgar pela altura e pelos contornos da cabeça focinhuda e do dorso peludo, o professor Juscelino, mesmo assustado como quem recebe a notícia de que tem algum tipo de câncer, já conseguia ter uma ideia do que se tratava.

Enquanto o docente prestava atenção nos quatro olhos luminosos se encarando e trocando farpas no escuro e ouvia suas respirações cada vez mais aceleradas e nervosas crescendo em volume, a mesma voz abafada que o assustara antes de entrar no mausoléu voltou a ecoar, só que agora muito mais alta e desesperada, como se quem a emitisse estivesse implorando por socorro. Movido pelo reflexo do susto e seduzido pelo poder muitas vezes mortal da curiosidade, Juscelino se agachou atrás de um dos túmulos e olhou para todos os lados. Não viu nada além dos mesmos ossos humanos secos, baratas e ratos espalhados entre os mármores quebrados do chão do mausoléu, que, àquela altura, se encontrava muito bem iluminado pelo brilho que crescia, tanto nos olhos do lobisomem quanto nos do padre Adolfo. De repente, a voz abafada voltou, com alguém dizendo algo parecido com "Fessor, eu tô aqui!".

E foi então que, ao olhar para o fundo de tijolos à vista do mausoléu, Juscelino sentiu todas as suas veias parando de transportar sangue ao resto do corpo quando viu, ao lado de alguns crucifixos de metal enferrujados e pedaços quebrados de caixões, o que parecia ser o vulto de um menino. Estava sentado no chão, cabisbaixo, entre pedaços irreconhecíveis de carne apodrecida e de frutas, abraçado aos próprios joelhos, como qualquer criança faz quando quer fugir do mundo em sua nave espacial particular. O mestre então se arrastou ralando os joelhos em direção a ele. Antes de se aproximar, sussurrou de longe, talvez com a voz até mais amedrontada e abafada do que a dele:

— Marquinhos?

Como se não ouvisse o chamado, o menino arregalou os olhos e ficou apontando com o queixo em direção ao local onde o lobisomem e o padre Adolfo se estranhavam. Em seguida, começou a murmurar algo indefinido e desesperado, quase aos prantos, querendo alertar o professor Juscelino de algum tipo de perigo que o espreitava na escuridão.

Logo atrás do professor Juscelino e do garoto acuado, o lobisomem, já não suportando mais as provocações, uivou alto e partiu para cima do padre Adolfo. Com apenas dois saltos rápidos, conseguiu agarrar em sua batina e arrancar seu capuz, como se quisesse ver sua cara antes de retalhar seu corpo a unhadas, comer sua carne e beber seu sangue. Por sua vez, sentindo-se renovado pela agilidade juvenil proporcionada pelo poder da bolinha roxa, o sacerdote conseguiu desferir duas punhaladas certeiras no abdome da criatura, que uivou alto de dor, agitou os braços para cima como um gorila e se afastou. De repente, com os olhos ainda mais envergados e vermelhos devido à agressão sofrida e a barriga já toda banhada em um tipo de sangue bem mais espesso e escuro do que o de um ser humano, o ser sobrenatural correu mais uma vez em direção ao sacerdote e conseguiu agarrar a mão que segurava a bolinha roxa. Depois de ter as veias, os músculos e os tendões do seu punho dilacerados a dentadas nervosas, o padre soltou o objeto no chão aos gritos e o lobisomem o agarrou, uivando alto em seguida, parecendo comemorar uma vitória havia muito tempo esperada.

Ao ver o padre Adolfo se contorcendo de dor, com a boca entreaberta e os olhos roxos e arregalados, o lobisomem caminhou até ele bem devagar. Agarrou em seus cabelos com uma de suas mãos peludas, enfiou a bolinha roxa delicadamente entre seus dentes superiores e inferiores e a empurrou até o fundo de sua garganta com a ajuda da enorme unha do seu dedo indicador, grunhindo baixinho e franzindo a testa, como se estivesse lhe dizendo: "Engole essa merda! Não era isso que você queria pra se sentir superior aos outros? Então engole, desgraçado!".

O religioso, antes tão poderoso e arrogante quanto um fascista em ascensão diante de uma multidão hipnotizada, começou a chorar feito uma criança mimada e se engasgou ao fazer o que o lobisomem o forçava. Quando ele finalmente engoliu a bolinha, a criatura esboçou algo parecido com um sorriso e começou a retalhar sua barriga com movimentos extremamente rápidos das duas mãos, parecendo querer o objeto de volta a qualquer custo. Assim que a pequena esfera se desprendeu do meio de tripas e de alguns pedaços não identificáveis dos órgãos internos do sacerdote e rolou aos seus pés, o lobisomem se agachou, a pegou do chão, se levantou e uivou ainda mais alto do que todas as vezes anteriores. De repente, de dentro das narinas, da boca, dos ouvidos e do grande buraco irregular aberto a unhadas na barriga do religioso, começaram a despencar centenas de baratas roxas, todas mortas e lambuzadas de sangue, formando um pequeno monte sob seus pés.

Ao gemer ainda mais alto, baixar a cabeça e olhar para os insetos como se estivesse olhando para dentro de si próprio, o padre Adolfo perdeu as forças nas pernas, caiu e socou a cara violentamente no chão. Ficou se debatendo feito um pato que acabara de ser atropelado, bem no centro da grande poça de sangue de gente e de lobisomem misturado com baratas roxas mortas que se formara ao seu redor.

Incrédulo e assustado com as cenas de violência que acabara de presenciar e sem saber qual atitude tomar para não chamar a atenção da criatura, o professor Juscelino apenas observava de longe o brilho roxo dos olhos do padre Adolfo se apagando aos poucos e suas pupilas se tornando tão amareladas quanto as do cadáver de um peixe qualquer. Por sua vez, o lobisomem — com os olhos ainda mais vermelhos e incendiados do que antes e ainda gemendo por causa da dor das punhaladas — voltou a se esconder na segurança da escuridão do mausoléu, satisfeito com os barulhos dos gemidos e dos engasgos do sacerdote que desapareciam aos poucos atrás de si.

Assim que o padre Adolfo inspirou o ar parado e fedendo a mofo, carne seca e carniça da grande tumba pela última vez na vida, o celular do professor vibrou mais uma vez em seu bolso. Ele pegou o aparelho, todo apressado, e estranhou ao ver que se tratava de uma mensagem da beata Carminha, com quem mantinha contatos diários desde que se adoentara. Foi então que o mestre levou a mão à boca e perdeu mais uma vez a coordenação e o ritmo das respirações quando leu: "Professor, minha barriga acabou de se mexer muito aqui! Os médicos ainda não sabem o que é! Me ajude, professor! Me ajude!" e se lembrou de cenas horripilantes de alguns filmes de terror toscos que havia visto com Rosália nos videocassetes de oito cabeças dos anos 1980.

Apesar de gostar muito da amiga, mas decidido a ajudar primeiro o garoto amedrontado no mausoléu, o professor deixou suas fantasias cinematográficas de horror de lado, para em seguida desligar o celular e o guardar. Com o corpo todo inundado de adrenalina e a cabeça se afundando em cenas "gore" tão grotescas quanto as perpetradas por um Jason numa *Sexta-feira 13* qualquer, pensou por alguns instantes e resolveu chamar por ajuda. Saiu pisando de leve do mausoléu, como um soldado numa guerra que não quer colocar os pés numa mina ativada, se esgueirando em silêncio entre os túmulos, as sombras e os ossos do chão. Já lá fora, depois

de ligar a lanterna e correr até o jazigo de azulejos azuis onde os amigos o aguardavam, foi imediatamente abordado por Clebinho Kid, cuja voz aparentava tanto nervosismo quanto seus olhos dilatados:

— O que que aconteceu lá dentro, fessor? Morreu gente, né? Ouvimos muitos gritos e uivos, mas ninguém aqui teve coragem de...

— Ele tá lá... — respondeu o professor, derrapando nas palavras, a ponto de quase vomitar o próprio coração dentro de um vaso de flores de plástico que havia em cima do túmulo. Respirou um pouco a névoa que baixava e começava a engolir as cruzes dos túmulos do cemitério e concluiu: — Aliás, eles estão lá!

— Eles quem, professor? — interveio Juliana Serelepe, o agarrando pelos ombros.

O docente abraçou a aluna com seus braços peludos de urso e lhe disse, começando a chorar:

— O lobisomem e um menino... eu acho que é o Marquinhos Satã!

— Como assim? Aquele ruivinho imbecil que roubou minha arma e desapareceu dentro da caverna ainda tá vivo, então? — se intrometeu Lindomar Mulder, de binóculos de visão noturna enfiados na cara e mirados na direção do mausoléu.

— Tá, sim! Eu vi... tenho quase certeza de que é ele... — respondeu o professor, esfregando o peito para tentar brecar as batidas do coração.

— Tá vendo! Acho que a gente caiu em mais uma fake news do Zap-zap! Aquela do DNA dos ossos! Que bosta! Esse zé-povinho não tem mais o que fazer mesmo! — disparou Juliana Serelepe, de sobrancelhas se entrelaçando como duas taturanas.

Apesar do comentário assertivo e cheio de raiva, a garota não conseguia esconder dos olhos verdes a emoção de saber que, caso seu velho professor não estivesse delirando ou tomado um litro de Cuba-libre escondido dentro do mausoléu, o amigo de escola ainda poderia estar vivo.

— Mas e os gritos que a gente ouviu com os uivos? De quem eram? — perguntou Clebinho Kid.

— Do padre Adolfo... o cadáver dele tá rodeado de baratas mortas agora... — foi tudo o que o professor Juscelino conseguiu responder, fazendo com que o silêncio do luto voltasse a encher os olhos e os corações assustados de todos, principalmente os de Lindomar que, de cabelos em pé e mãos sobre a boca, parecia adivinhar que o lobisomem tivesse dado fim à vida do religioso para assim recuperar a bolinha roxa, cujas outras seis irmãs gêmeas estavam escondidas junto ao livro de couro, bem debaixo do tapete do porta-malas do seu Jeep. "Se esse bicho souber que eu roubei essas merdas, eu tô é muito fodido!", pensou. Sem saber o que fazer em virtude do medo de morrer que lhe travava os pensamentos, o youtuber pediu licença a todos e saiu correndo em alta velocidade até o veículo. Chegando lá, pegou o produto do seu roubo e guardou tudo dentro da bolsa de couro reservada aos equipamentos eletrônicos que sempre levava a tiracolo.

— Mas e agora? Quem vai ter coragem de entrar lá pra resgatar o menino? — inquiriu Marta Scully, que só observava tudo com seus belos olhos esbugalhados. — Ele tá de que jeito lá dentro, professor? Tá machucado?

— Se tá machucado, eu não sei, mas parece que tá amarrado e tem um negócio travando sua boca. Ele tá bem lá no fundão do mausoléu, perto de uma parede de tijolos... — respondeu o docente com a expressão confusa no rosto, sentindo uma imensa vontade de que tudo aquilo não passasse de um pesadelo.

Juliana pensou por alguns instantes, enquanto todos pareciam tentar imaginar a triste cena descrita pelo professor. Em seguida, pegou de volta a bolsinha de arco-íris cheia de bolinhas de gude coloridas que havia emprestado ao professor Juscelino antes que ele entrasse no mausoléu e lhe disse:

— O lobisomem só não comeu o senhor por causa dessas bolinhas, professor...

Sem dar tempo suficiente para que o grandalhão pudesse pensar a respeito, ela respirou fundo, deu um tapa em suas costas e ordenou:

— Vamos todo mundo pra lá! É agora ou nunca! O negócio é trabalharmos em grupo! — Percebendo que os amigos se entreolhavam preocupados e cheios de medo, ela já foi se antecipando e saltando de cima do túmulo: — Reunião do grupo na frente do portão do mausoléu agora mesmo! Não é ontem e nem amanhã! É a-go-ra! — concluiu, caprichando no tom incisivo das sílabas da última palavra.

— Eu não volto lá, não! — respondeu o professor em voz alta.

"Vai, sim!", gritou Rosália em sua mente, com a voz tão alta e aguda que o fez tapar os próprios ouvidos.

— Não vou, Rosália, não me enche o saco! Vai me obrigar de novo?

Todos os integrantes do grupo se entreolharam mais uma vez, como se perguntassem entre si quem seria a tal da Rosália e se o professor Juscelino estaria ficando maluco a ponto de falar sozinho.

"Vai, sim, que eu tô mandando! Não quer que eu te chame de covarde de novo, né?", insistiu o espírito desencarnado.

— Se eu for, você para de me encher o saco?

"Paro!", respondeu a esposa morta, aos risos.

—Tá bom, meu amor! Eu vou! Eu juro que vou... — concordou o professor, com a voz titubeante, para em seguida chacoalhar a cabeça, encarar todos os que o observavam e dizer, com um indisfarçável sorriso amarelo no rosto: — O que é entrar num túmulo amaldiçoado pra quem já tá pertinho da morte, não é mesmo? Vamos lá, então?

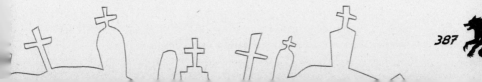

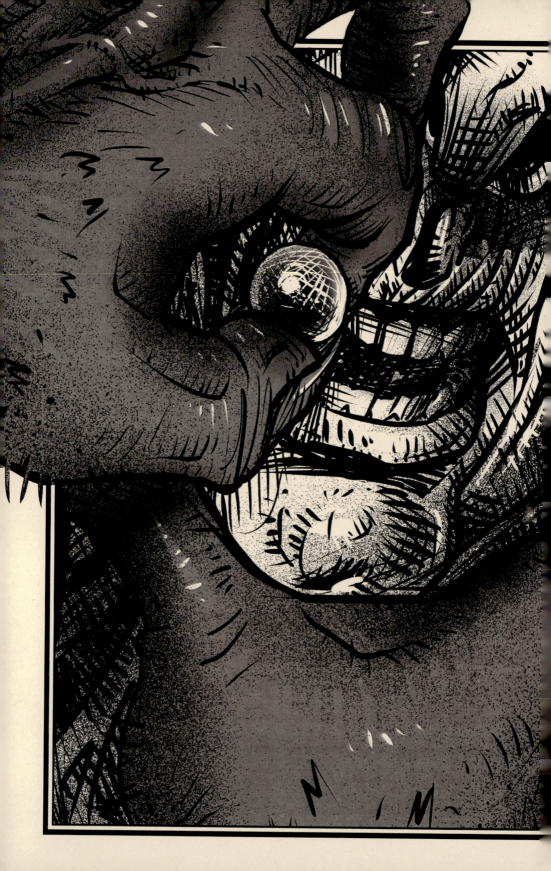

41

Mais linda do que a mais bela das melodias

Sem que ninguém se atrevesse a dizer "não" a Juliana Serelepe e depois de Lindomar chegar ofegante de sua ida ao seu Jeep e contar apenas para Clebinho Kid que tinha ido buscar o livro de couro e o restante das bolinhas de gude roxas, todos tomaram rumo em direção ao mausoléu. Chegando lá, Juliana pediu para que desligassem as luzes dos celulares e das lanternas. Depois, enfiou a mão no pequeno embornal, entregou uma bolinha de gude para cada um, já alertando para que não se assustassem com o que aconteceria a seguir.

— Esse bicho que tá lá dentro odeia a luz dos vaga-lumes! — reiterou. Em seguida, orientou para que todos acelerassem o processo, fechassem os olhos e esfregassem as bolinhas entre as palmas das mãos, assim como ela havia feito com o professor Juscelino, dias antes, na sorveteria do seu Zico Mola. — Somos em cinco aqui fora! Se esse bicho não se intimidar com a quantidade de vaga-lumes que vai sair dos nossos olhos, a gente vê o que faz!

— Que vaga-lumes? Que porra é essa? — resmungou Lindomar, ressabiado, recebendo um "Cala a boca e obedece!" bem dado da esposa Marta como resposta.

Juliana sorriu, satisfeita com a bronca que o youtuber levara. Com pressa, fechou os olhos e começou a esfregar uma das bolinhas entre as mãos delicadas, fazendo com que todos copiassem seus gestos, inclusive Lindomar. Então, forçando a saída através da boca e dos olhos de todos — menos do youtuber que, pela expressão irônica, parecia não acreditar nem um pouco naquela "magia" —, surgiram piscando e voando milhares de vaga-lumes, em quantidade muito superior à que fora dispensada pelo professor Juscelino na sorveteria dias antes. Intimidado pela presença do enxame de insetos luminosos que, mesmo de longe, faziam brilhar os escudos da família do "Coroné" Afonso Brás pendurados nos portões do mausoléu, o lobisomem uivou tão alto lá de dentro que fez o som da sua agonia se espalhar com o vento e a névoa, cemitério afora, noite adentro.

— Não se assustem! Com essa luz toda, ele vai ficar assustado e não vai ter coragem de se aproximar da gente! E tem outra coisa! Quero que façam só o que eu mandar lá dentro do mausoléu, entenderam? Só o que eu mandar! — ordenou Juliana Serelepe quase aos gritos, à medida que o som do uivo desaparecia aos poucos entre os túmulos.

Depois de alguns segundos de silêncio, onde apenas as respirações aceleradas dos integrantes do grupo eram ouvidas junto aos barulhos das cigarras e dos grilos do cemitério, a menina pediu para que todos respirassem fundo, abrissem os olhos e os piscassem bem devagar, "para que seus músculos relaxem e as pupilas se acostumem com a claridade!", como salientou, com propriedade na fala. E foi então que, ao fazer isso, Marta Scully levou a mão direita à boca quando se deu conta de que seu corpo, assim como o de todos os seus companheiros, estava completamente envolto por um redemoinho formado por milhares de vaga-lumes piscantes e verdes. Apenas Lindomar parecia decepcionado, pois resmungava a todo o momento que, apesar de tentar, não estava conseguindo ver nada.

Quando o professor Juscelino — embasbacado pela visão "cinematográfica", como ele próprio diria — resolveu abrir a boca para pergun-

tar alguma coisa a Juliana, os redemoinhos deixaram de girar em torno dos corpos. Como se recebessem uma ordem de alguma entidade com ainda mais poder do que as bolinhas coloridas, subiram em formação em direção aos céus e se uniram num só vórtice de grandes proporções. Sua força e velocidade eram tão avassaladoras que arrastavam para o seu interior todos os bichos que se encontravam por perto; de mariposas, escorpiões, besouros, baratas até alguns morcegos e uma grande coruja que antes se escondiam nas árvores próximas. Assim que viu os vultos negros dos animais noturnos dançando aos giros e à contraluz verde do cone do redemoinho — uma cena que o fez lembrar dos lasers que envolviam o corpo do vocalista da banda RPM nos shows —, o mestre não pôde deixar de comentar baixinho para si mesmo:

— Que coisa mais linda! Queria tanto que a Rosália estivesse aqui pra ver isso!

De repente, o professor cerrou as sobrancelhas e ficou pensativo, depois de ouvir a esposa lhe dizendo, lá das profundezas da sua mente, com a voz tão calma e macia que até o assustou: "Ah, Juscelindo! Vê se me deixa em paz e se liberta também! Nunca te pedi nada, meu amor! Vai viver sua vida que o tempo não para! 'O tempo não para', lembra? Não era isso que dizia aquela música do Cazuza que você amava?"

Logo após o término do show de luzes e da demonstração de força sobrenatural, o redemoinho desceu do céu em alta velocidade e tocou o chão, bem em frente à escadaria do mausoléu, sugando para o seu interior todas as flores de plástico que um dia pertenceram aos arranjos em homenagem aos mortos que ali repousavam e todas as folhas secas e taturanas caídas das árvores próximas. Quando o vórtice se deslocou e começou a subir os degraus e se aproximar dos portões, os uivos do lobisomem acuado lá dentro se tornaram ensurdecedores. Sob novas orientações de Juliana Serelepe, o grupo seguiu os rastros do redemoinho até que este finalmente desapareceu na escuridão do mausoléu, sugando para dentro de si tudo o que conseguia e iluminando o restante. A intensidade de sua luz fez com que todos os objetos lá dentro, antes ocultos pela poeira, pelo musgo e pelo breu absoluto, resplandecessem como se feitos de algum material verde fosforescente.

Atraídos pela beleza hipnótica do desconhecido, todos seguiram aquele cone verde giratório de mais de três metros de altura mausoléu adentro, escrutinando todos os detalhes da tumba luxuosa com olhos de arqueólogo. Ao reparar na morbidez aparente dos detalhes esculpidos nos mármores dos túmulos arrebentados e na imagem tétrica dos ossos humanos espalhados pelo chão, junto a restos de flores mortas, baratas, ratos, crucifixos metálicos enferrujados e pedaços apodrecidos de véus de defunto e de caixões, Clebinho Kid disse baixinho, arrancando uma risadinha nervosa de canto de lábio de Juliana Serelepe:

— Se foi o lobisomem que fez isso, ele devia estar com muita raiva da família do fazendeiro!

— Gente! Olha o que tem aqui na parede! — murmurou Marta Scully, mudando de assunto, com a voz grudada à garganta feito carrapichos em crinas de cavalos.

Lindomar Mulder — sentindo-se mal por perceber que só ele não via o tal do redemoinho verde feito de vaga-lumes — apontou a luz da sua lanterna para a parede indicada pela esposa e não conseguiu segurar a boca fechada com o que viu. Em toda a extensão do mármore envelhecido e rachado pelo tempo havia dezenas de desenhos alaranjados, muito provavelmente produzidos com os pedaços de tijolos que ainda se encontravam amontoados em toda a sua base, além de outros rabiscos que pareciam ter sido feitos com algum tipo de pó branco embebido em água ou saliva. Eram figuras que lembravam, e muito, as pinturas rupestres dos primeiros

seres humanos que habitaram a Terra, mas que mostravam o que parecia ser o modo de vida de uma tribo constituída apenas por lobisomens.

— Olha esse aqui! Parece que tem uns cinco lobisomens perseguindo uma onça no meio da mata! Olha os pontinhos pretos no corpo dela! Não parece uma onça? — murmurou Juliana Serelepe, apontando para um dos desenhos que resplandeciam à luz verde do redemoinho, que, por sua vez, continuava andando pelo interior do mausoléu, como se procurasse por algo ou alguém.

— Este aqui tá fazendo um churrasco, com certeza! Tem até o que parece ser um lagarto preso na ponta de um espeto, prontinho para ser assado! Olhem só, que curioso! Estão vendo? E este aqui, então? Lembra uma festa de São João, com todos esses lobisomens ao redor de uma fogueira! Que coisa de doido! Se eu contasse pra Rosália, ela não acreditaria... — retrucou o professor Juscelino, com os olhos brilhando bem ao estilo Indiana Jones, mais precisamente na cena em que o personagem encontra o ídolo de ouro dentro de uma caverna, logo no início do primeiro filme da saga. Depois de pensar um pouco com a mão segurando a papada abaixo do seu queixo, ele concluiu: — Pelo visto, essas criaturas devem ter um certo nível de inteligência! Já conheciam o poder do fogo...

— Ao que parece, esses bichos não são tão burros, ignorantes e primitivos assim, é isso o que o senhor quis dizer, né, gordinho? — se intrometeu Lindomar, irônico como sempre.

O professor lhe virou a cara e, sem querer chamar a atenção de mais ninguém, olhou para o canto onde o padre Adolfo havia sido morto e cujo cadáver ainda se encontrava caído, todo rodeado de baratas mortas e marcas de sangue pisoteado. Estranhava o que via, pois, ao contrário de todas as outras coisas leves que haviam por ali, as tais baratas não foram sugadas para o interior do vórtice giratório e potente do redemoinho verde. Alheio às suas dúvidas, o youtuber continuou:

— Bom, isso se for mesmo um lobisomem que desenhou essas

coisas e não algum vândalo desocupado! Esses vagabundos adoram sujar o mundo, né? Picharam até uma pintura rupestre antiga em São Thomé das Letras esses dias, vocês acreditam? Viram na televisão? — disse, para em seguida suspirar, acusar, processar, condenar e emitir sua sentença particular, como todo reacionário que se preze faz: — É por isso que sou a favor da pena de morte... pra mim, bandido bom é bandido...

E foi então que um gemido alto seguido de um pedido de socorro caiu dos céus e cortou a fala abjeta e superficial do youtuber ao meio — fala, aliás, típica dos, como Juscelino disse um dia aos seus alunos e alunas, "tiozões e tiazonas do Zap-zap que adoram vomitar e espalhar aos quatro cantos suas frustrações sociais e, acima de tudo, seu ódio acumulado". Imediatamente, Juliana pediu silêncio e todos obedeceram, fazendo com que apenas o barulho do vento provocado pelo redemoinho continuasse reverberando nas paredes de mármore e ao redor dos túmulos.

Assim que o pedido de socorro voltou a ecoar em um volume ainda mais alto, Juliana arregalou os olhos e apontou para a parede de tijolos à vista do fundo do mausoléu, jurando de pés juntos que havia visto alguma coisa. Respirou fundo e foi caminhando devagar até lá, com a lanterna de Lindomar Mulder e os vaga-lumes do redemoinho ajudando a iluminar seus passos. Ao sentir um forte cheiro de urina, de fezes humanas e de frutas podres, ela falou baixinho, já parando de andar:

— Gente, tem um menino sentado ali! E parece que tá com medo, porque tá abraçado nas pernas!

De repente, não ligando para a descoberta de Juliana, uma sombra ágil como a de um lobo fugiu da luz do redemoinho verde como o capeta foge da água benta e correu para trás de uma sepultura de mármore aberta, à direita de onde estava o garoto apontado por ela, se escondendo em seguida por entre as sombras das quinas das paredes de tijolo. Por sua vez, como se possuísse inteligência própria, o aglomerado giratório de vaga-lumes foi se aproximando devagar da sombra fugitiva e a iluminou,

fazendo com que Juliana arregalasse ainda mais os olhos e sentisse um calafrio ao se deparar com os contornos do mesmo lobisomem que a prendera na caverna da Cachoeira dos Pretos, cerca de um mês antes.

O ser sobrenatural tinha, além dos buracos das punhaladas no abdome, uma expressão de sofrimento no rosto melado de sangue coagulado dele e do padre Adolfo e seu corpo desproporcional e corcunda tremia feito uma britadeira ligada. Suas mãos peludas de unhas grandes e afiadas protegiam os olhos vermelhos e semicerrados da luz dos vaga-lumes, que parecia ter o poder de perfurá-los com facilidade. Alheio à cena de horror que assombrava e trazia de volta todos os traumas da amiga, Clebinho Kid correu até o garoto que ela havia encontrado e, ao iluminá-lo com a lanterna do celular, gritou, sem conter a ansiedade e a surpresa:

— Puta que pariu! O fessor tava certo! É o Marquinhos Satã mesmo! E tá vivinho da silva!

O restante do grupo também correu para acudir o garoto, enquanto Juliana encarava o lobisomem que, a julgar pela expressão de abatimento, parecia não possuir mais forças suficientes para sequer tentar fugir do local onde se encontrava encurralado.

Marquinhos Satã, magro feito uma saracura-do-brejo e de olhar amarelado de fraqueza, mas agradecido, estava amarrado nos pés e tornozelos por grandes pedaços de cipós grossos e entrelaçados, tão fortes quanto cordas de couro. Sua boca estava parcialmente tampada por grandes pedaços de folhas de palmeiras presas à nuca por outros tipos de fibras vegetais trançadas. Ao redor de todo o seu corpo debilitado havia, bem no meio de suas próprias fezes e poças de urina, pedaços apodrecidos de goiabas, caroços de manga, cascas de banana e todo o tipo de restos de frutas e de materiais orgânicos que se possa imaginar. Curioso, amedrontado e enojado com tudo aquilo, o professor Juscelino se aproximou dele e disse, já pegando um canivete emprestado de Lindomar Mulder e cortando os cipós que o amarravam:

— Esse bicho é inteligente demais! Você tá bem, Marquinhos?

Apesar do estado de choque que continuava amarrando seu corpo ao medo, o garoto respirou fundo o ar parado fedendo a dejetos humanos, frutas podres, carniça e musgo do mausoléu e murmurou, quase chorando:

— Tô, fessor!

— Ele te maltratou? Você tá machucado?

— Não, fessor! Ele cuidou de mim... até me dava comida... e eu acho que o homem encapuzado machucou ele...

— Mas por que será que ele não te devorou feito um leitãozinho, como fez com tanta gente? — interveio Lindomar Mulder, que ouvia toda a conversa em silêncio.

— Não sei, seu bosta! Só sei que eu quero sair daqui agora... — retrucou Marquinhos Satã, agora com a voz um pouco mais firme, perdendo de vez a paciência com a falta de sensibilidade e de modos do youtuber.

— Eu sei por quê, Lindomar! — disse Juliana Serelepe, dando as costas ao lobisomem e pedindo para que Clebinho Kid ficasse de olho nele. Em seguida, caminhou até o menino e se ajoelhou ao seu lado, entre as frutas mordidas molhadas de urina e sujas de fezes, para depois começar a acariciar seus cabelos ensebados pela falta de banho. — Ele quis me atrair até aqui e usou o coitadinho do Marquinhos como isca! Esse lobisomem sabe que só as bolinhas de gude que eu tenho têm o poder de levar ele de volta pro seu lugar! Naquela vez em que ele me sequestrou e me levou pra caverna da Cachoeira dos Pretos, não teve sorte, porque eu consegui fugir e ele não teve tempo de... — Depois de pensar no que fazer e de voltar a olhar para a criatura encurralada pelo redemoinho, a menina, lembrando-se de algo importante, continuou, meio que mudando de assunto: — Quando nós usamos as bolinhas na frente do mausoléu, éramos em cinco. Agora, com o Marquinhos Satã, somos em seis. Na primeira vez que a Jupioca Yuripoka me apareceu num sonho, ela disse que era pra eu comprar sete bolinhas de gude na venda do seu Sílvio do Rolo, uma de

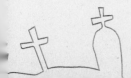

cada cor do arco-íris. Disse também que algo muito mágico iria acontecer se todas fossem usadas ao mesmo tempo, por sete pessoas diferentes. E se a gente conseguisse mais alguém e tentasse fazer o que ela falou?

— Pode ser! Mas quem mais teria coragem de fazer isso, além de nós? No momento, só se for aquele lobisomem ali! Mas reparem como ele parece estar com medo... Desse jeito, acho que não vai topar, não... — respondeu o professor Juscelino, apontando para a criatura e cruzando os olhares com todos os integrantes do grupo "caçadores de lobisomens desgarrados", que, aliás, acabara de se completar com a inestimável e renovadora presença de Marquinhos Satã. — E se a gente resolver fazer isso mesmo, quem vai ter coragem de entregar uma dessas bolinhas pra criatura? Eu é que não vou!

"Sem comentários, Juscelindo! Pelo amor de Deus! Acorda pra vida, homem! Me ajuda a te ajudar, por favor? Por que você não joga a rede de aço em cima do lobisomem por precaução e vai lá entregar essa bolinha pra ele de uma vez?", disse Rosália, enchendo mais uma vez a paciência do homem que mais amara em sua curta vida.

Antes que o professor tivesse tempo de resmungar alguma coisa em resposta à provocação, uma música suave tocada ao piano surgiu do nada, em baixo volume, espalhando notas que remetiam a calma, beleza, paciência e encanto por todo interior do ambiente claustrofóbico, mal-cheiroso, macabro e opressivo do mausoléu e, ao mesmo tempo, para alívio de Juscelino, levando a voz de Rosália embora. Como se reunisse em si todas as belas melodias já inventadas pelos maiores gênios musicais da humanidade, foi aumentando de intensidade aos poucos, enquanto o grupo todo trocava olhares dignos de quem está prestes a encarar os horrores do céu ou as belezas do inferno em muito pouco tempo.

42
A OUSADIA E A PETULÂNCIA DE EXISTIR SOBRE A FACE DA TERRA

Ao ouvir a melodia ecoando, o lobisomem levantou as orelhas, arregalou os olhos como se alguém aplicasse uma injeção de adrenalina no peito musculoso e começou a uivar sem parar. O professor Juscelino, movido pela energia do susto que levara e munido de uma coragem que nunca tivera na vida — nem mesmo quando confrontava a diretora Adélia e os pais dos alunos nas tediosas reuniões trimestrais —, pediu para que Clebinho Kid iluminasse seus passos e correu em direção à criatura. Com uma agilidade típica dos peões de rodeio que odiava do fundo do coração, principalmente por causa dos maus-tratos aos animais e pela música que consumiam, puxou a rede de aço que levava a tiracolo, a levantou acima da cabeça e a atirou, cobrindo todo o corpo do lobisomem.

Logo após a atitude tomada pelo docente, o redemoinho gigante de vaga-lumes se afastou do lobisomem e começou a perder velocidade e força gradativamente, a ponto de dar chance para que todos os insetos, aves e demais animais noturnos que giravam em seu interior se libertassem e saíssem voando portões afora. Depois, foi a vez de a música parar inesperadamente, fazendo com que os vaga-lumes parassem de piscar, apesar de permanecerem acesos. O enxame de insetos voadores então foi se transformando aos poucos num cone maciço, feito de uma massa única e luminosa, mas ainda indefinida. Como um pedaço de argila moldado por mãos delicadas, foi se contorcendo aos poucos no ar, tomando uma forma humana e girando devagar acima da cabeça de todos. Aos poucos, sua luminosidade foi diminuindo, mas os dois pontos brilhantes que pairavam na mesma altura onde estariam os olhos de uma pessoa comum, não. Continuavam mais acesos, vivos e brilhantes do que dois sinais verdes de um semáforo de trânsito em noites sem névoa.

Quando, aos olhos de todos, os belos contornos de uma mulher — de cabelos curtos e esvoaçantes, vestido solto que dançava no ar e lhe batia nos joelhos e um par de sapatos de salto alto nos pés que pareciam ter sido confeccionados com dezenas de esmeraldas muito bem lapidadas — surgiu sem que a luz emitida pelo seu corpo se apagasse por completo, o lobisomem parou de uivar e mudou a expressão dos olhos, passando do medo à estupefação em segundos. Parecia mais calmo, mas ainda tremia com a visão da entidade sobrenatural que levitava e brilhava à sua frente, tão ou mais do que uma esmeralda sob um globo de discoteca dos anos 1970.

— Por que vocês estão olhando naquela direção? O que estão vendo que eu não estou? — resmungou Lindomar Mulder, agoniado por não conseguir enxergar nada além de escuridão.

— Quem é ela, Juliana? — perguntou Clebinho Kid, embasbacado, sem ligar para o desespero do youtuber.

— Sou eu, só que gente grande, Clebinho! Eu mesma! A Jupioca Yuripoka em pessoa! Ou em luz verde de abajur de escritório, sei lá! Bonita, né? — sussurrou a menina, arrancando risos abafados e uma expressão confusa do garoto.

Aparentando ouvir a conversa, a entidade, agora bem menos luminosa, mas absolutamente visível devido aos belos contornos verde-esmeralda, levitou lentamente até o local onde Juliana Serelepe parecia fazer questão de não se esconder. Chegando lá, a encarou com olhos ternos e um sorriso de Monalisa que surgira como um risco logo abaixo dos olhos acesos e, sem dizer nada, lhe estendeu a mão direita com a palma virada para cima. Entendendo o recado, a garota tirou a antepenúltima das sete bolinhas da bolsinha de arco-íris e lhe entregou. Depois, foi até onde Marquinhos Satã estava e lhe entregou a penúltima. A última ficaria com ela. Todas as outras já haviam sido entregues ao restante do grupo no momento que chegaram em frente ao portão do mausoléu.

Depois de pegar "sua" bolinha, Jupioca Yuripoka passou através do pequeno corpo de Juliana como se este fosse feito de luz de cinema e não de carne humana. Em seguida, levitou mais alguns centímetros no ar, a ponto de quase tocar sua cabeça de luz no teto mofado do mausoléu. Lá de cima, encarou cada integrante dos "caçadores de lobisomens desgarrados" com seus olhos que, como bem lembrou o professor Juscelino assim que os viu, "lembravam a luz verde dos discos voadores do filme *A guerra dos mundos*, dos anos 1950". Sem aviso e parecendo dever uma resposta a todas aquelas pupilas maravilhadas, uma voz calma e apaziguadora então ecoou, sem que Jupioca Yuripoka esboçasse um movimento sequer nos contornos dos belos lábios que se destacavam na massa luminosa:

— O grupo finalmente está completo! Só tenho a agradecer a todos! Embora talvez não saibam, vocês foram escolhidos a dedo, um a um, para esta tarefa! — Enquanto os amigos se entreolhavam espantados, ela continuou: — Mesmo que um de vocês tenha revelado possuir uma energia contrária aos nossos propósitos, tenho certeza de que tudo vai dar certo!

Juliana sorriu, já imaginando quem seria tal pessoa indesejável. Precisando de forças para aguentar o tranco que sabia que viria pela frente, Lindomar enfiou a mão em sua bolsa de couro e agarrou com força uma das bolinhas roxas que roubara da igreja. Sem ligar para o seu gesto, o espectro verde e translúcido da mulher continuou:

— Apesar das atitudes mesquinhas, autoritárias, egoístas e egocêntricas demonstradas a cada minuto por esta pessoa de má índole que está entre nós, temos que ir em frente! Que ela sirva de exemplo para o que não devemos fazer...

— Ela só pode estar falando do Lindobosta! Sabia que, uma hora ou outra, esse lixo humano ia atrapalhar! — resmungou o professor Juscelino a Clebinho Kid, que não se conteve e riu em alto volume ao seu lado, mesmo ainda se sentindo culpado por ter ajudado o youtuber a invadir a igreja. — Só nos resta saber se esse imbecil vai...

De repente, um farfalhar seco e inesperado interrompeu a fala do mestre, fazendo com que ele se virasse instintivamente para o local onde repousava o cadáver do padre Adolfo e todos acompanhassem o seu olhar. Como num filme de horror de baixo orçamento, todas as milhares de baratas roxas que saíram de dentro do religioso começaram a ressuscitar e a cobrir seu corpo feito um manto brilhante, melado e repugnante de pernas, antenas e asas, à medida que se iluminavam aos poucos e se tornavam tão roxas quanto os olhos do padre quando vivo.

Ao ver sua luz enfraquecendo e sendo sugada pela energia das baratas — e perceber nisso uma ameaça inesperada aos seus planos —, Jupioca Yuripoka pediu para que todos ficassem onde estavam e levitou com as mãos espalmadas em direção ao cadáver, como se quisesse exorcizá-lo de alguma maldição, demônio ou coisa sobrenatural parecida. Quando se aproximou dele e viu que já estava completamente envolto pelos insetos, como acontece com a roupa de um colhedor de mel em um apiário, se assustou ao reparar em dois olhos roxos se acendendo no meio daquela massa viva que se retorcia feito um bebê na barriga de uma mulher grávida de nove meses. Foi então que o cadáver do padre Adolfo se levantou todo trôpego do mundo dos mortos, enquanto as baratas se iluminavam cada vez mais e se tornavam um só volume de luz roxa, cuja intensidade chegava a competir com a luz verde da entidade estática à sua frente. Os

dois ficaram se encararam em silêncio por alguns segundos, até Jupioca quebrar o gelo feito de tempo e rancor que os separava e lhe dizer algo de maneira autoritária, numa linguagem que mais lembrava os gemidos de um lobo. O monstro no qual o padre Adolfo havia se transformado, não concordando em nada com o que ela havia lhe dito, retrucou alguma outra coisa na mesma língua, só que aos gritos, agitando os braços e fazendo com que algumas baratas decolassem e voassem em círculos ao redor de sua cabeça.

Cansada de tentar convencer o morto-vivo do que quer que fosse, Jupioca Yuripoka virou-se para todos os seres humanos ainda vivos que presenciavam aquilo sem acreditar. Em silêncio e sem tempo para que lhe fizessem perguntas, encarou Juliana Serelepe e recebeu de volta um aceno positivo de cabeça emendado com um sorriso satisfeito, apesar de amedrontado. Enquanto a garota entendia o recado e pedia ao restante do grupo para que pegassem suas bolinhas coloridas e se preparassem, a entidade soltou a que havia ganhado e a fez levitar no ar em direção às suas mãos. Juliana então a agarrou e correu até o lobisomem preso debaixo da rede de aço. Chegou bem perto dele e lhe estendeu a mão com a última das sete bolinhas. Ao perceber o gesto da garota, a criatura começou a respirar de maneira acelerada e travada, como se seus pulmões animalescos estivessem cheios de água ou, quem sabe, de mágoa.

Desolado e com os olhos vermelhos latejando de medo da bolinha, o lobisomem oriundo do "lugar onde a lua cheia nunca se põe" grunhiu baixinho, quase aos prantos, do mesmo jeito que uma criança recém-nascida faz quando começa a dar sinais de fome. Só foi se acalmar depois que Juliana sorriu para ele e começou a passar a mão suavemente nos pelos grossos de uma de suas enormes orelhas, que vazava feito uma espada medieval acima da malha de aço que a cobria. Ao mesmo tempo que fazia isso, ela observava com preocupação os dois furos ensanguentados feitos pelo punhal usado pelo padre Adolfo na barriga do lobisomem, imaginan-

do que aquilo talvez fosse o motivo maior do seu sofrimento. De repente, parecendo perder de vez o medo que travava seus movimentos, a criatura estendeu a pata direita trêmula e a garota, mais que depressa, lhe entregou a bolinha. E foi então que aquele ser, antes com ares e comportamentos tão animalescos e selvagens, arregalou ainda mais os olhos e encarou Juliana como se fosse uma criança pequena descobrindo o mundo, com a expressão mais curiosa do que medrosa impressa no rosto deformado, parecendo exalar mais esperança do que pessimismo através das íris faiscantes, as quais pareceram reviver de um instante a outro. Ao olhar outra vez para a barriga do lobisomem, Juliana teve tempo de ver os ferimentos se fechando aos poucos e levou a mão à boca, tentando segurar sua alegria.

Depois de se emocionar com aquela cena que ansiava ver havia tempos, Jupioca Yuripoka respirou fundo e, tão decidida e corajosa quanto Juliana fora com o lobisomem, partiu para cima do cadáver luminoso do padre Adolfo. Quando sua luz verde se fundiu com a roxa emitida pelas baratas do religioso, uma explosão de raios luminosos aconteceu, feito um transformador de um poste de iluminação quando entra em curto-circuito. Mesmo de dentro daquela massa de luz que rodopiava no ar e produzia sons de trovões, Jupioca conseguiu gritar para o grupo, sem esconder o tom de sofrimento que agora se agarrara feito anzóis à sua voz:

— A hora é agora, meus amigos! Assim que o lobisomem fechar a pata com a bolinha, vocês fecham as mãos também! Se concentrem que vai dar tudo certo!

Juliana, percebendo o desespero "dela mesma, só que adulta", como dizia, voltou a encarar a criatura e a mergulhar bem fundo nos seus olhos perdidos no tempo e no espaço. Começou a abrir e a fechar a mão na frente do seu focinho, querendo lhe ensinar o gesto a qualquer custo. Por sua vez, o lobisomem, com a expressão do rosto voltando a parecer assustada e levemente abobada, baixava e levantava as orelhas, como se não estivesse entendendo nada. De repente, seus olhos vermelhos se acenderam

ainda mais e se arregalaram, suas orelhas congelaram duras e paralelas no ar e ele uivou alto. Parecendo lhe voltar ao peito uma coragem que já não tinha mais esperanças de ter na agonia em que sua longa vida entre os seres humanos se transformara, o lobisomem finalmente acabou fechando a mão com a bolinha dentro. Seu gesto foi acompanhado por todo o grupo dos "caçadores de lobisomens desgarrados", inclusive por Lindomar, que, naquele momento, havia deixado todas as suas bugigangas tecnológicas de lado e, apelando a Deus e ao diabo, agarrado uma bolinha roxa com a mão direita e uma vermelha com a esquerda.

Assim como os olhos da criatura, todo o espectro luminoso de Jupioca Yuripoka voltou a brilhar com toda a intensidade verde-esmeralda de antes, até finalmente explodir junto ao corpo recém-reanimado do padre Adolfo numa só bola de fogo e luz e espalhar centenas de milhares de vaga-lumes e baratas roxas voadoras por toda a estrutura interna do mausoléu. Os insetos luminosos então começaram a se multiplicar aos milhões e a se deslocar em alta velocidade em direção às paredes internas e aos túmulos da família do fazendeiro. Atingiam tudo sem medo e de maneira determinada, como se quisessem destruir a qualquer custo e com o poder singelo de suas pequenas luzes e asas todos os tijolos, azulejos importados e ornamentos de mármore daquele local que fora erguido com o dinheiro podre advindo do sofrimento e das dores de milhares de seres humanos escravizados trazidos da África. As baratas, por sua vez, pareciam querer reconstruir a imponência e o luxo do mausoléu, numa batalha de destruição e reconstrução que parecia infindável aos olhos de quem observava. Famintas por luxo e ostentação, se espalhavam ao redor de tudo e de todos que ali estavam e tingiam o que podiam com seus tons roxos e mórbidos, do mesmo jeito que gotas de tinta fosforescente se espalham dentro de um balde de água limpa e a fazem adquirir cor.

Foi então que o enorme redemoinho formado baratas e vaga-lumes misturados voou em alta velocidade portões afora. Tudo o que os insetos haviam tocado no interior do mausoléu — depois de se acenderem e brilharem em tons roxos e verdes fosforescentes —, explodiu e se apagou, fazendo com que a realidade lá dentro adquirisse um tom marrom-escuro parecido com o de um lamaçal. Imersa no breu absoluto, a imponente construção então começou a ruir em silêncio e a ser sugada para o centro da Terra, levando consigo — além dos humanos e do lobisomem que ali estavam — tudo que havia dentro e fora dela, inclusive o cemitério de Joanópolis. Era como se toda aquela morbidez produzida por mãos humanas vaidosas começasse a ser triturada por uma força giratória desconhecida e carregasse para os confins do nada os túmulos dos ricos e dos pobres, as lápides de cimento e de tijolos, os santos pequenos e grandes feitos de louça ou mármore, as cruzes de madeira, gesso ou metal vagabundo, os anjos brancos, magros e gordos com expressões tristes e desoladas nos rostos, as flores vivas e mortas, as larvas de mosquito sobreviventes dos vasos de cerâmica, os terços católicos feitos de plástico ou os de metal cheios de ferrugem, os cadáveres ainda não decompostos e os já tão secos quanto bacalhaus da Semana Santa, os véus apodrecidos que um dia cobriram sem necessidade suas faces pálidas, roxas e geladas e, principalmente, os ossos humanos que, com toda a podridão dos seus tutanos, empesteavam o lençol freático existente há milênios nos subsolos.

A cidade de Joanópolis, por sua vez, também fora contaminada em toda a sua extensão pela gigantesca nuvem de vaga-lumes e baratas roxas que se formara da luta entre Jupioca Yuripoka e o padre Adolfo e se espalhara feito uma praga bíblica por todas as suas esquinas. Assim como tudo o que lembrava a presença predatória das mãos humanas naquelas serras abandonadas por Deus e pelo diabo, o pequeno município foi desaparecendo aos poucos, casa por casa, carro por carro, construção por construção e pessoa por pessoa, como se nunca tivesse tido a ousadia ou a petulância de existir sobre a face da Terra.

Apenas os animais ditos "irracionais", as florestas intocadas e as cachoeiras milenares que desembocavam em riachos límpidos sobreviveram ao poder das criaturas luminosas do bem e do mal que acabavam de se misturar e de se tornar uma só nuvem, cujas nuances e fronteiras só podem ser identificadas ou definidas por quem tem os olhos mais atentos.

UM LUGAR QUE NÃO DEVORA
A SI MESMO

Juliana Serelepe foi a primeira a acordar ao som de uivos misturados à sinfonia de outros animais, tanto diurnos quanto noturnos. Abriu os olhos devagarinho e estranhou que, mesmo sendo noite, canários, bem-te-vis e beija-flores voavam alvoroçados por todos os lados, numa convivência pacífica com morcegos, corujas, besouros e mariposas. Esboçou um sorriso ao perceber que também ouvia, bem lá no fundo dos ouvidos da alma, a mesma melodia desconhecida que antecedera a chegada de Jupioca Yuripoka ao mausoléu, momentos antes. Ou seriam muitos anos depois?

Sem saber onde estava e nem o que fazia ali, via todos os seus amigos desacordados e espalhados ao seu redor, deitados numa clareira repleta de cupinzeiros de vários tamanhos, cujos topos arredondados eram iluminados apenas pela luz da lua cheia que, naquele lugar, tinha um leve tom arroxeado. Passou as mãos no rosto, olhou à sua direita e viu o professor Juscelino despertando e já esfregando as costelas, como se sentisse muita dor. Atrás dele, uma voz familiar ecoou, sobressaindo-se a todos os outros barulhos da floresta e, em especial, aos uivos:

— Caramba! Que lugar é esse? Pela quantidade de uivos, só pode ser a tal da Lobisópolis que o meu bisavô falava! — Era Clebinho Kid, já recuperado da "viagem" e trepado em cima de um dos cupinzeiros maiores. Atento a qualquer movimento, olhava a escuridão pontilhada de pequenas luzes do horizonte à sua frente com as duas mãos na cintura, como os super-heróis dos desenhos e quadrinhos. Ao perceber os semblantes curiosos dos companheiros que acordavam e miravam seu corpo franzino como os holofotes dos helicópteros da polícia fazem com os bandidos nos filmes, explicou: — Lobisópolis era como ele chamava a "cidade dos lobisomens"! Ele jurou até morrer que ela existia de verdade, antes mesmo de o mundo ser mundo... de a gente ser a gente...

— E essa música de novo? Tá vindo de onde? — disse Marta Scully, não dando atenção à fala do garoto, também se levantando e sacudindo a poeira do colete cheio de bolsos que usava.

— Olha! Tem alguma coisa brilhando ali no meio do mato! — interveio Marquinhos Satã, já um pouco mais animado e recuperado dos dias de dureza do seu cárcere, apontando para um amontoado de árvores altas, cujos galhos retorcidos dos topos lembravam longos dedos tentando alcançar e agarrar a lua.

Depois de orientar aos berros para que Marta Scully filmasse tudo e de ser obedecido muito a contragosto, Lindomar Mulder se levantou da moita espinhenta em que se encontrava. Praguejando feito um velho rabugento, sacou sua arma da cintura, ligou sua lanterna e caminhou devagar até o local indicado por Marquinhos Satã. Assim que chegou perto do que parecia ser o início de uma mata quase intransponível e percebeu que a música aumentava gradativamente de volume, desligou a lanterna. Na escuridão quase absoluta, apenas os troncos das árvores eram possíveis de se definir à contraluz de um foco de luz verde cálida que lembrava a dos vaga-lumes, só que mais fraca. E foi então que, como se a força da curiosidade provesse ainda mais energia ao seu corpo, Marquinhos Satã se

levantou e, num gesto ágil, correu à frente do youtuber. Quando abriu as folhas das plantas mais baixas com as duas mãos e viu o que os esperava numa clareira escondida atrás das árvores, falou com a voz alta, emocionada e pausada:

— Nossa, vocês precisam ver isso!

Todos os outros integrantes do grupo correram para ver, do mesmo jeito atropelado que crianças fazem quando chega uma caravana de um circo ou uma pessoa vestida de Papai Noel numa cidade do interior. E foi assim que, bem na frente dos doze olhos arregalados e estupefatos dos seres humanos que espreitavam como predadores famintos por entre as frestas do mato, resplandeceu mais uma vez o vulto apaziguador, verde e translúcido de Jupioca Yuripoka. No centro de uma clareira rodeada de plantas espinhentas e flores de todos os tipos e cores e tendo como paisagem de fundo uma serra muito distante, de onde despontava um vulcão ainda ativo que expelia lava e fumaça roxa no ar, a entidade sobrenatural tocava sem parar um piano tão verde quanto musgo, de cujos pés retorcidos se projetavam raízes grandes e fortes o suficiente para penetrar no âmago daquela terra estranha, talvez com o objetivo de extrair de suas profundezas toda a inspiração necessária para a composição e execução da bela melodia que ecoava.

— Aproximem-se! Eu sei que vocês estão aí. Sentem-se ao redor do meu piano e apreciem as flores, mas tomem cuidado com os espinhos. Tanto aqui quanto lá no mundo selvagem e quase em extinção onde vocês vivem, existem espinheiros tão venenosos quanto uma cascavel... — A voz da entidade se espalhou sem que seus lábios se mexessem, bem no meio da luz verde irradiada pelo piano e da névoa baixa que começava a engolir tudo. Assim que todos se sentaram ao seu redor como escoteiros em volta de uma fogueira, ela continuou falando, sem que seus olhos perdessem a intensidade ou seus dedos delicados parassem de tocar as teclas também translúcidas do piano: — Vejo curiosidade e medo nas pupilas dilatadas de vocês, mas nada que uma boa música e uma boa explicação não resolvam! — Juliana Serelepe e o professor Juscelino mergulharam nos olhos receptivos um do outro e apuraram os ouvidos. A entidade prosseguiu, enquanto tocava uma parte mais intensa da música: — Meus queridos e minhas queridas. Aqui é o que chamo de "lugar onde a lua cheia nunca se põe". Nesta Terra abençoada pela ausência de seres humanos, a lua não mingua, não diminui, não desaparece e ninguém bota os pés em seu solo sagrado. Como entidade inteligente que é e com toda a liberdade que conseguiu ao longo de milênios, vai de um horizonte a outro e volta, num zigue-zague eterno, beijando aqui e ali os cumes dos morros mais altos ou deslizando sobre o corpo do "gigante deitado" de acordo com sua própria vontade. Apesar de tudo isso parecer estranho, não é tão estranho quanto um lugar que devora a si mesmo, como acontece no mundo onde vocês, seres humanos, habitam...

— Mas se aqui a lua nunca se põe, então é sempre noite! — interveio Juliana Serelepe, sem se conter. — E se é sempre noite, então não tem sol, não é? E, se não tem sol, como é que as plantas e os animais sobrevivem? Lembra daquela aula sobre aquele negócio que tem nas folhas das plantas, professor Juscelino? Como é que é o nome mesmo?

— Clorofila! Coisas da fotossíntese... — respondeu o docente, mais uma vez aturdido e encantado com a sapiência da pequena aluna.

— Boa pergunta, Juliana! — respondeu Jupioca Yuripoka, ainda de olhos grudados no piano e sem parar um segundo sequer de tocar as notas que a energia daquela Terra dos avessos lhe assoprava nos ouvidos. Cada vez que a ponta de seus dedos insidia sobre uma tecla, a fazia resplandecer com uma pulsação luminosa e um som único, do mesmo jeito que acontecia com o jogo Genius dos anos 1980, que o professor Juscelino ainda tinha guardado em sua casa, mas que não funcionava mais. Depois de pensar como se tivesse todo o tempo do universo à sua disposição, ela continuou: — Aqui, toda a energia necessária para a sobrevivência

das plantas e dos animais é extraída de um tipo de sol que existe bem no centro da Terra, assim como acontece com a inspiração musical que é captada pelas raízes dos pés deste piano milenar. O que pulsa e brilha de verdade e com intensidade no interior deste mundo inspira as batidas do meu coração, que por sua vez bombeia os vaga-lumes da criatividade dentro das minhas veias e fazem mover naturalmente meus dedos sobre as teclas do instrumento. Uma palavra que vocês conhecem e que talvez resuma toda essa poesia que lhes falo com conhecimento de causa pode ser "inspiração". Assim como eu me inspiro com a energia da Terra e toco, a minha música que sai do meu piano pode inspirar e tocar a alma de tudo e de todos os que estão ao meu redor e assim sucessivamente. Um simples olhar de uma moça bonita pode inspirar um escritor, uma escritora, um poeta, um pintor ou uma pintora. Os livros, as poesias e as pinturas produzidas por essa energia podem, por sua vez, inspirar outros olhares e outras obras, numa reação em cadeia difícil de se conter, para o bem ou para o mal. No mundo onde vocês pensam que vivem (mas, na verdade, só sobrevivem), existem também inspirações maravilhosas utilizadas para fins obscuros, infelizmente...

— Ô, se existem! — disse o professor Juscelino, encarando Lindomar Mulder e queimando-o até os ossos na fogueira inquisidora acesa nos próprios olhos. Quando viu Marta Scully cabisbaixa ao seu lado, apagou o fogo das pupilas com um sopro do coração e lhe disse baixinho e muito timidamente ao pé do ouvido: — Como é que uma mulher tão gente boa e bonita como você consegue ficar com um cara tão desqualificado, desinteressante e arrogante desses?

— Nem eu sei! Ele já faz parte do meu passado, aliás, professor! Tudo nessa vida passa, não é mesmo? — murmurou ela, acendendo, com sua fala mansa e pausada, um tipo diferente de brasa nas pupilas dilatadas em formato de músculo cardíaco do professor.

— O senhor tá se sentindo inspirado neste exato momento, não é

mesmo, professor Juscelino? — disse Jupioca Yuripoka, como se ouvisse o coração dele e a conversa dos dois.

— Muito, sra. Jupioca! Muito!

— Mas cadê o lobisomem do mausoléu? Ele não veio com a gente? — interferiu Juliana Serelepe, entediada com a conversa.

— Ele já acordou e voltou à segurança de sua aldeia! Já está bem feliz e recuperado, junto aos seus! — respondeu a entidade etérea, parando de tocar o seu piano. Depois de pensar por alguns instantes, ela ordenou: — Por favor, me sigam! Quero mostrar uma outra coisa a vocês!

Jupioca Yuripoka então se levantou do banquinho de madeira entalhado com inúmeros detalhes inspirados na natureza ao seu redor e, com um gesto de mãos típico de quem rege um movimento suave de uma música em uma orquestra, fez seu piano ir se apagando aos poucos à frente das vistas encantadas dos que a rodeavam. Assim que um último resquício de luminosidade do instrumento se misturou à névoa baixa que deslizava entre os pés das árvores feito o fantasma de uma enorme serpente, a entidade se embrenhou na escuridão da floresta onde a lua não conseguia injetar seus raios nem a fórceps e foi imediatamente seguida por todos.

Depois de um aclive onde a umidade, o frio e o silêncio imperavam, surgiu uma outra clareira, só que, em vez de conter um piano iluminado em seu centro, ostentava uma pedra de mais de dez metros de altura, em cujas bordas arredondadas projetavam-se dezenas de degraus esculpidos. De repente, Lindomar Mulder correu de lanterna em mãos para observar os detalhes da rocha mais de perto e, ao tocar em sua superfície como se estivesse lendo alguma coisa no método Braille, gritou a todos que chegavam logo atrás:

— Nossa! Aqui tem desenhos muito parecidos com aqueles do mausoléu!

— Deixem esses desenhos para depois, por favor! Subam as escadas que serpenteiam a "pedra de amarrar a lua" e me esperem lá em cima!

— disse Jupioca Yuripoka, desinteressada pela empolgação do youtuber.

"Pedra de amarrar a lua! Nunca vi um nome mais lindo pra uma pedra!", pensou Juliana, de mãos dadas com o professor Juscelino.

Enquanto subiam, Marquinhos Satã e Clebinho Kid conversavam sobre o nome sugestivo da rocha. Ao ouvir os questionamentos dos dois, o professor Juscelino — que ainda penava para escalar os primeiros degraus — se intrometeu, entre uma pausa para respirar e outra:

— Eu vi num livro que, lá em Machu Picchu, no Peru, tem uma pedra cerimonial sagrada dos incas chamada "Intihuatana", que significa "pedra de amarrar o sol"!

— Nossa! Morro de vontade de conhecer Machu Picchu! É uma das grandes coisas que quero fazer na minha vida! — murmurou Marta Scully, logo atrás dele.

Ao ouvir tal sonho proferido com uma voz embebida em tanta emoção e vontade, o professor se virou e encarou a moça, como se lhe propusesse: "Eu também nunca fui lá! Vamos juntos? Só nós dois? Juntinhos?". "Vamos!", respondeu mentalmente a si mesmo, já colocando os pés nos últimos degraus do topo da pedra.

— O problema é que Machu Picchu nem existe ainda... — interveio Jupioca Yuripoka, com leveza na fala para não destruir os sonhos de ninguém.

— Minha nossa! Olha só lá embaixo! Não parece aquele riacho da parte de baixo de Joanópolis? — gritou Marquinhos Satã, o primeiro a chegar no cume, interrompendo a conversa com uma empolgação que não condizia com seu estado físico ainda debilitado.

— Nossa! Parece mesmo aquele córrego que o lobisomem matou o tiozinho de chapéu! E aquelas tochas todas? E aquelas cabaninhas de palha? E aquele monte de gente andando pra lá e pra cá? — gritou Juliana Serelepe, como se fosse possível se empolgar ainda mais do que o amigo.

— Não são pessoas, Juliana! São as tais criaturas chamadas de

lobisomens na terra de vocês, mas que de "homens", não têm nada, felizmente. São seres que, com a passagem do tempo, pararam de "evoluir" por vontade própria e que temem mais os seres humanos do que a própria morte, pois já tiveram contato com eles no passado e a experiência não foi nada boa... Existe até um livro sagrado que conta essa história... — respondeu Jupioca Yuripoka, se acendendo aos poucos em cima da pedra, como acontece com as válvulas dos antigos aparelhos de televisão.

— E como essas criaturas se chamam? — perguntou Lindomar Mulder, enquanto pegava uma câmera de visão noturna de dentro de sua mochila para captar mais detalhes da cena.

— Esses seres não têm um nome definido, pois, como eu disse, estão presos por vontade própria em um estágio de evolução congelado no tempo, onde as coisas ainda não possuem denominações e nem rótulos. É como se eles fossem um pouco mais evoluídos do que os lobos e menos do que os homens do mundo primitivo, capitalista e autodestrutivo de vocês, entendem? Apesar disso, não são nem um, nem outro. Sabem fazer fogo, moram em cabanas, constroem ferramentas de pedra e madeira e sobrevivem basicamente da caça, da pesca com as próprias garras e dos ovos, vegetais e frutas que encontram pelas florestas...

Ainda um pouco confusa com a história, Juliana se virou para observar o vulcão fincado do outro lado da serra, no sentido contrário ao que estava o "gigante deitado" de Joanópolis, que era para onde todos olhavam. Ao perceber algumas explosões em seu topo, depois das quais começaram a ser expelidas quantidades enormes de lava roxa, fumaça e pedras, perguntou:

— E esse vulcão? Nunca ouvi falar de vulcão em Joanópolis!

— Não ouviu falar porque ele só é visível aqui, neste lugar perdido entre a ficção e a realidade... — respondeu Jupioca Yuripoka de imediato.

— Entendi... e por que a lava é tão roxa assim? — continuou a garota.

— Minha querida! Como eu já disse antes, esta Terra é uma entidade viva e, como todo ser vivo criado pela natureza, adoece e tem seus problemas de saúde. Essa lava roxa é o que tem de ruim dentro dela e que precisa ser expelido para que ela sobreviva.

— Igual pus de machucado? — retrucou Juliana.

— Exatamente! Igual pus de machucado.

— Mas então a lua roxa daqui também é uma coisa ruim?

— Não, minha querida! Vou te explicar! No mundo de vocês, a Lua reflete a luz do Sol, não é assim? — A menina olhou para o professor Juscelino, ele lhe passou a "cola" e ela assentiu com a cabeça. — Então! Como aqui o sol fica escondido no centro da Terra, a lua só tem a claridade roxa da lava do vulcão pra refletir, entendeu?

— Puta que pariu! — gritou Lindomar Mulder, interrompendo a conversa das duas, assim que bateu os olhos no visor de sua câmera.

Logo abaixo dos olhos esbugalhados do youtuber e da figura do "gigante deitado" desenhada nas corcovas da serra onde deveria estar a cidade de Joanópolis, milhares de dorsos peludos, focinhos brilhantes e orelhas empinadas de lobisomens — por falta de um nome mais preciso àquela espécie — fervilhavam, numa grande e ativa comunidade. Atarefados com a labuta da sobrevivência diária, andavam de um lado a outro e uivavam sem parar, com as chamas bruxuleantes das tochas e das fogueiras iluminando suas corcundas peludas e seus passos desengonçados.

— Tem um monte deles esquartejando um bicho naquela mesma curvinha do riacho onde o tiozinho de chapéu foi comido, estão vendo? — disse Lindomar, sem despregar os olhos do visor. — E aqueles dois, então? Parece que tá tendo uma briga de casal! Ou será que estão dançando? Não! Parece mais uma dança mesmo! Ah, sei lá! Que se foda! Nossa, tem um monte de filhotinhos deitados numas folhas ao lado de uma fogueira! Como são feinhos, tadinhos!

O youtuber foi descrevendo tudo o que via feito um narrador de jogo de futebol dopado de café que não quisesse ser interrompido por ninguém. E foi então que, ao baixar a câmera um pouco mais e reparar nos contornos de um caminho que serpenteava morro abaixo e desembocava numa das margens repletas de folhas de taioba do riacho, gritou aos engasgos:

— Eu tenho que ir lá pra filmar mais de perto! Os seguidores do meu canal merecem!

— É proibido! — advertiu Jupioca Yuripoka, com a voz muito mais séria do que o habitual.

— Eu sei me cuidar, "senhora dona entidade da porra do lugar onde a lua não desaparece e o sol não *ecziste*"! Tô armado e minha pistola tem balas de prata de verdade desta vez, minha cara! Medo é coisa que não *ecziste* na minha alma! — retrucou Lindomar, sem poupar as ironias e com a voz imitando a do falecido padre Quevedo. Sem dar satisfações aos olhos enviesados e atônitos da entidade que o acompanhava, agarrou uma de suas bolinhas roxas da bolsa e a apertou com força. Quando seus olhos começaram a brilhar como se toda a lava roxa que corria dentro de suas veias os incendiasse, uma explosão de proporções descomunais no topo do vulcão lhe chamou a atenção. Ele olhou para trás e viu uma enorme coluna de fumaça também roxa subindo aos céus e se separando em dezenas de vultos, cujos contornos pontiagudos o fizeram se lembrar da batina e do capuz usados pelo padre Adolfo nas procissões e no mausoléu. Apavorado pela lembrança que considerava de mau agouro, o youtuber desceu as escadinhas da grande pedra aos pulos, se equilibrando como podia, com seus vários equipamentos pendurados pelo corpo. Jupioca Yuripoka, que também encarava com olhos preocupados os "fantasmas" roxos que dançavam feito moscas varejeiras no horizonte contrário ao do "gigante deitado" e se espalhavam em alta velocidade por todos os cantos do céu enluarado, alertou Lindomar novamente:

— Vou dizer uma última vez! É proibido descer até lá! É um lugar sagrado e intocado! Apenas respeite!

— O que são aquelas coisas voando? — perguntou Marquinhos Satã, de olhos colados em dois vultos voadores que se entrelaçavam bem na frente da lua.

— São as mesmas energias milenares que possuíram as plantas, as flores e os animais do lugar perdido no tempo onde vocês moram. As mesmas que tentaram o padre Adolfo até o levarem à morte. Parece que vieram buscar mais gente... — respondeu a entidade, baixando as pálpebras e a cabeça em seguida, quase que em sinal de luto.

Julgando que talvez Jupioca Yuripoka não estivesse interessada em sua segurança, e sim nas bolinhas e no livro de couro que carregava na bolsa a tiracolo, Lindomar Mulder nem ligou para o que acabara de ouvir. Desceu correndo o morro onde estava a "pedra de amarrar a lua", desaparecendo em seguida nas profundezas escuras da floresta, de lanterna e câmera ligadas nas mãos.

— Não digam que eu não avisei. Que ele pague o preço de sua inconsequência! — murmurou a entidade, segundos depois, aparentando um profundo conhecimento daquele lugar, dos seus habitantes e, acima de tudo, dos seus mistérios.

— Volta, Lindomar! — gritou Marta Scully aos quatro ventos, sentindo uma pena inesperada da coragem do homem que chamava de "ex-marido" desde a fatídica briga da noite da festa de São João.

"Vai, Lindomar! Mete bronca, senhor aventureiro desbravador do desconhecido! Vai, Indiana Jones da Shobee!", provocou o professor Juscelino em pensamento, se esforçando para conter o sorriso debochado e politicamente incorreto que lhe rasgava os lábios meio que sem permissão. "E dê um abraço bem apertado nos lobisomens por mim! Filma bem de pertinho as unhas deles e os dentes deles, tá bom?"

Assim que se deu conta do risco de vida que o youtuber certamen-

te corria, Marquinhos Satã — mesmo confuso com toda aquela situação inusitada naquele mundo diferente, experimentando um estranho tipo de dó que julgava que não era do seu feitio e, acima de tudo, sentindo-se conhecedor das artimanhas dos lobisomens por ter convivido com um deles por um bom tempo — pulou da pedra e se embrenhou pela floresta atrás de Lindomar para tentar trazê-lo de volta. Assim como o youtuber, não voltou mais, apesar dos apelos desesperados dos que ficaram.

Sem saber o que fazer para se acalmar, Marta Scully pegou sua câmera de visão noturna e ficou procurando por alguns minutos pelo homem que já não lhe significava nada e pelo garoto que, mesmo tendo acabado de ser libertado, corria risco de vida por ele, sabe-se lá por quê. Apesar do deslumbramento com a visão da multidão de criaturas alvoroçadas que se aglomerava entre os vãos das pequenas cabanas e ao redor de fogueiras, a moça sentia-se triste e confusa por não poder mais ajudar Lindomar, mesmo depois de tudo o que ele havia feito e falado. Perguntou à Jupioca Yuripoka sobre a possibilidade de uma missão de busca dos desaparecidos, mas recebeu um "não" taxativo como resposta. Foi um "não" tão curto e grosso que, por si só, já dizia tudo. "Não" de mãe ou de professora nervosa, do tipo que não suporta ou não permite que desaforos como os de Lindomar sejam minimizados ou esquecidos. Assim que baixou sua câmera com total desânimo no olhar, seis tiros de revólver ecoaram nas florestas do vale abaixo e rebateram nas corcovas dos morros, seguidos por gritos humanos e milhares de uivos primitivos e raivosos emitidos em uníssono. Depois de se assustar com o barulho, Clebinho Kid olhou para cima, apontou com o dedo indicador e gritou:

— Olha lá! Os bichos da fumaça do vulcão estão se unindo e descendo!

— E ficando mais luminosos também! — completou o professor Juscelino, com a voz tensa, depois de erguer a cabeça e bater os olhos nas dezenas de vultos roxos se entrelaçando, formando uma espécie de corrente de luz e se precipitando em alta velocidade em direção ao solo, mais especificamente ao ponto exato da mata onde Lindomar e Marquinhos haviam desaparecido.

Antes que aquela ameaça vinda do âmago purulento da Terra tocasse o chão e o amaldiçoasse como já havia feito muitos anos antes, Jupioca Yuripoka juntou as duas mãos e, tornando-se ainda mais luminosa do que já era, correu e mergulhou sem medo nenhum de cima da "pedra de amarrar a lua". Clebinho Kid não conseguiu esconder seu estado de deslumbramento ao vê-la — assim como seus grandes heróis e heroínas da TV, dos quadrinhos e do cinema — levitando no ar, pegando impulso com os braços estendidos e voando em alta velocidade em direção ao local onde a corrente roxa e luminosa de vultos atingiria o solo. Enquanto se deslocava, deixava atrás de si um imenso rastro luminoso de vaga-lumes verdes, que se desfazia e se espalhava em leque como a cauda de um cometa, por entre as árvores, iluminando suas copas e os olhos curiosos dos animais que as habitavam.

Quando a corrente roxa de espectros translúcidos se aproximou do chão, a massa luminosa na qual Jupioca Yuripoka havia se transformado foi subindo no sentido contrário a ela, girando tanto quanto a broca de uma furadeira elétrica ligada. Quando as duas forças antagônicas se chocaram a poucos metros do solo, uma forte explosão seguida de um deslocamento de ar fez com que o chão de "Lobisópolis" tremesse como se atingido por um terremoto de máxima intensidade.

Juliana Serelepe, depois de — assim como o professor Juscelino, Marta Scully e Clebinho Kid — se recompor do susto e dos solavancos da Terra e se levantar da pedra com os joelhos ralados, gritou de alegria ao olhar para a batalha que se iniciava a poucos metros acima da vila dos lobisomens e perceber que o vórtice giratório de Jupioca Yuripoka havia conseguido partir ao meio o primeiro elo da corrente roxa, separando dois dos vultos entrelaçados, que perderam a luminosidade e se desfizeram no ar feito fumaça de pólvora. Vibrou ainda mais quando a entidade tomou um novo impulso, subiu em direção ao segundo elo e o atingiu, fazendo surgir outra explosão de grande magnitude. Quando, de repente, a luminosidade ao redor do corpo de Jupioca começou a empalidecer até atingir um tom amarronzado por absorver a energia negativa dos restos das nuvens de fumaça roxa das criaturas que ainda pairavam no ar, a alegria da garota que observava tudo com olhos vidrados se esvaiu, a fazendo baixar a cabeça e murmurar aos amigos, com a voz embargada:

— Ela não vai conseguir! Vamos ter que tentar ajudar ela de algum jeito...

— A única coisa que a gente pode fazer é ir atrás do Lindomar e do Marquinhos! — sugeriu Clebinho Kid, cuja vontade, na verdade, era de dar um salto mortal de punhos fechados de cima da pedra, gritar algum grito de guerra a plenos pulmões e sair voando em velocidade supersônica para auxiliar Jupioca Yuripoka nos combates.

— Então, vamos logo, antes que a terra volte a tremer! — se antecipou o professor Juscelino, já pegando Juliana e Clebinho pelas mãos e os arrastando degraus da pedra abaixo.

●

"Acabou, Lindomar!", pensou Marta, cabisbaixa, descendo a escadaria atrás do grupo, no mesmo instante que um estrondo que lembrava o deslocamento de milhares de cabeças de gado em alta velocidade ecoou

do nada. Atraído pelo barulho, Clebinho Kid olhou para trás e depois para cima. Apontou seu rosto magro em direção às montanhas que formavam os contornos do "gigante adormecido" e gritou, de olhos arregalados:

— Minha Nossa Senhora da Aparecida, olha lá! Tá desbarrancando tudo!

— É tudo consequência do terremoto... — pontuou o professor Juscelino, de olhos também mirados para a serra.

— Tem alguma coisa acendendo na cabeça daquele homem lá de cima! Acho que ele vai se levantar e matar todo mundo, inclusive a gente! — gritou Juliana Serelepe, pedindo em seguida para que o professor Juscelino a suspendesse de "cavalinho" sobre seu pescoço grosso.

— Ele quem, pelo amor de Deus? Eu é que tô ficando doida ou são vocês? — resmungou Marta Scully, ainda mais amedrontada do que já estava, sem tirar os olhos das pedras da trilha que descia pelo morro e serpenteava à sua frente.

— O que a Jupioca me falou realmente tá acontecendo, Marta! Ele acordou depois de ouvir as explosões dos confrontos no céu e de sentir o chão tremendo! Afinal, ele também é o chão, né? — respondeu Juliana Serelepe, já pesando nos ombros do professor Juscelino, mais por causa da agitação e do medo do que dos poucos quilos. Marta fez cara de quem ainda continuava na dúvida e ela concluiu: — O gigante despertou! Vamos nos proteger! Peguem as bolinhas e se preparem!

●

Apesar da ordem de Juliana — que, como sempre, aparentava saber o que falava —, não era fácil despregar os olhos daquele ser gigantesco que se contorcia no alto das montanhas, parecendo se espreguiçar depois de uma noite mal dormida. Acima dos corações cheios de expectativas e medos de todos, dois cumes que lembravam imensos joelhos se

dobraram para cima, fazendo uma boa quantidade de terra arrastar imensas pedras e árvores morro abaixo, formando uma avalanche que parecia disposta a engolir tudo o que estivesse à sua frente, inclusive a Lobisópolis do bisavô de Clebinho Kid. Um dos cumes, mais extenso e menos acentuado — identificado lá de baixo como sendo o peito do gigante —, começou a subir e a descer, como se seu dono inspirasse e expirasse suas tensões, frustrações e fantasias acumuladas durante séculos e séculos de sonos tranquilos e intranquilos repletos de sonhos esperançosos e outros nem tanto e, acima de tudo, de pesadelos com o futuro, onde a destruição da natureza seria prioridade entre os seres humanos, principalmente os mais ricos e poderosos.

    De repente, o gigante começou a balançar a cabeça para se livrar das últimas pedras que ainda restavam sobre ela. Olhou para baixo e mirou suas íris verdes incandescentes para o vale, onde as criaturas que ali habitavam corriam desesperadas de um lado a outro, à procura de qualquer canto que lhes servisse de abrigo — como bem verificou Marta Scully, ao olhar mais uma vez através do visor da sua câmera de visão noturna. Muito lentamente, aquele corpo monumental de proporções inimagináveis foi então se levantando do seu colchão de montanhas, fazendo com que outras dezenas de avalanches ainda maiores e mais ameaçadoras do que a primeira deslizassem morro abaixo e levassem consigo milhares de troncos de árvores centenárias e cheias de histórias para contar. Antes que uma das massas móveis de terra vermelha e pedra que deslizava atingisse em cheio o vilarejo dos lobisomens e o sepultasse para o resto da eternidade, o gigante inspirou o ar da noite eterna do "lugar onde a lua cheia nunca se põe" e ficou em pé. Com as duas mãos juntas como fazemos quando vamos tomar água em uma bica, ele se agachou e conseguiu conter a avalanche sem nenhum tipo de dificuldade, como se toda aquela violência sísmica desencadeada pelo deslizamento lhe fosse mais inofensiva do que uma brincadeira de criança. Depois de jogar toda a terra que havia em suas mãos de volta ao topo da montanha, desceu o restante da montanha pisando bem devagar, com uma espécie de raiva ancestral estampada nos músculos pedregosos do rosto e nos olhos. Com apenas três passos que pareceram balançar até a lua pendurada no céu logo acima de sua cabeça, chegou ao vilarejo dos lobisomens.

Foi então que aconteceu o que o restante do grupo dos "caçadores de lobisomens desgarrados" — que àquela altura já havia cruzado a maior parte da mata densa e se encontrava numa clareira aberta próxima a Lobisópolis — mais temia. Depois de uma explosão ainda maior do que as primeiras, o gigante olhou para o local onde Jupioca Yuripoka ainda se digladiava com as centenas de vultos roxos que desciam feito meteoros do céu e a viu — assim como todos os outros viram — perdendo completamente sua luminosidade e despencando aos giros e de braços abertos em direção ao solo. Ao perceber que aquilo poderia, sim, ser o fim de tudo, o professor Juscelino se antecipou. Obstruiu a visão de Juliana Serelepe com suas mãos gordas para evitar que ela visse a conclusão da tragédia que se anunciava. Ela então deu um puxão em suas mãos, libertou os olhos e murmurou:

— Ela vai morrer...

— Nós todos vamos, se isso realmente acontecer... — murmurou o professor Juscelino de volta, com a voz desanimada.

O gigante então arregalou os grandes olhos e correu em direção ao local onde Jupioca Yuripoca despencava, quebrando árvores, saltando rios com seus pés cascudos e fazendo com que o chão tremesse, como se dezenas de bombas nucleares começassem a explodir ao mesmo tempo. Depois de se recompor do susto e de se equilibrar, Marta Scully, que havia se separado do grupo e se embrenhado numa moita para filmar mais de perto a vila dos lobisomens, gritou:

— Meu Deus do céu! O que é aquilo?

Sem conseguirem ver o que acontecera com Jupioca Yuripoka por causa da altura das árvores ao redor, o restante do grupo correu e se juntou a Marta. Então, à vista de todos, resplandeceu o que parecia ser uma comemoração, com centenas de lobisomens uivando e dançando em torno de uma grande fogueira. Bem em frente às chamas que se avolumavam cada vez mais e faziam explodir os bambus secos que algumas criaturas peludas do tamanho de crianças atiravam, havia dois grandes troncos em forma de X fincados no chão. Presos a eles, à contraluz, dois vultos brilhavam como se suassem e se contorciam, visivelmente incomodados pelo calor. Marta deu um zoom na câmera e murmurou, já com os olhos molhados de lágrimas:

— É o Lindomar e o Marquinhos! Meu Deus! Ainda estão vivos! Mas estão vendados e amordaçados...

Pensando no que fazer para ajudar, Clebinho Kid encarou o professor Juscelino e depois mergulhou nos olhos de Juliana. Ao voltar a examinar os detalhes daquela grande festa, reparou que todas as bugigangas eletrônicas e a mochila de Lindomar estavam recostadas no tronco de uma árvore, bem longe dos olhos de todos os lobisomens. Como sabia de antemão que, quando ainda estavam no mausoléu, o youtuber havia voltado ao Jeep para buscar o livro de couro e as bolinhas roxas e guardado tudo dentro da tal mochila, o garoto murmurou baixinho:

— Eu vou lá pegar!

Juliana fez que "não" com a cabeça, mas foi ignorada. Antes que o professor Juscelino tivesse tempo de agarrar em seu braço e impedi-lo, Clebinho se embrenhou entre o capim-gordura e as taiobas que cercavam a vila e deu de cara com um riacho muito parecido com o que havia em Joanópolis e que cortava ao meio a parte mais baixa da cidade. Atravessou-o a nado sem dificuldades e foi caminhando bem devagar, se escondendo entre as sombras produzidas pela luminosidade da lua cheia e da fogueira, até conseguir chegar na tal árvore, pegar a mochila, atravessar o riacho tomando cuidado para não a molhar e voltar em segurança ao local onde estava. Assim que o garoto se acomodou ao lado de Juliana com o olhar satisfeito, mas todo molhado, Marta falou:

— Tem um lobisomem bem magro, velho, corcunda e de pelos brancos na frente dos dois, agitando os braços como se estivesse dando uma bronca ou perguntando alguma coisa pra eles...

— Deve ser o líder... ou o feiticeiro da aldeia, sei lá... tipo o mestre Yoda do *Star Wars*, sabe? Ou o Mestre dos Magos daquele desenho antigo que o senhor gosta, né, fessor? Aquele que dizem que não teve fim! — retrucou Clebinho Kid, agora tremendo de frio por causa das roupas molhadas. — O que será que esse bicho quer?

— Eu acho que sei — interveio Juliana, já se levantando e limpando a poeira do seu vestido florido. — Só sei que agora é a minha vez de ir lá!

Antes que o professor Juscelino tivesse tempo de proferir a frase "Não vai, não! Mas de jeito nenhum!", a menina agarrou a bolinha de gude de dentro do seu embornal de arco-íris e a apertou com força, assim como fez com os olhos e com a boca. Em seguida, pegou a mochila das mãos de Clebinho, encarou seu professor com olhos de despedida e foi saindo do mato, andando devagar em direção às cruzes onde os dois amigos — Lindomar, nem tanto — estavam amarrados como que para serem sacrificados na fogueira ou oferecidos ao gigante como "pagamento" pelo que quer que fosse. Ao contrário de Clebinho, não precisou atravessar o riacho a nado, pois acabou encontrando, bem ao lado de onde ele havia mergulhado, um grande tronco de madeira que o atravessava de uma margem a outra.

46
O CICLONE PSICODÉLICO E SUAS REVIRAVOLTAS

Como se a morte daquele ser iluminado que conhecia havia milênios lhe causasse uma tristeza profunda, o gigante baixou a cabeça e fechou os olhos. Momentos depois, quando os abriu, eles pareciam mais vivos do que nunca. Sem perder mais tempo, ele levantou a cabeça e estendeu a mão aberta ao lobisomem branco. O "líder", mais do que depressa, lhe entregou o livro de couro que ainda levava colado ao peito peludo. Em seguida, o ser de proporções descomunais fez um sinal para que todos, inclusive os lobisomens, se afastassem do cadáver cada vez mais frio e arroxeado de Jupioca Yuripoka. Decidido e com uma expressão de seriedade no rosto de pedra, pegou as sete bolinhas roxas do chão e se levantou. Imediatamente, todos os vultos fantasmagóricos que sobrevoavam a vila foram em sua direção começaram a rodear sua cabeça, se projetando em direção aos seus olhos luminosos, como se quisessem perfurá-los. Aparentando saber de antemão o que fazer para se defender, o gigante inspirou fundo o ar de Lobisópolis e expirou, baixando a cabeça em seguida. Antes de repetir o ato, aguardou que todos os seres alados se aproximassem do seu rosto. Assim que a primeira criatura passou zunindo feito um pernilongo bem na frente do seu nariz, ele fez cara de raiva e começou a puxar o ar com toda a sua força, produzindo uma turbulência branco, tirou a sua da mochila e começou a agitá-la no ar, como se aquele singelo pedaço de madeira pudesse defendê-lo de qualquer ameaça. Alheia ao que acontecia atrás de si, Juliana, já a menos de três metros do líder, disse, com a voz trêmula se agarrando à garganta seca por causa da fumaça da fogueira:

— O que vocês querem pra libertar eles?

Ouviu grunhidos e viu um franzir de testa sebosa como resposta.

— Querem essa bolinha? — continuou, depois de abrir a mão e mostrar o objeto ao lobisomem, que, movido pelo susto, rosnou alto e deu dois passos para trás.

Percebendo o receio nos olhos da criatura, Juliana se agachou e colocou a bolinha no chão com cuidado, sinalizando com o dedo para que ela a pegasse. Insatisfeito, o lobisomem branco rosnou ainda mais alto e a encarou, parecendo que, a qualquer momento, jogaria a bengala de lado, correria e arrebentaria sua jugular a dentadas. Como se desistisse de suas intenções nefastas, a criatura amenizou a cara de raiva e ergueu a mão direita, fazendo com que outros dois lobisomens fortes que estavam atrás de si corressem e agarrassem Juliana com força pelos braços. Foi então que um outro lobisomem, cujos olhos refletiam as chamas da fogueira, veio correndo do meio das outras dezenas que apenas observavam e se aproximou de Juliana. Parou na sua frente com um dos punhos fechados, arcou as costas e a encarou com as sobrancelhas se mexendo de um lado a outro. A menina arregalou os olhos, deu um suspiro aliviado e murmurou:

— É você?

A criatura grunhiu ao ser reconhecida e arreganhou os dentes pontiagudos, fazendo com que uma baba espessa escorresse do canto da boca e pingasse no chão. Parecendo querer comunicar algo importante à menina, mas ainda com um indefectível tipo de ódio estampado no olhar, o lobisomem que a havia aprisionado na caverna da Cachoeira dos Pretos se agachou, abriu o punho fechado e depositou no chão, bem ao lado da

sua, a bolinha que Juliana havia lhe dado dentro do mausoléu. Em seguida, apontou para as duas bolinhas juntas, rosnou alto e espalmou uma de suas mãos peludas, revirando a cara, como se aguardasse por algum tipo de resposta.

— Cinco dedos... — disse Juliana. A criatura pareceu querer uivar de raiva, mas se conteve. — Cinco dedos... faltam cinco bolinhas! Vocês querem as outras cinco para juntar com essas duas, né?

Satisfeito por ter sido entendido, o lobisomem se levantou, encheu os pulmões de ar, apontou o focinho para a lua e uivou com a máxima intensidade que conseguiu. Depois, caminhou em direção ao líder e grunhiu alguma coisa, bem perto de suas orelhas enormes de pelos secos e retorcidos. A criatura branca então fez um outro sinal com a mão e Juliana foi solta pelos lobisomens que ainda a seguravam. Aliviada, disse:

— Esperem aqui que eu vou pegar mais algumas!

Como nas brincadeiras de queimada das gincanas da escola, a aluna mais querida do professor Juscelino deu as costas aos lobisomens, saiu correndo e se embrenhou novamente no meio do mato, onde os amigos continuavam escondidos. Pegou de volta todas as três bolinhas que havia lhes dado no mausoléu, voltou para perto da fogueira e as colocou no chão, bem ao lado das outras. Depois disse, toda ofegante:

— Pronto! Cinco!

O lobisomem que a havia capturado revirou as sobrancelhas mais uma vez e lhe mostrou mais dois dedos.

— Eu sei! Já entendi! As outras duas estão nos bolsos daqueles dois ali! — continuou Juliana, apontando para as cruzes onde Lindomar Mulder e Clebinho Kid continuavam agonizando de calor e medo.

O líder dos lobisomens então ergueu a mão mais uma vez e fez um outro sinal para as mesmas criaturas que antes aprisionavam Juliana. Elas assentiram com um movimento de cabeça e se entreolharam. Entendendo a ordem, correram até as cruzes e soltaram os dois, arrebentando na base

das dentadas as cordas e os cipós que prendiam suas mãos e pés. Em seguida, os levaram ainda vendados e amordaçados até onde Juliana estava. Assim que se aproximaram, ela falou baixinho:

— Sou eu, Juliana! Não se preocupem! Façam só o que eu mandar, tá bom? —Confiando mais na garota do que em qualquer deus ou entidade superior daquele mundo escuro, Lindomar e Marquinhos fizeram um "sim" rápido com a cabeça. Depois que suas vendas foram retiradas pelos dois lobisomens, ela ordenou: — Joguem suas bolinhas no chão agora!

Assim que eles a obedeceram e as bolinhas simbolizando as sete cores do arco-íris finalmente se completaram e se iluminaram no chão como se tivessem luzes internas, todos os lobisomens da vila, sem exceção, ergueram os braços para cima e começaram a uivar em uníssono, com os focinhos e os dentes refletindo a luz do luar, do mesmo modo que fariam se estivessem comemorando uma vitória contra um povo inimigo muito poderoso. Lindomar, sem saber o que fazer com a bolinha roxa que ainda carregava — e, acima de tudo, com medo de que ela o amaldiçoasse e o levasse à morte, como havia feito com o padre Adolfo —, a tirou do bolso e a jogou ao lado das outras sete. Ao baterem os olhos no objeto que, ao contrário das outras, não se iluminou, os lobisomens pararam imediatamente de uivar e o silêncio voltou a engolir a vila. Meio que entendendo o estranhamento daquelas criaturas e o medo de Lindomar e disposta a dar um fim em todas as bolinhas roxas, Juliana se virou para o mato onde os amigos estavam e gritou:

— Clebinho, traz a mochila do Lindobosta pra cá! Professor Juscelino e Marta! Podem vir também! Não precisam ficar com medo! Acho que eles já conseguiram o que queriam!

Clebinho — doido para brincar de herói, apesar do medo que as criaturas daquele mundo sem sol lhe inspiravam — se levantou, ergueu sua arma de madeira com cabeça de lobisomem para o céu e sorriu. Depois, agarrou a mochila e correu com o professor Juscelino e Marta até

o espaço de terra batida que havia próximo às fogueiras, agitando sua "espada Jedi" apagada de um lado a outro. Quando todos se aproximaram do local onde Juliana se encontrava, ela gritou para que Clebinho parasse de brincar e jogasse tudo o que havia dentro da mochila de Lindomar no chão. Preferindo não tocar nas bolinhas, com medo de que baratas saíssem voando de sua boca, dos seus ouvidos e do seu nariz — assim como tinha visto acontecer com Lindomar nos porões da igreja de Joanópolis —, o garoto apenas abriu o zíper da mochila e a virou de cabeça para baixo.

Quando os lobisomens bateram os olhos nas outras seis bolinhas roxas que se completaram e no livro de couro que estava junto a um monte de outras tralhas eletrônicas espalhadas pelo chão, uma estranha mistura de alegria com tristeza se abateu sobre eles, a ponto de alguns taparem os olhos e outros uivarem enlouquecidamente. O lobisomem branco então ergueu a mão mais uma vez e todos ficaram em silêncio. Se agachou, agarrou o livro e o apertou com força contra o peito, fechando os olhos e baixando a cabeça em seguida, como em sinal de respeito. Depois — como se tivesse rejuvenescido dezenas, centenas, milhares, ou talvez milhões de anos —, correu e subiu sem dificuldade nenhuma num galho grosso e alto de uma das imensas árvores ao redor. Sentindo-se vitorioso como quem ganha um campeonato importante, ergueu o livro de couro acima das orelhas, arregalou os olhos, encheu o peito de ar, uivou em altíssimo volume e foi acompanhado em sua visível alegria por milhares de uivos, tão ensurdecedores quanto os dele, vindos da garganta das outras criaturas.

Depois daquela espécie de comemoração, o líder desceu da árvore com a mesma agilidade com que subira. Caminhou até Juliana e pegou em sua mão, orientando com gestos e olhares para que todos os outros "caçadores de lobisomens desgarrados" também dessem as mãos e formassem um círculo ao redor de todos os objetos. Assim que todos atenderam o seu pedido, ele começou a rosnar alto, aparentando fazer algum tipo de

discurso emocionado, enquanto encarava um a um com olhares agradecidos — e também com um tipo indisfarçável de ódio, muito provavelmente herdado da época em que Lobisópolis fora invadida e quase que totalmente dizimada pelos primeiros seres humanos, muitos e muitos anos antes.

Comovido com os uivos que explodiram na vez em que fora mencionado com grunhidos que pareciam mais cheios de esperança do que de ódio — na visão egoísta e egocêntrica de um ser humano, claro —, o professor Juscelino começou a chorar como o grande bebê que, na verdade, ainda era. Na vez de Lindomar, o lobisomem branco mudou o tom de voz e rosnou como se sentisse uma raiva profunda, enquanto arrancava uivos que mais pareciam vaias de todas as criaturas ao redor. Juliana, por sua vez, pareceu nem se importar com nada daquilo, pois a falta de informações do que acontecera com o gigante e, acima de tudo, com Jupioca Yuripoka prendia seu pequeno coração às incertezas. Clebinho Kid também nem ligou muito para a salva de uivos que recebera, pois ainda se sentia decepcionado por não ter tido a oportunidade de usar sua "bengala mágica Jedi" do jeito que queria.

Como parte das homenagens, alguns lobisomens menos hostis se aproximaram dos humanos e lhes ofereceram frutas e pedaços de carne crua. Assim que o professor Juscelino pegou uma porção de jabuticabas das mãos peludas do que parecia ser um "lobisomem-criança", reparou que algumas das outras criaturas apontavam para o céu, com um certo tipo de preocupação estampada nos olhos semicerrados. Clebinho Kid também olhou para cima e gritou, ao ver centenas de vultos roxos e pontiagudos voando em círculos e emitindo silvos tão altos e cheios de ecos quanto sirenes de alerta de bombeiros. Planavam logo acima da vila dos lobisomens, como os urubus fazem quando encontram o cadáver de uma vaca apodrecendo num pasto qualquer:

— Olha lá! Os bichos voltaram!

Com a comemoração meio que dada por encerrada, os lobisomens

começaram a correr de um lado a outro, como se não soubessem qual atitude tomar. De repente, o chão voltou a tremer e todos, inclusive os humanos, pararam de se movimentar. Marta Scully, ao reparar numa sombra gigantesca cobrindo a sua, se virou, olhou para o alto e deu de cara com o gigante surgindo por trás das montanhas e das árvores. Caminhando devagar e segurando algo com a mão direita, aquele monstro de pedra e terra tão antigo quanto o próprio universo exibia um tipo de tristeza nos olhos que, naquele momento, não estavam mais tão verdes e acesos quanto no instante em que havia despertado.

Sem medo algum daquele ser que conheciam havia milênios, os lobisomens ficaram parados, de olhos estatelados e mirados para o alto. Juliana gritou para que seus companheiros fizessem o mesmo. Cerca de dez passos depois, onde quilômetros de florestas, rios e encostas íngremes foram percorridos com o máximo de cuidado para não pisotear árvores e animais, a criatura monumental se ajoelhou no grande espaço de terra batida da vila dos lobisomens e foi descendo sua mão ainda fechada bem devagar em direção ao solo. Assim que a abriu e depositou delicadamente o que segurava no solo, Clebinho Kid gritou:

— Nossa! É a Jupioca! Mas tá apagada que só!

Todos então se esqueceram dos vultos roxos e correram para ver, inclusive os lobisomens. A entidade, antes quase tão resplandecente quanto todos os sóis existentes no universo, agora não emitia sequer a luminosidade de um vaga-lume. Seu corpo arroxeado e gelado, seu vestido florido, seus sapatos verdes de salto alto e seus cabelos curtos desgrenhados faziam com que todos os que a observavam pensassem estar de frente a uma mulher comum, do tipo que acorda cedo todos os dias, vai à luta para proteger e sustentar os filhos e morre como qualquer ser vivo. Contaminada pelo silêncio pesado de luto que se espalhava junto ao mesmo vento que alimentava as chamas da fogueira, Juliana Serelepe pegou na mão do professor Juscelino e caminhou devagar na direção do corpo de Jupioca

Yuripoka. Depois de se ajoelhar ao seu lado, pegar em sua mão fria e cheia de manchas roxas e queimaduras — muito provavelmente adquiridas na batalha que aparentemente perdera —, ela murmurou baixinho, tentando segurar as lágrimas:

— Obrigada! — Depois de um engasgo, continuou: — Não se preocupe! Se eu sou você e você sou eu, então você não morreu! Não vai morrer nunca! Muito obrigada!

Ao ouvir os agradecimentos e se dar conta do quão especial uma era para outra, o professor grandalhão sentiu seus músculos enfraquecendo e desabou de joelhos, bem ao lado das duas. Sem nenhum tipo de boia de salvamento, se deixou levar pela correnteza, cuja tromba d'água de tristeza acabara de explodir dentro do seu coração e vazar através dos seus olhos, do mesmo jeito que acontece há milênios na Cachoeira dos Pretos, só que com água salgada.

tão poderosa que acabou a sugando junto a todas as outras para dentro dos seus pulmões, caso os possuísse além de cavernas. Algumas delas tentaram escapar, mas foram literalmente apagadas da existência com simples, mas poderosos tapas.

    Então, o gigante prendeu a respiração e correu até a serra contrária, onde estava o vulcão, fazendo a terra tremer sob seus pés mais uma vez. Chegando lá, levou a mão fechada com as bolinhas roxas até a boca da cratera e as atirou dentro, uma a uma, sem se preocupar com a fumaça cheirando a enxofre e podridão que cobria seu rosto. Quando os objetos atingiram o magma incandescente, geraram explosões tão avassaladoras que fizeram com que o vulcão rachasse em várias partes. Em seguida, a fumaça e a lava roxa que, naqueles dias turbulentos, voltaram a ser vomitadas depois de séculos e séculos de estagnação, adquiriram uma cor alaranjada e natural e a lua cheia, que iluminava tudo lá de cima como se nada daquilo fosse culpa dela, se tornou tão prateada quanto a bala que deu fim à vida do trabalhador rural Zizinho.

    Não se dando por satisfeito, o ser monumental feito de terra e pedras, que ainda prendia a respiração feito um mergulhador experiente, aproximou sua cabeça da boca do vulcão e se apoiou em suas bordas, bem onde a lava escorria, como um bêbado faz numa pia de bar quando quer vomitar. Enojado com os poderes malignos, baixos, sujos, fétidos e contaminantes daquelas criaturas que lhe reviravam as entranhas, ele abriu a boca. Fechou os olhos e começou a expeli-las dentro da cratera com toda a sua força, também uma a uma, fazendo com que a lava as consumisse em novas e sucessivas explosões e as extinguisse a ponto de voltarem a ser o grande nada que na verdade sempre foram. Depois do trabalho e com a cara ainda retorcida de nojo, o gigante respirou fundo o ar já mais puro que envolvia sua cabeça e voltou correndo até Lobisópolis, agora com uma expressão muito mais aliviada no rosto.

    Quando chegou, percebeu que todos, principalmente os humanos, continuavam boquiabertos e de olhos arregalados, depois de terem presenciado o acontecimento tão aguardado do "envio dos demônios de volta para o inferno", como Clebinho Kid havia dito a Juliana. Apesar da alegria de todos, o gigante feito de montanhas se ajoelhou ao lado do corpo de Ju-

pioca Yuripoka com os olhos ternos e agora inundados de água misturada com areia e luz. Era como se sentisse nas profundezas da alma — ou dos lençóis freáticos e das cavernas cheias de minérios — que ainda faltava algo a realizar. Depois de respirar fundo mais uma vez, agarrou todas as bolinhas coloridas do chão e as apertou com força entre as palmas das mãos junto ao livro de couro, do mesmo jeito que fazia quando queria produzir ouro. O mesmo e valioso ouro, aliás, que, felizmente, nenhum ser humano dito evoluído ainda havia encontrado nas profundezas e reentrâncias daquele pedaço esquecido da serra da Mantiqueira.

De repente, o gigante começou a tremer com sucessivos trancos que pareciam vir de dentro de si e seus olhos, em vez de verdes, se tornaram tão coloridos quanto um arco-íris. Assim que se recuperou, abriu as mãos e mostrou a todos o resultado do trabalho que acabara de realizar, Juliana gritou um "Ai, meu Deus!", sem fazer questão nenhuma de esconder a empolgação. O livro continuava intacto, mas as sete bolinhas haviam se fundido numa só, formando um "bolicão" — que era como as crianças de Joanópolis chamavam as bolinhas de vidro maiores — multicolorido que brilhava como se tivesse luz própria e refletia na cara estupefata de todos.

Aparentando já ter feito aquilo muitas e muitas vezes antes, o gigante sorriu de leve. Em seguida, se agachou e soltou o bolicão no chão da maneira mais delicada possível. Fez um sinal com a mão para que Juliana o pegasse e o colocasse entre as palmas das mãos mortas da Jupioca Yuripoka. Assim que a garota o obedeceu, os olhos verdes da entidade se arregalaram imediatamente e suas pupilas se acenderam, ao mesmo tempo que a mais bela melodia do universo já tocada ao piano voltava a encher Lobisópolis de música e, acima de tudo, de esperanças de um futuro menos turbulento. Além disso, como se convocados por um grito de socorro aprisionado havia séculos no âmago daquela Terra mágica e ainda inexplorada, os vaga-lumes explodiram mais uma vez das íris dilatadas de Jupioca Yuripoka e envolveram todo o restante do seu corpo como um lençol brilhante, abastecendo de vida e luz cada uma das células feitas de fantasia e realidade que o compunham.

Depois de literalmente voltar do mundo dos mortos — o que também acontecera por alguns instantes com o finado padre Adolfo —, a entidade levitou e ficou em pé, para em seguida encarar o gigante, baixar a cabeça, juntar as mãos e fechar os olhos em sinal de agradecimento. Em seguida, abriu os olhos novamente e passou o dedo indicador direito para a palma da mão esquerda, fazendo movimentos como se estivesse escrevendo alguma coisa nela. Depois, apontou para o chão, aparentando lhe fazer um último pedido. O gigante, entendendo a mensagem, se abaixou e colocou o livro de couro bem ao lado dos seus pés.

Jupioca então olhou para o lobisomem branco e lhe acenou com a cabeça. Mais do que depressa, ele correu até uma pequena cabana e voltou com uma pena e uma recipiente de vidro — muito provavelmente deixado pelos seres humanos que ali estiveram um dia — contendo um líquido tão vermelho e viscoso quanto sangue. Outros dois lobisomens surgiram de uma outra cabana, trazendo uma pequena mesa de madeira. Com emoção lhe escorrendo através dos olhos enviesados e brilhantes, o líder, tão feio e ameaçador quanto qualquer outro de sua espécie, se abaixou, pegou o livro do chão e o colocou delicadamente sobre ela. Em seguida, o abriu, molhou o bico da pena na "tinta" que trouxera, escreveu algumas coisas numa de suas páginas e o entregou de volta ao gigante, que, por sua vez, deu as costas a todos em silêncio e voltou a se deitar no cume das montanhas.

E foi então que, depois de se recompor e de se despedir do gigante com acenos que foram imitados por todos os que a rodeavam, Jupioca Yuripoka levitou alguns metros acima do chão. Sem dizer uma só palavra, fechou a cara e cerrou as sobrancelhas, feito uma professora brava que acabara de pegar um aluno ou uma aluna colando. Depois, inspirou profundamente, fechou os olhos, levantou os braços e lançou o bolição multicolorido com toda a sua força em direção ao céu. Comandado pelos seus pensamentos, o objeto deu várias voltas ao redor da lua, para depois ficar girando em altíssima velocidade no ar, fazendo curvas e deixando um rastro colorido que lembrava um enorme e inconfundível símbolo do infinito.

Imediatamente, o símbolo começou a girar e tudo o que havia naquele lugar perdido entre os limites muitas vezes tênues entre a realidade e a imaginação foi atraído em sua direção, se misturando e rodopiando dentro de um caleidoscópio multicolorido formado por humanos, vaga-lumes, árvores, cabanas, lobisomens, fogueiras, animais e pela poeira que resultara dos recentes abalos sísmicos perpetrados pelo movimento do gigante.

    A força proporcionada pelo infinito giratório formou um ciclone de coisas vivas e mortas, verdades e mentiras, que qualquer hippie que se preze poderia chamar de psicodélico. Também levou consigo imagens projetadas de padres, pequenas igrejas do interior, sorvetes de vários sabores, paus de sebo, bandeirinhas de festa junina, fazendas e mausoléus antigos, cachorros caramelo, barraquinhas de lanche, festas de santos, salas de aula, cemitérios, balcões de padaria, feiras de ciências, shows de rock'n'roll, diretoras ranzinzas de escolas, pais separados ou não, casais brigando, fogos de artifício estourando, homens mais velhos procurando pela felicidade e muitas outras coisas, corriqueiras ou não, passageiras ou nem tanto.

    Desorientada e rodopiando de um lado a outro com os amigos no centro daquele vórtice ensandecido de vento e cores, Juliana Serelepe conseguiu agarrar um sorvete de cone que passou voando em alta velocidade ao seu lado e gritou:

— Onde estamos?

— Nossa, não precisa gritar! Estamos na sorveteria do seu Zico Mola, ué! — respondeu Marquinhos Satã, mordendo seu picolé de coco queimado de maneira afobada, como se não comesse direito havia dias.

— Nossa... eu ainda tô zonza... tá todo mundo aqui? Estão todos bem? — insistiu Juliana, coçando os olhos e balançando a cabeça.

— Sim! Quero dizer, mais ou menos! Só tá faltando o Lindobosta! — respondeu o professor Juscelino, de nariz enfiado em sua tigela de banana split. Ao ver Marta Scully sentada ao seu lado e com o olhar perdido dentro de si mesma, colocou o braço direito delicadamente em torno do seu pescoço e lhe prometeu que ficaria tudo bem, mesmo sabendo que, muito provavelmente, estaria mentindo. Tentando contornar o mal-estar causado pelo comentário fora de hora, abriu um sorriso amarelo e se retratou: — Lindomar! Desculpe, minha querida! Lindomar!

— Não, professor! É Lindobosta mesmo! Um merda oportunista daqueles não merece perdão! Fora que ele ainda nem me pagou os milzão... — murmurou Clebinho Kid, sem ligar se estava sendo indelicado ou não.

— Que milzão? — perguntou Juliana, depois de dar a primeira lambida em seu sorvete.

— Qualquer dia, eu conto tudo... — respondeu o menino, para em seguida arreganhar um sorriso "maroto que só", como sua mãe dizia, imprimir um "filósofo" na voz e continuar: — Qualquer dia... numa outra hora... num outro lugar... num outro mundo... quem sabe, né, Juliana? Existem tantas coisas diferentes nesse universo, tantos lugares que a gente nem conhece ainda! Não tem um ditado que diz: "Existem mais coisas dentro do céu da Terra..."... "Existem coisas que sonham na vã da mais..." Ah, sei lá! Alguma coisa assim! — A menina gargalhou e ele também.

Depois de se recompor, Clebinho, de olhos pregados no boneco de lobisomem da sorveteria e dentro de si mesmo ao mesmo tempo, perguntou à amiga, meio que já adivinhando a resposta:

— Será que existe uma Vampirópolis? E Boitatápolis? E Sacisópolis? Se existirem, nós vamos, né?

— Claro que vamos! Combinadíssimo! — respondeu Juliana, apontando o punho fechado para ele e o cumprimentando com um "soquinho".

— Eu vou também! — disse Marquinhos Satã, se unindo aos dois no pacto.

— Eu não vou, não! — interveio o professor Juscelino, raspando a tigela do sorvete e fazendo barulho com uma colher de plástico.

— Ah, vai! Ô, se vai! — responderam seus três alunos, em uníssono.

— Eles te conhecem, professor! — disse Marta Scully, aos risos.

— Muito melhor do que eu mesmo! — retrucou o mestre, já se levantando para pagar a conta, como sempre fazia questão de fazer.

Tudo o que se comentava pelas ruas de Joanópolis naqueles dias que se sucederam à festa de São João se referia às mortes provocadas pelo lobisomem. A língua corria solta também com relação à atitude tomada pelo padre Adolfo de matar a criatura e desaparecer do mapa em seguida, sem que ninguém, a não ser Jupioca Yuripoka, nunca mais soubesse o seu paradeiro. Outro fato importante e que gerou um alívio geral foi que as flores e os animais foram perdendo a cor roxa aos poucos e voltando ao normal. Além de tudo isso e, talvez o mais importante, foi o fato de que o ódio espalhado entre os seguidores fanáticos do padre Adolfo também desaparecera — ou voltara ao lugar apodrecido daqueles corações, de onde, aliás, nunca deveria ter saído. Arrependidos, esses mesmos fiéis organizaram mutirões para a reconstrução de cada casa e de cada comércio incendiado e, daqueles dias em diante, nunca mais tocaram no assunto. Só não puderam reparar o luto das famílias das pessoas que morreram em virtude da intolerância propagada pelos poderes obscuros do "roxo eterno". E, acima de tudo, não conseguiram varrer para baixo do tapete a vergonha por terem descido a um nível tão baixo, a ponto de apoiarem algo tão brutal com tanta ingenuidade. Essa vergonha, sim, se eternizou como uma maldição e os acompanhou até o final de suas vidas, fazendo de cada dia uma infelicidade e um remorso só. Coisas da "meritocracia", ironicamente falando.

Logo após a volta à vida quase normal e tranquila na pequena cidade serrana, as buscas por Lindomar Mulder se iniciaram. Dois dias depois e com a ajuda do corpo de bombeiros, o youtuber fora encontrado agonizando no mesmo espinheiro no qual o trabalhador rural Zizinho havia sido deixado pelo lobisomem, o mesmo que quase o havia devorado e que fora levado de volta a Lobisópolis pelo grupo dos "caçadores de lobisomens desgarrados". Assim como o trabalhador rural — que, como já relatado aqui em detalhes, se transformara em um lobisomem de verdade e fora morto pela única bala de prata do padre Adolfo que, diga-se de passagem, não fora comprada na Shobee —, o agora ex-marido de Marta Scully tinha o corpo repleto de arranhões e escoriações profundas. Morrendo de medo só de imaginar a possibilidade ter sido contaminado por unhadas de lobisomens, atribuía a culpa dos machucados ao próprio espinheiro, mas ninguém, claro, acreditava. Apesar do estado sofrível do seu corpo e das provações pelas quais passara, conseguiu trazer de volta do "lugar onde a lua cheia nunca se põe" o seu celular e sua câmera de visão noturna.

Enquanto o youtuber se recuperava no hospital da cidade, o professor Juscelino era incomodado por sonhos quase diários, onde Rosália surgia entre nuvens coloridas e lhe sussurrava nos ouvidos da alma: "Agora é a sua hora, Juscelindo! Toma coragem e faz o que tem que ser feito! Você merece ser feliz, meu anjo!"

Numa dessas madrugadas aborrecidas e cheias de cobranças do além, o docente se levantou decidido a fazer algo que nem imaginava. Pegou seu celular, abriu o Whatsapp, respirou fundo e tudo o que conseguiu digitar com os dedos trêmulos e o coração derretendo e lhe vazando por todos os poros do corpo foi: "Oi, Marta, me desculpe mandar mensagem a essa hora, mas eu tenho que confessar uma coisa pra você... eu sei que temos uma diferença de idade e...". Movido pelo nervosismo, acabou enviando o texto sem finalizá-lo.

Marta Scully, que se encontrava deitada e sem sono ao lado da cama do ex-marido no hospital — muito mais por pena dele ser uma pessoa solitária do que por amor —, leu a mensagem do professor e a respondeu: "Ô, professor Juscelino... eu acho o senhor uma pessoa muito bacana! Um bom amigo... uma alma exemplar... quero que o senhor seja muito feliz!".

O homem grandalhão, "mais próximo da velhice do que da meia-idade", como ele próprio se julgava, acabou se engasgando com o ar parado e embolorado do seu velho casarão e não conseguiu mais continuar com o bate-papo. Com a experiência adquirida pelos calos, decepções e com os inevitáveis safanões vindos com a idade, sabia de antemão o que aquela resposta significava, ao mesmo tempo que se culpava por ter sido "atirado" ou "precipitado" demais na investida. Antes que o dia amanhecesse de vez e trouxesse um pouco de luz à sua vida, que voltara a ser opaca e sem brilho depois de todo o acontecido, pegou no sono novamente. De repente, a voz da esposa morta voltou, só que agora aos gritos e envolta em frequências escuras de pesadelo: "Agora ainda é a sua hora, Juscelindo! Vai lá e faz o que o seu coração manda, caralho!"

O mestre então se levantou com vontade de jogar o celular na parede e de queimar todos os objetos que ainda o faziam se lembrar da esposa. Fez cara de idiota e a imitou, afinando a voz e retorcendo os músculos do rosto, feito uma criança mimada:

— "Vai lá e faz o que o seu coração manda, caralho!" — Depois, firmou a fala, fechou o semblante e continuou, todo sem-educação, a res-

pondendo: — Ah, me poupe, Rosália! Tudo o que eu menos preciso neste momento é de uma lição de autoajuda! Você sempre soube que eu odeio essas coisas tipo Paul Rabbit, que dizem que "o universo conspira a seu favor", essas merdas do tipo "a espada do guerreiro da luz", né? Ah, faça-me o favor!

Nervoso como quem sente fome, vestiu suas roupas todo apressado e saiu de casa resmungando, cometendo o pecado de nem dar bom-dia ao seu pinscher Rambo.

— Vou fazer o que o meu coração, manda, sim, Rosália! Espere e verá, minha querida! Espere e verá!

Foi pisando duro até a padaria, sentou-se numa das banquetas altas de metal próximas ao balcão e disse à atendente, caprichando numa espécie de "rima poética" muito, mas muito tosca, meio que para fazer uma piada que lhe acalmasse os próprios nervos:

— Isabela, minha linda / meu coração dilacerado e jogado nas sarjetas da vida / tá me mandando tomar uma Cuba-libre bem servida / Você pode me ajudar nisso, minha querida?

— Nossa, que lindo! O senhor também é poeta, professor? Não sabia! Tava sumido! Senti sua falta! Já vai beber a essa hora?

Ele pensou um pouco e sorriu de leve. Depois, bolou uma outra "poesia" que também esperava ser digna de um elogio e disparou:

— Ah, vou! Que se dane tudo! / Quero esquecer esses dias de luta e sumir do mundo! / Só esse néctar dos deuses que você faz com essas mãos puras / pode me salvar dessas merdas, dessas loucuras...

No mesmo instante em que a atendente loira abria uma lata de Coca-Cola para preparar às gargalhadas a bebida que o coração do professor implorava aos soluços, a música "Olhar 43" do RPM começou a ser tocada no rádio.

— Você viu que vai ter um show do "RPM cover" lá em Piracaia? O senhor me disse uma vez que adora essa banda, né? Não é aquela dos

anos 1980? Da "loira gelada"? — perguntou Isabela, se fingindo de desinteressada.

E foi nesse momento que a voz de Rosália ressurgiu na mente confusa do professor, mais incisiva e poderosa do que nunca, fazendo seu coração se acelerar aos trancos e barrancos com as palavras:

"É agora, Juscelindo! Depois de tudo o que fez por mim, você merece muito que eu te deixe em paz! Te amo e sempre te amarei! Seja feliz, meu anjo! Você merece, caralho!"

E foi pensando nas palavras da esposa falecida que o docente tomou o primeiro gole do copo de Cuba-libre que a bela atendente acabara de lhe entregar, de olhos colados nos seus. Depois de mergulhar sem medo nas profundezas inexploradas das suas íris azuis "tipo atriz de cinema", como sempre comentava, falou com a voz firme, espantando-se ele próprio com sua total e inesperada falta de timidez:

— Gosto muito! Mas ir sozinho num show tão histórico desses é desperdício demais!

Isabela, se deixando afogar dentro dos olhos do homem que admirava em segredo havia tempos, lhe respondeu:

— Se me convidar, eu vou com o senhor, professor! Nunca tomamos uma Cuba-libre juntos, não é mesmo?

Assim como acontecera momentos antes e, mais uma vez, com a experiência adquirida pelos calos da idade, o docente sabia de antemão o que aquela intimada significava. Aliás, significava, significou e continuou significando por muitos e muitos anos. Com as bênçãos sinceras de Rosália que, aliás, depois de ter todas as fotos e lembranças guardadas dentro da caixa de um tênis All Star azul que o professor Juscelino comprara por influência de sua aluna Juliana, pôde finalmente descansar em paz.

48

ENTRE A REALIDADE E A FICÇÃO, A CONTINUIDADE DA VIDA E DA MORTE

Bom, chegou a hora de lhes confessar algumas outras coisas relacionadas a essa história. Detalhes que vocês, pessoas bravas e corajosas que mergulharam de braçadas e coração aberto nessas páginas e chegaram até aqui, têm o direito de saber. Quem a escreveu fui eu, Juliana Serelepe, já aos quarenta e oito anos de idade, depois de passadas algumas décadas do aparecimento dos lobisomens em Joanópolis e de todas as tragédias e dramas pessoais que se sucederam. O tempo voou mais rápido do que o ciclone infinito e psicodélico que me trouxe de volta do "lugar onde a lua cheia nunca se põe" junto aos meus amigos. Depois da loucura que foi tudo aquilo, nunca mais fugi de casa, pelo menos fisicamente.

Me casei e tive uma filha chamada Larissa e um filho, Guilherme. Descasei depois de muitos anos e, para minha felicidade, consegui encontrar alguém em quem fincar as raízes do meu piano e me inspirar para sempre; uma pessoa tão fantasiosa e sonhadora quanto eu, um escritor de livros de ficção e de horror que posso chamar de peito aberto e coração cheio de plenitude e luz de "meu marido". Foi com a sua inestimável ajuda e inspiração que tomei coragem e coloquei toda essa história no papel, sem inventar uma só palavra ou ocultar qualquer detalhe.

Como vocês devem ter percebido, não escrevi a maior parte do texto em primeira pessoa. Se assim o fizesse, penso que o resultado final acabaria ficando meio que uma espécie de autobiografia fantasiosa, daquelas abarrotadas de egocentrismos, invenções mirabolantes, verdades questionáveis e falso-heroísmos que a gente sempre vê nas prateleiras das livrarias brasileiras ao lado de outros livros, cujas capas, quase que invariavelmente e infelizmente, estampam nomes e motivos estrangeiros. Aliás, — e prestem bem atenção no que vou dizer, sem querer soar como uma "nacionalista radical" —, estes outros livros, pelo menos para mim, são obras impregnadas de valores que vêm de fora e que, não tendo nada ou quase nada a ver com a vida e a cultura do nosso povo, parecem fazer questão de que um país enorme e cheio de histórias maravilhosas para contar como o Brasil continue colonizado, algemado e submisso aos interesses de seus autores e suas editoras milionárias. Tudo isso, pasmem, com a conivência e os aplausos efusivos de muitos supostos brasileiros patriotas — aqueles do tipo que se regozijam de sua estupidez com suas camisas da seleção brasileira e seus bonés escritos "Make America Great Again", sabem? Síndrome de vira-lata que fala, né? Então. Resumindo, nada contra o conde Drácula, a Annie Wilkes, o Paul Sheldon, a Malévola, o Norman Bates ou o Nosferatu, mas que o Zé do Caixão, a Matinta Pereira, o Boitatá, a Loira do banheiro, o Saci-Pererê e todos os demais personagens do imaginário ficcional nacional merecem mais espaço, merecem, não é mesmo? É sobre isso. Lutemos.

Já me desculpando pelo desabafo — cujo teor crítico, ácido e apaixonado pela cultura brasileira eu aprendi com o professor Juscelino e o agradeço de coração por isso —, afirmo de mãos juntas que tudo o que aconteceu naquela época foi real e me afeta até hoje, assim como afeta a vida de todos os envolvidos. Aliás, foi através de centenas de chamadas de vídeo, telefonemas e trocas de mensagens que alguns deles me ajudaram a jogar todas as peças desse quebra-cabeça de dor, amizade, perdas, fantasias e crescimento sobre a mesa de vidro opaco da memória e montar tudo com a máxima precisão possível.

Marta Scully, uma das que mais me ajudou, se separou de Lindomar dias depois de sua alta do hospital e se mudou para São Bento do Sapucaí, onde mora até hoje com seu novo marido e seus dois filhos já grandes, Ademir e Silvanei. De lá, bem no meio de uma roça isolada encravada no meio da serra da Mantiqueira — onde só a internet via satélite, os lobisomens, as mulas-sem-cabeça, os boitatás, os sacis-pererês, os curupiras, as mães d'ouro e os satélites do "Enlói Mosk", como diria Marquinhos Satã, conseguem chegar —, ela mantém vivo o canal "Mistérios insondáveis do infinito e além" que herdara de Lindomar, mas só com acontecimentos que considera realmente misteriosos ou mais "puxados para o real", como faz questão de dizer no início dos vídeos.

Alguns dias antes de se separar, além do canal, ganhara também de presente do ex-marido traumatizado com assombrações as câmeras e os celulares contendo todo o material filmado em Joanópolis e em Lobisópolis. Uma das filmagens mais impressionantes mostrava Lindomar no "lugar onde a lua cheia nunca se põe", escondido atrás de uma árvore, respirando com dificuldade e filmando a comunidade dos lobisomens bem de perto, com detalhes nítidos captados com a ajuda de sua câmera 4K. Num certo momento do vídeo, a câmera balança de um lado a outro, cai no chão e os gritos de dor do youtuber começam a se misturar com os uivos dos lobisomens. Em seguida, vê-se os pés peludos de uma dessas criaturas, talvez a maior delas, se aproximando bem devagar, com medo da luz vermelha do aparelho eletrônico que piscava à sua frente. Ela então se agacha, pega a câmera do chão, a vira para si e a encara bem de perto, embaçando suas lentes, a ponto de fazer com que quem vê as cenas imagine ter sentido o cheiro de carniça do seu bafo. Desinteressada pelo poder muitas vezes predatório da tecnologia, ela torce os lábios de um jeito que lembra um sorriso de satisfação, arreganha os dentes e atira a câmera com raiva no chão.

Depois de ter sido encontrado todo retorcido e machucado no meio do espinheiro, Lindomar relatou a Marta que não conseguia se lembrar de como havia recuperado seu material de filmagem. E foi durante aqueles dias doloridos de recuperação e terapia no hospital que ficou decidido de comum acordo que as imagens captadas em Lobisópolis nunca seriam divulgadas. Só as cenas de carnificina e dor que a imprensa oficial conseguira obter nas tragédias ocorridas na noite de São João — juntamente às provas cabais proporcionadas pelas autópsias dos falecidos —, já foram suficientes para que a ciência, os meios de comunicação e, em especial, os habitantes de Joanópolis assumissem de vez a existência de lobisomens.

Antes de dar o arremate final no bordado feito com linhas de sangue, fantasia e realidade dessa história, não posso me esquecer de citar a bela ajuda que tive do meu grande amigo Marquinhos Satã. Apesar de jamais ter se recuperado dos traumas vividos nas garras dos lobisomens, meu companheiro da época de escola continuou com sua vida tranquila em Joanópolis, como se seu coração fincasse ali raízes tão profundas quanto as do meu piano no solo do "lugar onde a lua cheia nunca se põe". Até os dias de hoje, ganha um bom dinheiro vendendo as peças de artesanato que produz com madeira, as quais esculpe principalmente com figuras detalhadas de, é claro, lobisomens, e de criaturas de outros mundos. Por causa da fama obtida com as histórias que foram o motivo principal deste livro, cobra o que merece para autografar suas artes e dar entrevistas às mídias locais e internacionais que ainda o procuram, mesmo depois de tantos anos. Apesar de ter medo de avião, como ele próprio me confessou, chegou até a viajar para o exterior para contar seus "causos".

Numa de nossas últimas conversas, Marquinhos Satã me disse, com a voz emocionada: "Nunca a minha vida esteve tão boa, Juliana! Nunca! Tô bem casado, cuido dos meus filhos muito bem, junto com minha esposa!" Fiquei muito feliz em saber, pois as lembranças de sua infância pobre e repleta de dificuldades e privações jamais saíram da minha cabeça. Fico com dó até hoje quando me vem à mente a manhã em que ele chegou praticamente congelado na escola, depois de ter caminhado quilômetros e quilômetros num frio de geada usando uma blusa tão fina quanto uma camiseta. A cena dele sentado todo duro numa cadeira, sob o sol, com a merendeira da escola lhe dando sopa de fubá quente na boca é algo que me faz desabar. Resumindo, o meu amigo merece, e muito, receber agora todo o calor humano e material que lhe fora poupado quando criança.

Assim como Marta Scully, Clebinho Kid — além de ter virado mágico profissional, como relatarei logo a seguir — hoje em dia ganha a vida com um canal sobrenatural no YouTube, contando detalhes da história que lhe renderam milhares de seguidores em todos os cantos do planeta. Ao contrário da ex-esposa de Lindomar, posta coisas questionáveis e toscas diariamente e parece não se importar com isso. Talvez as fantasias proporcionadas pelos "acontecimentos sobrenaturais" que espalha internet afora o ajudem de certa forma a se libertar dos traumas vividos na época em que o lobisomem apareceu e virou Joanópolis do avesso. Não o condeno, mas também não aprovo o teor oportunista e muitas vezes de mau gosto de suas postagens. Acho que é justamente por entendê-lo como um sobrevivente da tragédia que ainda o visito todas as vezes que viajo a Joanópolis e coloco um sorriso em seu rosto o chamando de "o espevitado preferido da minha infância".

Há muito tempo, depois da inevitável separação dos pais, Clebinho me disse que, um dia, muito antes de se tornar um youtuber, ouviu o barulho de um alto-falante explodindo na rua da sua casa e saiu para ver. Era um Jeep novinho em folha anunciando as atrações do Novo Circo Internacional Art's Brasil. Sim, o estabelecimento "amaldiçoado" e decadente onde o "Tarzan Brasileiro" Julião Ferpa e o dono, seu Napoleão, foram devorados pelo lobisomem, havia se reerguido a duras penas com o passar dos anos, através dos esforços hercúleos de uma cooperativa organizada pelos artistas que restaram.

Como se isso só já não fosse maravilhoso o suficiente, a história de Clebinho não parou por aí. Ele me relatou que foi ao circo naquela mesma noite e que viu um show de mágica tão incrível, mas tão incrível, que fez com que algo diferente se acendesse em seu coração. Voltou para casa totalmente iludido e, acima de tudo, decidido a se embrenhar nas artes milenares da magia. Assim que entrou em seu quarto e apagou a luz para dormir e sonhar com coelhos saindo de cartolas, cartas de baralho voando e mulheres desaparecendo de maneira misteriosa dentro de caixas acorrentadas, reparou em algo esverdeado reluzindo por entre os vãos das tábuas do seu guarda-roupa. Se levantou, abriu as portas do móvel e se assustou ao ver sua velha mochila da época de escola reluzindo em um verde intenso, emitido de dentro para fora. Quando a abriu, deu de cara com a bengala com cabeça de lobisomem que seu pai havia lhe presenteado. Diferentemente da difícil época de sua infância, onde as brigas dos pais atrapalhavam, e muito, o brilho de suas fantasias e sonhos, a pequena cabeça esculpida agora não estava mais apagada. Muito pelo contrário. Resplandecia em um verde-neon intenso, aquecida e alimentada pelo poder da inspiração que Clebinho sentira ao ver de perto o espetáculo de magia no circo.

E foi com aquela mesma bengala, que o havia decepcionado anos antes por não ter se transformado numa "espada Jedi" em Lobisópolis, que o garoto sonhador sentiu pela primeira vez na vida o poder avassalador de se inspirar, crescer e de se fazer o que gosta. Paralelamente aos vídeos do YouTube, assumiu o ilusionismo como profissão de vida e assim chamou a atenção de Marina, com quem se casou e vive em paz num sítio bem próximo à Cachoeira dos Pretos.

Antes de lhes contar sobre o que aconteceu com Lindomar Mulder e com o professor Juscelino, tenho que confessar uma outra coisa. Na época em que eu era apelidada de "Juliana Serelepe" e ainda tinha muitas dúvidas sobre os acontecimentos sobrenaturais pelos quais havia passado junto aos meus amigos, a Jupioca Yuripoka me apareceu num sonho e — antes de me entregar algo muito, mas muito importante — me contou algo macabro e impressionante relacionado ao que acontecera com o padre Adolfo depois de morto.

    Relatou com detalhes aterradores que a alma do religioso acordou suando em bicas em um lugar estranho e fervente, depois de achar que tudo o que havia acontecido dentro do mausoléu não havia sido nada mais, nada menos que um pesadelo. Quando abriu os olhos e sentiu a quentura da lava lhe soltando a pele e a recompondo de novo em sucessivas e lancinantes dores, viu, bem ao seu lado, uma entidade vestida dos pés à cabeça de preto, com chifres retorcidos como os de um bode velho ladeando sua cabeça desproporcional e cheia de calombos, desses parecidos com os que os bichos de berne fazem nas vacas e nos humanos descuidados. Gargalhando e expelindo pus, larvas e moscas varejeiras do tamanho de baratas através de sua boca mole e banguela, a criatura repugnante tocava uma espécie de melodia macabra, grave e densa, num órgão feito com pedaços de carne, ossos e tendões de pessoas esquartejadas que ainda agonizavam. Enquanto pousava cerimonialmente os dedos esqueléticos e mortificados nas teclas e ouvia urros e gemidos de dor como "resposta melódica", explicava ao padre com sua voz gutural e cheia de ironia sobre as consequências de se invocar o poder das bolinhas roxas e falhar. Como punição, condenou o religioso a ir todas as meias-noites de sua eternidade até uma encruzilhada onde dois rios de lava incandescente se cruzavam, para em seguida rezar dezenas de orações católicas ao contrário e engolir todas as sete bolinhas roxas, do mesmo jeito que o lobisomem havia feito com ele no mausoléu dos quatro anjos, só que ferventes. Depois do ato, como se convocadas das profundezas dos lodos mau cheirosos e dos pântanos mais escuros e podres que se têm notícia para ajudar na intensidade da pena, baratas-cascudas e besouros-de-chifre sairiam voando de dentro dos seus olhos, ao mesmo tempo que lesmas e sanguessugas deslizariam em sua língua e escorpiões lhe escapariam pelos cantos dos lábios. Tudo isso eternamente. Ou infinitamente, como Jupioca desenhara com sua sabedoria e com todas as sete cores do arco-íris nos céus de Lobisópolis.

Quando, já cheia de medo e nojo, pedi para Jupioca Yuripoka me falar mais sobre o tal demônio banguelo, chifrudo e vestido de preto e do seu órgão, ela apenas me respondeu que, assim como ela, era um ser poderoso que também habita o "lugar onde a lua cheia nunca se põe". "Ele mora dentro do vulcão e, queiram ou não, ajuda de certa forma a manter o equilíbrio das forças que fazem com que o gigante da montanha continue dormindo. O problema é que, movido pela ganância e ânsia de poder de alguns, ele pode sair da lava a qualquer momento e ressuscitar as criaturas fantasmagóricas pontiagudas junto das baratas roxas e, com elas, contaminar as mentes de outros seres humanos, fazendo com que cometam atrocidades impensáveis em seu nome!", disse, com um tom de ameaça na voz de quem sabe o que está falando.

Assim que terminou de relatar o triste fim da alma do padre Adolfo — cujos restos mortais nunca mais foram encontrados —, Jupioca Yuripoka sorriu para mim e me entregou o bolicão multicolorido que voltara às suas mãos depois de ter sido atirado e desenhado o símbolo do infinito nos horizontes de Lobisópolis. Em seguida, ela me abraçou, fechou os olhos, levitou acima da minha cama e desapareceu no ar aos poucos, feito um rojão de festa de fim de ano. Apesar de ter ido embora naquele sonho, sei que sua chama verde ancestral pode ser reacendida a qualquer momento, em qualquer época da minha vida. É só eu esfregar o presente que ganhei entre as palmas das mãos que o meu amor infinito por ela e por mim mesma volta, com todas as cores a que tem direito.

E o Lindomar? Então. Um pouco antes do aparecimento da lua cheia do mês de julho que se seguira às tragédias, o youtuber, ainda ressabiado com os arranhões que não saravam nem com compressa de carqueja e picão, se encontrou às escondidas na igreja com o seminarista Estevão. Com um tipo de coragem que nunca tivera antes, lhe pediu de mãos juntas que, caso os machucados não fossem obra do espinheiro e a maldição do lobisomem realmente se concretizasse, ele produzisse outras balas de prata e "fizesse o que tinha que fazer".

E foi assim, logo que a lua ficou tão redonda quanto uma bola de sinuca, cerca de um mês depois, que tudo aconteceu. Foi preciso uma bala só — mas feita com prata de verdade, claro —, que atravessou o crânio do youtuber e fez seu corpo, já com sinais óbvios de transformação, despencar sem vida bem no centro da sacristia da igreja, rodeado de imagens de santos. Santos, aliás, que, assim como a polícia e os investigadores, não tiravam mais os olhos enviesados de cima do seminarista Estevão, o qual, antes de dar o triste final à vida de Lindomar, havia presenciado o parto da beata Carminha, acontecido horas antes, no hospital da cidade.

E finalmente chegou a hora de falar dele. O que dizer do professor Juscelino? Um homem com o coração ainda maior do que o seu corpo, cujos braços pareciam sempre querer abraçar o mundo. Menos de um mês depois do baile do "RPM cover" ocorrido em Piracaia, onde beijou a atendente Isabela pela primeira vez, — durante a execução da música "London, London", é claro —, ele se casou com ela e, daí em diante, nunca mais teve notícias da alma de Rosália. Teve dois filhos gêmeos, os quais, imitando o que acontecera no filme *De volta para o futuro*, batizara em homenagem ao seu escritor de ficção científica favorito: "Julio" e "Verne". Sua esposa queria "Paulo" e "Ricardo" por razões óbvias relacionadas ao RPM, mas um jogo de palitinho regado a muitos copos de Cubas-libre para ele e suco de laranja para ela fizera com que se decidissem pelos dois primeiros.

Mesmo batendo de frente quase que todos os dias com a diretora

Adélia na escola, Juscelino conseguiu se aposentar como professor. Com o tempo livre, lia seus romances de ficção, cuidava dos filhos e ouvia seus discos preferidos dos anos 1980 que, como dizia, "lhe traziam a empolgação e a testosterona dos dezoito anos de volta". Infelizmente, não chegou a se tornar um escritor popular de terror, como sonhava. Conseguiu finalizar um romance ótimo, além de muito engraçado e crítico, intitulado *O baile do lobisomem nazista*, do qual, felizmente, tenho uma cópia em Word. Apesar disso, nunca teve oportunidade — ou paciência com o mercado literário brasileiro — de procurar uma editora para lançá-lo. Talvez eu realize o sonho dele um dia e traga seu livro ao mundo, numa festa regada a Cuba-libre, banana split e a discos de vinil do Simple Minds, do Erasure e do Pet Shop Boys. O que vocês acham da ideia? Já até o imagino dançando ao som de "Domino Dancing", todo desengonçado, balançando sua pança de Genival Lacerda de um lado a outro, como fazia para relaxar quando se estressava com algum aluno ou aluna, levando a sala toda às gargalhadas. Será que ele vem? Eu aposto que sim, pois, como ele mesmo nos disse na sorveteria, assim que voltamos de Lobisópolis, "Vocês me conhecem muito melhor do que eu mesmo!".

Já da minha parte — e da maneira mais singela que consegui —, dediquei este livro que você tem em mãos ao meu querido professor e à Jupioca Yuripoka. Infelizmente, um dos homens que mais me ensinou sobre as coisas simples da vida e da morte, sobre o poder das mentiras e das verdades e, acima de tudo, sobre a importância de se ter uma visão crítica de todas as coisas que nos são empurradas à força, não vai ter a oportunidade de lê-lo, pelo menos neste mundo, pois faleceu cerca de cinco anos depois de ter se aposentado. Um dos maiores homens da minha vida, fisicamente, intelectualmente e emocionalmente falando, foi vítima de um mal súbito fulminante que lhe travou o coração de maria-mole, quando, num final de tarde de inverno e a pedido do seu médico de confiança, caminhava sozinho pelo cemitério da cidade.

Pensando melhor, talvez o professor Juscelino esteja lendo este livro neste exato momento, sentado num dos bancos da sorveteria do seu

Zico Mola com Rosália e seu pinsher Rambo, que também já partiu desta para melhor, velhinho que só. Pode ser, não pode? Ele não me ensinou que nada nesta vida é impossível? E que nada e nem ninguém prende a gente eternamente, nem a morte? Então.

Antes de dar o fatídico ponto final para arrematar tudo isso, tenho que contar mais três coisas. Duas boas e uma ruim.

A primeira boa — e que talvez ainda esteja piscando em pontos de interrogações luminosos na cabeça de quem está lendo — é sobre o que diabos o lobisomem branco escreveu no livro de couro, a pedido do gigante. Eu explico. Como homenagem pela recuperação das bolinhas roxas e, acima de tudo, por terem trazido o lobisomem fugitivo de volta a Lobisópolis, sete nomes foram eternizados na frente de cada uma das bolinhas coloridas impressas nas páginas do livro sagrado dos lobisomens. São eles, sem qualquer ordem de importância ou hierarquia: Juliana Serelepe, professor Juscelino, Marquinhos Satã, Clebinho Kid, Marta Scully, Lindomar Mulder — sim, ele também, pois, como me disse Jupioca Yuripoka, "a vida tem dessas coisas" — e a beata Carminha.

A segunda boa é que o gigante preferiu não esconder mais o livro de couro dentro da caverna da Cachoeira dos Pretos — que, aliás, fora arquitetada e construída por ele próprio, milhões e milhões de anos atrás, desviando um rio para cá, outro para lá e amontoando algumas pedras que pesavam toneladas, mas que, em suas mãos, pareciam minúsculos enfeites de aquário. Teve essa cautela por julgar ter sido ingênuo na tentativa anterior de ocultar eternamente o objeto, a ponto de um simples seminarista curioso tê-lo encontrado sem muitas dificuldades, despertando assim a sanha do "lobisomem desgarrado" que acabou fugindo de Lobisópolis e gerando toda a confusão em Joanópolis. Desta vez, o ser monstruoso preferiu correr o mundo até encontrar uma outra caverna, muito mais escondida e inóspita, da qual nem eu e muito menos a criatura demoníaca que mora dentro do vulcão sabemos o paradeiro, para o bem de toda a humanidade e dos lobisomens que ainda residem "do outro lado".

E agora vem a notícia ruim. Caso você seja uma pessoa sensível, sugiro pular o próximo parágrafo e ir direto ao final do livro.

Apesar de ter ajudado os "caçadores de lobisomens desgarrados" com informações importantíssimas no que se refere à busca do livro de couro e das bolinhas roxas e, como consequência, ter seu nome escrito nos anais da eternidade de Lobisópolis, a beata Carminha teve um final de vida trágico, para dizer o mínimo. Sua história foi guardada para este momento meio que de maneira premeditada, para que os eventuais leitores e leitoras desta obra não a abandonassem antes da hora.

Aconteceu o seguinte. Depois de ter o corpo inteiramente tomado pelo roxo, de sentir dores intensas na barriga que crescia sem que os médicos conseguissem identificar a massa amorfa que se desenvolvia dentro dela, Carminha acabou falecendo ao dar à luz o, como alguns diziam, "filho do padre Adolfo". Sua gestação fora do comum durara por volta de dois meses e seu bebê nascera com o corpo todo coberto por pelos roxos, espessos e longos. De braços compridos e retorcidos, patas com unhas grandes e orelhas que lembravam as de um lobo-guará, olhos vermelhos e focinho pronunciado de onde se projetavam caninos pontiagudos, a criança sobrevivera ao parto, mas desaparecera de maneira misteriosa das dependências do hospital, pouco tempo depois.

Alguns enfermeiros juraram às autoridades que viram o que chamaram de "criatura" saindo pulando pela janela, segundos depois de ter sido puxado a fórceps de dentro do ventre da mãe. Outros disseram que ela fora roubada pelo seminarista Estêvão, num momento de distração dos funcionários, mas ninguém, nem as mais altas autoridades vindas de outras localidades, soube diferenciar o que era mentira do que era verdade. Nem as câmeras de segurança do hospital, cujas imagens não mostravam absolutamente nada — assim como acontecera com os vários exames de ultrassom realizados durante a gravidez de Carminha, que, aliás, havia durado, como já dito antes, cerca de dois meses, o mesmo tempo de gestação de um lobo.

E foi isso mesmo o que aconteceu, sem pôr, nem tirar, juro por quem quiser e coloco a mão em qualquer lava de vulcão. Todas as vezes que quero me encontrar novamente com as crianças Clebihho Kid e Marquinhos Satã e com os adultos Marta Scully e o saudoso professor Juscelino, volto à casa de Joanópolis onde minha mãe mora sozinha depois da morte do meu pai e pego o bolicão colorido de dentro do mesmo embornalzinho surrado com desenho de arco-íris que guardo com muito carinho desde a infância.

Com Juliana Serelepe, a coisa é ainda mais fácil. É só me olhar no espelho que ela aparece envolta em luz verde, toda sorridente, com seus olhos acesos espalhando vaga-lumes, serelepices e fantasias para todos os lados. Quando ela quer me ver, faz a mesma coisa, só que lá do passado. Na verdade, é como se as barreiras do tempo, da ficção e da realidade nunca tivessem existido entre nós. É um tal de eu querer voltar a ser como ela e ela, por sua vez, sonhar em crescer, florescer e se tornar ainda mais translúcida e sábia, como, aliás, acha que eu sou. A pequena Juliana, lá nos confins do passado, até começou a aprender piano, assim que as férias após aquele fatídico mês de junho de 2025 se iniciaram. Nos dias de hoje, já muito mais experiente e íntima com as teclas, faz concertos musicais beneficentes e consertos de almas aflitas de quem lhe chega — sem nenhum tipo de arrependimento, sensação de "perda de tempo" ou cobrança.

E por falar em arrependimentos... Se nós duas temos? De jeito nenhum. Sobraram apenas saudades de uma época que ainda não morreu, principalmente em nós, que a vivemos com tanta intensidade. O tipo de saudade que, aliás, o professor Juscelino ensinou a pequena Juliana Serelepe a sentir e foi muito bem-sucedido na empreitada. Em homenagem a ele, o meu grande mestre da infância — e influenciada pela sensibilidade que o trabalhador rural Zizinho teve para com sua falecida professora Inês —, eu, Jupioca Yuripoka, coloco, em todos os dias dos professores que se sucederam à sua morte, um vinil com a música "To Sir with love" do filme *Ao mestre, com carinho* para tocar, com Juliana Serelepe sempre sorridente e hiperativa a acompanhando ao piano.

Enfeitiçadas pela melodia da música, de olhos fechados, mentes abertas e iluminadas por enxames de vaga-lumes, nós duas viajamos juntas dentro de um caleidoscópio de luzes, mistérios e cores para o lugar e para a época que quisermos, sem bagagem nenhuma amarrada às costas e, muito menos, às almas. Inclusive, visitamos de vez em quando — ou "eternasempre", como Juliana Serelepe gosta de dizer — os lobisomens que habitam nossos piores sonhos e nossos melhores pesadelos. Onde? Lá, no "lugar onde a lua cheia — assim como as bondades e maldades humanas misturadas às realidades e ficções — nunca se põe".

Assim que o primeiro lobisomem ergueu as orelhas, aprumou a coluna torta e apontou com o dedo de unhas grandes para Juliana que se aproximava, e os outros também a encararam como uma presa vulnerável, um silêncio aterrador se instalou na vila. Ao vê-los com tanta raiva explodindo nos olhos vermelhos e ouvindo apenas o crepitar da fogueira e os gemidos abafados dos companheiros presos às cruzes, a garota apertou ainda mais a bolinha que levava na mão e começou a murmurar mecanicamente um pai-nosso que aprendera no catecismo. O lobisomem velho de pelos tão brancos e amarelados quanto os de um urso polar — que ela também, assim como Clebinho, imaginava ser o líder espiritual da tribo ou algo assim — então veio em sua direção, se equilibrando em uma bengala com uma cabeça de lobo esculpida na ponta que lembrava, e muito, as que o pai de Clebinho havia confeccionado.

Escondido no meio do mato e com o coração sendo massacrado pela tensão, o professor Juscelino tentou se levantar e correr para ajudar sua aluna, mas foi contido por Marta Scully, que continuava filmando tudo. Clebinho Kid, por sua vez, ao ver a bengala nas mãos do lobisomem